앨리스 B. 토클라스 자서전

The Autobiography of Alice B. Toklas

By Gertrude Stein

1933

앨리스 B. 토클라스 자서전

거트루드 스타인 지음 | 권경희 옮김

연암서가

옮긴이 **권경희**

한국외국어대학교 영어과를 졸업하고 현재 전문 번역가로 활동하고 있다. 옮긴 책으로는『화가, 혁명가, 그리고 요리사』,『렘브란트 반 라인』,『뼛속까지 내려가서 써라』,『아름다운 비행』,『30분에 읽는 앤디 워홀』,『유쾌하게 나이 드는 법』,『엘리 자베스 여왕의 왕국』등이 있다. 열한 살, 열두 살짜리 고양이 세 마리와 함께 살고 있다.

앨리스 B. 토클라스 자서전

2016년 9월 10일 초판 1쇄 인쇄
2016년 9월 15일 초판 1쇄 발행

지은이 | 거트루드 스타인
옮긴이 | 권경희
펴낸이 | 권오상
펴낸곳 | 연암서가

등 록 | 2007년 10월 8일(제396-2007-00107호)
주 소 | 경기도 고양시 일산서구 호수로 896, 402-1101
전 화 | 031-907-3010
팩 스 | 031-912-3012
이메일 | yeonamseoga@naver.com
ISBN 978-89-94054-96-4 03840

값 18,000원

매일매일 오는 기적을 위하여

― 거트루드 스타인의 문학과 삶*

20세기 미국 문학의 거장들―헤밍웨이, 피츠제럴드, 에즈라 파운드, T. S. 엘리엇, 손턴 와일더 등―의 배후에는 한 명의 여자가 있다. 로마 병정처럼 짧게 깎은 머리에 살집 좋은 몸집, 작달막한 키, 큰 목소리에 입담 좋고 걸출한 성품, 카리스마로 가득 찬 여장부.

20세기 전반의 미국과 유럽 문화에 지대한 영향을 미치고 유명한 미술품 수집가이자 소설가, 극작가이며 시인인 거트루드 스타인, 그녀의 이름 앞에 붙는 수식어는 끝없이 다양하고 다채롭다. 스타인은 또한 아주 난해하면서도 반복적이고 실험적인 문장을 쓰는 문체가로서도 잘 알려져 있어, 현대문학의 특징 중의 하나인 '의식의 흐름' 수법이나 포스터 모더니즘적 글쓰기가 그녀에게서 시작되었다고 주장하는 학자도 있다.

거트루드 스타인은 1920년대 기독교에 근거한 서구문명의 가치관이 제1차 세계대전에서 하루아침에 무너지는 것을 목격하고 환멸을 느껴 미국을 떠난 소위 '국외이탈자' 작가들 중 가장 유명하고 독특한 존재였다. 헤밍웨이를 비롯해서, 미국 문학사에서 '길 잃은 세대'(이 명칭 자체도 스타인이 지어낸 것이다)라고 불리는 이 작가들은 유럽의 여러 도시들, 특히 파리에 거주하며 작품 활동을 하였지만, 문자 그대로 영혼의 '길 잃은' 퇴폐주의에 빠져 있기 일쑤였다. 그러므로 스타인은 이 일군의 젊은 작가들에게 물질적, 정신적 대모 역할을 하며 이들이 새로운 생활을 시작할 수 있도록 구심점을 제공했다.

스타인은 1874년 펜실베이니아 주 앨러게니의 유대계 가정에서 태어났다. 그녀의 아버지 대니얼 스타인은 철도와 부동산에 투자를 해서 돈을 번 재력가였다. 스타인은 부모와 함께 몇 차례에 걸친 유럽 여행을 하지만 부친의 잦은 이주 때문에 공립학교와 사립학교를 전전하거나 가정교사로부터 교육을 받았을 뿐, 정규 교육을 제대로 받지 못했다. 그러나 그녀는 여덟 살 때 처음으로 창작을 시작했으며 셰익스피어를 비롯하여 자연사에 대한 책을 탐구하며 어마어마한 양의 독서를 했다. 이미 그 시절 그녀는 문장에 대한 매료를 느끼고 "다른 사람들은 몰라도 내게는 문장의 구조가 주는 그 영원성보다 더 매력적인 것이 없다."고 말했다. 그녀는 특히 두 살 연상의 오빠 레오와 가까웠는데, 1892년 그가 하버드 대학에 가자 바로 다음해 그녀는 하버드의 여학교인 래드클리프에 입학한다.

스타인은 그곳에서 작가 헨리 제임스의 형이자 유명한 심리학자인 윌리엄 제임스의 수제자가 되고, 그로부터 심리적, 철학적 논리를 기반으로 하는 실험적인 작법을 배우기도 한다. (그녀의 난해한 문체는 이미 대학교 1학년 때 그 조짐을 보여, 영작문 시간에 교수들은 그녀의 문장이 너무 추상적이고 우회적이라고 불평했다고 한다.) 졸업 후 그녀는 다시 오빠의 뒤를 따라 존스홉킨스 의대에 입학하지만 의학에 매력을 느끼지 못하고 화가의 꿈을 안고 파리로 떠나는 오빠 레오를 따라 1903년에 파리로 이주, 그녀가 죽을 때까지 거주했던 파리에서의 삶을 시작한다.

레오와 거트루드 남매가 거주했던 플뢰뤼스 거리 27번지(27, rue de Fleurus)는 작은 화랑과 아파트를 겸한 집이었고, 이 집은 곧 현대 예술과 문학의 '메카'가 되었다. 남매는 현대 미술의 신봉자 겸 수집가로서 마티스, 피카소, 브라크 등의 화가들과 개인적 친교를 맺었고, 마네, 세잔, 고갱, 로트레크의 작품들을 가장 많이 소장한 수집가였다. 이중 피카소와 스타인은 각별한 우정을 나눴다. 거트루드의 독특한 문장들은 입체파 화풍의 이론에 입각한다는 평을 받기도 하고, 피카소는 지금은 유명해진 거트루드 스타인의 초상화를 그렸다.

당시 스타인은 젊은 헤밍웨이에게 저널리즘 일을 접고 소설을 쓸 것, 단문 위주로 문장을 짧게, 검약하게 쓸 것, 형용사의 사용을 줄일 것 등의 충고를 했고, 이는 현재 '비정체(非晶體)'라는 이름으로 널리 알려진 헤밍웨이 문체의 기본 골격이 된다. 거장이 된 헤밍웨이는 스타인에게서 문장의 리듬과 반복성을 배웠다고 인정했다.

스타인이 마르셀 프루스트의 『잃어버린 시간을 찾아서』나 제임스 조이스의 『율리시스』와 견줄 만하다고 주장한 그녀의 대표작 『미국인의 형성The Making of Americans』은 극단적으로 추상적이며 반복적인 문장으로 거의 이해하기 힘든 작품으로 출판하는 데 어려움을 겪다가, 1925년에 책으로 나왔다. 이 책으로 그녀의 문학적 실험에 비평가들이 관심을 보이고 찬사와 비난을 한몸에 받았다.

그녀는 이 책에서 '단어의 초상'이라고 불리는 시도를 시작했다. 단어의 끝없는 반복과 우회적 사용으로 문장에 음악성을 부여하고 단지 간단한 어휘로서 설명할 수 없는 인간의 복잡한 내면에 접근을 시도했다.

그녀의 시 「성스러운 에밀리Sacred Emily」에 등장하는 문장인 "로즈는 로즈이고 로즈이고 로즈이다Rose is a rose is a rose is a rose."는 스타인의 문체를 거론할 때마다 인용되는 유명한 문장으로서, 그녀의 문장의 음악성과 서정성, 심리적 접근을 단적으로 표현한다.

그녀는 또한 〈무슨 일이 있어났는가What Happened〉(1913) 등과 같이 장면이나 줄거리, 인물간의 갈등 등 모든 전통적인 연극의 기법을 버리고 단지 반복적인 말에만 의존하는 실험적 연극을 집필하여, 후에 부조리극을 예측하기도 한다.

1930년에 거트루드 스타인과 토클라스는 '플레인 에디션(Plain Edition)'이라는 출판사를 차리고 이제껏 그녀의 작품 중 발표되지 않은 것들을 모아 출판한다. 이후 3년간 그들은 『글 쓰는 법How to Write』, 『오페라와 희곡Operas and Plays』, 『마티스, 피카소, 거트루드 스타인Matisse, Picasso and Gertrude Stein』 등을 해마다 연이어 출판하지만 그 어느 책도 상업적으로 성공하지는 못했다. (그러나 이 책들은 토클라스가 뛰어난 감각의 편집자로서 용지 및 글자체며 제본을 철저하게 감독하여 현재 고서 수집가들이 가장 탐내는 아이템들이다.)

이렇게 그녀에게 일약 명성과 부를 가져다준 『앨리스 B. 토클라스 자서전』은 자서전 역사에서 독특한 위치를 차지하고 있다. 당시 25년간을 함께 산 동료 토클라스의 목소리를 빌려 실제로는 자신의 삶에 대해 쓴 형식을 취한 이 책은 토클라스의 구어체적인 목소리를 정확하게 집어내어 혁신적인 문체의 '변신'을 꾀했다. 스타인은 평상시 글쓰기는 말하기와 확연히 다르다고 주장했고, 스타인은 이 작품에서 비평가들이 놀랄 정도로 완벽하게 자신의 문체를 객관화시켰다. 그렇게 함으로써 그녀는 거트루드 스타인이라는 인물을 재창조하여 새로운 정체성을 부여하는 데 성공했다.

스타인의 전기 작가 도널드 서덜랜드는 "이 책은 명쾌하고 탄탄한 구성의 일화로 가득 찼으며, 앙드레 지드나 헤밍웨이보다도 훨씬 더 선명하고 아름다운 서술체로 씌어졌다."고 극찬하고 있을 뿐 아니라 다른 비평가들도 이 책이 급변하는 시대 속의 파리를 배경으로 20세기 문화를 주도한 인물들을 가장 잘 묘사한 전기(자서전)라는 데 의견을 모으고 있다.

다른 사람의 눈으로 자신을 관찰한 이 전기는 마치 거울로 자신을 비춰 보듯이, 한 발자국 떨어져 자신을 바라보는 미적 효과와 동시에 자신의 내적 세계를 그대로 드러내 보이는 심리적 효과를 꾀하고 있다. 또한 회화성과 음악성이 가미된 스타인의 문장을 통해 우리는 걸출한 외모와 성격 안에 가려진 스타인, 사랑하고 사랑받고 싶어 하는 하나의 여자, 진정한 인간의 모습을 발견하기도 한다.

그녀는 세상을 떠나기 전 자신의 모든 원고를 예일 대학에 기증했고 예일대 측은 1951~58년 사이에 그녀의 미발표 작품들을 모두 출판했지만 큰 반향을 일으키지는 못했다. 그러나 그녀 탄생 100주년을 맞은 1974년부터 비평가들이 그녀의 현대성에 주목하면서 점차 그녀의 삶과 작품에 큰 관심을 갖는 학자들이 늘고 있다.

스타인은 스스로가 늘 주장했듯이 어쩌면 시대를 너무 앞서 태어난 천재였는지도 모른다. 그녀의 작품들은 그녀가 살던 당대보다 후세에 더욱 인정을 받고 서서히 부상하면서 현재는 그녀의 재능이 20세기 문화와 문학 전반에 끼친 영향이 새롭게 조명되고 있다.

거트루드 스타인은 1946년 파리에서 72세의 나이로 죽었지만, 그녀가 "나는 아주 어린 아이였을 때부터 역사적인 인물이 되고 싶었다."고 하던 말은 늦게나마 성사된 셈이다. (그녀는 프랑스 문인들이 묻히는 파리의 페르라셰즈 묘지에 묻혔고, 21년 후에는 토클라스가 바로 옆자리에 묻히게 된다.)

스타인은 예술가에 대해 말하면서 "우리처럼 글을 쓰거나 그림을 그리는 사람이 행복한 이유는 매일매일 기적을 경험하기 때문입니다. 기적은 정말 매일 오니까요."라고 말한 바 있다. 예술이란 추상적이고 환상적인 것이라기보다는 매일 오는 기적, 즉 '완벽한 실제'를 표현하는 것이고, 그래서 예술가가 되는 것은 가장 큰 축복이라고 믿었다. 그리고 실제로 그녀의 삶은 매일매일 오는 기적을 온몸으로 느끼며 이 세상에 전파하려고 노력한 열정의 삶이었다.

* 이 글은 2006년에 출간된 『길 잃은 세대를 위하여』(오테르)에 수록된 것을 재수록한 것입니다. -편집자

** 장영희(1952~2009): 서강대학교 영문과를 졸업하고, 뉴욕 주립대학에서 영문학 박사학위를 받았다. 컬럼비아 대학에서 번역학을 공부했으며, 서강대학교 영미어문 전공 교수이자 번역가, 칼럼니스트, 중고교 영어 교과서 집필자로 왕성한 활동을 했다. 저서로는 『내 생애 단 한번』, 『살아온 기적, 살아갈 기적』이 있으며, 번역서로는 아버지 장왕록 박사와 함께 번역한 펄벅의 『대지』 3부작을 비롯해 『종이시계』, 『슬픈 카페의 노래』, 『피터팬』(국내 최초 완역), 『산타클로스가 정말 있나요?』 등이 있다.

차례

1. 파리에 가기 전

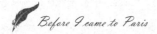 *Before I came to Paris*

나는 캘리포니아 주 샌프란시스코에서 태어났다. 그 영향으로 늘 밝고 온화한 곳을 그리워하는데, 유럽 대륙에서든 심지어 미국에서도 살 만한 기후를 찾아내기가 힘들다. 내 외할아버지는 개척민으로, 49년(1849년을 가리킴)에 캘리포니아에 와서 음악을 무척 좋아하는 외할머니와 결혼하였다. 외할머니는 클라라 슈만의 아버지의 제자였다. 내 어머니 에밀리는 조용한 성품에 매력적인 여인이었다.

아버지는 폴란드계 애국자 집안의 후손이었다. 아버지의 종조부는 나폴레옹 연대에서 대령까지 승진한 분이었다. 아버지의 아버지는 파리의 바리케이드를 지키기 위해 갓 결혼한 신부 곁을 떠났으나, 아내에게 보급품이 끊기자 곧 돌아왔고 그때부터는 보수적인 삶을 잘 좇아 땅을 소유하게 되었다.

나 자신으로 말하면, 폭력을 싫어하고 바느질과 정원 가꾸기에서 늘 삶의 기쁨을 찾는다. 나는 그림, 가구, 태피스트리, 집, 꽃, 심지어 채소와 유실수를 아주 좋아한다. 아름다운 경치를 좋아하지만 그것을 바라보기보다 늘 등을 돌리고 앉기를 좋아한다.

나는 나와 비슷한 계층과 부류의 사람들 사이에서 온화하고 유복한 유년시절과 사춘기를 보냈다. 이 시기에 지적 모험에 살짝 눈을 뜨긴 했으나 어디까지나 조용한 모험이었다. 열아홉 살 무렵 나는 헨리 제임스(Henry James, 1843~1916, 미국의 소설가)를 숭배했다. 나는 『미숙한 사춘기 The Awkward Age』를 뛰어난 극으로 바꿀 수 있다는 자신감으로 헨리 제임스에게 그 작품을 극으로 만들어 보겠다는 편지를 보냈다. 이 문제에 대한 작가의 답장까지 받았지만 다음 순간 내 능력의 부족함을 깨닫고 부끄러워졌다. 나는 그의 편지를 간직하지 않았다. 그 편지를 계속 간직한 명분이 없다고 느꼈던 것 같다. 아무튼 그 편지는 지금 이 세상에 존재하지 않는다.

스무 살까지 내 관심사는 음악이었다. 나는 음악을 진지하게 공부하고 또 연습했는데 어느 날 이런 노력들이 다 헛되다는 생각이 들었다. 그 다음 어머니가 돌아가셨다. 어머니의 죽음은 극복 불가능한 슬픔까지는 아니더라도 이 세상에서 나를 계속 이끌어갈 진정한 관심은 사라졌다. 거트루드 스타인은 「지리와 극들 Geography and Plays」의 에이다를 통해서 이 무렵의 내 마음 상태를 예리한 필치로 묘사해냈다.

그 후 6여 년은 큰 문제없이 흘러갔다. 쾌적한 일상, 많은 친구들, 오락과 다양한 관심사는 내 삶을 과하지 않게 충만하게 해주었다. 나는 그런 생활을 즐겼지만 그것은 열정이 없는 삶이었다. 그 다음 샌프란시스코 대화재가 일어났고, 파리에 살던 거트루드 스타인의 오빠와 그의 부인(거트루드 스타인의 오빠 마이클 스타인과 그의 부인 새러—옮긴이)이 돌아왔고, 내 인생은 송두리째 바뀌었다.

　　그때 나는 아버지와 오빠와 함께 살고 있었다. 아버지는 아무리 큰 일을 당해도 큰 내색 없이 이겨내시는 사려 깊고 조용한 분이었다. 샌프란시스코가 불길에 휩싸인 그 끔찍했던 날 아침, 나는 아버지를 흔들어 깨우며 지진이 나서 도시 전체가 흔들리고 불길에 휩싸여 버렸다고 말했다. 아버지는 그렇다면 동부 사람들은 우리를 수치스럽게 생각하겠군, 하시더니 돌아누워 다시 잠이 들었다. 한번은 오빠가 동료와 함께 말을 타고 나갔는데 기수도 없이 말 한 마리만이 호텔로 돌아왔다. 오빠 동료의 어머니가 금방이라도 미쳐버릴 듯 굴자 아버지는 부인 진정하십시오, 누군가 죽었다면 아마 제 아들일 겁니다, 하고 말했다. 아버지가 남긴 많은 좋은 말씀 중 만약 어떤 일을 해야 한다면 아름답게 해내야 한다는 말은 내 가슴에 영원히 새겨지게 된다. 아버지는 또한 안주인은 집안 살림을 하다 어떤 실수를 하더라도 절대 변명해서는 안 된다고, 안주인이 있는 한 안주인에게 실수란 없는 거라고도 말씀하셨다.

　　지금 말하고 있듯이 우리 가족은 안락한 삶을 영위하고 있었고,

내 마음에는 변화에 대한 어떤 적극적인 갈망도 생각도 들어설 틈이 없었다. 그러나 샌프란시스코 대화재는 가족의 일상을 뒤흔들었고, 그 다음 거트루드 스타인의 오빠와 그의 아내의 등장은 모든 것을 바꾸어 놓았다.

스타인 부인은 앙리 마티스(Henri Mattisse, 1869~1954, 프랑스의 화가)의 그림 세 점을 가져왔다. 최초로 대서양을 건너온 현대 회화였다. 그녀는 나에게 그림들을 보여주고 파리 생활에 대해 많은 이야기를 들려주었다. 어느 새 나는 아버지께 어쩌면 제가 파리로 떠날 수도 있어요, 라고 말하고 있었다. 아버지는 크게 상심하시지 않았는데, 주변에서 많은 이들이 유럽 대륙을 드나들고 내 친구들도 많이 떠나고 있었기 때문이었다. 일년이 채 못 되어 나도 집을 떠나 파리로 갔다. 스타인 부인은 나보다 먼저 파리로 돌아가 있었다. 나는 부인을 찾아뵈러 갔다가 그곳에서 거트루드 스타인을 만났다. 그녀가 차고 있던 산호색 브로치와 목소리가 참 인상 깊었다. 이런 말을 해도 좋다면, 내가 평생 만난 천재는 세 명뿐이며, 그들 한 사람 한 사람을 처음 본 순간마다 내 안에서 종소리가 울려 퍼졌다는 것, 그 소리에는 어떤 실수도 없었다고 말하겠다. 그리고 세상이 알아보기 전에 나는 그들의 천재성을 알아봤다는 사실도 밝히겠다. 내가 말하고 싶은 세 명의 천재란 거트루드 스타인, 파블로 피카소(Pablo Picasso, 1881~1973, 스페인의 화가), 그리고 앨프레드 노스 화이트헤드(Alfred North Whitehead, 1861~1947, 영국의 수학자이자 철학자)다. 나는 수많은 주요인사와 여러 위대한 사람들을 만났지만 내게 첫째가는 천재란 오직 이 세 사람뿐이며, 그들을 처음 만날 때 내면에서 어떤 울림이 있었음을 알고 있다. 이 세 사람 중에 내가 실수한 사람은 없다. 이렇게 해서 새롭고도 완전한 내 인생이 시작되었다.

2. 파리에 도착하다

1907년이었다. 거트루드 스타인은 자비출판을 준비 중이던 『세 사람의 생애Three Lives』 교정을 보면서 동시에 1천 쪽에 달하는 『미국인의 형성The Making of Americans』 집필에 몰두하고 있었다. 이때 피카소는 화가와 모델 이외에는 아무도 좋아하는 이가 없던, 하지만 지금은 너무도 유명해진 거트루드 스타인의 초상화를 완성한 다음 세 여자가 등장하는 이상하고 복잡한 그림을 그리기 시작하고 있었다. 이때 마티스는 야수파 또는 동물원이라 이름 붙게 된 그의 최초의 대형 구성작품 〈삶의 기쁨〉을 막 완성했었다. 막스 자코브(Max Jacob, 1876~1944, 프랑스의 시인)가 이른바 입체파의 영웅시대라고 불렀던 시기였다. 얼마 전 거트루드 스타인과 피카소가 옛 시절을 회상하던 대화가 기억난다. 둘 중 한 명이 단 일년 사이에 그렇게 많은 일들이

일어날 수는 없다고 말하자, 다른 사람이 당신은 그때는 우리가 젊었다는 걸, 일년 동안 엄청난 많은 일을 해낸 청춘이었다는 사실을 잊으신 거라고 말했다.

그 시절의 꿈틀거림, 그리고 그 태동 이전에 일어난 일들에 대해서는 할 말이 아주 많지만, 지금은 내가 파리에 도착해 본 것들을 묘사하는 게 옳겠다.

플뢰뤼스 거리 27번지는 지금과 똑같이 작은 방 네 개에 욕실, 주방이 딸린 2층짜리 작은 본채와, 아주 큰 부속 건물인 아틀리에로 구성되어 있었다. 1914년의 공사로 지금은 본채와 아틀리에가 작은 복도로 연결되어 있지만, 당시만 해도 아틀리에는 독립적인 문을 가지고 있는 별채였다. 방문객은 본채의 현관문 종을 치거나 아틀리에의 문을 똑똑 두드렸다. 두 가지 방법이 모두 가능했는데, 아틀리에의 문을 직접 두드리는 사람이 더 많았다. 나에겐 두 가지 방법을 모두 사용할 특권이 있었다. 토요일 저녁의 만찬, 모든 사람이, 참으로 별별 사람들이 다 모인다는 저녁 만찬에 나는 초대를 받았었다. 나는 저녁 식사를 하러 갔다. 저녁 식사는 엘렌이 만들었다. 여기서 엘렌에 대해 잠깐 말해 보겠다.

엘렌은 내가 도착하기 2년 전부터 거트루드 스타인과 그녀의 오빠 레오 스타인(Leo Stein, 1872~1947, 미국의 미술품 수집가, 비평가)과 지내고 있었다. 엘렌은 가히 복덩이라고 할 만한 하녀였다. 솜씨 좋은 요리사일 뿐 아니라 고용자와 자신의 안녕을 철저하게 생각해서 돈 들어가는 건 무조건 비싸다고 믿는 살림꾼이었다. 누군가가 어떤 요리를 요구하면 그녀는 그건 너무 비싸잖아요, 하고 대꾸했다. 엘렌은 낭비라는 걸 몰랐다. 하루 8프랑 예산을 정해놓고 살림을 꾸려냈다. 심지어 손님들이 오는 날도 그 예산 안에서 해결하고 싶어 했다. 그게 그녀의 자존심이었다. 하지만 이 예산으로 자기와 자기 집안의 명예뿐 아니라 주인집 명예를 지킬 만큼 손님들 모두를 배불리 먹이는 일은 물론 무리였다. 엘렌은 최고 요리사였다. 그녀가 만든 수플레는 정말 훌륭했다. 그 시절 손님들은 비록 굶어 죽어가는 사람은 없고 또 몇몇은 남을 도울 여유가 있다고 해도 대다수는 풍족함과는 거리가 먼 불안정한 생활을 하고 있었다. 그로부터 4년이 지나 모두가 조금씩 유명해지기 시작했을 때, 한숨을 내쉰 다음 슬며시 웃으며 지금 우리 모두는 각자 수플레를 만들 줄 아는 요리사를 두게 되었으니 인생이 참 많이 변했다고 말한 사람은 조르주 브라크였다.

엘렌은 주관이 확고했다. 단적인 예로 그녀는 마티스를 도저히 좋게 볼 수 없었다. 그녀는 프랑스 사람이라면 남의 집 식사시간까지 머물러서는 안 된다고, 더구나 그 집의 하녀에게 저녁 식사 메뉴를 미리 물어보는 건 실례라고 말했다. 외국인이라면 모를까 프랑스인은 이런 걸 물어봐서는 안 되는데 마티스가 그런 질문을 했다는 것이다. 그래서 스타인 양이 오늘 저녁은 마티스와 함께 식사할 거라고 말하면, 엘렌은 이렇게 대꾸했다. 그렇다면 저는 오믈렛이 아니라 달걀 프라이를 내겠어요. 두 요리에 들어가는 달걀 개수나 버터의 양은 똑같지만 달걀 프라이는 존경의 뜻이 없음이 보일 테고, 그 양반도 이 사실을 알아야 합니다.

엘렌은 1913년 말 플뢰뤼스 거리의 일을 그만두어야 했다. 결혼을 해 아들이 생기자 그녀의 남편이 앞으로는 다른 사람들을 위해 일하지 말라고 했던 것이다. 엘렌은 몹시 아쉬워했다. 그 뒤 그녀는 살림만 하는 가정주부 생활은 플뢰뤼스 거리에서 하녀로 일할 때보다 너무 재미가 없다는 말을 입에 달고 살았다. 3년여가 지난 다음, 남편의 벌이가 어려워지고 아들이 죽자 그녀는 플뢰뤼스 거리로 돌아와 다시 일년 동안 일했다. 그녀는 예전보다 쾌활해졌고 많은 일에 관심을 드러냈다. 그녀는 이렇게 말했다. 세상 일은 정말 몰라요. 제가 알던 무명씨들이 이제는 신문에 이름이 오르내리니 말이죠. 지난밤에는 라디오에서 피카소 씨 이야기를 하더군요. 심지어 브라크 씨까지 신문에 나는데, 도대체 무슨 일이래요. 브라크 씨는 힘이 워낙 장사라 수위들이 낑낑대던 아주 큰 그림도 척척 들어 걸었었죠. 그리고 또 숫기가 없어 노크도 못하던 몸집 작은 그 불쌍한 루소 씨의 그림들이 자꾸 루브르 박물관으로 들어가고 있잖아요. 엘렌은 피카소와 그의 아내, 그의 아이를 유달리 보고 싶어 했다. 피카소를 위해서라면 있는 실력 없는 실력을 다 발휘해 요리를 만들었는데 피카소가 이제 너무 많이 변해버렸다고, 하지만 귀여운 아들을 둔 아버지가 돼서 그런 것이니 얼마든지 이해한다고 말했다. 우리는 엘렌이 이번에는 젊은 세대들을 위해 다시 돌아왔다고 생각했다. 어떤 면에서는 우리 생각이 맞지만 정작 그녀는 젊은이들에게는 별 관심이 없었다. 그녀는 요즘 젊은이들은 강한 인상이 없다고, 그래서 파리 전체가 아는 전설인 그녀 눈에 들지 못해 모두가 슬퍼한다고 말했다. 일년 뒤·남편의 수입이 올라가 형편이 나아지자 엘렌은 다시 가정주부로 돌아갔다. 하지만 여기서 1907년으로 다시 돌아가 보자.

손님들 이야기를 하기 전에 먼저 내가 본 것을 말하겠다. 앞에서도 밝혔듯이, 나는 저녁 식사 초대를 받으면 본채 현관 종을 울린 다음 작은 복도를 지나 책들이 즐비한 작은 다이닝룸으로 안내를 받았다. 빈 공간은 문들뿐이었는데, 이 문들에도 피카소와 마티스의 드로잉들이 기대 세워져 있었다. 다른 손님들은 아직 도착하지 않았다. 스타인 양이 나타나 나를 아틀리에로 안내했다. 그 즈음 파리는 비가 자주 내렸다. 비 내리는 저녁에 이브닝 가운 차림으로 작은 본채에서부터 아틀리에로 가기가 쉽지는 않았지만, 주인과 손님들 대부분은 비 맞는 일쯤이야 대수롭지 않게 여겼으니 여러분도 신경 쓸 필요가 없다. 아틀리에 문은 예일 자물통(문에 쓰는 원통형 자물쇠 상표-옮긴이)으로 채워져 있었다. 이 집에서 유일한 이 자물통은 안심할 만큼 안전한 물건은 못 되었지만 그때만 해도 이 집에 있는 그림들의 가치가 알려지지 않았고 또 예일 열쇠는 작아서 당시 프랑스 사람들이 애용하던 엄청나게 큰 열쇠들보다 지갑에 넣어 다니기가 좋았다. 벽을 따라 이탈리아 르네상스 시대의 가구들이 늘어서 있었다. 방 한가운데는 역시 르네상스 풍의 커다란 테이블이 자리하고 있었다. 테이블 위에는 아름다운 잉크스탠드와, 그리고 프랑스의 초등학생들이 사용하는, 지진과 화산 폭발 장면이 그려진 공책들이 한쪽 끝에 가지런하게 정리되어 있었다. 그리고 모든 벽은 천장까지 온통 그림들이었다. 방 한쪽 끝에는 엘렌이 들어와서 왈각왈각 석탄을 밀어 넣던 커다란 주철 난로가 자리하고 있었다. 방의 또 다른 끝에 있는 커다란 테이블 위에는 말발굽과 편자, 그리고 사람들이 호기심 어린 눈으로 쳐다만 볼 뿐 감히 만지지는 못하는 작은 파이프담배 홀더들이 놓여 있었는데, 이 물건들은 나중에 피카소의 주머니와 거트루드 스타인의 주머니에서 나온 수집품으로 밝혀졌다. 하지만 그림들 이야기로 돌아가자. 그 그림들은 처음 보는 사람의 고개를 본능적으로 돌리게 만들 정도로 아주 낯설고 기이한 것들이었다. 당시 아틀리에 내부를 찍은 스냅사진들을 보면 지금도 나는 기분이 좋아지고 머릿속이 환기가 된다. 그 공간의 의자들 또한 이탈리아 르네상스 시대의 작품들이었다. 다리가 짧거나 다리를 꼬고 앉는 사람들한테는 아주 편한 물건은 못 되었다. 스타인 양은 일종의 습관처럼, 난로 옆 등받이가 높은 아름다운 의자에 앉아 바닥에 닿지 않는 발을 자연스럽게 늘어뜨리곤 했다. 방문객 중 누군가가 다가와 질문을 하면 그녀는 이 의자에서 발딱 일어서서는, 대개는 프랑스어로, 지금은 안 된다고 대답하곤 했다. 그녀는 손님들이 치워버린 드로잉 등을 보고 싶다고 할 때, 어떤 독일인이 잉크를 쏟았을 때, 또는 그 손님이 마음에 들지 않을 때 주로 이렇게 말했다. 하지만 그림들 이야기를 하자. 조금 전 말했듯이 흰 벽을 따라 천장까지는 오로지 그림만을 위한 공간이었다. 이 무렵 조명은 벽에 고정된 가스 조명이었다. 얼마 전 설치한 두 번째 단계의 조명이었다. 그 이전에는 기름등잔 조명뿐이어서 손님들 가운데 힘세고 건강한 이가 등잔을 들고 있는 동안 나머지 방문객이 그림을 보아야 했다. 하지만 가스 조명도 곧 물러나고, 첫 아이를 본 영리한 미국인 화가 사이엔이 스스로 불을 밝히는 기계적 고안 장치를 설치하자고 했다. 아주 보수적인 집주인 여자는 전기 설치를 오랫동안 허용하지 않았다. 하지만 1914년 여주인은 늙어 이제 조명의 차이를 알아차리지 못하게 되자 그녀의 대리인이 전기를 들여도 좋다고 대신 허락해 주게 된다. 하지만 이제는 정말 그림들 이야기를 들려주겠다.

그 시절 벽들을 장식하던 그림들을 맨 처음 보았을 때 사람들이 느꼈을 불편함이 어떤 종류인지, 사람들이 과연 그 감정에 익숙해졌을지에 대해선 말하기가 어렵다. 그때 그곳에는 온갖 그림들이 있었다. 시간이 흘러감에 따라 폴 세잔(Paul Cézanne, 1839~1906, 프랑스의 화가), 피에르-오귀스트 르누아르(Pierre-Augustre Renior, 1848~1903, 프랑스의 인상파 화가), 마티스와 피카소의 작품들만 남게 되고 그 다음에는 세잔과 피카소의 그림들만 남게 되지만, 당시만 해도 정말 모든 화가들의 그림들이 거기 있었다. 마티스, 피카소, 르누아르, 세잔의 그림들이 아주 많았고, 또 다른 사람들의 그림들도 많았다. 폴 고갱(Paul Gauguin, 1848~1903, 프랑스의 후기 인상파 화가)의 작품이 두 점, 앙리 샤를 망갱(Henri Charles Manguin, 1874~1949, 프랑스의 화가)의 그림들, 에두아르 마네(Edouard Manet, 1832~1883, 프랑스의 화가, 판화가)의 〈오달리스크〉와는 느낌이 다른 펠릭스 발로통(Félix Vallotton, 1865~1925, 스위스 출신의 프랑스의 나비파 화가)의 대형 누드화 한 점, 그리고 앙리 드 툴루즈-로트레크(Henri de Tpulouse-Lautrec, 1864~1901, 프랑스의 화가)의 작품도 한 점 있었다. 한번은 피카소가 로트레크의 그림을 한참 쳐다보더니 자신만만하게 자기는 똑같은 그림을 훨씬 더 잘 그릴 수 있다고 말했다. 툴루즈-로크레크는 피카소의 초기 그림에 가장 큰 영향을 준 사람이었는데 말이다. 훗날 나는 툴루즈-로트레크의 영향이 짙은 피카소의 아주 초기 소품을 한 점 구입했다. 그곳에는 다비드가 될 수 있었지만 그렇지 못했던 발로통이 그린 거트루드 스타인의 초상화가 하나, 모리스 드니(Maurice Denis, 1870~1943, 프랑스 화가, 상징주의 운동을 이끈 이론가)의 회화 한 점, 오노레-빅토랭 도미에(Honoré-Voctorin Daumier, 1808~1879)의 소품, 세잔의 수채화 여러 점이 있었다. 한마디로 모든 그림이 있었다. 심지어 들라크루아(Delacroix, 1798~1863, 프랑스 낭만주의 대표 화가)의 소품 하나와 중간 크기의 그레코(El Greco, 1541~1614, 그리스 출신의 스페인 화가, 조각가, 건축가) 작품도 하나 있었다. 피카소의 어릿광대 시기(Harlequin)의 작품이 엄청나게 많았고, 마티스의 작품들은 두 줄로 진열되어 있었으며, 세잔의 대형 여인 초상 한 점과 소품 들도 있었다. 이 그림들은 저마다 역사가 있었는데 그 이야기들은 곧 풀어

놓겠다. 나는 아주 혼란스러웠다. 나는 그림들을 보고 보고 또 보았지만, 계속 혼란스러웠다. 거트루드 스타인과 그녀의 오빠는 손님들의 이런 상태에 익숙해 별 신경을 쓰지 않았다. 아틀리에 문을 두드리는 날카로운 소리가 났다. 거트루드 스타인이 문을 열자 키가 작고 피부가 가무잡잡하며, 머리, 눈, 얼굴, 심지어 손과 발까지 생기가 넘치는 남자가 들어왔다. 어서 오세요, 알피. 이쪽은 토클라스 양이에요. 거트루드 스타인이 말했다. 안녕하십니까, 토클라스 양. 남자가 힘주어 말했다. 그는 이 집의 오랜 단골 방문객인 알피 모러(Alfy Maurer, 1868~1932, 앨프레드 헨리 모러. 미국의 화가)였다. 그는 저 그림들이 이 집에 들어오기 전, 일본 판화들만 있던 시절부터 이 집을 왕래하고 세잔의 작은 초상화를 보기 위하여 성냥을 켰던 사람들 중하나였다. 이 집에 처음 온 미국 화가들이 그림들을 보고 미심쩍은 표정을 지으면 알피는 이렇게 말하곤 했다. 물론 여러분은 이 그림이 완성작임을 아실 겁니다. 만약 그림이 완성되지 않았다면 왜 표구를 했겠습니까. 알피는 한결같이 겸손과 진지함을 따르고, 따르고, 따라온 사람이었다. 몇 년 뒤 유명한 반스 컬렉션에 보낼 그림들을 성실과 열정을 다하여 맨 처음 선정한 사람이 그였다. 나중에 앨버트 반스(Albert Barnes, 1872~1951, 미국의 발명가이자 미술품 수집가)가 집으로 찾아와 수표책을 흔들자, 오, 맙소사, 저이를 데려온 사람은 내가 아닙니다, 하고 말한 사람이기도 했다. 또 다른 날 저녁, 성격이 불같은 거트루드 스타인이 집에 돌아와 보니 자기 오빠와 알피와 낯선 이방인을 보게 되었다. 이방인의 모습이 마음에 들지 않은 그녀는 불같이 화를 내며 저 인간은 누구냐고 묻자 자기가 데려오지 않았다고 말한 사람이기도 했다. 그날 그녀가 저 사람 유대인 같다고 말하자 알피는 유대인보다 더 고약한 사람이다, 라고 말했다. 다시 나의 첫날 저녁으로 돌아가자. 알피가 들어오고 조금 뒤 엘렌이 힘차게 노크를 하고 말했다. 모두들 저녁 식사하십시오. 사람들은 피카소 커플이 안 와 섭섭하긴 하지만 엘렌을 기다리게 해서는 안 된다고 말했다. 우리는 안뜰을 지나 본채 다이닝룸에서 저녁을 먹기 시작했다. 스타인 양이 말했다. 정말 웃기는 일이에요. 파블로가 늘 정각을 지키는 거 말이죠. 그는 약속 시간보다 빠른 법도 늦는 법도 없지요. 피카소는 정각은 왕들의 예법이라고 믿고 심지어 페르낭드까지 정각을 엄수하게 만들잖아요. 물론 피카소가 마음에도 없이 네 하고 말할 때도 있어요. 그는 도대체 아니오 하고 거절할 줄을 모르죠. 아니오는 그의 단어에 들어 있지 않아요. 그러니까 피카소가 예하고 말하면 우리는 그게 진심인지 아닌지 알아내야 하는데, 하지만 그가 일단 예라고 하면 진짜 예니까 오늘밤 식사에 평소처럼 정각에 왔어야 해요. 그때는 자동차가 많지 않던 시절이라 교통사고를 걱정하는 이는 없었다. 우리가 막 첫 번째 요리를 끝냈을 때 안뜰 쪽에서 급한 발걸음 소리가 났고, 종소리가 잦아들기도 전에 엘렌이 문을 열고 들어왔다. 그 뒤로 파블로와 페르낭드가 들어왔다. 그 시절 모두는 두 사람을 파블로와 페르낭드로 불렀다. 피카소는 자그마한 키에 쉬지 않고 재빠르게 움직이는 눈을 가진 남자였다. 커다란 눈동자는 제가 보고자 하는 것을 빨아들이는 이상한 힘이 있었다. 몸짓에서는 앞장서서 투우장으로 행진하는 투우사의 고립된 분위기가 느껴졌다. 페르낭드는 키가 큰 아름다운 여인으로, 커다란 멋진 모자를 쓰고 최신 유행의 드레스를 입고 있었다. 두 사람은 어쩔 줄 몰라했다. 피카소가 입을 열었다. 정말 당황스럽습니다. 하지만 거트루드, 제가 약속에 늦는 사람이 아니라는 걸 잘 아시죠? 그런데 페르낭드가 내일 전시회 개막식에 입고 나갈 옷을 맞췄는데 그 옷이 오지 않아서 말이죠. 스타인 양은 그에게 말했다. 아무튼 두 분이 오셨으니 됐어요, 엘렌도 신경 쓰지 않을 겁니다. 모두가 자리에 앉았다. 파블로는 내 옆에 앉아서 아무 말 없이 마음을 진정시켰다. 페르낭드는 앨피 옆에 앉았는데, 그녀도 곧 진정하고 침착함을 찾았다. 잠시 뒤 나는 피카소에게 거트루드 스타인의 초상화가 마음에 든다고 말했다. 피카소는, 사람들이 그림과 모델이 안 닮았다고 말하는데 그건 중요하지 않습니다, 거트루드도 신경 쓰지 않을 겁니다, 하고 말했다. 곧 화제는 내일 개막할 연중 가장 큰 행사인 앵데팡당전(Salon des Indépendants, 1884년부터 파리에서 해마다 열리는 '독립미술가협회'의 미술 전시회-옮긴이)으로 모아졌다. 모두들 내일 어떤 일이 일어날까 또는 일어나지 않을까 관심이 많았다. 피카소는 그때까지 전시회를 연 적이 없지만 그의 추종자들은 전시회를 열었기 때문에 추종자들 한 명 한 명의 바람과 두려움에 얽힌 많은 일화들은 재미있는 이야깃거리가 되었다.

우리가 커피를 마시고 있을 때 안뜰에서 꽤 많은 사람들이 내는 발자국 소리가 났다. 스타인 양이 일어서며 천천히들 차 드세요, 제가 맞이하겠습니다, 하고는 밖으로 나갔다.

우리가 아틀리에로 돌아가자 벌써 많은 사람들이 삼삼오오 또는 혼자서 또는 짝을 지어 그림들을 구경하고 있었다. 거트루드는 난로 옆 의자에 앉아 이야기하고 이야기를 듣고, 일어나 문을 열어주고, 다양한 사람들에게 다가가 말을 걸고 그들이 하는 이야기를 들었다. 노크 소리가 나면 대개는 그녀가 문을 열고는 프랑스어로 de la part de qui venez-vous, 하고 물었다. 누구의 소개로 오셨습니까. 이곳의 공식 인사였다. 이 집은 누구라도 들어올 수 있지만 파리에서는 형식을 갖추어야 하며 이 집을 찾아온 손님은 이곳 모임을 알려준 사람의 이름을 언급할 수 있을 거라는 생각에서 시작된 아이디어였다. 이 질문은 어디까지나 형식일 뿐 실제로는 누구나 입장이 가능했다. 세상이 이 집에 있는 그림들의 가치를 아직 모르던 시절, 그 자리에 참석한 사람들을 아는 게 으스댈 게 없던 시절, 그저 오직 그곳에 실제로 찾아온 손님들만이 진정으로 순수하게 흥미로운 시절이었다. 그러므로 나는 그곳은 누구라도 들어올 수 있되 다만 형식이 존재했다고 말하겠다. 한번은 스타인 양이 문을 열고 평소대로 누구한테 초청받았느냐고 물었을 때, 우리는 감정이 상한 목소리를 들었다. 바로 여사님, 당신이잖습니까. 젊은 남자는 거트루드 스타인이 어딘가에서 만나서 오래 대화를 나눈 뒤 진심으로 초청했다가 돌아서는 순간부터 까맣게 잊어버린 사람이 분명했다.

조금 뒤 공간은 발 디딜 틈 없이 찼다. 모두가 거기 있었다. 먼저 헝가리 화가들과 작가들 그룹이 있었다. 이들이 플뢰뤼스 거리로 오게 된 것은 언젠가 어떤 헝가리인이 누군가를 따라왔다가 이곳 소문을 내기 시작했고, 그 소문이 헝가리 전체로 퍼졌고, 어떤 마을에 사는 야심찬 젊은이가 플뢰뤼스 거리 27번지 소문을 듣고는 곧 찾아오고, 그 사람 뒤를 이어 아주 많은 사람들이 오게 되는 식이었다. 헝가리인들은 늘 있었다. 크고 작은 사람, 다양한 생김새, 부유함과 궁핍의 스펙트럼, 더러는 매력이 넘치는 사람, 더러는 그저 거친 사람들. 그 다음은 독일인들 차례였다. 그들도 인기가 많은 축은 못 되었는데, 꼭 치워버린 작품들만 보여달라 요구하고 또 물건을 깨뜨리는 경향이 있었기 때문이다. 거트루드 스타인은 깨지기 쉬운 물건에 마음이 약했으며, 깨지지 않은 물건만을 수집하려드는 인간들에 대한 공포감이 있었다. 그 다음은 반짝반짝 빛나는 미국인들 차례였다. 한 무리의 사람들을 우르르 데려오거나 전기기술자이자 화가인 사이엔을 자주 데려오던 밀드레드 올드리치와, 우연히 이곳을 알게 된 이후 아무 때나 불쑥 찾아오던 건축학도가 생각난다. 또 다른 미국인 단골손님으로는, 훗날 거트루드 스타인이 「미스 퍼와 미스 스키네Miss Furr and Miss Skeene」에서 형상화한 마스 양과 스콰이어스 양이 있다. 마스 양과 처음 만난 날 밤, 나는 당시로서는 아주 새로운 주제, 그러니까 얼굴 화장법에 대하여 이야기를 나누었다. 유형별 분류에 관심이 많은 마스 양은 이 세상에는 장식적 여성, 가정적 여성, 간교한 여성이 있음을 알고 있었다. 내가 페르낭드 피카소는 의심할 것 없이 장식적 여성이며 마티스 부인은 가정적 여성이라고 말하자 마스 양은 아주 기뻐했다. 이따금 피카소의 스페인어 억양과 터질 듯한 웃음소리와 거트루드 스타인의 명랑한 콘트라알토의 웃음소리가 폭발했다. 사람들이 오가는 소리와 문으로 들고나는 소리도 들렸다. 스타인 양이 내게 페르낭드 옆에 앉으라고 말했다. 페르낭드는 언제 봐도 아름다운 여인이지만 굼뜬 편이었다. 나는 시키는 대로 했고, 이로써 천재의 부인 옆에 앉는 역사가 시작되었다.

거트루드 스타인과 함께한 스물다섯 해에 대해 글을 쓰겠다고 결심하기 전, 나는 내가 같이 앉아본 천재들의 아내들에 관한 이야기를 쓰겠노라고 자주 말하곤 했다. 나는 그렇게나 많은 사람들 옆에 앉았던 것이다. 나는 진정한 천재들의 부인이 아닌 부인들 옆에 앉아보았다. 나는 진짜 천재가 아닌 천재들의 진짜 부인들 옆에 앉았다. 나는 천재들의 부인, 천재에 가까운 사람들의 부인, 천재가 될 법한 사람들의 부인, 그러니까 수많은 부인들과 수많은 천재들의 부인들 옆에 아주 자주, 그리고 아주 오랜 세월 동안 앉아 왔다.

나는 페르낭드와 이야기를 나누었다. 당시 피카소가 같이 살던 여자, 그의 곁을 오랫동안 지켜내고 있는 여자였다. 스물네 살 동갑인 그들은 나이는 어려도 함께 산 지 아주 오래되었다는 말이다. 내가 함께 앉아본 천재의 첫 번째 여자인 페르낭드는 최소한 재미있는 여자였다. 우리는 모자에 대해 이야기했다. 페르낭드가 좋아하는 두 가지 주제가 모자와 향수인데, 그녀를 처음 만날 날 우리의 주제는 모자였다. 페르낭드는 모자를 좋아했고, 프랑스인답게 모자를 보는 감각이 있었다. 그녀는 만약 모자를 쓰고 거리에 나갔는데 남자들한테서 흥미로운 반응을 못 일으킨다면 그 모자 선택은 잘못된 거라고 믿었다. 나중에 그녀와 몽마르트르를 산책하게 되었을 때 그녀는 커다란 노란색 모자를, 나는 그보다 한참 작은 파란색 모자를 쓰고 있었다. 한 노동자가 걸음을 멈추고 소리쳤다. 해님과 달님이 함께 나오시니 온 세상이 환하군요. 페르낭드는 화사하게 웃으며 내게 말했다. 우리들 모자가 성공한 거예요.

스타인 양이 나를 부르더니 마티스를 소개해주고 싶다고 말했다. 그녀는 중간키에 안경을 끼고 붉은 수염을 기른 남자와 이야기하고 있었다. 살이 살짝 오르긴 해도 명민하고 민첩하게 보이는 남자였다. 스타인 양과 그는 둘만이 아는 모종의 비밀스런 분위기가 풍겼다. 그들에게 다가가는데 아, 그렇죠, 하지만 이젠 그리 하기는 어려울 겁니다, 하는 그녀의 목소리가 내 귀에 잡혔다. 그녀가 나에게 말했다. 우리는 작년에 우리 집에서 열린 오찬 이야길 하고 있었어요. 모든 그림을 벽에 걸고 그 그림들을 그린 화가들 전부를 초대한 날이었죠. 난 화가들의 심리를 잘 알아요. 나는 화가들을 행복하게 해주고 싶어서 자신들의 그림과 마주보도록 자리배치를 했어요. 그날 화가들이 아주아주 행복해 해서 우리는 빵을 두 번이나 더 내와야 했답니다. 빵을 두 번이나 내다니, 그 말은 한 마디로 그들이 행복했다는 뜻인데, 당신이 프랑스를 좀 더 알게 되면 무슨 말인지 알게 될 겁니다. 프랑스 사람은 빵 없이는 먹지도 마시지도 못하는데 그날 그들이 너무 행복해 보여서 아주 행복한 그들을 위해 우리는 두 번이나 빵을 더 내야 했다는 말이죠. 처음엔 내가 꾸민 작은 계략을 아무도 알아차리지 못했어요. 오직 마티스만이, 그나마 떠나기 직전에야 알아챘답니다. 그래서 지금 마티스는 그때 일을 두고 내가 아주 약은 사람이라는 증거라고 말하고 있어요. 마티스가 허허 웃더니 말했다. 네, 나는 거트루드 양을 잘 압니다. 당신은 세상을 극장으로 보시는데, 하지만 세상에는 수많은 극장들이 있습니다. 당신은 내 말을 주의 깊게 경청하지만, 사실은 한 마디도 듣고 있지 않으니 나로서는 당신이 약은 사람이라고 할 밖에요. 그 다음 두 사람은 다른 사람들처럼 앵데팡당 전으로 화제를 바꾸었다. 나는 물론 무슨 말인지 전혀 알아듣지 못했다. 하지만 시간이 지나면서 점점 알게 되었으니 많은 그림들에 얽힌 내력들, 그 그림을 그린 화가들과 그들의 추종자들, 그리고 이때 두 사람이 어떤 의미로 그런 대화를 나누었는지에 대해서는 나중에 이야기하겠다.

　조금 뒤 나는 피카소에게 다가갔다. 뭔가에 골똘해 서 있던 그가 말했다. 정말 제가 당신네 나라 대통령 링컨을 닮았습니까? 나는 그날 저녁 여러 가지 생각을 했었지만 그 생각은 절대 하지 않았다. 피카소는 그 다음 거트루드에게 물었다. (피카소가 그녀의 이름을 발음할 때, 그리고 또한 그녀가 파블로를 부를 때 그 단순한 확신과 애정을 표현할 수 있다면 얼마나 좋을까. 두 사람이 키워낸 오랜 우정에는 어려운 순간도 있고 복잡한 일도 있었지만, 두 사람의 애정이 변한 적은 한 번도 없었다.) 거트루드가 내게 피카소의 사진을 보여주었다. 그날부터 나는 그의 머리 모양과 똑같이 하려 애써 왔으며, 피카소가 어떻게 생각하든 그와 이마가 많이 닮았다고 생각한다. 그날, 피카소의 질문이 진심이었는지 아니면 그저 날 동정해 해본 말인지 모르겠다. 그때만 해도 나는 거트루드 스타인이 얼마나 철두철미한 미국인인지 알지 못했다. 나중에는 그녀를 어느 한쪽 또는 양다리를 걸친 남북전쟁 장군이라고 종종 놀리게 되지만 말이다. 거트루드 스타인은 꽤 훌륭한 남북전쟁 자료 사진을 가지고 있었다. 피카소는 그녀와 함께 골똘하게 사진을 들여다보다가 갑자기 스페인 전쟁(1898년 미국과 스페인 간의 전쟁을 말함-옮긴이)을 떠올리고는 신랄한 스페인 사람으로 돌아갔고, 그러면 한자리에 있던 스페인인과 미국인은 서로 상대방 나라를 깎아내리고 비판하고는 했다. 하지만 그 첫날 저녁만 해도 나는 이런 사실을 전혀 몰랐고 깍듯하게 예절을 지켰다. 그게 전부였다.

이제 저녁 시간도 끝나가고 있었다. 더러는 떠나고, 더러는 계속 남아 앵데팡당 전 이야기를 했다. 나는 전시회 초대장을 한 장 얻어 그 곳을 나왔다. 내 인생에서 가장 중요한 저녁이 이렇게 지나갔다.

초대장 하나로 두 사람이 갈 수 있기에 나는 친구와 함께 가기로 했다. 우리는 아주 일찍 출발했다. 까딱하다 늦게 도착하면 그림을 제대로 못 보고 앉을 자리도 없을 거라는 말을 들었는데 내 친구는 편히 앉을 자리를 원했기 때문이다. 우리가 들어선 곳은 순전히 전시회만을 위해 지은 임시 건물이었다. 프랑스 사람들은 단 하루나 며칠만의 행사를 위해서도 건물을 만들었다가 그것을 다시 무너뜨린다. 거트루드 스타인의 오빠는 많은 남자들이 임시 건물을 세우고 부수는 일에 정기적으로 고용되는 일과 프랑스의 만성적인 고용과 실업 문제는 실제 큰 관련이 있다고 말한다. 프랑스에서는 영속성을 향한 인간의 본성이 너무도 강해 순간순간에 충실한 임시 건물을 얼마든지 허용한다. 우리는 앵데팡당 전을 위해 매해 세운 아주아주 오래된 임시 건물 안으로 들어섰다. 전쟁 후인지 전쟁 직전인지는 가물가물한데, 나중에 앵데팡당 전을 위한 영구 건물이 그랑 팔레 안에 세워졌다. 버젓하고 아주 웅장한 그 건물은 하지만 과거의 임시 건물보다 너무 재미가 없었다. 무엇보다 모험정신이 중요하다. 낮고 긴 건물은 파리의 불빛을 받아 아름답게 빛나고 있었다.

옛날 아주 먼 옛날, 그러니까 조르주 쇠라(Georges Seurat, 1859~1891, 신인상주의를 이끈 프랑스 화가)의 시절에, 앵데팡당 전은 비가 안으로 들이치는 장소에서 열렸었다. 퍼붓는 비를 고스란히 맞으며 그림을 걸어야 하는 그런 상황 때문에 쇠라는 가련하게도 독감에 걸렸었다. 이제 전시회장은 비가 들이치지 않았으며, 날도 화창했다. 우리는 너무 일찍 서두른 바람에 첫 번째 관람객이 되고 말았다. 우리는 이 방에서 저 방으로 걸음을 옮겼는데, 솔직히 어떤 그림이 토요일 저녁의 관객들로부터 예술로 인정받을지, 또는 프랑스인들이 이른바 '일요화가'라 부르는 노동자, 미용사와 수의사와 공상가들이 일주일에 한 번씩 그리는 그런 그림으로 여길지 알아볼 길이 없었다. 나는 방금 우리가 알지 못했다고 말했지만 아마 알고 있었을 것이다. 그렇지만 루소의 그림에 대해서는 정말이지 아무 것도 몰랐다. 그곳엔 이 전시회의 스캔들이 될 루소의 대작이 하나 있었던 것이다. 공화국의 관료들을 그린 이 그림은 현재 피카소가 소장하고 있는데, 우리는 이것이 위대한 걸작이 될 줄은 전혀 몰랐고, 여기서 엘렌의 표현을 다시 빌리면 이 그림이 루브르 박물관으로 행차하게 될 것도 알아보지 못했다. 그리고 내 기억이 정확하다면, 그 전시회에는 또한 동일인 세관원 앙리 루소(Henri Rousseau, 1844~1910, 프랑스 화가. 세관원이라는 별칭으로 불렸다)가 그린 이상한 그림도 있었다. 기욤 아폴리네르(Guillaume Apollinaire, 1880~1918, 프랑스 시인)와 기욤의 뒤에 나이 든 마리 로랑생(Marie Laurencin, 1883~1956, 프랑스의 화가, 판화가)을 뮤즈로 표현한 일종의 신화적 작품이었는데 그 그림도 나는 진지한 예술작품으로 알아보지 못했다. 물론 그때는 마리 로랑생과 기욤 아폴리네르의 이야기를 전혀 몰랐을 때인데, 이 두 사람 이야기는 나중에 많이 이야기하게 될 것이다. 우리는 계속 걷다가 마티스의 작품을 만났다. 아, 마티스의 작품을 보자 집에 돌아온 것처럼 마음이 편안해졌다. 그 그림을 보자마자 우리는, 아 마티스야 하고 알아차렸고, 그것이 위대하고 아름다운 예술임을 알아보았고, 우리가 예술을 알아봤다는 사실에 정말 기뻐했다. 한 여인이 야자나무를 배경으로 누워 있는 대형 작품이었다. 전시회가 끝난 뒤 플뢰뤼스 거리에 있게 될 그림이었다. 거트루드 스타인은 자주 방문하던 수위의 다섯 살짜리 아들을 아주 예뻐했다. 어느 날 그녀가 아틀리에의 문을 열고 서 있을 때 소년이 달려와 안겨서는 그녀의 어깨너머로 두리번거리다가 이 그림을 보고서는 감탄해 소리쳤다. 오, 아, 아, 정말 아름다운 여자의 몸이에요. 우연히 집에 들른 이방인이 이 그림을 공격하려 하면 거트루드 스타인은 늘 이 소년이 한 말을 들려주며 그 말이 무엇을 상징하는지 아느냐고 묻고는 했다.

마티스와 같은 전시실에는, 가벽에 의해 일부가 가려진 채, 같은 그림을 헝가리식으로 표현한 그림이 걸려 있었다. 화가는 내가 플뢰뤼스 거리에서 본 기억이 있는 크조벨 형제(부다페스트 출신의 라즐로 크조벨Laszlo Czobel과 벨라 크조벨Bela Czobel은 형제 화가로 '8그룹'의 회원이었다-옮긴이) 중 한 명이었다. 거침 없고 폭력적인 스승의 그림과는 달리 폭력에 반대함을 독립적으로 표현하려는 분위기가 느껴졌다.

우리는 전시실을 계속 둘러보았다. 아주 많은 전시실, 각 전시실마다 걸린 아주 많은 그림들. 중앙 전시실로 들어가자 드디어 정원용 벤치가 보였다. 우리가 벤치에 앉아 쉬려고 할 때에야 관람객들이 하나둘 들어오기 시작했다.

우리는 벤치에 앉아 들어오는 관람객 한 사람 한 사람을 구경했다. 모두가 보헤미안의 삶을 보여주는 좋은 구경거리여서 오페라무대를 보고 있는 기분이 들었다. 바로 그때 뒤에서 누군가 우리 어깨를 짚으며 웃음을 터트렸다. 거트루드 스타인이었다. 알아서 좋은 자리를 잡았군요. 그녀가 말했다. 왜 그런 말을 하죠? 우리가 물었다. 당신들 바로 앞에 모든 이야기가 있기 때문이죠. 우리는 고개를 들었는데 아주 닮았으면서도 완전히 다른 큰 그림 두 개만 보일 뿐이었다. 거트루드 스타인은 하나는 브라크의 그림이고, 다른 하나는 앙드레 드랭(André Derain, 1880~1954, 프랑스의 야수파 화가)의 그림이라고 설명해주었다. 두 작품 모두 나무 벽돌 형체들을 이상하게 그린 이상한 그림들이었다. 내 기억이 정확하다면 한 그림에는 한 남자와 여자들, 그리고 다른 그림에는 여자 세 명이 그려져 있었다. 거트루드 스타인은 잘 봐두세요, 하며 계속 깔깔대었다. 우리는 당혹스러웠다. 이상한 그림들을 수없이 봤는데 이 두 작품이 다른 그림들보다 더 특별하게 이상해야 할 이유를 알 수 없었던 것이다. 거트루드는 우리를 남겨두고 떠드는 관람객들 사이로 총총 사라졌다. 우리는 파블로 피카소와 페르낭드를 알아봤고, 또 다른 몇몇도 알아봤다고 생각했다. 모두는 우리가 앉아 있는 자리와 우리가 얌전하게 앉아 있기만 한 사실을 재미있어 하는 것 같았다. 우리는 그들이 우리를 특별히 흥미로워하는 이유가 도무지 짐작이 되지 않았다. 꽤 한참이 지나서 거트루드가 다시 나타났는데, 좀전보다 확실히 더 흥분하고 즐거워했다. 그녀가 몸을 숙이며 짐짓 근엄하게 말했다. 프랑스어 수업을 받아 보시겠어요? 우리는 머뭇거리다가 어떻게 프랑스어 수업을 받냐고 물었다. 페르낭드가 두 사람에게 프랑스어를 가르쳐줄 테니까요. 어서 그녀에게 가서 수업을 듣고 싶다고 말하세요. 하지만 왜 하필 페르낭드가 선생님이어야 하죠? 우리가 다시 물었다. 왜냐하면 그녀와 파블로가 영원히 헤어지기로 결정했기 때문이에요. 벌써 헤어진 모양인데, 난 이제야 알았어요. 파블로는 한 여자를 사랑한다면 그 여자에게 돈을 벌어줘야 옳다고 생각해요. 그리고 헤어지고 싶어져도 여자에게 줄 충분한 돈이 생길 때까지 기다려야 한다고 생각하죠. 피카소는 앙브루아즈 볼라르(Ambroise Vollard, 1865~1939, 프랑스의 화상, 출판업자)에게 그림들을 판 덕분에 그 절반을 페르낭드에게 주고 헤어질 여력이 생겼어요. 페르낭드는 자립을 바라는데, 그러려면 프랑스어 교습을 해야 해요. 그러니 이젠 두 사람이 학생이 되세요. 늘 호기심이 넘치는 내 친구가 물었다. 이 두 작품들과 관계 있는 일인가요? 그건 아니에요. 거트루드 스타인은 아주 크게 하하 웃고는 자리를 떴다.

내가 알게 된 이야기의 전모는 나중에 밝히기로 하고 지금은 페르낭드를 찾아가 프랑스어 수업을 부탁하는 이야기를 하겠다.

나는 돌아다니며 관람객들을 관찰했다. 그림을 보러 이렇게 다양한 남자들이 찾아올 줄을 상상도 못했었다. 미국에서는, 심지어 샌프란시스코에서도 전시회장에는 여자들이 많고 남자는 소수였는데, 파리에서는 남자들, 남자들, 남자들이었다. 이따금 남자들과 동행한 여자들이 있었는데, 남자 서너 명에 여자 한 명이거나 남자 대여섯 명에 여자 두 명 비율이었다. 조금 후 나는 이런 비율에 익숙해졌다. 남자 대여섯 명에 여자 두 명인 그룹들 중 하나에서 피카소가 보였고, 그 다음 예의 특징적인 몸짓을 하는 페르낭드가 보였다. 반지를 낀 손가락을 허공에 찌르는 모습. 페르낭드의 집게손가락이 가운뎃손가락보다 길지는 않더라도 상당히 길다는 사실과 비록 그녀가 게으른 편이라 드문 일이긴 하지만 가끔 아주 활기차게 허공을 찌르는 버릇이 있음을 그때 알게 되었다. 나는 그 무리를 방해하고 싶지 않아 기다렸다. 페르낭드는 무리의 한쪽 끝에 있고 피카소는 반대편 끝에 있는데도 둘은 주변을 빨아들이는 중심이었다. 결국 나는 용기를 내어 다가가 용건을 말했다. 페르낭드가 다정하게 말했다. 아, 맞아. 당신이 프랑스어 수업을 듣고 싶어 한다고 거트루드한테서 들었어요. 당신과 당신의 친구를 가르친다면 저에겐 아주 좋은 일이죠. 며칠 동안은 새 아파트 정리하는 일로 아주 바빠요. 거트루드가 주말에 찾아오기로 했는데, 시간이 맞으면 그날 친구분과 같이 와 자세하게 이야기하기로 해요. 가끔은 내가 흉내도 못낼 몽마르트르 속어가 끼어들긴 했어도 교사 교육을 받은 페르낭드의 프랑스어는 아주 우아했다. 페르낭드의 목소리는 사랑스럽고, 이목구비는 신비한 느낌에 아주 아름다웠다. 몸집이 큰 편이지만 게을러서 뚱뚱해진 느낌은 없었고, 팔은 프랑스 여인들을 특징하는 아름다움인 작고 둥그런 것이었다. 치마 길이가 짧아진 것은 프랑스 여인들에게는 애석한 일인데, 그전까지만 해도 사람들은 평균적인 프랑스 여인의 짧은 다리를 상상하지 못하고 오직 작고 둥그스름한 팔의 아름다움만을 상상했기 때문이다. 나는 페르낭드에게 좋다고 말한 다음 자리를 떴다.

친구가 앉아 있는 벤치로 돌아갈 즈음 그림까지는 아니더라도 사람들에게는 한결 익숙해졌다. 그곳에 모인 사람들에게서 어떤 공통 유형이 있음을 깨닫기 시작했다. 많은 세월이 지나서, 그러니까 지금으로부터 몇 해 전 우리 모두가 사랑한 후안 그리스(Juan Gris, 1887~1927, 스페인의 화가. 종합적 입체파)가 죽었을 때(후안 그리스는 피카소와 거트루드 스타인이 가장 사랑한 친구였다), 나는 후안의 장례식에서 거트루드 스타인과 브라크가 나누던 대화를 들은 적이 있다. 거트루드가 저이들은 누구죠? 낯이 익은데 누가 누군지는 모르겠다고 말하자 브라크는 이렇게 말했다. 오, 저들은 앵데팡당 전과 가을 전시회에 왔던 사람들입니다. 당신이 낯익다라고 느끼는 건 당신이 오랜 세월 동안 일년에 두 차례 씩 봐왔기 때문이죠.

열흘 후, 나는 거트루드와 함께 몽마르트르에 갔다. 나의 첫 번째 몽마르트르 입성이었다. 그 첫날 이후 몽마르트르를 향한 나의 사랑은 지금까지 한 순간도 멈춘 적이 없다. 우리는 요즘도 자주 몽마르트르에 가는데, 그때마다 첫날 느꼈던 미묘한 기대감을 다시 느낀다. 몽마르트르에는 늘 누군가가 서 있다. 무언가를 기다리며 서 있는 장소, 딱히 어떤 특별한 일이 일어나길 기다려서가 아니라 그냥 서 있는 장소다. 몽마르트르 주민들은 웬만해서는 앉지 않는다. 마치 프랑스의 정찬장의 의자들, 앉으라고 유혹하지 않고 서 있는 의자들 같다. 나는 이렇게 몽마르트르에 갔고, '서 있기'라는 나의 도제 수업이 시작되었다. 우리는 먼저 피카소를 만난 다음 페르낭드의 집을 찾아 갈 생각이었다. 그 즈음 피카소는 몽마르트르에 같이 가자고 하면 질 색을 했다. 그리고 요즘은 몽마르트르에 절대 가지 않으려 한다. 그 곳에 대해 생각하는 것도 말하는 것도 좋아하지 않는다. 심지어 거트 루드 스타인 앞에서도 몽마르트르 이야기하길 망설일 정도다. 그 옛 날, 피카소는 스페인인으로서의 자부심에 깊은 상처를 받았고, 몽마 르트르에서의 그의 삶은 쓸쓸한 환멸만 남겼기 때문이다. 환멸로 돌 아선 스페인 사람보다 더 비정한 사람은 세상에 없다.

그럼에도 피카소는 아직은 몽마르트르 사람으로서 몽마르트르의 라비냥 거리에서 살고 있었다.

우리는 오데옹 극장으로 간 다음 그곳에서 옴니버스를 탔다. 옴니 버스란 잘생긴 늙은 말들이 끄는 일종의 승합자동차다. 옴니버스는 꽤 빠른 일정한 속도로 파리를 관통한 다음 언덕을 올라가 종점인 블랑슈까지 달렸다. 우리는 종점에서 내려 먹을거리들을 내놓은 상 점들이 양쪽으로 늘어선 가파른 르픽 거리를 걸어 올라간 다음 모퉁 이를 돌았다. 그 다음 좀전보다 더 가파른, 거의 수직에 가까운 언덕 을 다시 올라가야 했다. 라비냥 거리였다. 지금 그곳은 에밀 고도 광 장으로 불리는데, 이름만 바뀌었을 뿐 옛 모습이 그대로 남아 있다. 그곳의 계단을 올라가자 작고 귀여운 나무들이 드문드문 자라는 평 평한 작은 광장이 나왔고 광장 한쪽 구석에서 목수가 나무를 다듬고 있었다. 얼마 전 그 광장을 찾아갔을 때, 그 옛날처럼 목수가 구석에서 나무를 다듬고 있었고 계단 직전에 있는, 모두가 먹고 마시길 즐기던 작은 카페와 왼편으로 화실들이 모여 있는 낮은 목조건물(바토라부아Bateau-Lavoir. 일명 '세탁선'으로 불린, 많은 화가들이 살던 건물이다-옮긴이)도 그대로 남아 있었다.

우리는 계단을 올라가 우리의 왼편으로 열려 있는 스튜디오 문으로 들어갔다. 이 스튜디오에서 후안 그리스는 나중에 순교자의 삶을 살아가게 되는데 아무튼 당시에는 루소를 위한 유명한 파티에서 자신의 화실을 여성의 드레스룸으로 빌려주었던 별 특징 없는 화가 바양(Pierre Henri Vaillant, 1878~1939, 프랑스 화가)이 살고 있었다. 그다음 가파른 계단을 내려가 훗날 막스 자코브의 화실이 될 장소를 지났고, 거기서 다시 가파르고 좁다란 계단을 더 내려가 얼마 전에 자살한 젊은이가 쓰던 화실을 지났다. 피카소의 초기 걸작 중에서 관을 에워싼 친구들을 그린 그림은 이 자살을 묘사한 것이다. 이렇게 여러 화실들을 다 지나가자 약간 큰 문이 나타났다. 거트루드 스타인이 문을 두드렸다. 피카소가 문을 열고 우리를 안으로 들였다.

피카소는 프랑스인들이 원숭이 옷이라고 부르는, 푸른색인지 갈색인지 알 수 없는—아마 푸른색이 맞을 것이다—오버롤을 입고 있었다. 원숭이 옷이라는 별칭은 원래는 허리띠를 매야 하는데 매지 않을 때가 더 많았고, 그럴 때면 옷이 늘어져 원숭이처럼 보이기 때문이었다. 피카소가 눈을 번득 뜨면 내 기억 속 어떤 눈보다도 멋진 아주 커다란 진갈색을 보여주었다. 그의 구릿빛 손은 섬세하고 재발랐다. 우리는 집 안 깊숙이 들어갔다. 한쪽 구석에 소파가, 다른 구석에는 요리와 난방을 겸하는 작은 난로와 작은 의자들, 그리고 거트루드 스타인이 모델이 되었을 때 앉았던 바닥이 꺼진 의자가 하나 있었다. 개 냄새와 물감 냄새가 진동했다. 사실 집 안에는 암캐가 한 마리 있었는데, 피카소는 큰 가구를 배치하듯 그 개를 이쪽저쪽으로 몰아대었다. 그는 자리를 권했지만 의자마다 물건들이 올려 있어 우리 모두는 그곳을 떠날 때까지 계속 서 있었다. 나로서는 첫 번째 서 있기 경험이었는데, 하지만 나는 곧 다른 이들은 몇 시간이고 서 있기에 익숙하다는 걸 알게 되었다. 벽에 엄청나게 커다란 이상한 그림이 하나 있었다. 그 그림에 대해 내가 말할 수 있는 것은, 밝고 어두운 색상으로 아주 이상하게 그린 아주 큰 군상이라는 것, 한 그룹과 그 그룹 바로 옆에 자세를 취하는 적갈색의 여인 셋이 그려져 있는데 그림 전체가 대단히 위협적이라는 것이다.(피카소의 〈아비뇽의 처녀들〉을 가리킴-옮긴이) 피카소와 거트루드 스타인은 선 채로 이야기를 나누었다. 나는 주변을 둘러보았다. 깨달음까지는 아니더라도 그곳에 어떤 고통과 아름다움이 있음을, 갇힘과 그러면서도 압도하는 어떤 걸 느꼈다. 그때 거트루드 스타인의 목소리가 들렸다. 그러면 내 것은. 그러자 피카소가 미완성인 작은 그림을 가져왔다. 흰색에 가까운 파리한 색으로 두 인물이 그려져 있었다. 분명 미완성이고 또 완성시킬 수 있는 게 아닌 그림임에도 모든 게 갖춰진 그림이었다. 피카소가 하지만 그는 절대 그걸 받아들이지 않을 겁니다, 하고 말했다. 거트루드 스타인은 그래, 나도 알아, 하지만 이것은 모든 걸 지닌 유일한 그림이지, 하고 말했다. 피카소는 알고 있다고 대답했고, 그 다음 두 사람은 침묵했다. 조금 뒤에야 둘은 나지막하게 다시 입을 떼었다. 이젠 돌아가야 해. 페르낭드와 차 약속이 있거든. 스타인 양이 말했다. 알고 있습니다. 피카소가 말했다. 페르낭드를 자주 봐? 스타인 양이 묻자, 피카소는 얼굴이 시뻘게졌다. 그 집에는 가지 않습니다. 그의 목소리에는 분함이 담겨 있었다. 스타인 양은 껄껄 웃고는 당신 속이 어떻든 우린 페르낭드의 집에 갈 거야. 그리고 토클라스 양은 프랑스어를 배우기로 했어, 하고 말했다. 아, 토클라스 양, 스페인 여자처럼 발이 작고 집시 여인의 귀고리를 하고 폴란드 왕 포니아 토브스키 같은 아버지를 둔 여자 말이죠. 물론 프랑스어 공부를 해야 하고말고요, 하고 피카소가 말했다. 모두가 웃음을 터뜨렸다. 우리가 막 나서려는 데 문 앞에 아름다운 남자가 서 있었다. 오, 아게로, 숙녀분들께 인사하게나. 피카소가 말했다. 나는 영어로, 저 사람은 그리스 사람처럼 보인다고 말했다. 내 영어를 알아들은 피카소가 가짜 그리스인이죠, 하고 응수했다. 그때 거트루드 스타인이, 오, 당신에게 이걸 주는 걸 잊고 있었네. 심심풀이는 될 거야, 하며 돌돌 만 신문지를 내밀었다. 미국의 「선데이」지였다. 피카소가 신문을 펼치자 「캣천 잼머 키즈(Katzenjammer Kids, 루돌프 덕스가 그린 연재만화─옮긴이)」가 보였다. 네, 네 고맙습니다, 거트루드. 그는 아주 흡족해 했다. 우리는 그곳을 떠났다.

　피카소의 집을 나온 우리는 언덕을 계속 올라갔다. 당신이 보았던 것, 어떻게 생각해요? 스타인 양이 물었다. 글쎄요. 뭔가 중요한 걸 본 거 같아요. 분명히 당신은 봤을 거예요. 그런데 그게 전시회 첫날 오랫동안 본 두 작품과 관련이 있다는 걸 알겠던가요? 나는 피카소만 좀 끔찍하지 다른 사람들은 별달리 끔찍하진 않다고 대답했다. 그건 당연해요. 언젠가 파블로가 말했듯이, 무언가를 만들어낸다는 것은 너무도 복잡한 일이어서 그 작품이 추해지는 걸 각오해야 하지만, 그 뒷사람은 그런 걱정 없이 그걸 그럴싸하게 만들어내게 되며, 그리고 나머지 사람들이 그걸 만들 때쯤에는 세상 사람들이 다 좋아하게 되죠. 거트루드 스타인이 말했다.

　우리는 계속 걷다가 아랫방향으로 틀었다. 작은 거리를 따라가니 작은 집이 나왔다. 우리는 벨르 발레 양을 찾아왔다고 말한 다음 작은 복도로 안내를 받았다. 문을 두들기고 크지도 작지도 않은 공간 안으로 들어갔다. 아주 커다란 침대와 피아노, 작은 차탁, 그 다음 페르낭드와 두 사람이 보였다.

　두 사람 중 한 사람은 알리스 프랭세였다. 사랑스러운 커다란 눈과 매혹적인 머릿결, 마돈나 같은 피조물이었다. 페르낭드는 조금 뒤 알리스가 노동자의 딸이라고, 노동 계층답게 거친 면모가 있다고 말했다. 페르낭드의 설명을 빌리면, 알리스는 정무 공무원인 프랭세와 7년을 동거했는데 그 내내 몽마르트르 사람답게 그에게 충실했다고 한다. 아플 때나 건강할 때나 그의 곁을 지켰다는 뜻이고, 알리스는 이런 삶을 즐겼다고 했다. 두 사람은 드디어 결혼을 하기로 했다. 프랑세가 작은 부서의 장으로 승진하자 다른 부서장들을 집으로 초청해야 했는데, 그러려면 둘의 관계를 정식화할 필요가 있었던 것이다. 그렇게 되어 몇 달 뒤 두 사람은 결혼했다. 이 결혼을 두고 막스 자코브는 한 여인을 7년 그리워하다가 드디어 소유하는 건 멋진 일이라는 유명한 말을 남겼다. 이들의 결혼을 두고 보다 더 현실적인 말을 남긴 이는 피카소였다. 왜 그들은 단지 이혼하기 위해 결혼해야만 하는가요. 피카소의 이 말은 예언이 되었다.

결혼을 하고 얼마 지나지 않아 알리스 프랑세는 드랭을 만나고, 드랭은 그녀를 만났다. 프랑스인들이 벼락을 맞은 순간이라고 말하는, 첫눈에 반한 사랑이었다. 그들은 서로에게 미쳐 갔다. 프랑세는 눈감아주려 애썼지만 이제는 결혼한 상태라 사정이 달랐다. 그는 평생 처음으로 화를 내었고 격분 상태에서 알리스가 결혼선물로 평생 처음 가져 본 모피 코트를 찢고 말았다. 그것으로 끝이었다. 결혼 여섯 달이 못 되어 알리스는 프랑세를 떠나 다시는 그에게 돌아가지 않았다. 알리스는 드랭과 함께 떠났고, 두 사람은 그 후 죽 같이 살고 있다. 나는 언제나 알리스 드랭을 좋아했다. 그녀의 거친 면모는 아마도 그녀의 거친 손과 연관이 있을 성싶은데, 그 거친 면이 마돈나처럼 아름다운 그녀의 얼굴과 이상하게 어울렸다.

다른 여자는 헤르마이네 피초트로, 알리스와는 완전히 상반되는 유형이었다. 조용하고 진지한 스페인 여자였다. 넓은 어깨에, 스페인 여자들 특유의 무엇을 보고 있는지 알기 어려운 응시하는 눈이 인상 깊었다. 아주 다정다감한 성격이었다. 그녀의 남편은 스페인 화가 라몬 피초트(Ramon Pichot, 1872~1925, 카탈루냐 출신의 화가)였다. 스페인 교회에서 흔한 장식물인 원시 그리스도교도를 연상하는 가늘고 긴 몸을 가진 피초트는 나중에 루소를 위한 그 유명한 파티에서 경외감이 일 정도로 종교적인 몸짓으로 스페인 춤을 추게 된다.

페르낭드는 이렇게 말했다. 헤르마이네는 여러 특이한 일화들 속 여주인공이랍니다. 언젠가 한 젊은 남자가 음악당에서 패싸움을 벌이다가 크게 다쳤는데 모두가 도망을 갔지만 그녀만이 그를 병원으로 데려갔어요. 그리고는 그 남자가 치료받는 과정을 처음부터 끝까지 태연스럽게 지켜보았죠. 헤르마이네에겐 자매가 많은데, 자매들 모두가 몽마르트르에서 태어나서 자랐고, 모두 아버지가 다르고, 모두가 국적이 다른 사내들과 결혼했답니다. 그 중에는 터키와 아르메니아인 신랑도 있어요. 많은 세월이 흐른 다음 헤르마이네가 크게 병치레를 하게 되자 친구들은 몇 년 동안이나 그녀를 헌신적으로 돌봐주었다. 친구들은 그녀를 안락의자에 앉혀 가까운 극장으로 데려다주고, 그녀는 안락의자에 앉아서 공연을 끝까지 보았다. 친구들은 이런 일을 일주일에 한 번씩 빼놓지 않고 했다. 지금도 그렇게 해주고 있을 것이다.

페르낭드는 차를 마시며 이야기를 할 때면 데면데면했다. 서로가 딱히 할 말이 없었다. 만남 자체는 반갑고 심지어 영광스러운 일이지만, 그게 전부였다. 페르낭드는 지나가는 말처럼 잡역부가 먼지를 깔끔하게 털지 않고 찻잔을 깨끗하게 헹구지 않는다고, 구입한 침대와 피아노가 마음에 들지 않는다고 불평했다. 그것 말고는 우리에겐 따로 펼칠 이야기가 없었다.

결국 그녀와 나는 프랑스어 수업 이야기를 꺼냈다. 시간당 15센트. 이틀 후부터 그녀가 내 아파트로 와서 수업하기로 정리가 되었다. 그날 방문 막바지에서야 분위기가 조금 부드러워졌다. 페르낭드가 만화가 실린 미국 신문을 가지고 있냐고 물었다. 거트루드 스타인은 조금 전에 파블로에게 주었다고 대답했다.

새끼를 지키려는 암사자처럼, 페르낭드는 벌떡 일어섰다. 잔인한 사람, 난 그를 영원히 용서하지 않을 거예요. 지난번에 파블로를 길에서 만났는데 만화를 들고 있어서 심심할 때 읽고 싶으니 달라고 했다가 매몰차게 거절당했어요. 절대 용서 못할 잔혹한 말이에요. 그러니 거트루드, 다음번에 만화가 생기면 꼭 제게 주세요. 거트루드 스타인은 아주 기쁘게 그러겠노라고 대답했다.

페르낭드의 집을 나갈 때 거트루드가 나에게 말했다. 다음 회 「캣천잼머 키즈」 만화가 나오기 전에 두 사람이 재결합하면 좋겠어요. 내가 만화를 주지 않으면 파블로가 화를 낼 거고, 그렇다고 페르낭드에게 줘도 시끄러워질 테니 말이죠. 그래서 생각한 건데, 만화를 아예 잃어버리거나 두 사람 사정을 모르는 오빠가 실수로 파블로에게

넘겨두게 만들까 싶어요.

페르낭드는 약속시간 정각에 왔고, 수업이 시작되었다. 프랑스어 회화 수업이니 당연히 대화가 오가야 했다. 페르낭드에겐 세 가지 주제가 있는데, 모자가 첫 번째 주제이다. 하지만 모자에 대해서는 우리에겐 더 할 말이 없었고 대신 향수에 대해서는 할 말이 있었다. 향수는 페르낭드가 정말 좋아하는 사치품이었다. 그녀는 향수 때문에 몽마르트르를 떠들썩하게 만든 스캔들의 주인공이기도 했다. 향기는 없는 대신에 진짜 연기를 병 속에 가둔 것처럼 놀랍도록 아름다운 색을 가진 스모크라는 향수를 당시 미국 돈 16달러에 해당하는 80프랑을 들여 구입한 일이었다. 페르낭드의 세 번째 주제는 모피였다. 모피는 세 범주로 나뉘는데, 첫 번째가 검은담비, 두 번째가 흰담비와 친칠라, 세 번째가 흰여우와 다람쥐였다. 모피의 범주는 내가 파리에서 들은 말 중 가장 놀라운 말이었다. 나는 경악했다. 친칠라가 두 번째이며, 다람쥐를 모피로 분류하고, 바다표범은 빠지다니.

또다른 대화 소재는 당시 인기가 있던 개에 대한 묘사와 개의 종류였다. 개는 내가 좋아하는 주제이기도 했다. 내가 어떤 개에 대해서 묘사를 시작하면 페르낭드는 늘 잠시 머뭇거리다가 구체적 설명을 시작하곤 했다. 아, 그러니까 당신은 지금 벨기에 산 작은 개인 그리폰을 말하는 거군요.

페르낭드는 아름다운 여인이지만 그녀의 프랑스어 수업은 무겁고 단조로웠다. 나는 바깥에서 만나는 게 좋겠다, 찻집에서 만나거나 몽마르트르를 산책하자고 제안했다. 바깥으로 나가니 여러 모로 훨씬 좋아졌다. 페르낭드는 여러 이야기를 술술 풀어내었다. 나는 막스 자코브를 만났다. 페르낭드와 자코브는 함께 있으면 참 재미있는 장면을 연출했다. 그들은 자신들이 제일 제국의 연인인 듯 굴었다. 그는 늙은 후작이 되어 그녀의 손에 입을 맞추며 찬양을 늘어놓고, 그녀는 찬양을 받는 조제핀 황비가 되었다. 이것은 어디까지나 모방이었지만 참으로 멋진 모방이었다. 그 다음 페르낭드는 신비롭고 무서운 여자 이야기를 꺼냈다. 짐승 같은 괴성을 내질러 피카소를 심란하게 만드는 마리 로랑생이라는 여자라고 했다. 나는 마리를 심술궂은 마귀할멈으로 상상했는데, 나중에 직접 보고 나서 그녀가 장 클루에(Jean Clouet, 1485?~1540?, 르네상스 시대의 초상화가)의 그림에 나올 법한 어린 여자임을 알게 되자 참으로 기뻤다. 막스 자코브는 내 별점을 봐주고 영광스럽게도 별점을 글로 써주기까지 했다. 나는 이게 얼마나 영광스러운 일인지 그때는 몰랐다가 시간이 지나면서 점점 알게 되었다. 특히 최근에 막스를 존경하는 수많은 젊은 신사들이 그들에게는 말로만 별점을 풀어준다는 막스가 날 위해서는 글로 남겨준 사실에 놀라고 감명 받는다는 것도 재미있다. 아무튼 나는 내 별점을 가지고 있다. 그것도 글로 존재하는 별점을.

그 다음 페르낭드는 키스 반 동겐(Kees van Dongen, 1877~1968, 네덜란드 태생의 프랑스 화가)과 그의 네덜란드 부인과 네덜란드인 어린 딸에 얽힌 이야기도 들려주었다. 반 동겐은 페르낭드를 그린 초상화에서 눈동자를 아몬드색으로 표현해 악명을 떨쳤는데, 이런 색 표현은 나중에는 대단한 유행이 되었다. 하지만 그 초상화 속 페르낭드의 아몬드빛 눈동자는 자연스러웠으며, 좋든 나쁘든 페르낭드에게는 모든 게 자연스러웠다.

그 초상화를 위하여 자리에 앉은 사람이 페르낭드였음에도 반 동겐은 물론 페르낭드의 초상화로 인정하지 않았고, 당연히 볼썽사나운 일이 뒤따랐다. 반 동겐은 아주 가난했다. 네덜란드인인 그의 아내는 채식주의자여서 그는 아내를 따라 시금치만 먹고 살아야 했다. 반 동겐은 지긋지긋한 시금치로부터 탈출하여 그에게 저녁 식사와 술값을 지불해줄 많은 여자들이 있는 몽마르트르를 자주 찾았다.

반 동겐의 딸은 겨우 네 살인데도 참 대단했다. 동겐은 딸을 데리고 곡예 하기를 좋아했다. 그는 누워서 한쪽 발로 딸의 몸을 받치고는 자기 머리 위에서 돌리는 묘기도 할 수 있었다. 이 소녀는 피카소를 어찌나 좋아했던지 그를 보면 내쳐 달려가 덥석 안겨서는 그가 녹초가 되도록 놀아달라고 했다. 피카소는 이 아이를 무척 겁낼 정도였다.

페르낭드는 또 헤르마이네 피초트와 헤르마이네가 애인들을 발견한 장소인 서커스단, 그리고 몽마르트르의 과거와 현재의 인생들에 대한 다른 이야기들도 많이 들려주었다. 페르낭드는 당대를 풍미한 여주인공 에블린 토를 이상적 여자로 생각했다. 에블린을 향한 페르낭드의 흠모는 이후 세대들이 메리 픽포드에 빠져드는 것과 비슷한 것이었다. 샛노란 금발에 창백한 안색. 아무것도 아닌 에블린을 보며 페르낭드는 부러움 섞인 깊은 탄식을 내뱉었다.

다음번 거트루드 스타인을 만났을 때 그녀가 다짜고짜 페르낭드가 귀고리를 하고 있는지 물었다. 나는 모르겠다고 대답했다. 잘 보세요. 그녀가 말했다. 다음번에 다시 만났을 때 나는 네, 페르낭드가 귀고리를 하고 있어요, 하고 말했다. 그렇다면 아직까지는 끝난 게 아니네, 신경이 쓰이네요. 파블로는 작업할 때 곁에 사람이 없으면 집에 있으려 하지 않거든. 거트루드 스타인이 말했다. 그리고 2주일 후, 나는 페르낭드가 귀고리를 하지 않았다고 자신 있게 말했다. 오, 그럼 잘된 일이에요. 그건 페르낭드가 돈이 떨어졌다는 얘기고, 모든 게 잘될 거라는 뜻이니까요. 거트루드 스타인이 말했다. 그녀가 맞았다. 일주일 뒤 플뢰뤼스 거리에 갔을 때 페르낭드와 파블로와 함께 저녁 식사를 했으니 말이다.

나는 페르낭드에게 샌프란시스코에서 온 중국옷을 선물했고 파블로로부터 아름다운 소묘를 선물 받았다.

이제부터는 두 미국인이 바깥세상에서는 전혀 알지 못했던 예술 운동의 중심에 어떻게 놓이게 되었는지 말하겠다.

3. 파리의 거트루드 스타인

Gertrude Stein in Paris 1903~1907

거트루드 스타인이 볼티모어의 존스홉킨스 의과대학에서 마지막 2학년 공부를 하던 1900년에서 1903년, 그녀의 오빠는 피렌체에서 살고 있었다. 그곳에서 그는 세잔이라는 화가 이야기를 듣고 찰스 뢰저(Charles Alexander Loeser, 1864~1928, 미국 미술사가, 미술품 수집가)가 소장한 세잔의 그림들을 보았다. 이듬해 스타인 남매는 파리에 거처를 마련한 다음 세잔의 작품을 유일하게 팔던 화상 볼라르를 찾아갔다.

볼라르는 거무스레한 살갖에 체구가 크고 약간 혀 짧은 소리를 내는 남자였다. 그의 화랑은 대로에서 멀지 않은 라피트 거리에 있었다. 길지 않은 이 거리에서 조금 더 가면 폴 뒤랑 뤼엘(Paul Durand-Rael, 1831~1922, 바르비종파와 인상파를 지원한 프랑스의 화상)의 화랑이 있었고, 거기서부터 조금 더 가면 순례자의 교회 가까이에 과거에 광대였던 클로비 사고(Clovis Sagot, ?~1913, 프랑스의 미술가)가 운영하는 화랑이 있었다. 빅토 마세에서 몽마르트르로 올라가다 보면 그림과 책과 골동품을 마구 섞어 팔던 베유 양의 화랑이 있었다. 그리고 파리의 완전히 반대편인 포부르생토노레에는 과거 카페 수위이자 사진가였던 드루에가 운영하는 화랑이 있었다. 라피트 거리에는 푸케 제과점도 있는데, 그림을 사러 나간 사람들에게 그림 대신에 달짝지근한 꿀 케이크와 견과 사탕을 맛보고 유리그릇에 담긴 딸기 잼을 사게 만드는 곳이었다.

볼라르 화랑 첫 방문 날, 거트루드 스타인은 평생 못 잊을 인상을 받았다. 믿을 수 없는 장소였다. 전혀 화랑처럼 보이지 않았다. 문을 열고 들어서자 벽 쪽으로 돌려 세워진 캔버스 두 개가 보였고 한쪽 구석에는 크고 작은 캔버스들이 아무렇게나 던져져 작은 무더기를 이루고 있었다. 그리고 방 한가운데 덩치가 큰 가무잡잡한 사내가 침울한 표정으로 서 있었다. 이것은 볼라르가 기분 좋을 때의 모습이었다. 기분이 정말 좋지 않을 때는 그는 거리로 난 유리문에 그 큰 덩치를 기대고, 양 팔을 머리 위에 올리고 양손을 엇갈려 다른 손의 손목을 잡은 채 음울하게 거리를 내다보았다. 그가 이러고 있을 때면 아무도 화랑에 들어설 엄두를 내지 못했다.

스타인 남매가 세잔의 그림을 보여달라고 했다. 볼라르의 낯빛이 조금 밝아지고 태도도 조금 친절해졌다. 남매는 나중에서야 볼라르의 삶에서 세잔이 대단한 사건임을 알게 된다. 세잔이라는 이름은 볼라르에게 마법의 주문이었다. 볼라르는 화가 카밀 피사로(Camille Pissarro, 1830~1903, 프랑스의 인상파 화가)를 통해서 세잔을 처음 알게 되었다. 사실 그 옛날 세잔을 사랑하게 된 이들은 모두 피사로 덕분이었다. 세잔은 엑상프로방스에서 비참하고 고통스러운 생활을 하고 있었다. 피사로는 볼라르와 피렌체 사람 파브리에게 세잔 이야기를 했고, 파브리는 뢰저에게, 뢰저는 프란시스 피카비아(Francis Picabia, 1879~1953, 프랑스의 화가)에게 세잔 이야기를 했다. 화가 세잔의 존재는 이런 식으로 알려졌다.

세잔의 작품들은 볼라르 화랑에서 볼 수 있었다. 거트루드 스타인은 나중에 시「볼라르와 세잔Vollard and Cézanne」을 쓰고 헨리 맥브라이드(Henry Mcbride, 1867~1962, 미국의 미술 비평가)는 이 시를 신문「뉴욕 선」에 실었다. 거트루드 스타인의 도망자 작품 중 최초로 인쇄된 이 시가 발표되자 그녀와 볼라르 둘 모두가 크게 기뻐했다. 후에 볼라르가 세잔에 관한 책을 쓰게 되었을 때 그는 거트루드 스타인의 제안에 따라 헨리 맥브라이드에게 책을 한 권 증정했다. 거트루드는 뉴욕의 주요 일간지 한 곳이 그 책의 서평에 한 면을 할애할 거라고 말했다. 볼라르는 말도 안 된다, 이때까지 미국 신문이 파리 사람을 다룬 적이 없다며 믿지 않으려 했다. 나중에 거트루드 스타인이 말한 대로 되자 볼라르는 깊이 감동하고 말할 수 없이 뿌듯해 했다. 그건 그렇고 거트루드의 첫 방문 이야기로 다시 돌아가자.

스타인 남매는 볼라르에게 세잔의 풍경화를 보고 싶다고, 피렌체의 뢰저 씨한테서 이야기를 듣고 찾아왔다고 말했다. 오, 보고 싶습니까. 볼라르는 흐뭇해서는 잠시 왔다갔다하더니 뒤편에 있는 칸막이 뒤로 사라졌다. 계단을 오르는 묵직한 소리가 이어졌다. 꽤 오래 기다리게 한 다음 내려온 그의 손에는 캔버스에 달랑 사과 한 알이 그려진 작은 그림이 들려 있었다. 남매는 그림을 골똘하게 본 다음 말했다. 잘 봤습니다. 그런데 우리가 보고 싶은 건 풍경화입니다. 아, 그렇죠. 볼라르는 한숨을 내쉬고는 조금 전보다 더 신나하며 다시 사라졌다. 이번에 그는 뒷모습을 그린 그림을 가지고 돌아왔다. 의심할 것 없이 무척 아름다운 그림이었지만, 남매는 이번에도 세잔의 누드 작품을 알아보지 못했다. 남매는 다시 공격자가 되었다. 저희는 풍경화를 보고 싶습니다. 볼라르는 이번에는 더 한참을 기다리게 한 다음, 아주 커다란 캔버스에 풍경이 아주 조금 그려진 그림을 가지고 돌아왔다. 아, 바로 이겁니다. 풍경화, 하고 남매가 말했다. 하지만 그들이 원하는 그림은 크기가 작더라도 모두 채워진 그림이었다. 남매는 원하는 그림의 성격을 설명했다. 파리의 겨울이 초저녁으로 접어드는 그 마지막 순간, 볼라르가 몇 차례 사라졌던 뒷 계단에서 늙은 잡역부 여자가 내려왔다. 그녀는 안녕하세요, 신사 숙녀 여러분, 우물거리며 인사하고는 조용히 문을 나갔다. 조금 뒤 또 다른 늙은 잡역부 여자가 똑같은 계단을 내려와 우물거리며, 여러분 안녕하십니까, 하고 인사하고 조용히 문으로 나갔다. 거트루드 스타인이 깔깔 웃음을 터뜨리며 오빠에게 말했다. 정말 재밌어, 이곳에는 세잔은 없어. 볼라르는 우리가 하는 말을 이해하지 못하고 이층으로 올라가 저 늙은 여인들에게 뭘 그려야 할지 말하고, 늙은 여인들은 볼라르의 말을 이해하지 못한 채 뭔가를 그리고, 그는 그걸 가지고 내려와서 우리한테 이게 세잔의 그림이다라고 하는 거잖아. 남매는 참을 수 없다는 듯 계속 낄낄 웃었다. 간신히 웃음을 그친 다음 원하는 풍경화를 다시 설명했다. 그들은 뢰저가 소장한 그림처럼 노란 햇살이 신비스럽게 빛나는 엑상프로방스의 풍경화를 원한다고 설명했다. 볼라르는 다시 사라졌고, 이번에는 훌륭하게 그려진 초록의 풍경화 소품을 가지고 돌아왔다. 아름다운 그림이었다. 캔버스 전체가 칠해진 데다 그림 값도 쌌다. 남매는 이 그림을 샀다. 훗날 볼라르는 사람들에게 미친 미국인 둘이 찾아와서는 크게 웃었다고, 자신은 무척 신경이 거슬렸지만 미국인들이 그렇게 웃을 때는 대개 뭔가를 산다는 것을 알고 있기에 그들이 웃을 때까지 기다렸노라고 말하곤 했다.

그날 이후 스타인 남매는 시간 나는 대로 볼라르 화랑을 찾았다. 얼마 지나지 않아 남매는 캔버스 더미를 뒤적여 마음에 드는 그림을 찾아낼 특권을 얻게 되었다. 그들은 몸집이 작은 도미에가 그린 〈늙은 여인의 머리〉를 구입했다. 그 다음 세잔의 누드 작품에 관심이 생겨 결국 작은 캔버스에 그린 그룹 누드 두 점을 구입했다. 그들은 마네가 검은색과 흰색의 전경에 장-루이 포랭(Jean-Louis Forain, 1852~1931, 프랑스의 인상파 화가)을 그린 아주아주 작은 그림을 찾아

60

내 구입했고, 또 르누아르의 소품 두 점도 찾아냈다. 남매는 좋아하는 그림 취향이 서로 달라 그림을 두 점씩 구입할 때가 많았다. 그렇게 그해가 지나갔다. 봄이 되자 볼라르는 고갱 전시회가 열린다는 소식을 알려주었고, 이로써 스타인 남매는 고갱의 작품 일부를 처음 접하게 되었다. 처음에는 조금 놀라기는 했지만 결국 고갱을 좋아하게 되어 작품 두 점을 구입했다. 거트루드 스타인은 고갱의 그림 중 해바라기 작품들을 좋아하고 인물화는 좋아하진 않았는데, 오빠는 인물화를 좋아했다. 지금 생각하면 엄청난 횡재를 한 것인데 아무튼 당시에는 고갱의 작품 가격은 형편없이 낮았다. 그렇게 겨울이 깊어갔다.

볼라르 화랑은 사람들이 북적이는 장소는 아니었지만 언젠가 거트루드 스타인은 그곳에서 아주 감동적인 대화를 듣게 되었다. 두레. 그는 한 마디로 파리의 저명인사였다. 세월과 함께 이제는 백발이 되었지만 여전히 멋지고 잘생긴 노신사였다. 두레는 미국인 화가 제임스 맥닐 휘슬러(James Mcneil Whistler, 1834~1903, 유럽에서 활약한 미국 화가)와 친구 사이였다. 휘슬러는 이브닝가운과 백색의 오페라 망토를 두른 두레의 모습을 그린 적이 있었다. 어느 날 두레는 볼라르와 젊은 남자들의 대화를 가까이에서 듣게 되었다. 젊은이들 중에는 장 에두아르 뷔야르(Jean-Édouard Vuillard, 1868~1940, 프랑스의 나비파 화가, 판화가)와 피에르 보나르(Pierre Bonnard, 1867~1947, 프랑스의 나비파 화가)와 함께 후기 인상파 그룹인 케르 자비에 루셀(Ker Xavier Roussel,

1867~1944, 프랑스의 나비파 화가)이 있었다. 루셀은 자신과 친구들이 제대로 평가받지 못하고 있다고, 심지어 전시회 출품도 허용되지 않는다며 불평을 늘어놓았다. 이때 두레가 부드러운 눈으로 쳐다보며 말했다. 젊은 친구, 이제부터 내 말 마음에 새기게. 예술에는 두 종류가 있네. 진짜 예술과 관선 예술일세. 불쌍한 젊은 친구여, 어찌 자네는 관선 예술가가 되기를 바란단 말인가. 자신을 보게. 아주 중요한 인물이 프랑스의 대표 화가들에게 초상화를 부탁한다고 해 보세. 친애하는 젊은 친구여. 그저 자신을 보게. 그 주요 인사는 자네 모습을 보면 공포를 느낄 걸세. 높은 양반들 눈에는 젊고 멋지고 교양과 지성을 갖춘 자네의 그 진면목이 안 보일 걸세. 자네는 비참해지겠지. 그들에게 필요한 대표 화가는 보통 키에 살이 통통하고 옷차림도 변변찮은 사람이 아닐세. 그들은 자신의 계급과 어울릴 멋진 옷을 입은 사람을, 대머리가 아니라 머리를 곱게 빗고 보타이를 맨 사람을 원하지. 자네는 그런 사람이 아니야. 자신도 그 점을 잘 알 걸세. 그러니 앞으로는 공식 인정이라는 말을 떠들 것도 없네. 거울에 자기를 비춰 보고 높으신 양반들을 생각해 보게나. 사랑하는 젊은이, 세상에는 예술과 관선 예술이 있네. 이 세상에 늘 있어 왔고, 앞으로도 그럴 거네.

그 겨울이 끝나기 전에, 거트루드 스타인과 그녀의 오빠는 이미 멀리까지 나갔지만 내친 김에 더 멀리 가보기로 마음을 굳혔다. 세잔의 대작을 하나 구입하면 끝나리라, 그때는 멈출 것이다. 이 마지막 지출이 꼭 필요한 것임을 맏형에게 증명해줄 그림이 필요했다. 남매는 볼라르에게 세잔이 그린 초상화를 한 점 구하고 싶다고 말했다. 세잔의 대형 초상화가 실제 매매된 적은 거의 없었는데 세잔이 그린 초상화들 대부분은 볼라르가 소장하고 있었다. 스타인 남매의 결정을 들은 볼라르는 희색이 만면했다. 스타인 남매가 안내를 받은 곳은 칸막이 뒤 계단으로 올라가면 나오는 방, 그러니까 늙은 잡역부 여자가 세잔의 그림을 그리고 있었다고 거트루드 스타인이 확신했던 그 장소였다. 남매는 어떤 초상화를 구입할지는 며칠 시간을 두고 결정하기로 했다. 여덟 점의 초상화 중에서 최종 선택을 하기가 어려웠다. 그림들을 고르다가 지치면 남매는 짬을 내어 푸케 제과점으로 내려가 꿀 케이크를 먹으며 기운을 차리곤 했다. 고르고 고른 끝에 두 점이 남았다. 남자 초상화와 여자 초상화였다. 하지만 두 작품을 모두 구입할 형편이 못 되어 마지막에는 여자 초상화 하나만을 선택해야 했다.

볼라르는 보통은 여자 초상화가 남자 초상화보다 당연히 비싸다고 말했다. 그 다음 그 그림을 아주 면밀하게 보고는 다시 말했다. 하지만 세잔한테는 남자 그림과 여자 그림이 별반 차이가 없죠. 스타인 남매는 그 그림을 택시에 실어 집으로 가져갔다. 알피 모러가 표구가 된 걸로 보아 완성작임을 알아볼 수 있다고 말하곤 했던 바로 그 그림이다.

세잔의 이 초상화는 중요한 구입품이다. 거트루드 스타인이 이 그림을 보고 또 보면서 『세 사람의 생애』를 썼기 때문이다.

그녀는 얼마 전 문학 공부 삼아 플로베르의 『세 개의 이야기』를 번역하기 시작했다가 세잔의 이 초상화를 샀고, 그 다음 이 그림을 보며 얻은 영감으로 『세 사람의 생애』를 썼던 것이다.

그 다음 사건은 가을에 일어났다. 그해 처음으로 가을 전시회가 열렸다. 파리 사람들은 흥분과 기대로 전시회장을 찾았다. 그 가을 전시회에서 스타인 남매는 훗날 〈모자 쓴 여인〉으로 알려질 마티스의 그림을 발견하게 된다.

초대 가을 전시회는 앵데팡당, 즉 독립미술가협회 사람들이 처음으로 공식 인정을 받은 전시회였다. 그들의 그림은 해마다 대형 봄 전시회를 열던 그랑 팔레의 맞은편에 있는 프티 팔레에서 전시될 것이었다. 이번 전시가 성공한다면 그들은 주요 화랑에 그림을 팔 수 있을 것이었다. 옛 전시회에서 나온 반역자들 간의 유대가 가을 전시회를 창조해냈다.

전시회에는 신선하고 무섭지 않은 그림들이 많았다. 모든 그림이 매력이 있었는데, 딱 한 그림이 달랐다. 대중은 이 따위 그림을, 하며 격분하며 그 그림을 뜯어내려 했다.

거트루드 스타인은 이 그림이 마음에 들었다. 얼굴이 길다란 여인이 부채를 들고 있는 그림이었다. 색조나 해부학적으로 매우 낯선 그림이었다. 거트루드는 오빠에게 이 그림을 사고 싶다고 말했다. 그녀의 오빠는 그 사이 흰 드레스를 입은 여인이 잔디밭에 있는 그림을 찾아내 그 그림을 가지고 싶어 했다. 그래서 늘 그랬듯이 남매는 두 작품을 모두 구입하기로 하고 가격을 알아보러 사무실로 갔다. 전시회 사무실은 너무도 작았고, 이 점이 남매는 흥미로웠다. 남매는 간사가 들고 있던 카탈로그에서 가격표를 대조해 보았다. 거트루드 스타인은 오빠가 원하던 그림 가격이 얼마였는지 심지어 그 화가가 누구인지도 잊어버렸지만, 흰 드레스를 입은 여인과 개가 초록 풀밭 위에 있는 그 그림은 마티스의 작품으로 5백 프랑이었다. 간사는 화가가 원하는 가격을 그대로 지불하는 사람은 바보라고 하면서 구입 희망 가격을 말해 보라고 했다. 스타인 남매는 얼마를 부르면 좋을지 되물었다. 간사는 얼마를 내고 싶냐고 다시 물었다. 남매는 모르겠다고 말했다. 간사는 4백 프랑을 제시해 보라고, 결과는 나중에 알려주겠다고 했다. 남매는 동의하고 사무실을 나왔다.

이튿날 간사로부터 쪽지가 왔다. 마티스 씨가 제안을 거절했는데 어떻게 하시겠어요. 스타인 남매는 전시회에 가서 그림을 한 번 더 보고서 결정하기로 했다. 관람객들은 그 그림을 조롱하고 화를 내고 욕을 퍼부었다. 거트루드 스타인은 이해가 되지 않았다. 그녀에게는 완벽하게 자연스러운 그림이었다. 세잔의 초상화는 자연스럽게 다가오지 않았고 자연스러움을 느끼기까지는 시간이 조금 걸렸지만, 마티스의 이 그림은 처음부터 아주 자연스럽게 보였기에 사람들이 그토록 격분하는 이유가 이해되지 않았다. 그녀의 오빠는 여동생보다는 그 그림에 덜 매혹되었지만 동생의 뜻을 존중했다. 남매는 이 그림을 샀다. 그리고 돌아와 그림을 다시 보았을 때, 그녀는 이 그림이 조롱을 받는다는 사실에 화가 났다. 이렇게나 좋은 그림을 사람들은 좋은 줄 모른다는 게 화가 났다. 훗날 자신에게는 너무도 명료하고 자연스러운 그녀의 작품을 왜 사람들이 그토록 조롱하며 분개하는지 이해할 수 없었던 것과 똑같은 것이었다.

이것이 구매자의 시각에서 본 〈모자 쓴 여인〉 이야기다. 이제부터는 몇 달 뒤 마티스 부부가 들려준 판매자의 시각에서 이야기하겠다. 그림 매매가 이뤄진 직후, 구매자와 화가는 서로를 만나고 싶어 했다. 만나자는 편지를 먼저 쓰거나 요청한 이가 마티스인지 아니면 자기들인지 거트루드 스타인은 기억하지 못한다. 아무튼 만남은 지체 없이 이뤄졌고, 교류가 시작되었다.

마티스 부부는 생미셀 거리에서 가까운 부둣가에서 살고 있었다. 작은 방 세 개가 딸린 아파트 옥상 층, 노트르담 대성당과 강이 한눈에 내려다보여 전망이 좋았다. 마티스가 그 그림을 그린 건 겨울이었다. 집에 들어가려면 끝이 안 보이는 아파트 계단을 오르고 또 올라가야 했다. 그때는 계단을 오르내려야 하는 시절, 밀드레드 올드리치의 경우 계단의 중간쯤에서 열쇠를 떨어뜨리는 가슴 아픈 방법을 썼었다. 그녀는 손님을 배웅할 때 6층에서 아래층을 향해 안녕히 가세요, 하고 소리를 질렀고, 그 다음 손님과 그녀는 나머지 계단을 다시 올라가거나 내려가야 했던 시절. 그녀가 큰 목소리로 지금 문을 열고 있으니 걱정 마세요, 하고 외치는 일은 확실히 자주 있었다. 열쇠는 무겁고 잃어버릴 수도 있기에 그녀는 미국 손님들에게만 이렇게 배응했다. 어느 해인가 파리의 여름이 사그라들 무렵, 사이엔은 건강해 보인다는 칭찬을 듣자 이게 다 계단을 오르내린 덕분이라고 말했다.

마티스 부인은 존경받아 마땅한 주부였다. 그녀의 집은 작지만 흠 잡을 데가 없었다. 집안의 살림감독이자 뛰어난 요리사이자 돈을 벌어오는 사람인 그녀는 또한 마티스의 모든 그림을 위해 포즈를 취하던 모델이기도 했다. 그녀가 바로 〈모자 쓴 여인〉이었다. 못 견디게 가난한 시절, 그녀는 자그마한 여성용 모자가게를 열었다. 긴 얼굴에 말 주둥이를 연상시키는 커다랗게 늘어진 입, 피부는 검은 편이었다. 머리카락은 검고 풍성했다. 거트루드 스타인이 마티스 부인이 머리핀으로 모자를 고정시키는 모습을 너무 좋아하자 마티스는 아내의 이 특징적인 몸짓을 그려서 스타인 양에게 주었다. 마티스 부인은 늘 검정색 옷을 입었다. 그녀는 늘 커다란 검정 머리핀을 모자 한가운데 꽂은 다음 그 핀이 정수리 한가운데 오도록 맞추고는 아주 단호하고 큰 몸짓으로 모자를 내려썼다. 마티스 부부는 마티스가 첫 결혼에서 얻은 딸과 함께 살고 있었다. 오래전 디프테리아를 앓고 수술도 받았던 소녀는 오랜 세월 늘 은단추 여밈 장식이 있는 검은 리본을 하고 다녔다. 마티스는 검은 리본을 단 딸의 모습을 많은 그림으로 남겼다. 아버지와 마티스 부인을 빼닮은 소녀는 한번은 특유의 멜로드라마적인 분위기로 이렇게 설명했다. 마티스 부인은 저에게 더 없이 잘 대해주시는데, 그건 그분이 젊었을 적 읽은 소설 때문이랍니다. 여주인공이 의붓딸을 깊이 아끼고 사랑해주어 평생 사랑받는다는 이야기를 읽고선 자신도 그 여주인공처럼 살리라 결심하신 거죠. 마티스 부인이 낳은 아들이 둘 있었지만 그들은 그때 같은 집에 살지 않았다. 둘째아들 피에르는 스페인과 국경인 남프랑스에서 외할아버지와 외할머니와 살고, 큰아들 장은 벨기에와 국경인 북프랑스에서 친할아버지와 친할머니와 살고 있었다.

마티스는 놀라울 정도로 씩씩해서 오랜만에 만난 사람들에게도 늘 특별한 즐거움을 안겨주었다. 사람들은 마티스와 함께 있는 동안 그가 내뿜는 활력을 놓치지 않으려 했다. 하지만 씩씩한 마티스에게는 인생을 이루는 깊고 심오한 맛이 없었다. 마티스 부인의 분위기는 아주 달랐다. 그녀를 알게 된 사람들에게 인생의 심오함을 생각하게 만드는 힘이 있었다.

마티스에게는 세잔의 소품 하나와 고갱의 작은 그림이 있었다. 그는 이 두 작품이 꼭 필요하다고 말했다. 세잔의 소품은 마티스 부인의 결혼지참금으로 구입하고, 고갱의 그림은 그녀가 평생 처음 가져본 유일한 보석인 반지를 팔아서 마련한 것이었지만 마티스가 이 두 그림을 절실하게 필요로 했기에 부부는 행복했다. 세잔의 작품에는 목욕하는 사람들과 천막이 그려져 있고, 고갱의 작품에는 소년의 머리가 그려져 있었다. 훗날 아주 큰 부자가 되자 마티스는 그림을 계속 수집했다. 그는 자기는 그림을 알고 그림을 믿을 뿐 그 이외 세상사는 모른다고 말했다. 그는 자신만의 기쁨을 위해서, 또 자녀들에게 최고의 유산을 남기겠다는 마음에서 세잔의 작품들을 구입했다. 피카소도 나중에 부자가 되자 많은 그림들을 구입했지만 어디까지나 그 자신만의 기쁨을 위해서였다. 피카소 또한 그림을 믿으며, 요즘은 아들에게 최고의 유산을 남겨주기 위하여 자신의 작품들을 계속 간직하고 사들이고 있다.

마티스 부부는 많은 고생을 겪었었다. 젊은 시절 마티스는 약학 공부를 하러 파리로 상경했었다. 그의 집안은 프랑스 북부에서 소규모 곡물상을 하고 있었다. 그림에 관심이 생긴 마티스는 루브르 박물관을 들락거리며 니콜라스 푸생(Nicholas Poussin, 1594~1665, 바로크시기에 회화에서 고전주의를 이끌었던 프랑스 화가)의 그림을 모사하기 시작했다. 가족들이 매달 보내주는 적은 돈은 어디까지나 학비일 뿐이었고, 그는 가족의 허락 없이 어느새 화가의 길을 걷고 있었다. 이 무렵 딸이 태어나자 그의 인생은 한층 더 복잡해졌다. 그 다음 그는 처음으로 자그마한 성공을 거두었다. 결혼을 했다. 그는 푸생과 장-바티스트-시메옹 샤르댕(Jean-Baptiste-Siméon Chardin, 1699~1779, 정물화와 풍경화로 유명한 프랑스의 화가)의 영향이 짙은 정물화들로 두 개의 대형 봄 전시회 중 하나인 샹드마르스 전시회에 출품해 꽤 성공을 거두었다. 그 다음 그는 세잔과 흑인 조각에서 영향을 받았다. 마티스가 〈모자 쓴 여인〉을 그린 것은 이 모든 요소들이 결합한 시기였다. 전시회에서 큰 성공을 거두자 이듬해 겨울에는 과일 그릇이 놓인 탁자 옆에 앉은 여인을 그렸다. 과일을 구입하려 마티스 가족은 큰 희생을 치러야 했다. 파리에서 과일은, 심지어 보통 과일도 구경조

차 힘든 아주 귀한 것이었으니 아주 특별한 이 과일은 얼마나 소중했을까. 그리고 그림을 완성할 때까지 과일을 보관해야 하는데, 그림은 많은 시간이 걸린다는 사실을 생각해 보라. 과일을 오래 보관하려 마티스 부부는 방 하나를 가능한 한 춥게 해야 했는데 겨울철인데다 집이 지붕 바로 아래 옥상 층이어서 어려운 일은 아니었다. 마티스는 외투를 입고 장갑을 낀 채로 겨울 내내 그림을 그렸다. 드디어 그림을 완성하자 그는 작년에 성공을 맛본 전시회에 이 그림을 출품하려 했지만 거절당했다. 이제 본격적으로 문제가 심각해졌다. 딸이 많이 아파서 마티스는 걱정과 분노라는 심리적 싸움도 겪어야 했다. 그림을 전시할 가능성은 죄 사라진 듯 보였다. 이때부터 그는 집이 아니라 아틀리에에서 작업을 했다. 매일 아침 그림을 그리고, 낮에는 조각에 매진하고, 늦은 오후에는 누드 스케치를 가르치고, 밤에는 바이올린을 연주했다. 끝이 보이지 않는 암울한 나날이었다. 아내가 작은 모자가게를 열어 근근이 생계를 꾸려 갔다. 두 아들은 멀리 시골에 있는 친가와 외가로 보내 계속 떨어져 살게 할 수밖에 없었다. 그에게 용기를 주는 유일한 장소는 작업 공간, 그를 존경하는 젊은이들이 찾아오는 아틀리에뿐이었다. 이때 방문객들 가운데 그 시절 가장 유명한 이는 망갱이고, 요즘 유명해진 이는 드랭이다. 드랭은 당시 파릇파릇한 청춘이었다. 마티스를 숭배한 드랭은 마티스 부부를 따라 페르피냥 근방 콜리우르로 이사해 마티스 부부에게 큰 위안이 되어 주었다. 콜리우르에서 마티스는 나무의 윤곽을 붉게 칠하는 풍경화를 그리기 시작했다. 그는 온전히 자신이 창출한 공간 감각을 발전시켜 나갔고, 그 공간 감각은 붉은 나무들이 늘어선 언덕을 짐수레가 올라가는 풍경화에서 처음으로 빛을 발했다. 앵데팡당 전은 마티스의 그림들을 인정하기 시작했다.

마티스는 매일매일 무섭도록 작업했다. 한번은 볼라르가 그를 찾아갔는데, 마티스는 이날 일을 사람들에게 이야기하기를 좋아했다. 나는 확실히 종종 들었다. 볼라르가 전시회에서 거절당한 큰 그림을 보여달라고 하자 마티스는 그림을 보여주었다. 볼라르는 그림을 쳐다보지도 않았다. 그냥 마티스 부인과 요리 이야기만 해댔다. 프랑스 남자라면 그래야 하듯이 볼라르는 요리하기와 요리 먹기 모두를 좋아했다. 마티스 부인도 그러했다. 마티스와 마티스 부인은 점점 초조해졌는데, 하지만 부인만은 초조함을 내색하지는 않았다. 볼라르가 무덤덤하게 물었다. 그런데 이 문은 어디로 통하는 겁니까? 안마당으로 나가나요, 아니면 계단으로 이어집니까. 안마당과 연결됩니다. 마티스가 말했다.

아, 안마당이군요, 볼라르가 말했다. 그러고는 자리를 떴다.

마티스 부부는 볼라르의 질문에 어떤 상징이 들어 있는지 아니면 별 뜻 없이 물어본 말인지 며칠을 두고 토론했다. 볼라르는 쓸데없이 호기심을 내보이는 싱거운 인물이 결코 아니었고 자신의 생각을 정립하기 위하여 늘 모든 문제에 대한 사람들의 생각을 알고 싶어 했다. 볼라드의 진지하고 성실한 호기심은 워낙 유명해 마티스 부부는 서로에게, 그리고 친구들을 만날 때마다 볼라르가 왜 문 이야기를 꺼냈을 것 같냐고 물어보았다. 아무튼 그해가 지나기 전에 볼라르는 비록 아주 헐값이긴 하지만 그 그림을 사서는 그 다음 치워버렸다. 아무도 그 그림을 보지 못했고, 그것으로 이 일은 끝났다.

이때부터 상황은 마티스에게 더 나빠질 수 없을 정도로 나빠졌다. 그는 낙담해 점점 공격적이 되어 갔다. 그 다음 첫 가을 전시회가 열렸고, 그는 초대를 받았다. 그는 〈모자 쓴 여인〉을 보냈다. 그림은 전시되고, 사람들에게 조롱과 공격을 받았고, 그 다음 팔렸다.

서른다섯 살이던 마티스는 의기소침해졌다. 전시회 첫날 자기 그림에 대한 사람들의 말과 행동을 듣고 본 다음 다시는 전시회장에 가지 않았다. 마티스 부인 혼자서 갔다. 마티스는 처참한 몰골로 집에 틀어박혀 지냈다. 이것이 마티스 부인이 늘 들려주는 이야기의 전모다.

그러던 중 전시회의 간사로부터 그 그림을 4백 프랑에 사겠다는 사람이 나타났다는 쪽지가 왔다. 당시 마티스는 부인을 모델로 기타를 든 집시 여인을 그리고 있었다. 이 기타는 이미 파란만장한 역사가 있었는데 마티스 부인은 그 이야기를 하는 걸 좋아했다. 그녀는 할 일이 아주 많았는데 남편의 그림 모델까지 해야 했다. 아무리 건강하다 해도 자꾸 졸렸다. 어느 날 마티스의 그림을 위해 포즈를 취하던 그녀는 고개를 까딱거리기 시작했고 무심결에 기타를 건드려서 소리를 내고 말았다. 졸지 말고 정신 차려, 마티스가 말했다. 그녀는 몸을 추스르고, 그는 그림을 그렸고, 그녀는 또 꾸벅꾸벅했고, 기타가 또 소리를 냈다. 그만, 잠을 깨. 마티스가 말했다. 그녀는 잠이 깼지만 얼마 못 가 다시 고개를 까딱거렸고, 기타가 이번에는 아주 큰 소리를 내었다. 마티스는 화가 나서 기타를 홱 낚아채 부숴 버렸다. 마티스 부인은 애가 탔다. 여기까지 오느라 그 고생을 했는데. 남편이 그림을 계속 그리게 하려면 기타를 고쳐야 했다. 그녀가 수리한 기타를 다시 들고 포즈를 취하고 있을 때, 가을 전시회 간사의 쪽지가 왔다. 마티스는 기뻐서 그 가격이면 당연히 팔아야 한다고 말했다. 그때 마티스 부인은, 아니에요, 만약 그 사람들이 정말 관심이 있다면 당신이 가격을 올려도 그림을 살 거예요, 하고는 그렇게만 되면 우리 딸 마고한테 겨울옷도 사줄 수 있다고 덧붙였다. 마티스는 망설이다가 결국 설득되었다. 부부는 마티스가 원하는 가격을 쪽지에 적어 전시회 간사에게 보냈다. 그런데 다음 소식이 없었다. 마티스는 후회가 막심했다. 그 다음 하루 이틀 동안 마티스 부인은 다시 기타를 들고 포즈를 취하고 마티스는 그림을 그리고 있는데, 마고가 파란색 전보를 들고 들어왔다. 전보를 뜯은 마티스는 얼굴을 찡그렸다. 마티스 부인은 최악의 상황을 상상하고 겁에 질렸다. 기타가 바닥으로 떨어졌다. 무슨 일이죠? 그들이 그림을 사겠다는 군. 마티스가 말했다. 그런데 왜 그런 고통스런 표정을 지어 겁을 줘요? 하마터면 기타를 망가뜨릴 뻔했잖아요. 마티스 부인이 말했다. 난 당신에게 윙크를 한 거요. 너무 감동해서 차마 입이 떨어지지 않았거든. 마티스가 말했다.

마티스 부인은 이 이야기의 끝에는 늘 의기양양하게 이렇게 덧붙였다. 그러니까, 그 가격을 결정한 사람은 저랍니다. 가격을 더 올려야 한다는 내 주장은 옳았고, 거트루드 양이 그 그림을 구입하겠다고 계속 주장해서 매매가 성사된 거죠.

스타인 남매와 마티스 부부 사이에 우정이 빠르게 꽃피웠다. 이때 마티스는 최초의 대형 장식인 〈삶의 기쁨〉을 준비하고 있었다. 이 작품을 위하여 그는 작은 그림, 그보다 큰 그림, 그리고 아주 큰 그림들을 그리고 있었다. 마티스가 단색들에 오직 흰색 하나만 혼합하는 방식으로 모든 색채의 명도를 조화시키고 의도적으로 왜곡된 인체 드로잉을 처음으로 선명하게 구현한 게 바로 이 그림이었다. 그는 왜곡된 드로잉을 음악에서의 불협화음처럼, 또는 요리에 들어가는 식초와 레몬이나 또는 커피 안에 들어 있는 달걀껍질로서 사용했다. 내가 굳이 주방의 물건들을 끌어들여 비유한 이유는 맛있는 음식과 요리하기를 좋아하는 나로서는 이 분야만큼은 아는 게 있으니 당연한 것이다. 하지만 이게 바로 아이디어였다. 세잔 작품에서 보이는 미완성과 왜곡이 필연성이 이끈 결과였다면 마티스 작품 속 왜곡은 의도적인 것이었다.

사람들이 마티스와 세잔의 작품을 보기 위해 플뢰뤼스 거리로 오기 시작했다. 마티스가 사람들을 데려오고, 모두가 다른 사람을 데려오고, 사람들이 아무 때라도 찾아오고, 데려오는 일이 성가신 일이 되기 시작하고, 그래서 토요일 저녁 만찬이 시작되었다. 거트루드 스타인이 밤에 글을 쓰는 습관을 들인 게 이 무렵이었다. 밤 열한 시가 넘어야 우리는 스튜디오 문을 두드릴 사람이 없음을 확신할 수 있었다. 그 무렵 그녀는 긴 책『미국인의 형성』구상을 하며 문장과 씨름하고 있었다. 아주 정확하게 이루어져야 하는 긴 문장들이어야 했다. 문장은 비단 낱말일 뿐 아니라 문장이기도 했다. 문장은 거트루드 스타인의 인생에서 늘 떠나지 않았던 오랜 열정이었다. 그녀는 이 글쓰기 습관을 그때와 전쟁 발발 전까지 지켜나갔다. 전쟁으로 많은 것이 망가지자 그녀는 밤 열한 시부터 새벽까지 글을 썼다. 그녀는 늘 동이 트기 전에 작업을 마치려 애썼다. 새벽이 되면 정신이 너무 또렷하고 새들이 너무 활기차게 감각을 건드려 잠들기가 어렵다고 말했다. 그 시절만 해도 높다란 담 뒤로 많은 나무들이 자라고 그 나무들마다 새들이 아주 많이 깃들어 있었는데, 그 많던 새들이 이제는 눈에 띄게 줄어들었다. 그녀는 새들과 새벽에 자주 붙들렸으며, 그런 날에는 안마당으로 나가 의식을 좀 가라앉힌 다음에야 잠자리에 들곤 했다. 그런 날은 그녀는 정오쯤에야 일어나서는 깔개를 들고 안마당으로 나가 먼지를 두들겨 털곤 했다. 먼지털기는 그 시절 모두가, 심지어 그녀의 가정부까지도 하던 일이었다. 거트루드가 가장 귀찮아하는 일 중 하나였다.

토요일 저녁 모임이 이렇게 시작되었다.

거트루드 스타인은 오빠와 함께 마티스 부부의 집을 종종 찾아갔다. 마티스 부인은 남매에게 자주 점심 대접을 했다. 대개 친척이 산토끼를 보내준 날이었다. 주둥이가 넓고 손잡이가 달린 그릇에 담긴 페르피냥 식 산토끼 요리는 완전히 다른 어떤 것이었다. 마티스 부부에게는 맛이 약간 무거운 아주 훌륭한 포도주도 있었다. 또 마데이라 산 백포도주 론치오도 있었다. 참 맛 좋은 백포도주였다. 아주 많은 시간이 지난 다음, 나는 조 데이비드슨(Jo Davidson, 1883~1952, 유대계 러시아 출신의 미국 조각가)의 집에서 프랑스 조각가 아리스티드 마이욜(Aristide Maillol, 1861~1944, 프랑스의 조각가, 판화가)을 만났다. 마티스 부인과 동향인 마이욜은 그날 나에게 포도주에 대한 모든 걸 알려주었다. 그리고 파리에서 학생들을 가르치던 시절 한 달에 50프랑으로 살아낸 비결도 알려주었다. 마이욜은 이렇게 말했다. 가족들은 일주일에 한 번씩 꼬박꼬박 빵을 만들어 보내주고, 나는 일년 동안 마실 포도주가 생기면 빨랫감을 매달 집으로 보냈습니다.

이 초기 시절, 어느 날, 그날은 드랭도 있었다. 드랭은 많은 부분에서 거트루드 스타인과 의견이 달랐다. 그녀와 철학을 논할 때 군복무 시절 읽은 프랑스어 번역판 『파우스트』의 2부에서 얻은 아이디어만 자꾸 고집했다. 두 사람은 결코 친구가 되지 못했다. 거트루드 스타인은 단 한 번도 드랭의 작품에 관심을 보이지 않았다. 드랭에게 공간 감각이 있다 해도 그녀가 볼 때 그의 그림에는 인생도 깊이도 견고함도 부재했다. 그날 이후 두 사람은 서로를 찾지 않았다. 하지만 드랭은 마티스 부부와는 계속 만나고 교류했다. 마티스 부인은 부부의 친구들 가운데 드랭을 제일 좋아했다.

거트루드 스타인의 오빠가 우연히 사고 화랑을 발견한 때가 이 무렵이었다. 한때 서커스 광대로 일했던 사고가 라피트 거리에서 연 이 화랑에서 거트루드 스타인의 오빠는 젊은 스페인 화가 두 사람의 그림을 발견했다. 두 사람 중 한 명의 이름은 모두가 잊고 말았지만, 다른 한 사람의 이름은 피카소였다. 두 화가의 그림 모두 흥미로웠는데 거트루드의 오빠는 이름이 잊힌 화가가 카페 정경을 그린 수채화만 구입했다. 그러자 사고는 그에게 피카소의 그림을 걸고 있는 작은 가구점이 있다고 알려주었다. 그곳을 찾아간 거트루드의 오빠가 한 작품에 마음이 끌려 그림 값을 물어보았더니, 세잔의 그림 값과 맞먹는 가격이었다. 그는 사고에게 돌아가 이 말을 했다. 사고는 허허 웃으며, 걱정 말라고, 며칠 안에 자기가 큰 그림을 가지고 있을 거라고 말했다. 그리고 며칠 뒤, 사고는 큰 그림을 아주 싼 가격에 손에 넣었다. 거트루드 스타인과 피카소는 옛날 일들을 다르게 기억할 때가 많은데 이 그림의 제시 가격만큼은 150프랑으로 기억이 일치하는 것 같다. 그 그림은 지금은 너무 유명해진 〈붉은 꽃바구니를 든 소녀의 누드〉였다.

거트루드 스타인은 이 그림이 마음에 들지 않았다. 다리와 팔의 드로잉이 소름이 끼치게 혐오스럽고 충격적이었다. 그녀는 이 그림 때문에 오빠와 말싸움 직전까지 갔다. 오빠는 그림을 집에 두고 싶어 하는데 그녀는 그게 너무 싫었다. 남매가 토론하는 내용을 드문드문

듣던 사고가 말했다. 문제될 것 없습니다. 만약 동생분이 다리 부분이 기요틴이 연상되어 마음이 불편해진다면 머리 부분만 가져가면 됩니다. 스타인 남매는 그런 짓은 절대 안 될 일이라고 말했지만 결정을 내리지 못했다.

피카소의 그림 때문에 스타인 남매는 계속 의견이 갈리고 서로에게 몹시 화가 나게 되었다. 하지만 그, 그러니까 거트루드 스타인의 오빠가 너무도 간절하게 원해서 결국 그들은 그 그림을 구입하기로 합의했다. 이것이 피카소의 작품이 플뢰뤼스 거리 집으로 처음으로 들어가게 된 사연이다.

이사도라 덩컨(Isadora Duncan, 1877~1927, 미국의 무용가)의 오빠 레이몬드 덩컨이 플뢰뤼스 거리에서 아틀리에를 구한 게 바로 이 무렵이었다. 그는 생애 첫 그리스 여행에서 그리스 소녀와 그리스 의상 등을 가지고 막 돌아왔었다. 그 이전 성악가 엠마 네바다의 사전 교섭자로 일할 무렵 그는 샌프란시스코에서 거트루드 스타인의 오빠 부부를 만나 그 이후 죽 교류해 왔었다. 네바다는 당시에는 완전 무명이던 첼로 연주자 파블로 카잘스(Pablo Casals, 1876~1973, 스페인 태생의 첼로 연주자, 지휘자)를 데리고 다녔다.

덩컨 가족은 오마르 하이얌의 작품을 무대에 올리기는 했어도 그리스에 가본 적은 없었다. 그 다음 그들은 이탈리아 르네상스 문화에 빠져들었다. 레이몬드는 그리스에 완전히 매혹되었다. 그리스를 향한 그의 사랑에는 그리스 소녀의 존재가 큰 역할을 했다. 이사도라는 오빠와 점점 멀어졌고, 그리스 소녀가 그리스인치곤 너무 현대적이라고 생각했다. 아무튼 플뢰뤼스 거리에 왔을 때 레이몬드는 임신한 아내가 딸린 무일푼이었다. 거트루드 스타인은 그에게 석탄을 주었고 페넬로페를 위해 의자를 내주었다. 나머지 사람들은 짐 상자 위에 앉아 쉬었다. 레이먼드 커플을 도운 또 다른 친구는 케슬린 브루스(Keathleen Bruce, 1870~1947, 영국의 조각가)였다. 아주 아름다운 데다가 운동을 잘 하는 이 영국 여자는 일종의 여성 조각가로, 훗날 남극점을 발견한 스콧과 결혼했다가 미망인이 된다. 케슬린도 돈이 없기는 매한가지였음에도 매일 저녁 자신이 먹을거리의 절반을 페넬로페에게 가져다주었다. 드디어 페넬로페가 아기를 낳았다. 아기의 이름은 레이몬드가 되었는데, 이는 거트루드 스타인의 오빠와 레이몬드 덩컨이 아기 이름을 준비하지 않은 채 출생신고를 했기 때문이다. 그 아기는 지금 자기의지에 반해서 메날카스로 불리는데, 만약 자신의 법적 이름이 레이먼드라는 사실을 알게 된다면 고마워 할지 어떨지 모르겠다. 하지만 그것은 다른 문제다.

어린이의 형상을 연습하던 여성 조각가 케슬린 브루스는 거트루드 스타인의 조카를 조각으로 만들고 싶었다. 거트루드 스타인은 조카를 데리고 케슬린 브루스의 스튜디오로 드나들었다. 그러던 어느 오후, 그곳에서 H. P. 로슈를 만났다. 로슈는 파리에서 흔히 발견할 그런 인물, 그러니까 아주 진실하고, 아주 고결하며, 헌신적이고, 아주 신실하고, 아주 열정적인, 어디에서든 사랑받는 소개자였다. 모두를 알고 있는, 그것도 아주 잘 알고 있어 소개자 역할에 부족함이 없는 사람이었다. 로슈는 작가가 되고 싶어 했다. 큰 키에 붉은 머리, 말솜씨가 뛰어나면서도 말 실수를 하는 일은 절대 없었다. 어머니와 할머니와 함께 살고 있는 그는 아주 대단한 일들을 이뤄내기도 했다. 그는 오스트리아 사람들과 오스트리아의 산으로 갔고, 독일인들과 독일로 갔고, 헝가리 사람들과 헝가리로 갔고, 영국인들과 영국으로 갔다. 하지만 파리의 러시안 인들과는 어울리기만 할 뿐 러시아에는 가지 않았다. 피카소가 늘 말하듯이, 로슈는 사람이 아주 좋지만 그저 번역자일 뿐이었다.

로슈는 다양한 국적의 사람들을 데리고 플뢰뤼스 거리 27번지를 자주 찾아왔다. 거트루드 스타인은 로슈를 좋아했다. 로슈가 아주 충실한 사람이라고, 행여 다시 못 보더라도 어디서든 신의를 지켜 나갈 믿음직한 사람이라고 말하곤 했다. 두 사람이 교류하던 초기에 로슈는 그녀를 기쁘게 한 적이 있다. 거트루드 스타인이 첫 책『세 사람의 생애』를 완성한 직후였는데 영어를 읽을 줄 알던 로슈는 이 소설을 읽고 깊은 감명을 받았다. 어느 날 거트루드 스타인이 자기 이야기를 풀어놓자 로슈가 갑자기 끼어들어 이 이야긴 너무너무 멋지고 중요하기 때문에 당신의 전기에 꼭 들어가야 한다고 말했다. 거트루드는 소름이 끼쳤고 언젠가 자신이 전기를 쓸 것을 처음으로 깨달았다. 그녀는 요 몇 년 동안 그를 비록 오랫동안 못 만나고 있지만 로슈는 어디에선가에서 완벽한 믿음을 지키고 있을 것이다.

케슬린 브루스의 스튜디오에서 로슈를 만난 이야기로 돌아가자. 사람들이 이런저런 이야기를 하고 있을 때 거트루드 스타인이 얼마 전 오빠하고 피카소라는 젊은 스페인 화가의 그림을 구입했다고 말했다. 아주 잘 하셨습니다. 피카소는 아주 흥미로운 젊은이죠. 로슈가 말했다. 오, 피카소하고 아는 사이입니까? 그를 만나게 해줄 수 있나요? 거트루드 스타인이 물었다. 못할 건 없죠. 로슈가 말했다. 그럼 잘됐어요. 오빠가 그 화가와 친해지고 싶어 하거든요. 그래서 그 자리에서 다음 약속이 정해졌고, 얼마 후 로슈와 거트루드 스타인의 오빠는 피카소를 찾아갔다.

피카소가 거트루드 스타인의 초상화를 그리기 시작한 게 이 만남 직후였다. 그 초상화는 지금은 너무도 유명해졌지만, 초상화가 그려지기까지의 내력에 대해서는 사람들마다 기억이 조금씩 다르다. 나는 피카소와 거트루드 스타인이 이때 정황을 이야기하는 걸 여러 번 들었는데 분명 두 사람 모두 기억이 정확하지 못하다. 두 사람은 피카소가 처음 플뢰뤼스 거리의 집에서 저녁을 먹던 날과 거트루드 스타인이 모델이 되려 처음 라비냥 거리를 찾아간 날짜는 기억하고 있는데, 두 날짜들 사이에는 공백이 있었다. 그들은 그 일들이 어떻게 일어났는지에 대해서는 모른다. 당시 스물네 살이던 피카소는 열여섯 살 이후 처음으로 모델을 세워 그림을 그린 것이고, 거트루드 스타인으로 말하면 자기가 초상화 모델이 될 줄은 생각조차 안 해본 사람이어서 두 사람 중 어느 쪽도 어쩌다 이런 일이 생기게 되었는지 알지 못했던 것이다. 아무튼 초상화는 그려졌다. 그녀는 그 초상화를 위해 아흔 차례나 포즈를 취했고, 그날들 사이에 엄청난 일들이 일어났던 것이다. 아주 처음으로 돌아가 보자.

피카소와 페르낭드가 저녁 식사를 하러 왔다. 나의 소중한 친구이자 학교 동창인 넬리 제이콧은 이때 피카소를 잘생긴 구두닦이라고 불렀다. 검은빛이 도는, 커다란 웅덩이 같은 형형한 그의 눈동자에는 거칠음과는 또 다른 어떤 격정이 들어 있었다. 저녁 식탁에서 피카소는 거트루드 스타인 옆자리에 앉았다. 스타인이 빵 조각을 집자 그는 휙 낚아채며 내 빵입니다, 하고 말했다. 그녀는 웃음을 터뜨렸고, 피카소는 수줍게 웃었다. 두 사람 마음이 통하는 순간이었다.

일본 판화를 좋아한 거트루드 스타인의 오빠는 그날 저녁 피카소에게 일본 판화 포트폴리오를 자꾸 보여주려 했다. 피카소는 한 장한 장을 유심히 보며 설명에 귀를 기울인 다음 낮은 소리로 거트루드 스타인에게 말했다. 당신 오빠가 좋은 분이기는 하지만, 하빌랜드처럼, 여느 미국인들과 다를 바가 없네요. 자꾸 일본 판화를 구경시키니까요. 전 일본 판화를 대단하게 생각하지 않습니다. 조금 전에 말했듯이, 거트루드 스타인과 파블로 피카소는 그 자리에서 서로를 이해하게 되었다.

처음 포즈를 취하는 날이 되었다. 피카소의 아틀리에 분위기에 대해선 앞에서 소개한 바 있지만 이 무렵 그가 작업하던 아틀리에에는 그보다 훨씬 더 지저분하고, 더 많은 사람들이 들락거리고, 난로 속

82

장작이 더 벌겋게 타고 있고, 먹다 남은 음식들을 비롯해 더 많은 방해물이 있었다. 방에는 모델 거트루드 스타인이 앉을 바닥이 꺼진 큰 의자가 있었다. 방문객이 앉고 때로는 누워 자기도 하는 소파도 하나 있었다. 피카소가 그림을 그릴 때 앉는 부엌용 작은 의자 하나, 커다란 이젤과 아주 큰 캔버스들이 있었다. 엄청난 크기의 캔버스들, 엄청난 크기의 형상들, 엄청난 군상들, 어릿광대 시대가 정점에 이른 시기였다.

그곳에는 몸이 아파 동물병원에 다녔고 곧 다시 데려가야 할 작은 폭스테리어가 한 마리 있었다. 아무리 가난하고 아무리 무심하고 아무리 사악하다 하더라도 반려동물을 수의사에게 계속 데려갈 수 있는 이는 프랑스 남자나 프랑스 여자밖에 없다.

페르낭드는 언제나 아주 아름답고 아주 우아했다. 그녀는 모델 거트루드 스타인을 즐겁게 해주겠다며 프랑스 우화작가 라퐁텐의 이야기를 읽어 주려 했다. 스타인이 포즈를 취하자, 피카소는 의자를 캔버스에 바짝 당겨 앉은 다음 작은 팔레트에 갈색이 도는 회색 물감과 더 진한 회색 물감을 풀어 그림을 그리기 시작했다. 여든 차례에서 아흔 차례의 앉기가 시작된 날이었다.

저녁이 되자 거트루드 스타인의 두 오빠와 올케, 그리고 앤드루 그린이 그림을 보러 찾아왔다. 아름다운 스케치에 모두가 흥분했다. 앤드루 그린은 제발 스케치를 그대로 남겨두라고 사정하고 또 사정했다. 그러나 피카소는 머리를 흔들었다. 안 돼요.

그때의 그 스케치를 사진으로 남길 생각을 아무도 못한 게 정말 안타깝다. 그날 그 자리에 있었던 사람들 가운데 그 스케치를 가장 잘 기억하는 사람은 물론 피카소나 거트루드 스타인일 것이다.

　앤드루 그린. 그를 처음 만난 날을 아무도 기억하지 못하는 이 남자는 위대한 뉴욕 사람으로 알려진 앤드루 그린의 종손이었다. 시카고에서 태어나 자랐지만 큰 키에 비쩍 마른 몸, 금발 때문에 전형적인 영국인처럼 보였다. 차분하고 유순한 성격에 경이로운 기억력의 소유자였다. 그는 밀턴의 『실낙원』 전체와 영어로 옮긴 중국 시를 줄줄 암송할 수 있었다. 거트루드 스타인은 특히 그가 암송하는 중국 시를 아주 좋아했다. 그는 당시로는 드물게 중국을 다녀왔었다. 세월이 많이 흐른 뒤 그는 밀턴의 『실낙원』을 아주 좋아했던 할아버지로부터 막대한 재산을 상속받아 난하이(南海, 중국 남쪽에 있는 바다)에서 정착하게 된다. 그의 열정은 동양적인 것에 집중해 있었다. 그는 자신은 단순한 중심과 끊임없이 반복되는 디자인을 경배한다고 인정했다. 그는 박물관에 있는 그림들을 사랑하면서도 현대적인 것은 무엇이든 증오했다. 우리 모두가 떠난 플뢰뤼스 거리에서 그가 한 달 가량 머물렀을 때, 그는 엘렌이 매일 침대 시트를 바꾸고 캐시미어 숄로 그림들을 덮어버린다고 크게 화를 냈었다. 마음을 편안하게 해주는 그림들을 가려버리다니 참을 수 없었던 것이다. 앤드루는 물론 새로 그린 그림들을 좋아하지 않으려 했는데, 하지만 진짜로 고약한 것은 새 그림들이 좋고 싫고가 아니라 옛것에 대한 취향을 잃어버리는 일이라고, 그리고 다시는 절대로 어떤 박물관도, 어떤 그림도 쳐다보지 않겠다고 말했다. 그는 페르낭드의 아름다움에 가슴이 먹먹해지도록 감동했다. 완전한 압도, 이게 정확한 표현이었다. 그는 만약 자기가 프랑스어를 할 줄 안다면 페르낭드에게 연애를 걸고 저 왜소한 피카소로부터 그녀를 떼어 놓았을 거라고 거트루드 스타인에게 말했다. 거트루드는, 당신은 말로 사랑을 하나요, 하며 깔깔 웃었다. 앤드루 그린은 내가 파리에 오기 전에 떠났다. 18년 후 그는 다시 돌아오긴 했지만 그때는 예민함이 다 사라진 무던한 사내가 되어 있었다.

한 해가 비교적 조용하게 저물어 갔다. 마티스 부부는 겨울을 나러 남프랑스의 콜리우르로 갔다. 지중해 연안, 마티스 부인의 친척들이 살고 있는 콜리우르는 페르피냥에서도 가까웠다. 레이몬드 덩컨 가족은 페넬로페의 여동생을 만나자마자 라비냥 거리에서 사라져 버렸다. 페넬로페의 여동생은 배우였다. 아담한 체구에 그리스 의상보다는 파리지앵에 가까운 옷차림을 즐기는 그녀는 키가 아주 크고 살결이 검은 그리스 사촌과 함께 찾아왔었다. 거트루드 스타인을 찾아온 날, 그는 주위를 돌아보고 나서 나는 그리스 사람입니다, 하고 선언했다. 자신의 완벽한 취향에 비할 때 이 집을 장식한 어떤 그림도 마음에 들지 않는다는 뜻이었다. 이 일 직후 레이몬드, 그의 부인과 아기, 그의 처제와 그녀의 그리스 사촌은 플뢰뤼스 거리 27번지 안마당에서 사라졌다. 그들의 자리를 곧 독일 출신의 숙녀가 승계했다.

이 독일 숙녀는 삼촌과 큰할아버지가 독일 육군의 장성들이고 오빠는 독일 해군 장성이었다. 어머니는 영국인이고, 숙녀 자신은 바이에른 궁정에서 하프를 연주한 경력이 있었다. 아주 쾌활한 이 독일 숙녀는 야릇하고 이상한 영국인 또는 프랑스인 친구들을 사귀었다. 이 독일 숙녀는 여성 조각가였다. 그녀는 수위의 아들인 꼬맹이 로제를 전형적인 독일 방식으로 조각으로 만들었다. 소년이 웃고 울고 혀를 내민 두상을 조각해 포츠담 왕립박물관에 팔았다. 전쟁이 터지자 수위는 그녀가 만든 로제가 조각상으로, 포츠담 박물관에 있다는 생각에 가끔 찔끔찔끔 울어댔다. 독일 숙녀는 속옷을 겉옷으로 입고 다녔다. 드레스가 아닌 여러 조각으로 된 옷, 길이가 길게도 짧게도 되는 이상한 의상을 발명해 여봐란듯 자랑스럽게 선보이곤 했다. 그녀는 허클베리 핀의 아버지가 꼭 저렇게 생겼으리라 생각되는 기이한 용모의 프랑스 남자를 모델로 세웠다. 그녀는 그를 모델로 고용한 건 순전히 자선 정신의 발로라고, 그 모델은 젊은 시절 전시회에서 금메달까지 딴 화가이지만 그걸로 경력이 끝난 남자라고 설명했다. 독일 숙녀는 자기가 하층 계급의 하녀를 모델로 쓰는 일은 절대로 없다고 자신했다. 몰락한 귀부인을 모델로 세우는 게 더 흥이 나고 더 효율적이라고, 기능적인 바느질 모델이나 포즈를 취할 장교의 미망인들은 늘 줄 서 있다고 말했다. 하지만 그녀는 오스트리아 페이스트리를 완벽하게 만들어내는 오스트리아 출신 하녀를 오래 붙잡아 두지는 못했다. 한 마디로 아주 우스운 여자였다. 그녀는 거트루드 스타인과 대화할 때 자주 안뜰을 이용했다. 거트루드 스타인이 자신의 방문객들을 어떻게 생각하는지 너무 궁금해 했다. 스타인이 결론에 도달하는 방법이 연역인지, 관찰인지, 상상인지 그도 아니면 분석인지 알고 싶다고 말했다. 정말 우스운 여인이었는데, 하지만 어느 순간부터 그녀는 자취를 감추었고, 사람들은 그녀를 생각하지 않았다. 그 다음 전쟁이 일어나자 그제야 모두는 전쟁이 이 독일 숙녀의 파리 생활에 어떤 불길함을 주지 않을까 걱정을 했다.

거트루드 스타인은 거의 매일 오후에는 몽마르트르로 가서 포즈를 취한 다음 파리를 가로 질러 플뢰뤼스 거리로 돌아왔다. 파리 산책이라는 영원한 습관은 이때 만들어졌다. 개를 데리고 산책하는 요즘과는 달리 그때는 혼자서 산책했다. 토요일 오후에는 피카소 부부와 함께 집까지 걸어와 저녁을 먹은 다음 다른 방문객들을 맞이했다.

포즈를 잡는 오랜 시간과 긴 산책 동안 거트루드 스타인은 깊은 명상에 잠겨 문장을 만들어내었다. 『세 사람의 생애』의 두 번째 이야기인 흑인 멜란차 허버트의 이야기를 구성하던 시기였다. 그녀가 멜란차의 삶 속에 짜 넣은 치명적인 사건들은 라비냥 거리에서부터 언덕을 걸어 내려오는 시간 속에서 탄생한 것이다.

헝가리 사람들이 플뢰뤼스 거리로 순례를 오기 시작한 게 이 무렵이었다. 그들 다음에는 특이한 미국인 그룹들이 나타났다. 피카소는 젊은 미국 여자들과 남자들의 참신한 특징에 적응이 힘들다며 버거워 했다. 그들은 남자도 여자도 아닌 그냥 미국인들이었다. 그 중에 유명 초상화가의 부인인 브린 모어는 키가 훤칠한 미인이었는데 예전에 머리를 다쳐 표정이 이상하고 공허했다. 사람들은 그녀를 여제로 불렀고, 피카소도 여기에 동의했다. 또 전형적인 미국인 미술학도도 있었다. 피카소는 이 미술학도를 아주 성가셔 하며 미국의 영광스러운 미래를 만들 재목이 못 된다고 말하곤 했다. 마천루 사진을 처음 보았을 때 피카소는 예의 특징적인 반응을 보였다. 하느님 맙소사, 꼭대기에 있는 애인의 화실로 올라갈 때까지 사랑하는 사람이 느꼈을 질투어린 분노를 상상해 보십시오.

이제 플뢰뤼스 거리의 소장품에 모리스 드니의 작품이 하나, 툴루즈-로트레크의 작품 하나, 그리고 수많은 피카소의 작품들이 더해졌다. 이 시기는 또한 발로통 부부와 친분을 트고 우정이 시작된 때이기도 하다.

언젠가 누군가 한 특정 화가의 그림에 대해 묻자 볼라르는 오, 그건 가난한 수집상을 위한 세잔의 작품입니다, 하고 말했었다. 발로통은 무일푼들을 위한 마네와 같은 작가였다. 발로통이 그린 대형 누드에는 모든 견고와 고요를 다 담아내면서도 마네의 〈올랭피아〉가 갖는 특징과는 또 다른 것이 들어 있었다. 발로통이 그린 초상화들은 자크-루이 다비드(Jacques-Louis David, 1748~1825, 프랑스의 화가로 신고전주의 양식의 대표적 인물)의 우아함과는 다른 건조한 느낌이 들어 있었다. 그의 과거를 거슬러 올라가면 거물급 화상의 누이와 결혼한 게 불운이었다. 매력 넘치는 여인과의 결혼생활은 행복했지만 주말이면 의무적으로 가족 모임에 나가야 했고, 그 자리에서 처가의 돈과 의붓아들들의 폭력을 고스란히 당해야 했다. 그 사람, 발로통은 날카로운 위트 감각을 지니고 야심도 만만찮은 영혼이었지만, 처형인 미술상의 그늘에서 자신이 무능하다는 생각만 키워가고 있었다. 하지만 한때는 아주 재미있는 그림들을 그리기도 했다. 그는 거트루드 스타인에게 포즈를 취해달라고 부탁했고, 그녀는 이듬해에 포즈를 취해주었다. 그녀는 그 시간을 점점 좋아하게 되었다. 오랜 산책이 끝난 다음의 오랜 정지의 시간은 문장을 창조할 집중력을 강화시켜 주었다. 프랑스의 비평가 마르셀 브리옹(Marcel Brion, 1895~1984, 프랑스의 미술 비평가이자 소설가, 수필가)은 거트루드 스타인이 정확성, 절제, 빛과 그림자 속의 다양성의 부재, 무의식의 사용을 거부하는 문장으로 바흐의 푸가의 대칭과 긴밀한 유비를 이루는 대칭미를 이뤄냈다고 썼다.

그녀는 발로통의 채색방식은 낯선 놀라움을 만들어낸다고 자주 말했다. 이때 발로통은 젊은 화가 지망생이 아니라 1900년 파리 전시회로 이미 화가로 인정받는 사람이었다. 초상화를 그릴 때 그는 크레용 스케치를 한 다음 캔버스의 윗부분을 가로로 채색하기 시작했다. 거트루드 스타인은 그의 이 기법이 커튼이 천천히 닫히는 기분을 준다면서 이렇게 말했다. 발로통은 커튼을 천천히 아래로 당기는데 그가 캔버스의 밑 부분에 도달할 때면 거기 당신이 있게 됩니다. 전체 과정은 이 주일 가량 걸리는데 그 다음 그는 캔버스를 당신에게 줍니다. 하지만 발로통은 이 그림을 처음에 가을 전시회에서 선보였고 그림이 주목을 받자 모두가 기뻐했다.

사람들은 메드라노 서커스 공연장을 적어도 일주일에 한 번 찾아갔다. 광대들은 옛날 고전적 광대 의상이 아니라 단추를 잘못 끼운 옷을 입고 나타났다. 채플린이 크게 유행시킨 이런 의상을 피카소와 몽마르트르에 사는 그의 친구 모두는 즐거이 따랐다. 서커스 영국 기수들이 입는 의상도 몽마르트르 사람들 사이에서 유행이 되었다. 얼마 후 누군가가 요즘 젊은 화가들의 옷 차림새를 지적하며 그따위 옷에 돈을 낭비하다니 참 한심하다며 혀를 찼다. 피카소가 허허 웃으며, 일반인들이 유행을 좇아 입는 옷이나 비싼 정장 한 벌보다 화가가 입는, 거칠기만 한 작업복이 보기와는 달리 훨씬 비싸다고 말했다. 독자는 그 시절 영국제 트위드 천이나 아주 투박한 데다 지저분해 보이는 프랑스제 모방 옷 구하기가 얼마나 어렵고 많은 돈이 들었는지 상상하기 힘들 것이다. 사실 그 시절 화가들은 많은 돈을 쓰고 다녔다. 화가들은 이런 저런 일에 큰돈을 썼다. 그림과 캔버스를 잡히면 몇 년치 생활비를 빌릴 수 있었다. 그 돈으로 석탄과 사치품을 구입하는 것만 빼면 집세를 내고 밥값을 지불하고 실제적으로 모든 걸 할 수 있었으니 행복한 시절이었다.

겨울이 깊어 갔다. 『세 사람의 생애』가 완성되었다. 거트루드 스타인은 올케에게 원고를 읽어달라고 부탁했다. 원고를 읽은 올케가 깊이 감동하자 큰 기대를 하지 않았던 거트루드 스타인은 몹시 기뻤다. 그 시절 거트루드는 누구에게도 자신의 작품을 어떻게 생각하는지 묻지 않았지만 사람들은 읽고 싶다며 관심을 보였었다. 요즘 그녀는 이 작품을 읽고 싶은 사람이 있다면 흥미로운 점을 발견할 거라고 말한다.

거트루드 스타인의 인생에서 올케는 늘 중요한 인물인데, 이날 오후만큼 그녀의 의미가 큰 적은 따로 없을 것이다. 이제는 원고를 타자하면 되었다. 거트루드 스타인에게는 한 번도 사용하지 않은 소형 휴대용 타자기가 있었다. 그녀는 당시는 물론이고 이후 오랫동안 글을 쓸 때는 늘 연필로 종이에 쓴 다음 잉크를 찍어 프랑스 노트에 옮기고 그 다음 다시 잉크를 묻혀 사본을 따로 만드는 작업을 한다. 그녀의 오빠는 원고 스크랩 작업을 여러 차례 반복하는 동생에 대해 언젠가 이렇게 말했다. 저는 제 여동생 거트루드 스타인이 여기 계신 모든 분보다 더 천재인지 알지 못하며, 그건 제가 알아볼 수 있는 부분도 아닙니다. 하지만 늘 생각하는 한 가지가 있는데, 그림을 그리든 글을 쓰든 여러분은 만족스럽지 못한 작품을 찢고 던지지만, 제 여동생은 한 번도 자기 글에 만족한다 안 한다 말한 적이 없으며, 자주 사본을 만들고, 자기가 쓴 글 종이는 단 한 장도 버리지 않습니다.

거트루드 스타인은 『세 사람의 생애』를 직접 타자치려 했지만 영 되지 않아 초조해 하고 있었다. 그때 구원병 에타 콘 양이 나타났다. 파블로가 에타 콘 양들이라고 불렀던 두 자매 중 한 사람이었다. 에타 콘은 거트루드 스타인의 친척으로 원래 집은 볼티모어이지만 파리에서 겨울을 보내고 있었다. 외로움을 잘 타는 성격인 한편 흥미로운 구석이 있는 여자였다.

에타 콘은 피카소 커플한테서 낭만을 발견했다. 그녀는 피카소 커플이 나타나는 장소마다 거트루드 스타인을 따라갔으며 1백 프랑을 들여 피카소의 드로잉을 여러 점 구입하기까지 했다. 1백 프랑은 20달러에 달하는 큰돈인 시절인데도 이 낭만적인 자선사업에 기꺼이 돈을 썼다. 세월이 흐른 지금, 그때 구입한 그림들이 에타 콘의 주요 소장품이 된 것은 두 말을 해 무엇할까.

에타 콘이 『세 사람의 생애』를 타자해 주겠다고 제안하고는 곧 그 작업을 시작했다. 볼티모어 사람은 섬세한 감수성과 성실한 양심으로 유명하다. 거트루드 스타인은 타자하기 전에 원고를 읽어보라는 말을 하지 않은 게 갑자기 생각나 부랴부랴 에타 콘한테 달려갔는데, 에타 콘이 원고 한 자 한 자를 충실하게 옮기고 있었으니 괜한 걱정이었다. 에타 콘은 거트루드 스타인의 글을 읽어가며 타자를 칠 수 있는 사람이었다.

봄이 다가오고 있었다. 모델로 앉아 있는 시간이 끝나가고 있었다. 어느 날 피카소는 느닷없이 얼굴 부분을 지워버렸다. 그는 심란한 표정으로 당신을 쳐다봐도 더는 당신이 보이지 않는다고 말했다. 그래서 그림이 그런 모양이 된 것이다(거트루드 스타인의 초상화는 가면을 쓴 얼굴로 그려졌다-옮긴이).

포즈를 취하는 긴 시간이 끝났을 때 특별히 실망하거나 특별히 화가 난 사람은 없었다. 봄 앵데팡당 전이 끝나자 늘 그래 왔듯이 거트루드 스타인은 오빠와 함께 이탈리아 여행을 계획했다. 파블로와 페르낭드는 스페인 여행을 준비하고 있었다. 페르낭드에게는 첫 스페인 여행이어서 드레스와 모자와 향수와 요리용 난로를 꼭 사야 했다. 그 시절 프랑스 여인들은 다른 나라에 갈 때도 프랑스 요리를 할 프랑스 식 기름 난로를 꼭 챙겨 갔는데 아마도 요즘도 그러리라. 프랑스 여인들에게는 목적지가 어딘지는 중요하지 않고 난로를 챙기는 게 중요하며, 그들은 초과 수하물 비용은 얼마든지 감수한다. 그 다음 마티스 부부가 돌아와 피카소 커플을 만났다. 그들은 서로에게 반갑다고 열광했지만 사실은 서로가 아주 좋아하지는 않았다. 그 다음 마티스 부부를 흉내 내기라도 하듯 드랭이 피카소를 찾아갔다. 이날 드랭은 브라크를 데리고 갔다.

이때까지 마티스가 피카소 이야기를 전혀 듣지 못했다는 사실, 그리고 피카소가 마티스를 만난 적이 없었다는 사실이 너무 이상하게 들릴 것이다. 하지만 그때는 많은 이가 제 살기도 아등바등해 타인을 신경 쓰고 잘 알 만한 여유가 없는 소시민의 시절이었다. 생미셸 부두에서 살면서 앵데팡당 전에 참가했던 마티스는 피카소나 몽마르트르나 사고의 존재를 전혀 알지 못했다. 진실은, 그들 모두는 아주 오래전 몽마르트르에 있는 베유 양의 골동품 상점을 배경으로 한 무대에 같이 선 적이 있었다. 하지만 그녀가 그들 모두의 그림들을—

꼭 화가가 들고 온 그림들이 아니라 아무나 가져왔던 그림들을—하나씩 차례로 사들이는 동안, 몇 예외적인 경우가 있기는 했어도, 어떤 화가가 다른 화가의 그림들을 보러 오거나 그림을 사는 구매자가 될 가능성은 거의 없던 시절이었다. 하지만 세월이 흘러 그들 모두가 유명화가가 되었으니 베유 양에게 감사해야 했다. 무엇보다도 이들의 첫 번째 작은 그림을 모두 사준 사람이 베유 양이니 말이다.

조금 전에 말했듯이, 거트루드 스타인의 모델 일은 끝났다. 앙데팡당 전시회 오프닝 파티도 끝났다. 모두는 떠났다.

그해 겨울은 성과가 알찼다. 거트루드 스타인의 초상화를 그리는 오랜 싸움을 하면서 피카소는 매력적인 초기 이탈리아 시대인 어릿광대 시대에서 벗어나 나중에 입체주의로 완성될 맹렬한 싸움으로 옮겨가는 중이었다. 거트루드 스타인은 『세 사람의 생애』의 두 번째 이야기, 문학에서 19세기를 탈피하고 20세기로 진입하는 최초의 결정적 걸음이라 할 만한 흑인 여자 멜란차의 이야기를 완성해냈다. 마티스는 〈삶의 기쁨〉을 완성하고 모든 것에 흔적을 남길 새로운 유파를 창조해냈다. 그 다음 모두는 파리를 떠났다. 그해 여름 마티스 부부는 이탈리아로 갔다. 마티스는 프랑스나 모로코를 더 원했지만, 마티스 부인에게 이탈리아는 감동 그 자체이기 때문이었다. 이탈리아 여행은 소녀적부터의 꿈이었다. 그녀는 이렇게 말했다. 나는 자신에게, 아, 나는 지금 이탈리아에 와 있어 하고 몇 번이나 확인시켰습니다. 내가 앙리에게 이런 말을 하면, 그는 다정한 목소리로 그래서 어쩌라고, 하고 대꾸하곤 했죠.

피카소 커플은 스페인으로 갔다. 페르낭드는 스페인과 스페인 사람들, 그리고 지진을 묘사하는 편지를 써 보냈다.

우리는 피렌체에 있었다. 마티스의 집을 잠시 방문하고 알피 모러가 우리를 방문한 며칠을 빼면 어떤 식으로든 파리 생활과 관계하지 않았다.

거트루드 스타인과 그녀의 오빠는 피렌체 부근 피에솔레의 언덕에 있는 작은 별장을 빌렸다. 그들은 오랜 세월, 여름이면 이 별장에서 지냈다. 내가 파리로 갔던 해에는 나와 내 친구가 그 별장을 썼고, 그들은 거트루드 스타인의 둘째 오빠와 그 아내와 아이와 함께 피에솔레의 다른 편에 있는 더 큰 별장에서 지냈었다. 작은 별장 카사 리치는 아주 유쾌한 장소였다. 이 별장의 주인은 스코틀랜드 여인이었다. 그녀는 장로교 집안에서 태어났지만 가톨릭으로 개종한 다음 늙은 장로교 신자인 어머니를 이 수도원에서 저 수도원으로 모시고 다니다가 카사 리치를 발견하고 결국 이 별장에 정착했었다. 그 다음 그녀는 이 집을 성당으로 만들기에 이르고 이곳에서 어머니의 임종을 지켜보았다. 어머니가 돌아가시자 그녀는 카사 리치를 나와 더 큰 별장으로 이사했고 그 웅장한 별장을 이번에는 은퇴한 사제들을 위한 휴양소로 바꾸었다. 거트루드 스타인 남매가 카사 리치를 빌릴 수 있었던 건 이 덕분이었다. 거트루드 스타인은 집 여주인에게 반했다. 메리 스튜어트 시대의 귀족 출신 하녀처럼 늘 뒷자락이 늘어지는 검정색 긴 드레스를 입고 가톨릭의 우상들 앞에 한쪽 무릎을 꿇고 기도한 다음 가파른 사다리를 타고 올라가 지붕의 작은 천창을 열어 별들을 우러러보는 여인. 가톨릭과 프로테스탄트가 기묘하게 혼합된 예배와 찬양을 보여주는 여인이었다.

프랑스 가정부 엘렌은 피에솔레에 한번도 가지 않았다. 결혼을 한 엘렌에게 여름은 남편을 위해 요리하고 스타인 남매의 양말을 자기 발에 신어가며 수선하는 시간이었다. 그녀는 잼도 만들었다. 이탈리아의 마다레나는 파리의 엘렌만큼 일을 잘하는 하녀였지만 명사들로부터 엘렌만큼 평가를 받지는 못한 것 같다. 이탈리아는 유명인들과 유명인의 자제들에게 너무 익숙해져 있다. 에드윈 도지는 이런 분위기에 딱 맞는 말을 남겼으니 위대한 인물들의 생활은 우리에게 후손을 남기지 말 것을 곧잘 상기시킨다는 것이다.

거트루드 스타인은 늘 파리의 겨울이 가장 이상적인 날씨라고 말하지만 사실 진정으로 숭배한 것은 열기와 강렬한 태양이었다. 피에솔레에 머물던 시절, 그녀는 산책하기 가장 좋은 시간은 역시나 정오라고 자주 말했다. 나로 말하면, 그때나 지금이나 여름철의 뜨거운 태양에 아무 애정이 없다. 그래도 가끔은 산책을 나서는 거트루드 스타인을 따라 다녔다. 나중에 스페인에 갔을 때 나는 땀을 식힐 나무 그늘을 찾으려 애썼지만 스타인은 뜨거운 햇빛 아래서도 지치는 법이 없었다. 그녀는 심지어 머리와 눈을 쉬게 해준다면서 뙤약볕 아래 벌렁 드러누워 한낮의 작열하는 태양을 똑바로 쳐다보기까지 했다.

피렌체에는 유쾌한 사람들이 많았다. 먼저 베런슨 일가, 그리고 그 가족과 동행한 글래디스 디아콘이 있다. 디아콘은 그 미모가 국제적으로 알려진 대단한 미인이었지만 몽마르트르에서 한겨울을 보낸 거트루드 스타인이 보기에는 재미있는 사람이 되기에는 너무 쉽게 충격을 받는 사람이었다. 그 다음에는 최초의 러시아 사람들인 폰 헤이로스와 그의 부인이 있다. 이 여인은 훗날 남편을 넷이나 거치게 되는데, 그 네 명의 남편들과 늘 좋은 친구로 지낸다고 명랑하게 말하던 모습이 기억난다. 어리석지만 얼굴은 매력이 있었던 폰 헤이로스는 늘 러시아 이야기만 하려들었다. 그 다음 소럴드 부부와 그 밖의 많은 사람이 있었다. 하지만 무엇보다 중요한 점은, 피렌체에는 온갖 종류의 기이한 전기들을 빌려 주는 훌륭한 영어 도서관이 있다는 사실이다. 이 도서관은 거트루드 스타인에게 마르지 않는 기쁨의 원천이 되었다. 한번은 그녀가 나에게 말했다. 나는 어린 시절부터 엄청나게 많은 책을 읽었어. 엘리자베스 여왕 시대부터 현대문학까지 너무 일찌감치 섭렵해서 나중에 읽을거리가 없어질까 너무 무서웠었지. 이 공포감은 수 해 동안 그녀를 따라다니며 괴롭혔는데, 하지만 그녀는 이런저런 방법으로 늘 책을 읽고 또 읽었고, 지금도 어디서든지 많은 읽을거리를 늘 찾아내는 것 같다. 그녀의 큰 오빠는 피렌체에 있을 때 매일 들고 갈 수 있는 만큼 책을 집으로 가져가도 여동생 때문에 매일 그 책들을 반납해야 한다고 불평하곤 했다.

그리고 이 여름, 거트루드 스타인은 그녀의 위대한 책『미국인의 형성』을 쓰기 시작했다.

그 작품은 그녀가 래드클리프 대학 시절 썼던 오래된 일상적인 주제로 시작한다.

"한번은 한 남자가 격분해 아버지를 흙바닥에 질질 끌며 과수원으로 끌고 갔다. '멈춰라!' 드디어 늙은이가 괴로워 외쳤다. '멈춰! 난 내 아버지를 이 나무 너머로 끌고 가지는 않았다!'

"우리가 태어날 때부터 지닌 기질을 씻어 버리기는 어렵다. 우리 모두는 시작은 좋다. 젊은 시절에는 우리 자신의 죄보다 다른 사람의 죄가 더 크게 쓰여 우리는 다른 사람이 지은 죄와 맞서 격렬하게 싸우면 되기 때문이다. 하지만 나이가 들어 우리는 자신이 지은 죄가 죄의 전부임을 알게 되고, 그러면 다른 사람들이 지은 죄와 싸움은 사라진다." 이 책은 한 가족의 역사가 될 것이었다. 원래는 한 가족의 가족사이지만 내가 파리에 갔을 무렵 그 책은 과거의 모든 사람들과 현재를 살고 있는 이들, 그리고 앞으로 살아가 모든 인간 존재의 역사가 되어 가고 있었다.

거트루드 스타인의 인생에서 지금 베르나르 페이(Bernard Faÿ, 1893~1978, 프랑스 역사학자, 번역가)와 세예르 부인이 작업하는 『미국인의 형성』 번역보다 더 기쁜 일은 없었다. 바로 얼마 전 그녀는 베르나르 페이와 함께 이 책의 번역 작업을 마쳤다. 그녀는 이 책이 영어로 쓰인 걸작이라고, 심지어 프랑스어로도 훌륭한 책이라고 말한다. 엘리엇 폴은 『트랜지션』 편집자로 일할 당시 거트루드 스타인이 머잖아 프랑스에서 베스트셀러 작가가 되리라 확신한다고 말했다. 그의 예언은 가능성이 아주 높아 보인다.

하지만 지금은 그 옛날 카사 리치로 다시 돌아가 수많은 사람들에게 문학 개념을 변화시킬 그 긴 문장들이 처음 태동한 때 이야기를 하겠다.

거트루드 스타인은 『미국인의 형성』 앞부분에 몰입했고, 그 작업에 들린 상태에서 파리로 돌아왔다. 매일 밤 작업하다 어느새 희부연 새벽빛을 맞이하던 시절이었다. 그녀는 기대감에 넘쳐 파리로 돌아왔고 돌아오자마자 자신의 초상화가 있는 곳으로 달려갔다. 그날은 바로 스페인 여행에서 돌아온 피카소가 작업 의자에 앉아서 거트루드 스타인을 안 본 상태에서 가면 같은 얼굴을 새로 그려 넣은 날이었다. 그녀는 이 그림을 보았고, 피카소와 스타인은 흡족했다. 이상한 점은 피카소가 얼굴을 새로 그린 다음 두 사람 모두가 원래의 그림을 기억하지 못한다는 사실이다. 이것은 초상화에 얽힌 또 다른 매혹적인 이야기다.

지금으로부터 불과 몇 년 전, 거트루드 스타인은 머리를 아주 짧게 잘랐다. 그전까지는 피카소가 그린 그림에서처럼 머리를 틀어 정수리 가까이에 고정하는 모양을 고수했었다. 머리칼을 자르고 하루나 이틀이 지난 날, 그녀가 들어갔을 때 피카소는 다른 방에 있었다. 스타인이 모자를 쓰고 있었음에도 피카소는 열린 문 두 개 너머에 있는 그녀의 모습을 단번에 알아차렸다. 그는 빠르게 다가오며 소리쳤다. 거트루드, 이게 무슨 짓입니까, 무슨 짓을 한 겁니까? 뭐가 어쨌다고 그래, 파블로. 그녀가 물었다. 보여주십시오. 그가 말했다. 그녀는 그에게 머리를 보여주었다. 그러면 내 초상화는 어떡합니까. 그의 목소리는 잔뜩 굳어 있었다. 다음 순간 그는 얼굴을 누그러뜨리며 이렇게 말했다. 그래도 모든 게 그대로 있군요.

마티스도 돌아왔고 분위기가 한층 밝아졌다. 처음에는 드랭이, 그 다음에는 드랭을 따라 브라크가 몽마르트르로 화실을 옮겼다. 젊은 화가 브라크는 미술학교 시절 마리 로랑생을 알게 되었고, 두 사람은 서로의 초상화를 그리는 사이였다. 미술학교를 졸업한 뒤 브라크의 그림은 다소 지리적인 느낌이 있는데, 둥그스름한 언덕들과 색상은 마티스가 앵데파당 전에 보낸 그림들의 영향이 짙었다. 브라크와 드랭이 처음 만난 게 군복무 시절인지 나는 자신하지 못하지만, 아무튼 두 사람은 서로 아는 사이였다. 그들은 이제 피카소를 알게 되었다. 세 사람의 만남은 아주 흥미진진한 시대를 열었다.

그들은 낮에는 피카소의 집에서 시간을 보낸 다음 반대편에 있는 작은 식당에서 늘 같이 식사를 했다. 거트루드 스타인의 말을 빌리면, 이 시절 피카소는 조수 네 명을 거느린 작은 투우사, 또는 나중에 그녀가 피카소의 초상에서 표현한 것처럼, 덩치 큰 보병 넷을 거느린 작은 나폴레옹이었다. 드랭과 브라크는 덩치가 아주 컸고, 기움도 어디서든 빠지지 않을 체구였고, 앙드레 살몽(André Salmon, 1881~1969, 프랑스의 시인)도 결코 작은 체구가 아니었다. 그럼에도 대장은 단연 피카소였다.

이 이야기는 앙드레 살몽과 기욤 아폴리네르의 이야기로 이어진다. 하지만 거트루드 스타인은 이 모든 일이 일어나기 훨씬 전부터 이 두 남자와 마리 로랑생을 알고 있었다.

살몽과 기욤 아폴리네르는 이때 몽마르트르의 주민이었다. 살몽은 나긋나긋하고 발랄한 성격이었지만 거트루드 스타인은 그에게서 특별히 흥미로운 점을 찾지 못했다. 그녀는 살몽을 그냥 좋아했다. 한편 기욤 아폴리네르는 정말 놀라운 사람이었다. 특히 이 시기의 기욤은 참으로 눈부셨다. 거트루드 스타인이 처음 알았을 때 기욤은 다른 작가와 결투를 앞두고 있었다. 페르낭드와 파블로는 이 결투 이야기를 할 때면 깔깔 껄껄 웃으며 몽마르트르에서나 통하는 속어들을 아주 많이 섞어가며 몹시 신나했는데, 거트루드는 그들과 친해진 지 얼마 안 된 때라 진짜 무슨 일이 일어났는지 잘 알아듣지 못했다. 그래도 이 결투를 짧게 정리하자면, 기욤이 한 남자에게 결투 신청을 했다는 것, 그리고 막스 자코브는 그 결투의 입회인이자 기욤의 목격자였다는 것이다. 기욤과 결투 상대자는 각자가 좋아하는 카페에 따로 앉아서 두 사람의 입회인들이 왔다갔다하는 모습을 지켜보며 하루 종일 기다려야 했다. 거트루드 스타인은 이 결투의 결말에 대해서 결투가 없었다고 알고 있다. 하지만 진짜 재미있는 것은 양측의 입회인과 목격자들이 내세운 결투 수칙이다. 결투 당사자들은 매 시간 커피를 한 잔 마셔야 했다. 물론 입회인들이 수칙을 정리하기 위해 이쪽 저쪽 카페에 갈 때도 커피를 마시고, 다시 두 입회인이 상대 결투자와 만날 때도 커피를 마셔야 했다. 이 밖에 다른 조건들도 있었는데, 그 중에서도 커피를 마실 때 브랜디 한 잔을 마시는 것은 절대적인 조건이었다. 그들은 입회인이 없을 때는 얼마나 자주 커피를 마실 것인가도 정해야 했다. 이 모든 것 때문에 끝없는 만남과 끝없는 토론과 끝없는 부가항목이 자꾸 만들어졌다. 이 작업은 며칠 동안, 아마도 몇 주 또는 몇 달 동안 계속되었다. 그들이 마신 커피 값과 브랜디 값을 결국 누가 치렀는지는 그 누구도, 카페 종업원조차도 알지 못한다. 이 사건은 아폴리네르가 한 푼 없는 가난뱅이 시절 일어난 일이라 더욱 악명을 떨치게 되었다.

기욤 아폴리네르는 아주 재미있는 매력덩어리였다. 그의 머리는 로마 제정 말기의 황제들 중 하나를 연상시켰다. 기욤에게는 아무도 실물을 보지 못한, 소문만 무성한 형제가 한 명 있었다. 소문으로는 그가 은행원이기 때문에 좋은 옷들이 많다고 했고, 그래서 몽마르트르의 예술가들은 데이트나 사업 문제로 차려입고 나갈 일이 생기면 늘 기욤의 형제의 정장을 빌려 입었다.

기욤은 비범하고 총명했다. 주제가 무엇이든, 자기가 잘 아는 주제이든 아니든, 그는 전체 의미를 재빨리 알아차리고 유려한 위트와 홀연히 떠오른 생각을 아름다운 말로 구사하며 그 주제를 잘 알고 있을 누구보다 멋지게 이야기를 전개해 나갔다. 그리고 대개, 신기하게도, 아주 정확하게 밀고 나갔다.

한 번은, 몇 년이 지난 다음, 피카소 부부도 있는 저녁식탁에서 기욤이 나를 최고라고 칭찬했다. 나는 기분이 으쓱했는데, 하지만 에바가(이때 피카소는 더는 페르낭드와 살지 않았다.) 기욤이 술에 많이 취해 있다, 만약 취하지 않았다면 그런 칭찬을 안 했을 거라고 말했다. 이 상황을 다시 생각하면, 누군가 기욤을 공격하고 싶다면 오직 그가 술 취했을 때만 그 공격이 성공할 수 있다는 말이다. 불쌍한 기욤. 우리가 기욤을 마지막으로 본 것은 그가 전쟁터에서 돌아왔을 때였다. 머리를 심하게 다쳐 두개골 수술을 받은 다음이었다. 푸른 수평선을 뒤로 하고 머리에 붕대를 친친 두른 기욤은 아주 아름다웠다. 우리는 그와 함께 점심을 먹으며 오랫동안 이야기를 나누었다. 그는 피곤해 하며 무거운 머리를 끄덕거렸다. 그는 근엄할 정도로 아주 진지했다. 그 다음 우리는 곧 자리를 떠났고, 그 이후 부상병을 위한 미국 재단 일을 하게 되면서 그를 다시 보지 못했다. 나중에 피카소의 부인 올가 피카소로부터 기욤 아폴리네르가 휴정협정일에 사망했다는 이야기를 들었다. 그들은 저녁 내내 아폴리네르 곁을 지켰다고 했다. 날이 푸근해 창문이 모두 열려 있었다고 했다. 사람들이 지나가며 집어 치워라, 기욤, 하고 외쳤고, 모든 사람들이 기욤 아폴리네르, 기욤 하고 외쳤다고 했다. 그는 고통스런 죽음의 순간에서조차 괴로웠다.

사실은 아폴리네르는 영웅적인 행동을 했었다. 폴란드인 어머니와, 아마도 이탈리아인인 아버지를 둔 외국인으로서 그가 전쟁에 자원할 이유는 어디에도 없었다. 그는 습관의 인간이며, 문학적 삶과 식탁의 즐거움에 익숙한 사람이었는데 이 모든 사실에도 불구하고 자원입대를 했던 것이다. 그는 처음에는 포병에 배치되었다. 사람들이 포병이 덜 위험하다고 보병보다 지내기가 편하다고 충고했었다. 하지만 얼마 못 가 기욤 스스로 이런 어정쩡한 보호막을 못 견뎌했다. 그래서 그는 보직을 옮겼고, 전투에서 크게 다쳤다. 그는 오래토록 병원신세를 지내다 조금 회복했을 때 우리를 만났던 것인데 결국 휴전협정일에 세상을 떠났다.

기욤 아폴리네르의 죽음은, 죽음 자체의 슬픔은 차치하고라도, 모든 친구들에게 심각한 변화를 일으켰다. 전쟁 직후 세상은 옛날과 너무도 달라져 있었고 사람들은 자연스럽게 멀어졌다. 만약 기욤이 살아 있었다면 어쨌거나 그는 유대의 구심점이 되었을 것이다. 사람을 끄는 힘이 있던 기욤은 이제 세상을 떠났고, 사람들은 친구 되기를 멈추었다. 하지만 이것은 아주 나중에 일어난 일이니, 지금은 거트루드 스타인이 기욤과 마리 로랑생을 처음 만난 때로 돌아가 보자.

우리는 거트루드 스타인을 거트루드, 또는 예를 갖춰서 거트루드 양이라고 불렀다. 피카소는 파블로, 페르낭드는 페르낭드, 기욤 아폴리네르는 기욤, 막스 자코브는 막스, 그리고 마리 로랑생은 마리 로랑생이라고 불렀다.

기욤 아폴리네르가 마리를 플뢰뤼스 거리로 데리고 온 날, 거트루드 스타인은 마리를 처음 보았다. 토요일 저녁은 아니었지만 아무튼 저녁 시간이었다. 거트루드 스타인은 마리 로랑생을 아주 흥미로워

했다. 두 사람은 아주 잘 어울리는 한 쌍이었다. 마리 로랑생은 지독한 근시임에도 그 시절 다른 프랑스 여자와 남자들이 그러했듯이 절대로 안경을 쓰지 않았다. 그녀는 손잡이가 달린 오페라글라스를 이용했다.

마리 로랑생은 그림 하나하나를 천천히 보았다. 그림에 눈을 바짝 대고 오페라글라스를 아주 조금씩 옮겨가며 그림 전체를 꼼꼼하게 보았다. 팔 길이가 닿지 않는 곳에 있는 그림들은 무시했다. 드디어 마리가 평을 내놓았다. 내 의견으로는 인물화가 더 좋아요, 그건 당연해요, 나는 클루에니까요. 사실이었다. 마리를 보고 있자면 클루에의 그림이 절로 연상된다. 그녀는 중세 회화 속 프랑스 여인처럼 장방형의 마른 체격이었다. 아름답게 변화되는 고음의 목소리도 매력이 있었다. 그녀는 거트루드 스타인과 한 소파에 앉아 자신이 살아온 이야기를 늘어놓았다. 자기 어머니는 천성적으로 남자들을 싫어하면서도 긴 세월 주요 인사의 정부로 지냈다고, 그래서 자기가 태어났다고 했다. 그러고 나서 덧붙였다. 전 절대로 기욤을 어머니께 소개하지 않을 겁니다. 물론 기욤은 어머니가 도저히 거절하지 못할 다정한 이이지만, 소개하지 않는 게 더 좋아요. 당신한테는 다음에 제 어머니를 소개해드릴게요.

그리고 시간이 흘러 마리의 어머니를 만나기로 한 날, 거트루드 스타인은 파리에 있던 나를 그 자리에 데려갔다.

마리 로랑생, 이상한 삶을 일구며 자신만의 이상한 그림을 만들고 있던 그녀는 아주 조용하고 아주 즐겁고 기품이 넘치는 어머니와 단 둘이서 흡사 수도원의 사람들처럼 살고 있었다. 작은 아파트 안 곳곳에 마리 로랑생이 디자인하고 그녀의 어머니가 수를 놓은 수예작품들로 가득했다. 마리와 그녀의 어머니가 서로를 대하는 장면은 어린 수녀와 나이 든 수녀를 보고 있는 듯한 기분을 주었다. 모든 게 그렇게나 이상했다. 시간이 흘러 전쟁이 일어나기 직전, 마리의 어머니는 병으로 세상을 떠났다. 죽기 직전 그녀는 기욤 아폴리네르를 보고 마음에 들어 했다.

어머니가 돌아가시자 마리 로랑생은 제정신이 아니었다. 그녀는 기욤과 더는 만나지 않았다. 어머니 생전에 몰래 그토록 오랫동안 이어간 연애는, 이제 어머니가 돌아가시기 직전 기욤을 보고 마음에 들어 했음에도 더는 지속되지 못했다. 친구들은 독일인과 결혼하라고 자꾸 충고해댔고, 마리는 여기에 맞서고 있었다. 친구들이 재차 설교를 늘어놓으려 하자 마리가 말했다. 하지만 내게 어머니 같은 느낌을 주는 이는 오직 기욤뿐이야.

마리 로랑생이 결혼을 하고 여섯 주가 지났을 때 전쟁이 터졌다. 독일인과 결혼한 마리는 프랑스를 떠날 수밖에 없었다. 훗날 나는 전쟁통에 스페인에서 마리 로랑생을 만난 적이 있다. 그때 마리는 스페인의 공무원들은 자기를 건드리지 못할 거라고, 비록 그녀의 여권에 친부가 밝혀져 있지는 않지만 프랑스 공화국의 대통령일지도 모른다는 생각에 두려워하기 때문이라고 나에게 말했다.

전쟁의 한복판에서 마리는 아주 불행했다. 뼛속 깊은 프랑스인인 그녀는 법률상으로는 독일인이었다. 당신이 그녀를 만나면 아마 이런 말을 듣게 되리라. 당신에게 내 남편 독일 병사를 선물하죠. 남편 이름은 잊어버렸거든요. 스페인에서 마리와 그녀의 남편은 프랑스 관료 세계와 종종 접촉해야 했는데, 그때마다 프랑스 관료들은 그녀의 고국은 독일이라는 불쾌한 말을 했다. 그 사이에도 마리는 기욤 아폴리네르에게 프랑스를 사랑하는 애국적인 편지들을 계속 보냈다. 마리 로랑생에게는 처참한 시간이었다.

결국 폴 푸아레(Paul Poiret, 1879~1944, 프랑스의 의상 디자이너)의 누이인 그루 부인(플로라 그루Flora Groult, 마리 로랑생의 전기 작가)이 스페인까지 찾아가 넋이 나간 마리를 대신해 여러 가지 일을 처리해주었다. 결국 마리는 남편과 이혼을 했고, 휴전이 된 다음 세상에 있는 그녀의 집 파리로 돌아왔다. 그 다음 그녀가 플뢰뤼스 거리를 다시 찾아왔을 때, 이번에는 에릭 사티(Erik Satie, 1866~1925, 프랑스의 작곡가)와 함께였다. 둘 모두 노르망디 사람이었고, 두 사람은 이 사실을 굉장히 자랑스러워하고 행복해 했다.

마리 로랑생은 옛날에 기욤, 피카소, 페르낭드와 자신이 한 화폭에 들어간 이상한 초상화를 그린 적이 있었다. 페르낭드가 거트루드 스타인에게 이 그림 이야기를 했다. 거트루드는 이 초상화를 샀다. 마리 로랑생은 크게 기뻐했다. 최초로 팔린 마리의 그림이었다.

거트루드 스타인이 라비냥 거리를 아직 모르던 시기, 기욤 아폴리네르는 첫 직장에 다니고 있었다. 그는 신체의 단련을 다루는 작은 팸플릿의 편집인이었다. 피카소는 이 팸플릿에 놀라운 풍자화를 그렸는데, 그 중에는 신체 단련의 장점을 알리기 위해 기욤을 본보기로 그린 것도 있다.

그럼 이제부터는 모두가 여행에서 돌아온 다음 훗날 입체파(큐비즘)로 알려질 운동의 중심이 될 피카소 이야기로 다시 돌아가자. 입체파라는 이름을 최초로 붙인 사람이 누구인지 정확하지는 않지만, 내 생각에는 아폴리네르일 가능성이 제일 크다. 아무튼 작은 팸플릿에 최초로 입체파 화가들 전체를 다루고 그들의 그림들을 삽화로 실은 이는 아폴리네르이다.

거트루드 스타인을 따라 기욤 아폴리네르의 집에 갔던 첫날이 지금도 생생하다. 순교자의 거리에 위치한 작은 독신자 아파트였다. 방 안은 키가 작은 젊은 신사들이 꽉 차 있었다. 저 작은 사람들은 누구죠? 내가 페르낭드에게 물었다. 페르낭드는 모두 시인들이라고 대답했다. 나는 얼이 빠졌다. 이전까지 시인들을 본 적이 없었다. 한 사람씩은 보았다 해도 시인들 무리는 아니었다. 그날 밤은 또한 피카소가 거나하게 취해서 페르낭드에게 자꾸 내 옆에 앉으라고 보채고 또 자신이 태어난 정확한 장소를 찍은 스페인 사진 앨범을 내게 보여주라고 자꾸 고집을 부려 페르낭드를 무척 화나게 만든 날이기도 했다. 그날 그 집을 나올 때 나는 왠지 불편하고 애매한 기분이었다.

스타인 남매의 소개로 마티스를 알게 되었던 드랭과 브라크는 대여섯 달 뒤에는 피카소의 추종자가 되어 있었다. 그 사이 마티스는 피카소에게 흑인 조각의 존재를 소개했다.

흑인 조각은 골동품 사냥꾼들 사이에서는 잘 알려져 있었지만 예술가에게는 아직 그렇지 못했었다. 흑인 조각이 현대 미술에 끼칠 잠재가치를 맨 처음 알아본 사람이 누군지는 정말 모르지만, 마이욜일 가능성이 있다. 페르피냥 출신으로 남부에서 마티스를 알게 된 마이욜이 언젠가 흑인 조각에 관심이 있다고 말한 적이 있기 때문이다. 드랭의 작품에도 흑인 조각의 전통이 엿보였다. 가능성이 짙은 또 다른 사람은 마티스 자신이다. 르네 거리에는 늘 흑인 조각들로 창문을 장식하는 골동품 가게가 있었는데 스케치 작업 때문에 르네 거리를 자주 오르내렸던 마티스의 눈에 이 조각들이 들어왔을 가능성이 매우 크기 때문이다.

어느 경우든, 작품에 흑인 조각의 영향을 맨 처음 반영한 사람은 마티스였다. 그의 회화는 별반 영향을 받지 않았지만 그의 조각에는 아프리카 조상의 영향이 짙게 배어 있었다. 그 다음 마티스는 거트루드 스타인의 초상화를 막 완성한 피카소에게 흑인 조각에 관심을 가지도록 만들었다. 이 아프리카 예술이 마티스와 피카소에게 끼친 영향은 성격이 완전히 다른 것이었다. 마티스에게 아프리카 조각은 그의 시각보다는 상상력에 좀더 영향을 주었다. 피카소의 경우는 상상력보다 시각에 더 많은 영향을 끼쳤다. 바로 여기에 이상한 점이 있다. 흑인 조각이 피카소의 상상력에 영향을 끼친 건 아주 많은 세월

이 흐른 다음이었다는 점, 그리고 그것은 피카소가 세르게이 디아길
레프(Sergey Diaghliev, 1872~1920, 러시아의 예술가)와 러시아 발레와 접
촉하고 러시아인들의 오리엔탈리즘에 의해 강화되면서 빛을 보았으
니 말이다.

피카소가 입체주의를 창조하던 그 옛날, 아프리카 예술의 영향력
은 그의 비전과 형식에만 국한되어 있었다. 그의 상상력은 어디까지
나 순수한 스페인적인 것으로 남아 있었다. 거트루드 스타인의 초상
화를 그릴 때 그를 자극하고 영감을 준 진정한 정체는 어디까지나
스페인의 의식(儀式)과 추상이라는 특질이었다. 거트루드는 그때 절
대적인 충격을 받아 그 이후 늘 근본적인 추상성을 지향하게 된다.
그녀는 아프리카 조각에는 별 관심이 없었으며 늘 이렇게 말한다. 나
는 아프리카 조각을 아주 좋아하지만, 아프리카 조각은 유럽인과는
관계가 없고 소박함이 결여되고, 너무 고대적이고, 너무 편협하고 지
나치게 세련되면서도 원래 자신을 파생한 이집트 조각의 우아함은
결핍되어 있다. 미국인으로서 나는 좀더 야만적인 고대의 물건을 더
좋아한다.

그 다음 스타인 남매의 소개로 마티스와 피카소는 인사를 나누고
교류하기 시작했다. 그들은 서로의 적이었다. 지금 두 사람은 친구도
적도 아니지만 그때는 친구이자 적이었다.

마티스와 피카소는 당대의 관습대로 자신들의 그림을 서로 교환
했다. 다른 화가의 그림을 고를 때 대개의 화가들은 가장 흥미로운

그림을 선택하려 들 터지만, 마티스와 피카소는 상대방의 그림 중에서 확실히 가장 재미없는 그림을 선택하려 했다. 나중에 그들은 자신들이 선택한 그림으로 상대방의 약점을 드러내는 본보기로 이용했다. 그들이 선택한 두 그림들에서 상대 화가의 특징들이 가장 약하다는 건 너무도 분명한 사실이다.

피카소 추종자들과 마티스 추종자들 사이에 감정의 골이 깊어져 갔다. 이렇게 말하고 나니 나와 내 친구가 아무것도 모르고 그저 앉아 바라보던 드랭과 브라크의 그림 두 점이 떠오른다. 자신들은 마티스 추종자들이 아니라 피카소 추종자들임을 처음으로 공식적으로 드러낸 그림들 말이다.

그렇게 되기까지 그 사이에는 물론 아주 대단한 일들이 많이 일어났다.

마티스는 매년 가을 전시회와 앵데팡당 전에 그림을 걸었다. 그를 추종하는 사람들이 점점 늘어났다. 그와 반대로 피카소는 어떤 전시회에도 작품을 내지 않았다. 피카소의 그림들을 볼 수 있는 장소는 플뢰뤼스 거리 27번지가 유일했다. 혹자는 피카소의 최근작에서 지대한 영향을 받은 드랭과 브라크의 작품이 전시되었을 때 피카소는 이미 간접적으로 전시회를 한 게 아니냐고 말할 수 있을 것이다. 사실 그 전시회 이후 피카소 추종자들이 눈에 띄게 많아졌다.

마티스는 피카소와 거트루드 스타인의 우정이 두터워지는 게 불안했다. 마티스는 거트루드 여사는 지방색과 무대적 가치를 좋아하는 분이라서 그렇다고 설명했다. 그녀의 기질 어느 하나가 피카소 같은 사람과 진지한 우정을 나누기는 불가능하리라는 것을 빗대어 한 말이었다. 마티스는 여전히 플뢰뤼스 거리를 자주 찾았지만 그들 사이에 정직한 교류는 더는 존재하지 않았다. 이 무렵 거트루드 스타인과 그녀의 오빠는 벽을 장식한 그림들의 화가들을 모두 점심 식사에 초대했다. 물론 죽은 화가나 늙은 화가는 여기에 포함되지 않았다. 내가 앞에서 말했듯이, 이날 거트루드 스타인은 화가들에게 행복한 점심 식사를 대접하면서 그들을 자신들이 그린 그림과 마주 앉도록 좌석을 배치했었다. 아무도 이 사실을 눈치 채지 못하고 모두는 그저 행복한 시간을 보내고 있었는데, 마티스가 떠나는 순간 문에서 돌아서서 방 안을 돌아보다가 그곳에서 어떤 일이 연출되고 있는지 비로소 깨달은 것이다.

당신은 내 작품에 흥미를 잃은 건가요. 넌지시 던지는 마티스의 말에 거트루드는 이렇게 대답했다. 이 일로 속 끓이실 거 없습니다. 당신 안에 있는 적대감을 만들려는 본능이 당신에게 괜히 그들을 공격하라고 자극한 것입니다. 하지만 당신에겐 이제 따르는 사람들이 있잖아요.

대화는 그걸로 끝이었지만 거트루드 스타인의 이 말은 『미국인의 형성』에서 중요한 부분의 시작이기도 했다. 이 아이디어는 그녀가 사람을 나누는 가장 기본적인 기초 유형 중 하나가 되었다.

마티스가 그림을 가르치기 시작한 게 이 무렵이었다. 그는 결혼

이후 줄곧 살던 생미셸 부두를 떠나 앵발리드 거리로 이사했다. 정교 분리로 수도원 학교를 비롯해 예전 교회에 속한 재산들은 프랑스 정부의 재산이 되었다. 수도원의 존재가치가 멈춤에 따라서 멋진 옛날 수도원 상당수가 텅텅 비어 갔다. 앵발리드 거리에도 웅장한 옛 수도원이 하나 있었다.

이런 수도원들은 임대료가 아주 쌌다. 정부가 건물을 영구 사용할 방법을 결정할 때 세입자를 사전 경고 없이 내쫓아도 되게끔 낮은 임대료를 책정했기 때문이었다. 아무튼 정원이 딸리고 널찍한 방들이 있는 이런 건물은 화가들에게는 더 바랄 게 없는 이상적인 장소였고, 살기에 불편함 정도는 얼마든지 감내할 수 있었다. 그래서 마티스도 이사를 갔다. 그는 작은 방이 아니라 아주 큰 방을 작업실로 만들었다. 두 아들도 집으로 돌아와 가족 모두가 행복했다. 그 다음 그의 추종자들 사이에서 생활비도 보탤 겸 미술반을 조직할 테니 그림을 가르쳐달라는 의견이 나왔다. 마티스는 이 제안을 받아들였고, 이로써 마티스 미술학교가 본격 시작되었다.

미술학교 신청자들의 국적은 참으로 다양했다. 마티스는 신청자들의 숫자에 놀랐고 그리고 그들의 다양한 국적에 더 놀랐다. 또 놀라움만큼이나 그 풍경이 흥미롭기도 했다. 마티스는 맨 앞줄에 있던 키 작은 여인에게 그림에 대해 특별히 어떤 생각이 있는지, 무엇을 찾으려 그림을 배우려는지 물었다. 여인은 프랑스어로 선생님, 저는 새로움을 탐구합니다, 라고 대답했다. 마티스는 자신은 학생들의 언어를 하나도 모르는데 학생들은 모두 프랑스어를 배우려 그렇게 애쓴다는 게 늘 신기했다. 몇몇이 미술학교에서 실제로 일어난 사실들을 꼬투리 잡아 프랑스 주간지 한 곳에 학교를 조롱하는 정보를 제공했다. 마티스는 큰 상처를 받았다. 그 기사는 이 사람들이 어디 출신일까 묻고는 매사추세츠 주 출신들이라고 밝혔다. 마티스는 너무 불행했다.

하지만 이러한 일들과 숱하게 반복되는 또 다른 불화에도 불구하고 미술학교는 번성했다. 문제가 많기는 했다. 한 헝가리인은 수업시간에 모델로 서서 생활비를 벌면서 틈틈이 다른 사람을 모델로 세워 자신의 그림을 계속 그리고 싶어 했다. 많은 젊은 여자들이 반발했다. 모델 스탠드에 서는 누드모델은 중요한 부분인데 같이 배우는 동료 학생을 모델로 그리기 싫다는 것이었다. 또 다른 헝가리인은 크레용 드로잉을 할 때 문지를 빵을 몰래 훔쳐 먹다가 들켰다. 극도의 궁핍과 위생관념의 결여를 보여준 이 사건에 감수성 여린 미국 학생들은 아주 불쾌해 했다. 학생들 중에는 미국인들이 꽤 많았다. 그 중에는 너무 가난해 수업료를 한 푼도 못 내고 그림을 배우는 남자가 있었는데 알고 보니 마티스의 소품과 피카소의 작은 그림, 쇠라의 작은 그림을 구입했던 게 드러났다. 이건 그저 단순한 불공평이 아니었다. 스승의 그림을 가지고 싶은 마음이야 다른 학생들도 굴뚝같지만 수업료를 내느라 그러지 못하는 게 아닌가. 가장 큰 문제는 그 학생이 피카소의 작품도 샀다는 사실이었다. 엄연한 배반이었다. 그 다음 사건은 마티스에게 가끔 프랑스어로 상욕을 하는 학생이 있었는데, 그 욕은 여러 가지 해석이 가능한 것이었다. 마티스는 폭발했고, 재수없는 그 사람은 적절한 사과가 어떤 건지 배워야 했다. 학생들은 언제 무슨 일이 폭발할지 모르는 긴장 상태에서 그림을 배웠다. 한 학생이 스승이 편애가 심하다고 비난하면 여기저기서 복잡하고 긴 아우성이 터져 나오고 결국 한 명이 사과하는 풍경이 연출되고는 했다. 학생들 스스로 수업을 조직한 것이기에 이러한 상황은 아주 힘이 들었다.

거트루드 스타인은 모든 복잡미묘함을 즐겼다. 마티스는 좋은 가십거리였고, 그녀 자신도 그에 뒤지지 않는 가십 제공자였으니 두 사람이 서로에게 별별 이야기를 들려주며 즐거움을 찾던 시기였다.

그때부터 그녀는 마티스를 친애하는 선생이라고 부르기 시작했다. 그녀는 그에게 기도하고 유혈사태가 없도록 하라는 메시지가 담긴 서부 이야기를 들려주었다. 마티스는 플뢰뤼스 거리를 자주 찾아왔다. 그가 온다고 하면 엘렌이 오믈렛이 아니라 달걀 프라이를 준비했던 게 이 무렵이었다.

『세 사람의 생애』 타자 작업이 끝나 이제는 출판인에게 원고를 보여야 했다. 누군가 거트루드 스타인에게 뉴욕에 있는 대리인의 이름을 알려주었다. 연락을 해보았지만 아무 소득이 없자 거트루드는 직접 출판업자들을 만났다. 밥스-메릴 출판사 한 곳만이 관심을 내비쳤는데, 끝에 가서는 원고를 맡지 못하겠다고 했다. 그녀는 몇 차레 더 출판업자를 찾아보다가 크게 낙담하지 않고 자비출판을 하기로 마음을 굳혔다. 파리에서는 자비출판이 흔한 일이어서 부자연스러운 생각은 아니었다. 누군가 뉴욕의 그래프턴 출판사 이름을 댔다. 특별히 역사적 가치가 있는 원고들을 출판하는 존경할 만한 출판사라고 했다. 책을 내기로 결정이 났다. 『세 사람의 생애』는 인쇄될 것이며, 교정지가 도착할 것이었다.

어느 날 문 두드리는 소리가 났다. 아주 근사한 미국 청년이 스타인 양과 면담할 수 있을지 물었다. 네, 어서 들어오십시오. 그녀가 말했다. 그래프턴 출판사 일로 찾아왔습니다. 남자가 말했다. 아, 그러세요. 그녀가 말했다. 남자는 잠시 망설이다가 말했다. 아시겠지만 그래프턴 출판사의 사장은 당신의 원고에 깊은 인상을 받았습니다. 아마도 영어에 대한 당신의 지식 때문일 겁니다. 이 말에 거트루드 스타인이 분개해서 자기는 미국인이라고 말했다. 네, 네, 이젠 저도 잘 알고 있습니다. 하지만 당신은 글쓰기 경험은 많지 않아 보입니다. 그가 말했다. 그녀는, 당신은 내가 불완전한 교육을 받았다고 생각하시는군요, 하며 껄껄 웃었다. 남자는 얼굴을 붉히며 그런 건 아니지만 습작을 많이 한 것 같지는 않다고 말했다. 네, 맞습니다, 그래요. 그녀가 말했다. 뭐, 상관없습니다. 제가 편지를 쓰겠지만 당신도 사장에게 편지를 보내십시오. 원고는 꼭 그렇게 써야만 하는 의도가 있어 그렇게 쓴 것이며 사장은 그 원고를 출판만 하면 된다고 못을 박으십시오. 나머지는 제가 책임지겠습니다. 젊은이는 인사를 하고 나갔다.

나중에 작가들과 기자들이 이 책에 주목하자 그래프턴 출판사의 사장은 거트루드 스타인에게 아주 간결한 편지를 보냈다. 그는 그 책이 받은 평가에 처음에는 놀랐으나 그 결과물을 죽 보아온 이제는 자신의 회사가 이 책을 낸 그 회사라는 사실이 아주 기쁘다는 내용이었다. 하지만 이 마지막 말, 책 발행은 내가 파리에 온 다음의 일이었다.

4. 파리 시절 이전의 거트루드 스타인

Gertrude Stein before She Came to Paris

파리를 다시 찾았을 때 나는 이제 플뢰뤼스 거리의 주민이 되었다. 거트루드 스타인은 『미국인의 형성』을 집필하는 동시에 『세 사람의 생애』 수정 작업을 했다. 나는 원고 교정 작업을 도왔다.

거트루드 스타인은 펜실베이니아 주 앨러게니에서 태어났다. 유년은 캘리포니아에서 보냈다. 캘리포니아를 자랑스러워 하는 나는 가끔 당신도 캘리포니아에서 태어나야 했다고 놀려대지만 그녀는 늘 펜실베이니아 앨러게니 사람으로 완고하게 남아 있었다. 그녀는 생후 6개월에 앨러게니를 떠나 다시는 고향을 보지 못했고, 앨러게니는 지금은 피츠버그로 변해 더는 이 세상에 존재하지 않는다. 하지만 그녀의 고향 때문에 재미있는 일도 있었다. 전시에 전쟁 관련 봉사활동을 할 때 우리는 많은 서류를 작성해야 했다. 서류마다 출생지를 적는 칸이 있었는데 그녀의 출생지가 펜실베이니아 앨러게니여서 재미있는 일을 겪곤 했다. 만약 그녀가 내가 바라던 대로 캘리포니아 출생이었다면 프랑스의 다양한 공무원들이 펜실베이니아 주 앨러게니 철자를 쓰느라 어쩔 줄 몰라 하는 모습을 지켜보는 즐거움을 놓쳤을 거라고 그녀는 말하곤 했다.

거트루드 스타인을 처음 알게 되었을 때 나는 그녀의 책상 위에 영어 책들은 늘 넘치지만 프랑스어 책은 한 권도, 심지어 프랑스어 신문 쪼가리도 없다는 사실에 크게 놀랐다. 당신은 프랑스어를 절대 읽지 않나요? 비단 나뿐 아니라 다른 사람들도 자주 하는 질문이었다. 그러면 그녀는 이렇게 대답했다. 그래요, 난 내 눈이 본 것을 느낍니다. 귀로 들리는 언어가 무엇인지는 내게 크게 중요하지 않습니다. 나는 언어가 아니라 목소리의 색깔과 리듬을 듣습니다. 하지만 눈으로는 단어와 문장을 보는데, 이 세상에서 나를 위한 언어는 영어 하나입니다. 긴 세월 일어난 숱한 일들 중에서 내가 좋아하는 한 가지는 내가 영어를 모르는 사람들에게 둘러싸여 있는 것입니다. 이 점이 내게 내 눈, 그리고 나의 영어와 더 내적으로 홀로 있게 해줍니다. 만약 내가 영어 사용자와 지냈다면 과연 많은 일들이 일어났을까요. 그들은 내가 쓴 단어를 읽지 못하고 대부분은 심지어 내가 글을 쓴다는 사실도 알지 못했습니다. 그래요. 나는 그런 사람들에게 둘러싸여 사는 삶, 그리고 영어와 내 자신과 홀로 있는 존재가 좋습니다.

『미국인의 형성』의 한 장은 이렇게 시작한다. "나는 나 자신, 그리고 이방인들을 위하여 글을 쓰노라."

거트루드 스타인은 펜실베이니아 주 앨러게니에서, 존경받는 중산층 가정에서 태어났다. 그녀는 늘 자신이 지적인 가정에서 태어나지 않은 게 아주 감사한 일이라고 말한다. 그녀는 소위 지적인 사람들에 대해 공포가 있었다. 그녀가 모든 세상과 사이좋게 지낸다는 사실, 그녀가 사람들을 알고 사람들은 그녀를 알 수 있다는 사실, 그녀가 늘 소중한 사람들에게 존경받는 존재라는 사실이 어찌 생각하면 참 신기하기만 하다. 하지만 그녀가 늘 하는 말이 있다. 언젠가는 사람들이, 누구라도, 그녀의 관심은 사람임을, 그게 바로 그녀이며 그녀의 글이 지향하는 전부임을 알아줄 날이 올 거라는 것이다. 그리고 그녀는 신문이 늘 자기를 주목한다는 말로 스스로를 위로한다. 그녀는 이렇게 말했다. 신문은 내 글이 끔찍하다고 하면서도 내 글을 한 글자도 안 고치고 정확하게 인용하고 또 인용하면서도 인용하지 않는 글을 존경한다고 말하지요. 이것이 그녀가 아주 비참했던 순간마다 그나마 위안을 받은 일부였다. 그녀는 나의 문장은 그들의 내면에 닿는데, 그들은 자신들이 하는 일을 모르고 있어요, 하고 말했다.

그녀는 펜실베이니아 주 앨러게니에서, 쌍둥이 집에서 태어났다. 쌍둥이 집의 한 집에는 그녀의 가족이 살고 다른 집에는 큰 아버지의 가족이 살았다. 『미국인의 형성』에는 이 두 가족을 연상시키는 부분이 나온다. 거트루드 스타인이 세상에 태어났을 때 두 가족은 쌍둥이 집에서 80년 가까이 살고 있었다. 그녀가 태어나기 일년 전, 한 번도 사이가 좋은 적이 없던 두 동서들은 크게 싸웠고 그 뒤로 다시는 말도 걸지 않았다.

『미국인의 형성』에도 기술되어 있듯이, 거트루드 스타인의 어머니는 작은 몸집에 정 많고 쾌활한 한편 다시는 동서를 보지 않으리라 단번에 거절하는 성격 급한 여인이었다. 나로서는 그때의 자세한 내막을 알 길이 없으나 분명 큰 일이 있었다. 아무튼 큰 성공을 거둔 형제들 간의 동업관계는 깨지고 말았다. 한 형제는 뉴욕으로 가서 큰 부자가 되었고, 다른 형제, 즉 거트루드 스타인의 가족은 유럽으로 떠나게 되었다. 그녀의 가족이 맨 처음 도착한 곳은 빈이었다. 빈에서 가족은 거트루드 스타인이 세 살 때까지 살았다. 빈 시절에 대해 그녀의 유일한 기억은 어느 날 오빠의 가정교사가 그녀에게 오빠들과 같이 공부해도 좋다고 허락하고는 호랑이의 콧소리를 흉내 냈는데, 그 소리가 아주 재미있고도 너무 무서웠다는 것이다. 또 다른 기억은 오빠가 자주 보여준 그림책인데, 방황하는 율리시스가 나무를 휘어 만든 식탁에 앉아 있는 장면을 보고 또 보았던 기억이다. 또 가족이 자주 찾아갔던 공원도 기억한다. 오스트리아의 늙은 황제 프란츠 요제프가 자주 산책한 장소여서 가끔 밴드가 연주하는 멋진 오스트리아 국가를 들을 수 있었다. 어린 거트루드 스타인은 카이저가 프란츠 요제프의 진짜 이름이라고 오랫동안 믿어서 카이저라는 이름이 다른 이에게 속하는 걸 받아들이려 하지 않으려 했다.

빈에서 살던 3년 사이, 거트루드 스타인의 아버지가 사업차 미국에 다녀왔다. 그 다음 가족은 파리로 이사했다. 파리는 빈보다 더 생생한 추억의 장소다. 거트루드는 언니와 같이 다닌 작은 학교를, 그학교 운동장 모퉁이에 있던 작은 소녀를, 그리고 그 소녀에게 다가가지 말라고 말했던 또 다른 소녀를 기억한다. 또 아침 식사로 나온 프랑스빵이 들어간 수프, 점심으로 나온 양고기와 시금치, 시금치는 무척 좋아했지만 양고기는 별로 좋아하지 않았던 일, 그래서 맞은편에 앉은 소녀와 양고기와 시금치를 바꾸어 먹었던 일도 기억한다. 오빠 세 명이 전부 말을 타고 학교에 왔던 날도 기억한다. 또한 파시에 있던 집에서 키우던, 천장에서 풀쩍 뛰어내려 어머니를 기겁시키곤 하던 검정고양이도, 그리고 그런 어머니를 구해준 이름 모를 사람들도 기억한다.

일년 후 가족은 파리에서 미국으로 돌아갔다. 거트루드 스타인의 오빠는 파리에서 보낸 마지막 며칠을 매력적으로 묘사했다. 그는 어머니를 따라 장에 가서 바다표범가죽으로 만든 코트와 수십 켤레의 장갑, 멋진 털모자와 승마복, 그리고 마지막에는 현미경과 프랑스어로 된 유명 동물학 역사책 한 질 등 어머니로부터 여동생 거트루드 스타인까지 가족 한 사람 한 사람이 바라는 아름다운 물건들을 샀다고 묘사했다. 며칠 뒤 가족은 배를 타고 미국으로 향했다.

파리에서 보낸 어린 시절은 거트루드 스타인에게 아주 큰 인상으로 심어져 있다. 전쟁이 터졌을 때 거트루드 스타인과 나는 영국에서 10월까지 꼼짝없이 붙잡혀 있다가 파리로 돌아갔었다. 파리로 돌아온 첫날, 바깥으로 나간 거트루드 스타인은 이렇게 말했다. 정말 이상해, 파리는 너무 다르면서도 아주 친숙하거든. 그런데 잘 생각해보면 그 이유를 알 수 있어. 여기에는 프랑스 사람들만 있기 때문이야(파리에는 아직까지는 군인도 군대도 없었다). 검은 앞치마를 두른 파리의 어린이들, 아직 전쟁이 오지 않은 거리들, 마치 세 살 때 살았던 파리의 기억과 너무 똑같아. 자갈을 깐 도로에서도 옛날의 그 친숙한 냄새가 나고(말들이 다시 쓸모 있게 된 것이다), 프랑스 거리의 냄새, 프랑스 공원의 냄새, 모두가 어릴 때 기억하는 냄새들 그대로야.

스타인 가족은 미국으로 돌아가 뉴욕에서 살았다. 가족은 거트루드 스타인의 어머니에게 동서와 화해하라고 설득했지만 어머니는 고집불통이었다.

거트루드 스타인의 먼 친척으로 『세 사람의 생애』 원고를 타자해주었던 에타 콘 양이 갑자기 생각난다. 그녀를 처음 만난 건 피렌체인데, 그때 그녀는 나에게 고백 비슷하게 자신은 용서할 수는 있어도 절대 잊지는 못하는 사람이라고 말했었다. 나는 그녀에게 용서하지는 못해도 잊을 수는 있다고 말했다. 거트루드 스타인의 어머니는 잊지도 못하고 용서하지도 못하는 사람이었다.

스타인 가족은 그 다음 서부 캘리포니아로 다시 이사했다. 캘리포니아로 가기 직전 그들은 볼티모어에 있는 할아버지 집에서 잠시 머물렀다. 『미국인의 형성』에서 신앙심 깊은 노인으로 묘사되는 할아버지는 볼티모어의 오래된 집에서 유쾌하고 즐거운 키 작은 사람들,

거트루드 스타인의 삼촌들과 고모들과 함께 살고 있었다.

거트루드 스타인은 잊지도 못하고 용서하지도 못하는 어머니가 늘 고마웠다. 스타인은 나에게 이렇게 말한다. 상상해 봐. 만약 어머니가 큰어머니를 용서했다면, 그리고 아버지가 큰아버지와 계속 동업해서 우리가 뉴욕에서 살고 자랐다면 얼마나 끔찍하겠어. 우리 가족이 큰 부자가 되었더라도 뉴욕에서 사는 삶은 너무 끔찍해.

캘리포니아 사람인 나는 그 말에 완전히 동감한다.

그리고 그렇게 가족은 캘리포니아 행 기차에 몸을 실었다. 거트루드 스타인은 이 기차 여행의 한 장면을 기억하고 있다. 그녀와 언니는 아름다운 타조 깃털로 장식한 빨강 펠트 모자를 쓰고 있었다. 기차가 한참 달리고 있을 때 언니가 차창에 몸을 기대다가 바람에 모자가 날아갔다. 아버지가 다급하게 비상벨을 눌렀고, 기차가 멈춰 섰고, 아버지가 모자를 찾아왔고, 승객들과 차장은 아연실색했다. 또 다른 기억은, 볼티모어의 고모들이 준비한 멋진 선물바구니를 열었더니 신기한 타조 요리가 들어 있었다. 그것은 음식이기에 기차가 역에 멈출 때마다 점점 줄어들었는데, 줄어드는 그 모양이 매번 새로워 정말 재미있었다는 기억이다. 그리고 사막의 어느 지점에서 보았던 붉은 얼굴의 인디언들과, 사막의 또 다른 곳에서 선물로 받았던 먹기에는 맛이 너무 웃긴 복숭아도 기억하고 있다.

캘리포니아에 도착한 가족은 오렌지 농원으로 갔다. 하지만 거트루드 스타인의 기억 속에 남아 있는 것은 오렌지가 아니라 아버지의 담배 상자들을 가득 채웠던 아주 멋진 작은 라임들이다.

스타인 가족은 완행 역마차로 샌프란시스코에 도착한 다음 오클랜드에 정착했다. 거트루드 스타인은 그곳에서 유칼립투스 나무들을, 너무도 크고 날씬하고 야만적으로 보이던 그 나무들과 야성이 살아 있는 동물들을 보았다. 이 모든 것, 그리고 더 많은 이야기, 그 시절을 이루던 모든 물리적 삶을 그녀는『미국인의 형성』에서 허스랜드 가족의 삶으로 묘사해두었다. 이제는 그녀가 받은 교육을 말하는 게 중요하겠다.

자녀들을 유럽으로 데려가 유럽식 교육을 시킬 수도 있던 아버지는 하지만 그들에게 이제 프랑스어와 독일어는 잊어버리라고, 그래야만 그들의 미국 영어가 순수해질 거라고 주장했다. 거트루드 스타인은 태어나 처음에는 독일어를, 그 다음에는 프랑스어를 더듬더듬 말할 수 있었지만, 영어를 읽을 수 있을 때까지 어떤 글도 배우지 않았다. 그녀가 말했듯 그녀에게는 눈이 귀보다 훨씬 중요했으며, 영어로 글을 읽게 되고부터는 오직 영어만이 그녀의 유일한 언어가 되었다.

영어를 읽기 시작하면서 책벌레 기질이 발휘되었다. 그녀는 활자를 닥치는 대로 읽었다. 해치워버리듯 엄청나게 읽어 치웠다. 집에는 소설책과 여행책, 어머니가 정성 들여 묶은 워즈워스와 스콧과 다른 시인들의 시집들, 버니언의『천로역정』, 주석이 달린 셰익스피어 전집, 반스, 의회기록과 백과사전 등이 있었다. 그녀는 이 책들을 모조리, 여러 번 읽었다. 오빠들을 따라 다른 책들도 구입하기 시작했다. 집 가까이에는 무료 지역도서관도 있었다. 나중에 샌프란시스코에 18세기와 19세기 작가들의 책을 모아놓은 아주 훌륭한 상공 도서관들이 생겼다. 셰익스피어를 흡수한 여덟 살부터 『클라리사』(영국 작가 새뮤얼 리처드슨이 1748년에 발표한 서간체 소설-옮긴이), 헨리 필딩(Henry Fielding, 1707~1754, 영국의 소설가, 극작가), 토비어스 스몰릿(Tobias Smollet, 1721~1771, 영국의 풍자작가), 기타 등등을 섭렵하고 그래서 이대로 몇 년이 지나면 세상에 더는 읽을거리가 없을 거라고 걱정하던 열다섯 살까지, 그녀는 영어 책들에 둘러싸여 살았다. 그녀는 두꺼운 역사책을 엄청나게 많이 읽었다. 요즘도 그녀는 종종 하하 웃으며 자신은 자기 세대에서 토머스 칼라일(Thomas Karlyle, 1795~1881, 영국의 역사가, 수필가)의 『대제 프리드리히』, 그리고 윌리엄 에드워드 하트폴 레키(William Edward Hartpole Lecky, 1838~1903, 아일랜드의 역사가)의 『잉글랜드 헌법사』를 비롯해서 찰스 그랜디슨과 워즈워스의 긴 시들을 읽은 소수 중 하나라고 말한다. 사실 그녀는 요즘도 책을 끼고 산다. 그녀는 무엇이든, 글이라면 뭐든 읽는다. 요즘은 독서에 방해받는 걸 아주 싫어한다. 그녀가 읽는 책이 설령 시답잖더라도 그 책을 놀려서는 안 되며 그녀에게 책 내용을 말해서도 안 된다. 늘 그랬던 것처럼 책은 지금도 그녀에게 현실이다.

그녀는 극장에는 관심이 없다. 극장은 너무 빠르게 전개된다고, 눈과 귀를 동시에 동원하는 게 괴로우며 정서적 안정을 절대적으로 흐트린다고 말한다. 사춘기 때 그녀의 관심사는 음악이 유일했다. 그녀는 음악 듣기가 어려운 일임을 알고 있고, 음악은 그녀의 관심을 붙잡지 않는다. 그녀의 작품은 귀(청각)와 무의식에 호소한다는 평이 지배적인 걸 생각하면 이 말이 이상하게 들릴 수도 있을 것이다.

캘리포니아 생활은 거트루드 스타인이 열일곱 살 때 끝났다. 캘리포니아에서 보낸 마지막 몇 년은 사춘기의 번민으로 외로운 시간이었다. 먼저 어머니가, 이어서 아버지가 돌아가셨다. 그녀와 언니, 그리고 오빠 한 명은 캘리포니아를 떠나 동부로 갔다. 그들은 볼티모어 외가에서 머물렀는데 그곳에서 거트루드 스타인은 외로움을 조금씩 떨치기 시작했다. 그녀가 내게 가끔 털어놓는 말로는, 몇 년 동안 자신을 지배한 내면의 절망적인 삶에서 빠져나와 이모와 외삼촌들이 있는 유쾌한 삶으로 이행하는 게 너무 낯설었다고 한다. 나중에 래드클리프 대학에 진학해 처음 글을 쓰기 시작했을 때, 그녀는 이 시절의 볼티모어 경험에 대해서 썼다. 아니다, 그녀의 첫 번째 글은 이게 아니다. 그녀는 그전에도 두 번 글을 썼다고 기억한다. 한번은 여덟 살 때였는데, 그녀는 셰익스피어 식 희곡을 쓰겠다는 마음으로 무대 지시를 적고 위트가 넘치는 대사를 날리는 기사들 같은 등장인물들을 발전시켜 나갔는데 위트 있는 대사가 계속 생각나지 않자 포기했다.

그녀가 기억하는 유일한 또 다른 글쓰기 시도도 비슷한 나이 때였던 게 틀림없다. 사립학교 선생들이 아이들에게 글짓기를 시켰다. 어린 거트루드 스타인은 석양빛이 구름의 동굴 속으로 들어가는 모양을 묘사했다고 그녀는 기억한다. 아무튼 이 글은 아름다운 양피지에 옮길 여섯 개 글 중 하나로 뽑혔다. 그녀는 이 글을 두 차례나 옮겨 적으려 애썼지만 글씨가 점점 나빠지자 다른 사람에게 대신 쓰게 했다. 선생은 대필을 부끄러운 짓으로 보았다. 스타인은 자신이 한 짓을 기억하지 못한다.

솔직히 말하면, 그녀의 필체는 읽어내기가 무척 힘들다. 나조차도 제대로 읽어내기가 힘들다.

그녀는 기술에 대해서는 깊이 빠지는 능력을 가진 적도, 그런 욕구를 느낀 적도 없다. 그녀는 어떤 일이 완성되기까지의 과정과 모습을 결코 알지 못한다. 방 정리, 정원 가꾸기, 옷 정리, 다른 일 들에도 마찬가지다. 그녀는 아무것도 그려내지 못한다. 그녀는 대상과 종이 사이의 관계를 느끼지 않는다. 의과대학 시절 해부도를 그려야 했을 때 그녀는 사물의 음영을 어떻게 스케치할지 알지 못했다. 아주 어릴 적 미술 수업을 받은 적이 있기는 했다. 어른들은 아이들에게 집에 있는 잔과 잔받침을 그려 제출하라고 했다. 그림을 잘 그린 아이에게는 상장과 도장이 찍힌 가죽 메달을 주겠노라고, 다음 주에도 제일 잘 그린 아이에게 똑같이 메달을 줄 거라고 말했다. 거트루드 스타인은 집에 돌아가 오빠들에게 들은 그대로 설명했다. 오빠들은 예쁜 잔과 잔받침을 여동생 앞에 내려놓고는 한 명씩 돌아가며 그림 그리는 법을 설명해주었다. 그녀는 그냥 그릴 수가 없었다. 결국 한 오빠가 그림을 대신 그려주었다. 소녀는 이 그림을 제출해 학교에서 가죽 메달을 땄는데 그 다음 집에서 놀다가 가죽 메달을 잃어버렸다. 그것으로 그림을 그리는 일은 끝이었다.

거트루드 스타인은 이렇게 말한다. 오락과 즐거움을 주는 일은 그 완성 과정을 모르는 게 더 좋다. 인생에서 열정을 바칠 직업은 하나로 족하고 나머지 부분은 순전히 즐거움을 위한 걸로 두고 그 결과만 생각해야 한다. 이 생각을 받아들이면 어떤 일이 이루어지는 과정을 조금 아는 사람들보다 오히려 그 일에 대해서 더 많은 걸 알게 된다.

그녀는 프랑스인들이 생업이라고 말하는 것에 집착한다. 사람이 한 가지 언어만 가질 수 있듯이, 오직 한 가지 생업만 가질 수 있다고 주장한다. 그녀의 생업은 글이며, 그녀의 언어는 영어다.

관찰과 해석이 상상력을 만든다. 다시 말해 상상력의 소유를 인정하는 것이 그녀가 많은 젊은 작가들에게 가르치는 요점이다. 어니스트 헤밍웨이(Earnest Heminway, 1899~1961, 미국의 작가)가 한번은 짧은 소설 중 하나에서 거트루드 스타인은 세잔의 장점을 늘 알고 있었다고 쓰자 그녀는 헤밍웨이를 쳐다보고는 이렇게 말했다. 헤밍웨이, 칭찬은 문학이 아니야.

젊은이들은 거트루드 스타인에게서 배울 수 있는 걸 다 배우고 나면 종종 그녀가 자부심이 너무 지나치다며 비난한다. 그녀는 당연히 자기는 자부심이 있다고 말한다. 그녀는 당대 영문학에서 유일한 존재인 자신의 가치를 알고 있다. 그녀는 늘 알고 있었고, 그래서 그렇게 말한다.

그녀는 창조의 기본을 정확하게 이해하고 있기에 그녀가 하는 충고와 비평은 모든 친구들에게 더없이 소중하다. 그녀가 피카소의 그림을 본 다음 무슨 말을 하고 설명할 때면 피카소가, 저것에 대해 말해 보십시오racontez-moi cela, 하는 소리를 나는 얼마나 자주 들었던가. 두 사람은 심지어 요즘에도 둘만의 길고 고독한 대화에 빠져든다. 아파트의 화실, 작고 낮은 의자에 앉은 피카소가 말한다. 다른 말로 설명해 보십시오. 저 그림을 설명해 주십시오 expliquez-moi cela. 그 다음 두 사람은 서로에게 설명한다. 두 사람은 그림, 개, 죽음, 불행, 모든 것에 대해 말한다. 피카소는 스페인 사람이고, 인생이란 슬프고 비통하고 불행한 것이기 때문이다. 거트루드 스타인은 종종 내게 이렇게 말한다. 파블로는 내가 자기만큼이나 불행한 사람이라고 자꾸 날 설득하려 들어. 내게는 불행할 이유가 있다고, 그것도 아주 많다고 주장하지. 내가 당신은 정말 불행하냐고 묻자 그녀는 글쎄, 내 생각에는 내가 불행하게 보이지는 않는데. 진심이야, 하며 웃고는 덧붙인다. 피카소는 내가 용기가 더 많기 때문에 불행을 보지 않는다고 말하는데, 난 내가 용기 있다고 생각하지 않아. 그래, 난 용기 있는 사람은 아냐.

그리고 그렇게 볼티모어에서 한 해 겨울을 보내는 동안 거트루드 스타인은 사춘기의 외로움을 조금씩 벗어나며 인간적으로 성장하게 되었다. 그 다음 그녀는 래드클리프에 진학했다. 래드클리프 시절은 멋진 시간이었다.

그녀는 하버드의 남학생과 래드클리프의 여학생들로 구성된 모임에 들어갔다. 모두가 친하고 재미있게 지냈다. 그 일원 중에 심리학을 연구하던 젊은 사색가이자 수학자는 그녀의 인생에 결정적인 흔적을 남겼다. 거트루드 스타인과 그는 후고 뮌스터베르크(Hugo Münsterberg, 1863~1916, 독일계 미국의 심리학자, 철학자)의 지도 아래 자동기술법을 공동 연구했다. 그 다음 그녀는 자신만의 실험 결과를 글로 썼고, 이 글은 『하버드 심리학 리뷰』에 실렸다. 그녀가 쓴 최초의 인쇄물인 이 글은 훗날 『세 사람의 생애』와 『미국인의 형성』에서 발전될 글쓰기 방법론이 이미 드러난다는 점에서 흥미로운 글이다.

거트루드 스타인의 래드크리프 시절에서 중요한 사람은 윌리엄 제임스(William James, 1842~1910, 미국의 철학자, 심리학자)이다. 그녀는 자신의 인생을 즐겼고 인생의 재미를 찾아냈다. 그녀는 철학 클럽의 간사가 되었으며 모든 유형의 사람들과 즐겁게 지냈다. 그녀는 질문하기와 질문에 대답하기를 좋아했다. 두 가지 모두를 좋아했다. 하지만 래드클리프 시절 그녀에게 진정으로 지속적인 영향을 준 사람은 윌리엄 제임스였다(윌리엄 제임스와 헨리 제임스는 형제다-옮긴이).

거트루드 스타인이 당시 헨리 제임스의 작품에 전혀 관심이 없었다는 건 이상하게 보인다. 현재는 그녀는 헨리 제임스를 자신의 결정적인 선구자로 생각하고 19세기 미국 작가들 중 유일하게 20세기 방법으로 글을 쓴 사람으로 숭배한다. 거트루드 스타인은 미국이 세상에서 가장 오래된 나라라고 말한다. 미국은 남북전쟁과 그 전쟁이 야기한 상업적 개념들로 20세기를 창출한 나라라는 것이다. 이 세상의 모든 다른 나라들은 20세기적 삶을 영위하고 있거나 막 개시하고 있는데 미국은 19세기의 60년대에 20세기를 창조하기 시작했으니 이 세상에서 가장 오래된 나라라는 것이다.

같은 방식으로 문학에서는 헨리 제임스가 20세기 문학의 문학 방법론을 최초로 발견한 이라고 그녀는 주장한다. 하지만 그녀가 자주 말하듯이 당신은 또한 부모와 대립하면서 조부모에게는 동정심을 가지는 존재다. 부모는 당신과 너무 가까운 존재이고 당신을 방해하는 존재인데, 당신은 고독해야 한다. 거트루드 스타인이 최근 헨리 제임스를 읽는 이유가 아마도 여기에 있을 것이다.

윌리엄 제임스는 거트루드 스타인의 기쁨이었다. 그의 인품과 가르침, 스스로도 즐기고 학생들을 즐겁게 대하는 태도, 그의 모든 점이 마음에 들었다. 윌리엄 제임스는 늘 언제나 열린 마음을 가져야 한다고 말했다. 한 학생이 하지만 교수님, 제가 하는 말이 맞습니다, 라고 반박하자 제임스는, 네, 하지만 그건 비열한 진실이죠, 하고 말했다.

거트루드 스타인이 무의식적으로 반응하는 일은 절대 없었지만 그렇다고 자동기술법의 성공적인 주체도 아니었다. 그녀가 듣던 심리학 세미나에는 무의식에 따른 암시를 연구하던 한 학생이 있었다.

연구논문을 발표하는 날, 그 학생은 학생들 중 한 사람이 결과물을 내주지 않아 평균이 많이 떨어졌다고 운을 떼고는 그래서 자신의 실험이 망쳤으니까 그 점수를 삭제해주기를 바란다고 말했다. 제임스가 누구의 결과물인지 물었다. 그 학생은 스타인 양이라고 대답했다. 제임스는, 아, 만약 스타인 양이 답을 주지 않았다면, 나는 답을 주지 않은 것은 답을 주는 것만큼 정상이라고 말하겠으며, 그러므로 그 결과물은 절대 삭제될 수 없다고 말했다.

그 즈음 거트루드 스타인은 밤마다, 때로는 낮에도 오페라를 보러 다녔다. 오페라를 보지 않을 때도 무언가에 빠져 시간 가는 줄 몰랐는데 기말시험이 닥쳤다. 그녀는 윌리엄 제임스의 과목도 시험을 치러야 했다. 아주 아름다운 봄날, 그녀는 시험지를 앞에 두고 앉았지만 그냥 아무것도 쓸 수 없었다. 그녀는 시험지 맨 위에 이렇게 썼다. 제임스 교수님, 너무 죄송합니다만 오늘은 정말 철학 시험을 치를 기분이 아닙니다. 그리고 시험장을 나갔다.

이튿날 거트루드 스타인은 윌리엄 제임스의 엽서를 받았다. 친애하는 스타인 양, 양의 기분을 백분 이해하네. 나 또는 종종 그런 기분을 느끼니까. 그는 그녀에게 최고 성적을 주었다.

래드클리프 졸업반이던 어느 날, 윌리엄 제임스가 장래 계획을 물었다. 거트루드 스타인은 아직 생각해 보지 않았다고 대답했다. 윌리엄 제임스가 말했다. 자네가 철학이나 심리학을 공부하는 게 좋겠어. 철학을 공부하려면 고등수학을 해야 하는데 학생에게는 아마 수학이 흥미로운 주제는 아닐 거야. 심리학을 공부하려면 의학 교육을 받아야 하는데, 올리버 웬델 홈스(Oliver Wendell Holmes, 1809~1894, 미국의 의사, 시인, 유머 작가) 말에 따르면 이과대학은 모두에게 개방되어 있다고 하니 나도 그렇게 말하겠어. 생물학과 화학에 관심이 많았던 거트루드 스타인은 의학대학 진학에 망설일 이유가 없었다.

출석 시험 과반을 채운 적이 한 번도 없다는 점이 래드클리프 대학 졸업에 문제가 되었다. 하지만 그녀는 엄청난 노력과 충분한 개인 교습으로 결국 학사를 따냈고 그 다음 존스홉킨스 의과대학에 입학했다.

몇 년 후 스타인 남매가 마티스와 피카소와 막 교류하기 시작했을 때, 윌리엄 제임스가 남매를 만나러 파리로 왔다. 그녀는 스승이 묵고 있는 호텔로 찾아갔다. 윌리엄은 그녀가 하고 있는 일, 그녀의 글과 그녀가 들려주는 그림들 이야기에 큰 관심을 보였다. 그리고 그 그림들을 보겠다며 그녀의 집으로 갔고 그림들에 감탄했다. 그가 말했다. 내가 늘 말했잖아. 마음을 열고 있어야 한다고 말일세.

그리고 지금으로부터 불과 2년 전, 아주 이상한 사건이 일어났다. 보스턴에서 편지 한 장이 날아왔다. 편지 서두에서부터 발신인은 자기가 법률회사 사람임을 분명하게 밝혔다. 그는 얼마 전 하버드 도서관에서 책을 읽다가 윌리엄 제임스 도서관이 하버드 도서관에 기증한 책들을 발견했다고 했다. 그 중에는 거트루드 스타인이 제임스에게 증정한 『세 사람의 생애』도 있었는데, 그 책의 여백에 윌리엄 제임스가 책을 읽다가 쓴 게 분명한 주석들이 적혀 있다고 했다. 그 남자는 거트루드가 그 주석 내용에 관심이 많을 거라 생각한다면서 만약 그녀가 원한다면 그 주석을 베껴서 보내주겠다고, 그 책은 자기 것이 되었다고, 다시 말해서 그녀는 자기가 보내는 주석 글을 가지고 책은 그의 것으로 여겨달라고 제안했다. 우리 모두는 어떻게 하면 좋을지 몰라 몹시 당황스러웠다. 결국 거트루드 스타인은 윌리엄 제임스의 주석 사본을 가지고 싶다고 짧게 편지를 썼다. 그 다음 그 남자는 자기가 쓴 원고를 함께 보내며 거트루드 스타인의 의견을 알려주면 고맙겠다고 했다. 거트루드 스타인은 난감해하며 아무런 반응도 하지 않았다.

그녀는 입학시험을 통과해 볼티모어에서 의과대학을 다녔다. 그녀는 레나라는 하녀를 고용했다. 거트루드가 훗날 쓴 『세 사람의 생애』에서 첫 번째 이야기가 바로 레나의 이야기다.

의과대학 첫 2년은 모든 게 좋았다. 학생들은 순수하게 공부만 했다. 거트루드 스타인은 바커 박사가 이끄는 연구를 맡게 되었다. 그녀는 뇌의 모든 계들의 비교연구를 시작했고, 이 연구내용은 나중에 바커의 저서에 수록되게 된다. 거트루드는 이 논문 작업의 지도교수인 해부학 교수 몰 박사를 아주 좋아해서 그가 변명을 둘러대는 학생들에게 하던 말을 자주 인용하곤 했다. 몰 박사는 생각에 잠겨 있다가 이렇게 말하곤 했단다. 학생은 우리 집 요리사와 똑같은 말을 하는군요. 우리 집 요리사는 늘 핑계가 있답니다. 우리 집 요리사는 따뜻한 음식을 낸 적이 한 번도 없는데, 늘 그 핑계를 댑니다. 여름에는 물론 날이 덥기 때문이고, 겨울에는 물론 날이 춥기 때문이죠. 그러니까 늘 이유가 있답니다. 몰 박사는 사람은 누구나 자신만의 기술을 발전시키고 있다고 굳게 확신했다. 그는 또한 다른 사람에게 무엇을 가르칠 수 있는 사람은 세상에 없다고도 말했다. 학생들이 외과용 메스를 처음 다룰 때는 둔하지만 나중에는 모두가 정교하게 다루게 된다고, 그것은 누가 누구에게 뭔가를 가르쳐서 된 게 아니라고 말하곤 했다.

의과대학 첫 2년은 거트루드 스타인은 아주 마음에 들었다. 많은 사람을 알아가며 많은 이야기의 일부가 되는 삶이 좋았다. 지금 하고 있는 공부가 아주 흥미롭지는 않다 해도 못 견디게 지루하지는 않았다. 게다가 볼티모어에는 유쾌한 친척들이 많았고, 그녀는 이 점이 좋았다. 하지만 의과대학 마지막 2년은 지루했다. 그녀는 노골적으로 지루해 했다. 학생들 사이 골치 아픈 술수와 빈번한 싸움, 그 뒤를 따라오는 복잡한 상황들을 그녀가 재미있어 했다 하더라도 의학 실습과 이론은 전혀 끌리지 않았다. 교수들은 그녀가 학과 공부를 지겨워하는 걸 다 알고 있었지만 첫 2년 동안 뛰어난 연구 작업으로 명성을 날렸던 그녀에게 필수 학점을 주었다. 졸업을 얼마 앞두고 그녀가 산모의 몸에서 아기를 받아낼 차례가 되었다. 이때의 경험은 후에 『세 사람의 생애』 두 번째 이야기이자 그녀의 혁명적 작품의 시발점인 「멜란차 허버트」에 사용될 흑인들과 장소들에 대한 토대가 되었다.

졸업시험을 코앞에 두고 일부 교수들이 반발했다. 비록 윌리엄 스튜어트 홀스테드(William Stewart Halsted, 1852~1922, 미국의 의사, 과학적 수술의 선구자)와 윌리엄 오슬러 경(Sir William Osler, 1849~1919, 캐나다의 의사, 의학교수)을 비롯한 거물들은 그녀가 독보적인 과학 작업에서 일군 명성을 알고 있어 의과대학 졸업실험을 단순한 형식상의 문제로 만들며 그녀를 통과시켜 주려 했지만 그렇게까지는 우호적이지 못한 교수들도 있었다. 어지간한 문젯거리에는 늘 웃던 거투루드 스타인도 이번에는 웃기가 힘들었다. 반대파 교수들은 그녀에게 질문을 퍼부었고, 그녀는 친구에게 그 교수들이 보인 이런 식의 열심은 그저 바보짓이라고 불평했다. 하지만 교수들은 계속 질문으로 그녀를 괴롭혔다. 그리고 그녀 말마따나 그녀가 뭘 할 수 있었겠는가. 그녀는 그 질문들에 대답할 수 있었다. 교수들은 그녀가 몰라서가 아니라 대답할 가치가 없다고 생각해 대답하지 않는 거라며 괘씸해 했다. 그녀의 표현처럼 상황이 정말 너무 꼬여버렸다. 아무리 둔한 의과대학생도 알고 있는 사실을 단지 너무 너무 재미없고 지루해서 기억이 안 난다고 설명하고 변명하는 일은 용납 받기 어려운 일이었다. 교수들 가운데 한 사람은 비록 의과대학의 거물들이 그녀를 졸업시험에 합격시키더라도 자기만큼은 반드시 재수강을 하도록 만들고 학점을 안 줘 졸업하지 못하게 만들리라 말했다. 의과대학이 발칵 뒤집혔다. 가장 친한 친구 메리언 워커가 교수들을 찾아가 잘 사정해

보라고 애원을 했다. 하지만 거트루드는 교수들이 여자라는 이유를 내세운 걸 기억하고 있었다. 여자라서 곤란하다는 말이 얼마나 한심한 건지 넌 모를 거야, 하고 말했다.

그녀에게 낙제 점수를 준 교수가 그녀를 호출했다. 그녀는 찾아갔고, 교수가 말했다. 스타인 양, 자네는 물론 여름 학기를 수강해야 하네. 그렇게만 한다면야 가을에는 자연히 학사를 받게 될 거야. 거트루드 스타인이 말했다. 하지만 그런 일은 없을 겁니다. 교수님은 제가 교수님께 얼마나 감사하는지 모르실 겁니다. 저는 아주 굼뜨고 독창력이 너무 없는 사람이라 만약 교수님이 계속 학점을 안 주실 작정이면 의학실습을 안 받을 가능성이 아주 많습니다. 아무튼 제가 병리심리학을 듣더라도, 그 과목이 제게 얼마나 별로인지 그리고 의학이 얼마나 따분한지 교수님은 전혀 알지 못하십니다. 그 교수는 완전히 돌아섰고, 그걸로 거트루드 스타인의 의과대학 교육은 끝나고 말았다.

그녀는 늘 비정상이 싫다고 말한다. 그녀는 정말 싫어한다. 그녀는 정상은 단순한 복잡함 이상이라고, 그러기에 흥미로운 것이라고 말한다.

지금으로부터 불과 몇 년 전, 우리가 빌리닝에서 여름을 보내고 있을 때 거트루드 스타인의 옛 친구 메리언 워커가 우리를 찾아왔다. 대학 시절 이후 만나지도 편지 왕래도 못했지만 거트루드 스타인과 워커는 그 옛날처럼 여전히 서로를 좋아하고 있었고 옛날에 그랬듯이 여자라는 이유로 차별하는 분위기에 격렬하게 분노하고 있었다. 거트루드 스타인은 메리언 워커에게 자기는 여자라는 이유나 다른 어떤 이유 따위에는 신경 쓰지 않으며, 자기가 하려는 사업에는 그러한 이유들로 인한 차별이 발을 못 붙이게 할 거라고 말했다.

래드클리프와 존스홉킨스에서 공부하던 시절, 거트루드 스타인은 여름에는 주로 유럽에서 보냈다. 그녀가 대학 마지막 2년을 보내는 동안 그녀의 오빠는 피렌체에 정착했다. 그 다음 의학과 관련된 모든 일이 끝나자 그녀는 오빠가 있는 피렌체로 찾아갔고, 그 다음 오빠와 함께 런던으로 가 겨울을 났다.

남매가 런던에서 구한 하숙집은 큰 불편이 없었다. 그들은 베런슨 부부, 버트런드 러셀(Bertrand Russel, 1872~1970, 영국의 논리학자, 철학자), 이스라엘 쟁윌(Israel Zangwill, 1864~1926, 영국의 유대인 극작가, 소설가) 부부를 알게 되었고, 그 다음에는 「쿵쿵 발자국을 찍으며」를 쓴 윌러드(Williard, 1869~1907, 오스트레일리아의 소설가. 필명은 조시아 플린트Josiah Flynt)도 만났다. 윌러드는 런던의 선술집을 죄 꿰고 있었지만 거트루드는 그에게 별 다른 흥미를 느끼지 못했다. 그녀는 하루하루 대영박물관에서 엘리자베스 시대를 연구하며 보냈다. 셰익스피어와 엘리자베스 시대를 향한 옛 첫사랑이 다시 찾아왔다. 그녀는 엘리자베스 시대의 산문, 특히 로버트 그린(Robert Greene, 1558~1592, 영국의 작가)의 산문에 매료되었다. 어린 시절에 그랬듯이, 그녀는 마음에 드는 구절들을 작은 노트들에 빼곡하게 채워 갔다. 그리고 나머지 시간은 런던 거리를 돌아다녔다. 런던 거리는 한없이 우울하고 어두웠다. 그녀는 이때의 우중충한 기억을 떨치지 못해 그 후 오랫동안 런던에는 다시 가지 않으리라 생각했다. 하지만 1912년 출판업자 존 레인(John Lane, 1854~1925, 영국의 출판업자로 보들리 헤드 출판사의 공동 설립인)을 만나기 위해 다시 런던을 찾아야만 했고, 그때 즐거운 시간과 유쾌하고 정 많은 사람들을 방문하면서 옛 기억을 떨치고 런던을 좋아하게 되었다.

그녀는 런던을 처음 방문했을 때는 찰스 디킨슨의 작품을 읽었을 때와 똑같은 두려움을 느꼈다고 자주 말했다. 그녀는 아무 일에나 겁이 많지만 런던이 디킨슨의 작품 분위기를 풍길 때는 그 공포가 너무 막강하다고 말한다.

그렇지만 몇 가지 보상도 있었다. 그린의 산문이 그러했다. 또 그녀가 가장 위대한 빅토리아 시대 작가로 생각하는 앤터니 트롤럽(Anthony Trollope, 1815~1882, 영국의 소설가)의 소설들을 발견한 것도 이때이다. 그녀는 트롤럽 전집을 수집하기 시작했다. 일부는 구하기가 어려워 타우흐니츠 출판사 본만 구할 수 있었다. 이 책이 바로 거트루드 스타인이 젊은 작가들에게 책을 빌려준다고 로버트 M. 코즈(Robert M. Coates, 1897~1973, 미국의 작가)가 말한 바로 그 책이다. 그 다음 그녀는 18세기의 회상록을 많이 구입했다. 그 중에서 크레비 신문과 호레이스 월폴(Horace Walpole, 1717~1797, 영국의 소설가, 미술품 수집가)에 대한 회상록은 그녀가 브래비그 임브스(Bravig Imbs,

1904~1946, 미국의 시인)에게 빌려주어 브래비그로 하여금 토머스 채터턴(Thomas Chatterton, 1752~1770, '고딕' 문예부흥에 큰 역할을 한 최연소 시인)의 존경할 만한 생애에 대해 글을 쓰게 한 계기가 되었다. 그녀는 책을 읽을 뿐 책에 대해 떠들어대지 않는다. 인쇄 상태가 너무 나쁘지 않는 한 책의 편집과 장정 따위엔 상관하지 않고 또 그런 걸 알아보는 안목도 없다. 그녀의 말을 빌리면, 세상에서 읽을 책이 없어질까 하는 걱정을 그만두고 자신에게는 어쨌거나 언제라도 뭔가를 찾아낼 능력이 있음을 느꼈던 때도 바로 이 시기였다.

하지만 런던의 을씨년스러움과 술에 취한 여인들과 아이들, 그리고 우울과 외로움은 사춘기 시절 습관적이던 울증을 다시 불러냈다. 그녀는 불현듯 미국으로 떠나겠다고 말하기 시작했고, 그 말대로 미국으로 갔다. 겨울이 끝날 때까지 미국에서 머물렀다. 그 사이 그녀의 오빠는 런던을 떠나 파리로 갔다. 그녀는 오빠 곁으로 가 즉시 글을 쓰기 시작했다. 단편 하나를 완성했다.

재미있는 사실은, 그녀가 이 단편을 오랫동안 까맣게 잊고 있었다는 점이다. 그녀는 이 작품을 쓰고 난 다음 얼마 지나지 않아 『세 사람의 생애』를 쓰기 시작한 걸 기억하면서도 정작 이 첫 작품은 완전히 잊고 있었다. 심지어 우리 둘 관계가 시작된 그 옛날에도 내게도 말을 비추지 않았었다. 단편을 완성하자마자 잊어버렸던 게 분명하다. 올 봄, 우리가 시골로 떠나기 이틀 전에 거트루드 스타인은 베르나르 페이에게 보여주겠다며 『미국인의 형성』 원고를 찾다가 까맣게 잊고 지냈던, 정성 들여 쓴 첫 소설 원고를 우연히 발견한 것이다. 그녀는 아주 계면쩍어하며 잠시 망설였는데, 이 원고를 읽고 싶어 하지는 않았다. 그날 저녁 루이스 브롬필드(Louis Bromfield, 1896~1956, 미국의 소설가, 수필가)가 집에 오자 그녀는 원고를 내밀며 이렇게 말했다. 당신이 읽어봐.

5. 1907년부터 1914년까지

1907~1914

이렇게 파리에서의 삶이 시작되었고, 모든 길이 파리로 통하므로 우리 모두가 지금 이곳에 있다. 이제부터는 내가 파리의 일부이던 시절 이야기를 시작하겠다.

처음 파리로 갔을 때, 나는 친구와 함께 생미셸 거리의 작은 호텔에서 잠시 묵다가 노트르담데샹 거리에서 작은 아파트를 얻었다. 그 다음 친구가 캘리포니아로 돌아가자 나는 플뢰뤼스 거리에 있는 스타인의 집에 본격적으로 다니게 되었다.

그 이전부터 매주 토요일 저녁 플뢰뤼스 거리에 다니긴 했지만 이제 그곳에서 많은 시간을 보내고 있었다. 나는 『세 사람의 생애』 교정 작업을 도왔고, 그 다음 『미국인의 형성』을 타자하기 시작했다. 작고 조악한 휴대용 프랑스제 타자기는 방대한 원고를 다 소화할 만큼은 튼튼하지 못해 우리는 튼튼한 스미스 프리미어 타자기를 한 대 구입했다. 아틀리에라는 특수한 공간에서 이 타자기는 처음에는 거슬리고 튀어 보였지만, 모두는 곧 이 기기의 존재에 적응하게 되었다. 이 타자기는 전쟁 직후 내가 미국산 휴대용 타자기를 새로 마련할 때까지 아틀리에를 장식했다.

앞에서도 말했는데, 페르낭드는 내가 함께 앉은 한 천재의 첫 번째 여인이었다. 천재들은 거트루드 스타인과 대화를 나누고, 천재들의 부인들은 내 옆에 앉았다. 그 이야기들을 어떻게 풀어내야 할까. 아주 오랜 세월을 거슬러 올라갈 회상이 필요하리라. 페르낭드 옆자리로 시작한 나의 앉기는 마티스 부인과 마르셀 브라크와 조제트 그리스와 에바 피카소와 브리제트 깁과 마조리 깁과 해들리와 폴린 헤밍웨이와 셔우드 앤더슨 부인과 브래비그 임브스 부인과 포드 매독스 포드 부인과, 그리고 수없이 다른 많은 사람들, 천재들, 천재에 가까운 사람들, 그리고 어쩌면 천재였을지 모를 사람들과, 아내를 가진 모든 사람들로 이어진다. 나는 그 모든 부인들과 앉아 이야기를 나누었고, 그리고 다시 또다시 그들과 앉아 이야기를 나누고 있다. 하지만 지금은 페르낭드부터 시작하겠다.

나는 거트루드 스타인과 그녀의 오빠를 따라서 피에솔레의 카사 리치에 갔다. 그들과 함께한 첫 여름이 얼마나 생생히 기억나는지. 우리는 멋진 경험을 많이 했다. 거트루드 스타인과 나는 피에솔레에서 택시를 불렀는데, 아마도 그 지역에서 하나 있는 유일한 택시였을 것이다. 우리는 낡은 택시에 올라 시에나 곳곳을 돌아다녔다. 거트루드 스타인이야 예전에 친구와 시에나 전역을 도보로 여행한 사람이지만, 나는 이탈리아의 뜨거운 날씨에는 택시를 타야 하는 사람이었다. 정말 마음을 빼앗는 매력적인 여행이었다. 그 다음 우리는 로마로 가서 르네상스 시대에 만들어진 아름다운 검정색 식기를 한 조 구입했다. 어느 날 아침, 늙은 이탈리아 요리사 마다레나가 세숫물을 들고 거트루드 스타인의 침실로 들어갔더니 거트루드 스타인은 딸꾹질을 하고 있었다. 아이고 아씨, 딸꾹질이 멈추지 않나요. 마다레나가 안쓰러워했다. 네. 거트루드 스타인은 딸꾹질을 이겨내려 애쓰며 간신히 대꾸했다. 마다레나는 슬픈 표정으로 도리질을 하고 나갔다. 잠시 후 쨍그랑 소리가 났다. 마다레나가 득달같이 2층으로 뛰어가 말했다. 오, 아씨, 아씨. 아씨가 딸꾹질을 하는 게 너무 속상해서 아씨가 로마에서 정성들여 가져온 검정 접시를 제가 깨고 말았답니다. 거트루드 스타인은 땀을 흘리기 시작했다. 그녀는 예기치 못한 일이 생기면 땀을 흘리는 이상한 버릇이 있었다. 그녀는 이 버릇은 어렸을 적 캘리포니아에서부터 시작되었다고 늘 말하는데, 캘리포니아를 사랑하는 나로서는 할 말이 없어진다. 그녀는 땀을 뻘뻘 흘리다 결국 딸꾹질이 멎었다. 마다레나는 얼굴이 일그러지도록 함빡 미소를 지었다. 아, 아씨(이건 나를 부르는 소리다), 스타인 아씨가 딸꾹질을 멈췄어요. 오, 솔직히 말씀드리죠, 저는 그 예쁜 접시를 깨뜨리지 않고 그냥 깨지는 소리만 냈답니다. 스타인 아씨의 딸꾹질을 멈추게 할 생각으로 말이죠.

애지중지 아끼던 물건이 깨지면 거트루드 스타인은 꾹 참으려 애를 쓴다. 이 문제에서 물건을 깨뜨리는 사람이 대개 나임을 밝히려니 유감이다. 그날은 물건을 깨뜨린 사람이 그녀도, 하녀도, 개도 아니었다. 하녀는 물건을 건드리지도 않았다. 범인은 먼지를 닦는다며 설친 나였다. 나는 종종 이런 사고를 치는데 그럴 때는 깨진 물건이 뭔지 밝히기 전에 내 돈으로 수리하게 해달라고 사정한다. 그러면 거트루드 스타인은 한번 수리를 거친 물건에는 즐거움이 없지만 수리를 하라고, 하지만 수리가 끝나는 대로 자기는 그 물건을 치워버릴 거라고 말한다. 그녀는 부서지기 쉬운 물건, 싸구려 물건, 귀중한 물건, 잡화점에서 파는 병아리나 장에 나온 비둘기—바로 오늘 아침에도 비둘기가 다쳤는데 하지만 이번에는 정말 내 탓이 아니다—를 사랑한다. 그녀는 그런 물건들과 여린 생명들을 사랑하고 또 기억하지만 시간이 늦고 빠를 뿐 그것들이 언젠가는 사라질 것임을 알고 있다. 그녀는 책들을 찾아내듯이 새로 찾아낼 새로운 것들이 늘 있다고 말하는데, 이런 말은 내게 전혀 위안이 못 된다. 그녀는 지금 가지고 있는 것도 새로움을 찾는 모험도 좋아한다고 말한다. 이것이 그녀가 젊은 화가들에 대해서나 어떤 일에 대해서 늘 하는 말, 만약 모든 사람이 어떤 것의 좋은 점을 알게 되면 모험은 끝난다고 하는 말의 골자이다. 그녀가 그런 말을 할 때면 피카소는 한숨을 내쉬며 이렇게 말한다. 만인이 어떤 것을 좋아하게 되는 날이 오더라도 만인의 애정은 그것을 진정으로 좋아한 소수의 애정에는 미치지 못합니다.

　그해 여름, 나는 뙤약볕 아래서 걸어야만 했다. 아시시는 제왕도 무조건 걸어서 가야 하는 곳이라는 거트루드 스타인의 주장 때문이었다. 그녀가 좋아하는 성인은 성 이그나티우스 로욜라, 아빌라의 성 테레사, 그리고 성 프란체스코 이렇게 세 분이다. 아, 내가 좋아하는 성인은 파도바의 성 안토니우스 오직 한 분이다. 그는 잃어버린 물건을 찾아내는 성인이기 때문이다. 툭하면 물건을 잘 잃어버리는 나를 두고 언젠가 거트루드 스타인의 오빠는 만약 내가 장군이라면 전투에서 패배할 일이 절대 없을 거라고, 그저 전투를 잃어버릴 거라고 말했었다. 성 안토니우스여, 제발 제가 잃어버린 물건을 찾도록 도우소서. 나는 교회를 방문할 때면 늘 안토니우스 성인의 상자에 많은 헌금을 한다. 거트루드 스타인은 처음에는 무슨 낭비냐며 야단을 쳤었는데 이제는 필요한 헌금임을 깨닫고 있다. 만약 내가 곁에 없게 되더라도 그녀는 나를 생각해 성 안토니우스를 기억해 주리라.

　이탈리아는 아주 뜨거웠다. 우리는 거트루드 스타인이 평소 산책하길 좋아하던 시간인 정오경에 출발했다. 하루 중 가장 뜨거운 시간인데다 성 프란체스코도 아마 가장 번잡한 시간에 이 길을 걸었으리라는 생각 때문이었다. 우리는 페루자를 출발한 다음 열기로 이글거리는 계곡을 가로질러야 했다. 시간이 지날수록 나는 옷을 하나씩하나씩 벗고 있었다. 나는 결국 스타킹까지 벗어던졌다. 요즘보다 입어야 할 옷이 더 많던 시대에 관습을 크게 벗어난 행동이었다. 스타킹까지 벗어던졌건만 눈물을 찔끔거린 후에야 목적지에 도착할 수 있었다. 거트루드 스타인은 두 가지 이유로 아시시를 아주 좋아했다. 첫째는 성 프란체스코와 그의 도시가 지닌 아름다움 때문에, 두 번째는 이곳의 늙은 아낙네들이 양 대신에 작은 돼지를 앞세워 언덕들을 오르내리기 때문이었다. 자그마한 검정 돼지들은 붉은 리본 장식을 달고 있었다. 거트루드 스타인은 작은 돼지새끼들을 언제나 좋아했다. 그녀는 나중에 더 늙으면 검정 돼지새끼 한 마리를 데리고 아시시의 언덕들을 오르내리며 마음껏 돌아다니면 좋겠다고 자주 말한다. 요즘 그녀는 아주 커다란 흰 개와 작은 검은 개를 데리고 프랑스의 앵 지방의 언덕들을 돌아다닌다.

거트루드 스타인이 하도 돼지들을 좋아하니까 피카소는 시골 농부의 아들과 돼지들이 함께 있는 매력적인 드로잉을 몇 장 그려주기까지 했다. 피카소가 작은 나무판자를 이용해 아주 작은 천장 장식화를 만든 것도 이 무렵이었다. 과일을 나르고 나팔을 부는 여인들과 천사들을 그린 이 천장 장식화는 거트루드에게 바치는 오마주였다. 그녀는 이 장식화를 몇 년 동안 침대머리 위 천장에 압정으로 고정시켜 바라보다가 전쟁이 끝난 뒤에 벽에 정식으로 걸어 장식했다.

하지만 나의 파리 생활 초기로 돌아가자. 플뢰뤼스 거리와 토요일 저녁 시간에 뿌리를 둔, 천천히 돌아가는 만화경과 같았던 나의 파리 생활로.

그 옛날 어떤 일이 일어났던가. 아주 대단한 일이 있었다.

앞에서 말했듯이, 내가 플뢰뤼스 거리의 고정 방문객이 되어 갈 무렵 피카소와 페르낭드는 다시 같이 살고 있었다. 그해 여름 두 사람은 다시 스페인으로 여행을 갔다. 피카소는 스페인 풍경을 그린 그림들을 안고 돌아왔다. 이것들을 풍경화라 불러도 좋을지 모르지만 세 점 중 두 점은 지금 플뢰뤼스 거리에 있고, 다른 한 점은 모스크바에, 지금은 정부재산이 된 슈추킨의 컬렉션에 있다. 이 세 점의 그림들은 입체파의 시작이었다. 이 그림들에는 아프리카 조각의 영향은 없었다. 거기에 있는 영향력은 분명 세잔의 것, 특히 하늘을 공간 안으로 잘라내는 세잔의 후기 수채화의 영향이 지배하고 있었다.

하지만 가장 중요한 변화는 집들을 다룬 방식이었다. 그 방식은 본질적으로 스페인적인 것이었고, 그러므로 본질적으로 피카소의 것일 수밖에 없었다. 이 풍경화 석 점에서 피카소가 가장 강조한 점은 스페인 마을의 건물들을 그리는 방식이었다. 집들의 선은 풍경 속으로 연장되는 대신에 잘려서 풍경 속으로 들어갔으며, 풍경을 가로질러 잘라냄으로써 풍경 속에서 구별 불가능한 것이 되어 갔다. 그것은 전쟁터에서 총과 트럭을 숨겨야 하는 위장막의 원칙과 같은 것이었다. 전쟁 첫해, 피카소와 당시 그와 살던 에바, 거트루드 스타인과 나 이렇게 네 사람은 추운 겨울 저녁에 라스파유 대로를 걷고 있었다. 한겨울 저녁의 라스파유보다 더 추운 곳은 이 세상에 없어서 우리는 그곳의 추위를 모스크바로부터의 퇴각이라고 부르곤 했다. 갑자기 거리 아래쪽에서 대포가 보였는데, 우리 중 누구도 첫 번째 대포는 보지 못했었다. 이것이 바로 위장이었다. 파블로가 걸음을 멈추고는 한동안 넋이 빠져 있다가 말했다. C'est nous qui avons fait ça. 저것을 창조한 이는 바로 우리입니다. 그가 옳았다. 세잔이 처음 시작하고, 그 다음 피카소를 거쳐 사람들은 거기에 이르렀다. 그의 통찰이 옳았음이 증명되었다.

하지만 세 점의 풍경화 이야기로 돌아가자. 그 그림들이 벽에 걸리자 사람들이 떼어내라고 아우성쳤다. 무슨 우연일까, 피카소와 페르낭드는 그림에 등장하는 마을들 사진을 찍어 거투루드 스타인에게 보내주었었다. 사람들이 피카소의 풍경화에 들어간 입방체(큐브)들은 그저 단순한 입방체일 뿐이라고 말하면 거트루드 스타인은 여러분이 이 풍경화들을 거부하는 이유가 현실을 너무도 잘 반영해서라고 한다면 차라리 일리가 있겠죠, 하고 말하곤 했다. 그 다음 그들에게 피카소가 찍은 사진들을 보여주었는데 그 사진들은, 그녀의 말대로, 자연의 모사 이상으로 현실을 극명하게 선언하는 것이었다. 몇 년 후 엘리엇 폴은 거트루드 스타인의 제안에 따라 『트랜지션』의 한 면에 피카소의 풍경화 사진과 마을 사진들을 실었는데, 그 결과물은 정말 흥미로웠다. 그 다음 진정한 입체주의가 시작되었다. 연녹색을 암시하는, 파리한 은빛이 도는 노란색의 색상 또한 스페인 특유의 색상이었다. 이 색상은 후에 피카소의 입체파 그림들과 피카소의 추종자들에 의해서 아주 유명해지게 된다.

거트루드 스타인은 늘 이렇게 말한다. 입체파는 순수하게 스페인적인 개념이며, 오직 스페인 사람만이 입체파 화가가 될 수 있습니다. 그리고 진정한 입체파 화가는 피카소와 후안 그리스 둘뿐입니다. 피카소는 입체파를 창시했고, 후안 그리스는 입체파에 명료하고 고양된 특성을 부여했습니다. 이 말을 이해하려면 거트루드 스타인의 가장 절친한 친구들이자 스페인 사람들인 피카소와 후안 그리스 중 한 사람의 죽음을 다룬 책, 『후안 그리스의 삶과 죽음*The Life and Death of Juan Gris*』을 읽어야 한다.

그녀는 또 늘 이렇게 말한다. 미국인은 스페인인을 이해할 수 있습니다. 미국인과 스페인인은 서방국가에서 추상을 이해하는 유일한 사람들입니다. 미국에서는 문학과 기계기술의 해체를 통해서 추상을 표현하고, 스페인에서는 너무도 추상적인, 그래서 의식이 아닌 다른 것과는 연결되지 않는 제례의식으로 추상을 표현합니다.

내 뇌리에서 떠나지 않는 피카소의 모습 중 하나. 어떤 독일인들이 느닷없이 투우를 좋아한다고, 좋아하는 것 같다고 말했을 때 경멸스럽게 대꾸하던 모습이다. 당신들은 피 흘리는 것을 좋아하는 겁니다. 스페인 사람에게 투우는 낭자한 유혈이 아니라 고귀한 의식입니다.

피카소와 같은 궤적으로 거트루드 스타인도 이렇게 말한다. 미국인은 스페인인들처럼 추상적이고 잔인합니다. 야만적인 게 아니라 잔인합니다. 대부분의 유럽인들과는 달리, 스페인 사람은 세상에 별미련이 없습니다. 스페인 사람의 물질주의는 생존과 소유를 위한 물질주의가 아니며, 행동과 추상의 물질주의입니다. 그러므로 입체파는 스페인적일 수밖에 없습니다. 처음 함께 간 스페인 여행에서 우리는 큰 충격을 받았다. 입체파가 등장하고 일년 남짓 지난 때였는데 스페인에서 입체파가 얼마나 자연스럽게 이루어지는지 직접 목격했기 때문이었다. 바르셀로나의 기념품점들에는 흔한 우편엽서 대신에 사각형의 작은 틀들이 있었다. 그 틀 안에는 담배, 진짜 담배로, 파이프, 손수건 조각 등등이 입체파 그림 작품과 절대적으로 똑같은 배열방식으로 다른 오브제들을 상징하는 잘린 종이들에 의해 싸여 있었다. 모던이라는 말은 스페인에서는 이미 수세기 전부터 내려오고 있었던 것이다.

피카소는 자신의 초기 입체주의 그림에서 인쇄체 문자를 이용했다. 후안 그리스는 표면에 채색을 덧칠하는 방법으로 어떤 딱딱함을 이뤄내려 했다. 인쇄 글자가 그 딱딱함이었다. 그 다음 그들은 인쇄물을 사용하는 대신에 점차 인쇄 글자를 그림 속에 그려 넣었고, 그 다음 그 전부가 사라졌다. 인쇄 글자 하나로 엄격하고 딱딱한 대비가 살아 있는 그림을 열심히 그려낸 사람은 후안 그리스 한 사람뿐이었다. 그리고 이렇게 입체파는 조금씩 세상 밖으로 나왔다.

브라크와 피카소가 친해진 게 이 시절이었다. 마드리드를 떠나 파리에 입성한 혈기왕성한 청년 후안 그리스가 피카소를 나의 거장이라 부르며 성가시게 한 때도 이 무렵이었다. 이때는 또한 피카소가 브라크에게 농담조로 나의 스승님으로 부른 시기이기도 했다. 어디까지나 농담인 이 호칭을 두고 바보들은 피카소가 브라크를 우러러 본 것으로 해석하는데, 참 유감스러운 일이다.

하지만 이제는 아주 많이 앞으로, 그러니까 내가 페르낭드와 파블로를 처음 알게 된 파리의 먼 시절로 다시 돌아가겠다.

피카소는 그때 풍경화는 딱 세 점만 그렸다. 그 다음 그는 평면 속으로 잘려 들어간 듯 보이는 머리들과 긴 빵들을 그리기 시작했다.

마티스는 이때도 학생들을 가르치고 있었다. 그는 점점 유명해졌다. 재정이 든든한 베르넹 화랑이 좋은 가격으로 그의 전 작품을 가져가겠다고 제안했다. 모두가 기뻐했다. 신나는 시절이었다.

이 계약 건은 펠릭스 페네옹(Felix Fénéon, 1861~1944, 프랑스의 미술 비평가)의 영향이 컸다. 마티스도 페네옹이 보인 성의에 깊이 감동했다고 말했다. 프랑스 언론인 페네옹은 당대 이른바 두 줄짜리 소식의 일인자였다. 그는 프랑스 풍자화가가 그린 샘 아저씨와 많이 닮은 모습이었는데, 툴루즈-로트레크는 그를 서커스 단 커튼 앞에 서 있는 모습으로 그렸다.

어디서 어떤 과정으로 이루어졌는지 모르겠는데, 베르넹 화랑은 페네옹을 고용해 새로운 화가 세대들과의 접촉을 시도하고 있었다.

결과만 말하면, 이 계약은 오래가지 못했다. 하지만 아무튼 무슨 일이 일어났고, 그리고 그 일은 마티스의 운을 바꾸기에 충분한 것이었다. 이제 마티스는 쟁쟁한 지위에 올라 있었다. 그는 클라마르에 집과 땅을 구입해 그곳에서 점점 많은 시간을 보내고 있었다. 그가 본 대로 그 집을 묘사해 보겠다.

클라마르의 이 집은 아주 편리했다. 욕실은 누가 뭐래도 확실히 편리한 곳이었는데, 미국인들과 오랜 세월 접촉한 마티스 부부가 욕실을 일층의 다이닝룸 바로 옆에 배치했던 것이다. 물론 그들은 욕실을 깔끔하게 유지하기 위해 정성을 쏟아야 했다. 아무튼 뭐가 문제겠는가. 프랑스의 주택에는 그때나 지금이나 이런 전통이 있으니 괜찮다. 얼마 후 브라크가 새 집을 지을 때 욕실은 다시 아래로, 이번 경우는 다이닝룸 밑으로 내려갔다. 우리가 이유를 묻자 브라크는 난로 가까이 있을수록 따뜻하기 때문이라고 대답했다.

클라마르의 집은 널찍한 대지에, 마티스가 때로는 자랑스럽게, 때로는 부끄러워하며 작은 뤽상부르 궁전이라 불렀던 꽤 넓은 정원도 딸려 있었다. 집 안을 장식할 꽃을 얻을 유리 온실도 있었다. 마티스 부부는 정원의 꽃들 중에서 베고니아를 온실로 옮겼는데 그러자 그 꽃이 자꾸자꾸 작아졌다. 온실 뒤편에는 라일락 나무들이 자라고 있었고, 거기서 조금 더 가면 목조로 조립한 커다란 화실이 있었다. 마티스 부부는 이 화실을 아주 좋아했다. 마티스 부인은 매일 택시를 대절해 클라마르 집으로 가서 화실을 돌아보고 꽃을 꺾었다. 택시를 기다리게 하는 일은 백만장자도 가끔씩 했던 그런 시절에 말이다.

살림을 클라마르의 집으로 옮기자 마티스 부부의 생활은 한층 편해졌다. 널찍한 화실은 곧 엄청난 조각들과 아주 큰 그림들로 채워졌다. 마티스의 시대였다. 얼마 되지 않아 그도 집에 얼른 돌아가고 싶을 정도로 클라마르가 너무도 아름답다는 걸 알게 되었다. 이 말은 그림을 그리기 시작한 이후 계속 해오던 누드 스케치 시간에 맞춰 매일 파리로 갔다가 오후에는 클라마르로 다시 돌아오곤 했다는 말이다. 그의 미술학교는 이제 존재하지 않았다. 정부가 옛 수도원을 국립고등학교로 만들었고 이것으로 미술학교는 끝이 났다.

마티스 부부의 전성시대가 시작되었다. 부부는 알제리와 탕헤르를 여행했다. 헌신적인 독일인 제자들은 라인 포도주와 이제껏 구경 못한 아주 아름다운 검정색 경찰견 한 마리를 그들에게 선물했다.

그 다음 마티스는 베를린에서 대형 전시회를 열었다. 그해 봄날을 나는 또렷하게 기억한다. 아름다운 날씨, 우리는 점심 초대를 받아 클라마르로 갔다. 마티스 가족 모두가 뚜껑이 열린 소포 상자를 빙 둘러 서 있었다. 우리는 그들이 있는 곳으로 올라갔다. 상자 안에는 붉은 리본으로 장식한 월계수 화관이, 그때껏 만들어진 가장 큰 화관이 들어 있었다. 마티스는 상자에서 카드를 꺼내 거트루드 스타인에게 보여주었다. 앙리 마티스 전시회, 베를린 전투에서 승리하다. 토머스 위트 모어의 서명이 보였다. 보스턴 출신의 고고학자이자 터프 대학교 교수인 토머스 위트모어는 마티스 숭배자로, 이 선물은 그가 숭배하는 이에게 바치는 제물이었다. 마티스가 난 아직 죽지 않았는데, 하고 말하자 마티스 부인은 그제야 충격에서 깨어나 얼른 말했다. 그런데 여보, 여기 안을 보세요. 그녀는 몸을 숙여 월계수 이파리 하나를 뜯어 맛보았다. 진짜 월계수예요. 수프에 넣으면 아주 맛있겠어요. 그리고 환한 얼굴로 덧붙였다. 게다가 이 리본은 우리 마고가 오랫동안 멋지게 사용할 수 있잖아요.

전쟁이 터지기 전, 마티스 부부는 클라마르에서 살아 거트루드 스타인과 만나는 시간이 조금씩 뜸해졌다. 그 다음 전쟁이 일어나자 그들은 집에서 보내는 시간이 많아졌다. 그들은 외로웠고 다른 문제도 생겼다. 마티스 일가가 사는 북부 생캉탱이 독일 전선이 된 데다 그의 남동생이 포로로 잡혀 있었던 것이다. 내게 털장갑 뜨는 법을 가르쳐준 사람은 마티스 부인이었다. 그녀는 멋진 장갑을 깔끔하고 빠르게 짜냈는데, 나는 그 방법을 배웠다. 그 다음 마티스는 니스로 거처를 옮겼다. 비록 거트루드 스타인과 마티스가 여전히 좋은 친구이기는 했지만, 그 이후 다시는 서로를 보지 못했다.

그 초기 시절 토요일 저녁은 많은 헝가리인들, 상당한 숫자의 독일인들, 다양한 국적이 섞인 그룹들, 그리고 소수의 미국인들이 자주 찾아왔다. 여러 나라의 귀족들과 심지어 왕실 가족까지 찾아왔는데, 이들에 대해서는 나중에 말하겠다.

그 먼 시절 드나들던 독일인들 중에 쥘 파생(Jules Pascin, 1885~1930, 불가리아 태생의 프랑스 파리파 화가)이 있었다. 호리호리한 몸에 영리한 인상인 그는 당시 독일에서 인기 많은 풍자잡지『짐플리시무스Simplicissimus』에 작고 깔끔한 캐리커처를 그려 꽤 명성을 날리던 캐리커처 작가였다. 다른 독일인들은 파생을 두고 이상한 이야기들을 했다. 그가 이름 모를 창녀의 가정에서 자랐다고, 아마도 왕족의 피가 흐를 거라는 등등의 이야기였다.

파생과 거트루드 스타인은 오랫동안 못 만나다가 몇 년 전 젊은 네덜란드 화가 크리스티앙스 토니의 전시회 파티에서 다시 만났다. 토니는 파생의 제자인데 거트루드 스타인은 토니의 작품에 관심이 많았고, 그렇게 되어 만들어진 재회였다. 두 사람은 반가워하며 오래 이야기를 나누었다.

파생이 독일인치고는 재미있는 사람이라 해도 빌헬름 우데 (Wilhelm Uhde, 1874~1947, 독일의 미술사가) 때문에 최고 자리는 차지하지 못한다.

우데는 내로라하는 집안 태생이 분명했으나 금발의 독일인은 아니었다. 큰 키에 마른 체형, 가무잡잡한 피부, 시원한 이마. 머리회전이 뛰어나게 빠르고 위트 감각도 있었다. 그는 파리에 처음 갔을 때 자신이 무엇을 찾아낼 수 있을지 시험하겠다며 시내의 골동품 상점을 죄 뒤지고 다녔었다. 그는 많은 것을 찾아내지는 못하고 앵그르의 작품으로 믿어지는 그림과 피카소의 아주 초기 작품 몇 점을 찾아냈다고 말하는데, 아마 다른 그림들도 찾아냈을 것이다. 아무튼 전쟁이 터지자 사람들은 우데가 독일의 비밀요원으로 일하는 초특급 스파이라고 의심했다.

선전포고 날에 우데가 전쟁사무국 근처에서 어슬렁거리더라는 소문도 있었고, 그가 친구와 함께 지낸 여름별장이 훗날 힌덴베르크 전선에서 가깝다는 건 부정하지 못할 사실이었다. 아무튼 우데는 무척 유쾌하고 아주 재미있는 사람이었다. 세관원 루소의 그림들을 최초로 상업화한 사람이 바로 우데였다. 그는 일종의 개인 화랑을 경영했었다. 피카소와 브라크가 최신 유행인 허름한 넝마나 메드라노 서커스 패션 차림으로 찾아가 우데에게 사람들을 소개하고 소개를 부탁하는 일이 끝없이 이루어진 곳이 바로 그곳이었다.

우데는 토요일 저녁 시간의 단골 방문객이었다. 키가 훤칠하고 금발인 준수한 젊은이들이 그를 경호했다. 구두 뒤축을 척 소리가 나게 붙이며 경례를 한 다음 저녁 내내 흐트러짐 없이 차렷자세로 서있는 이 젊은이들은 나머지 사람들을 돋보이게 하는 효과적인 배경이었다. 그러고 보니 또 다른 날의 저녁이 떠오른다. 언어학자 미셸 브레알(Michel Bréal, 1832~1915, 프랑스의 언어학자)의 아들과 그의 발랄하고 현명한 아내가 우리 집에서 연주를 하고 싶어 한다는 스페인 기타리스트를 데리고 온 날이었다. 우데와 그의 경호원들을 배경으로 생기 넘치는 저녁 시간이 깊어 갔다. 기타 연주자가 연주를 했다. 그날은 당대 파리에서 전설적 존재인 조각가 마놀로(Manolo, 1872~1945, 카탈루냐 출신의 스페인 조각가)를 내가 처음이자 마지막으로 본 유일한 시간이기도 했다. 이날 피카소는 스페인 남부의 민속춤을 신나게 추었는데, 뛰어난 춤 실력은 아니었다. 거트루드 스타인의 오빠는 이사도라 덩컨이 추었던 〈빈사의 백조〉를 실감나게 추어 호응을 얻었다. 페르낭드와 파블로는 카페 라팽 아질의 프리데릭과 아파치에 대해 토론했다. 페르낭드는 집게손가락을 허공에 찌르는 그

독특한 몸짓을 섞어 가며 아파치가 화가들보다 훨씬 뛰어나다고 강력하게 주장했다. 피카소가 아파치는 물론 자신들의 우주를 가지고 있는데 화가들은 그렇지 못하다고 말하자 페르낭드는 약이 올라 피카소 몸을 붙잡고 마구 흔들었다. 당신이 지금 위트 있는 말을 한 줄 알 텐데, 착각이야. 바보. 피카소가 당신 때문에 단추가 하나 떨어졌다고 하자 그녀는 더욱 화가 났다. 당신은 조숙한 어린애, 딱 그거야. 라비냥 거리를 떠나 클리시 거리에 있는 아파트로 이사를 하고 일하는 하녀까지 두는 등 형편은 나아지고 있었지만 두 사람 관계는 점점 나빠지고 있었다.

하지만 다시 우데 이야기와, 마놀로를 처음 만난 이야기로 돌아가자. 마놀로는 아마도 피카소의 가장 오랜 친구일 것이다. 마놀로는 여러모로 이상한 스페인 사람이었다. 전설에 따르면, 그의 형제는 마드리드 최고가는 소매치기라고 하는데 마놀로 자신은 존경받을 인품을 지닌 신사였다. 그는 파리를 통틀어 피카소가 스페인어로 대화하는 유일한 사람이었다. 파리에 살고 있던 스페인 사람들은 프랑스 여인을 아내로 삼거나 프랑스인 정부를 두거나 자기들끼리 만나도 늘 프랑스어를 사용하는 데 익숙했고, 나는 이 점이 늘 낯설게 느껴진다. 그러나 피카소와 마놀로만큼은 만나면 언제나 스페인어로 대화했다.

마놀로에 얽힌 일화는 참으로 많다. 그는 성인들의 보호물을 좋아해 늘 몸에 지니고 다녔다. 사람들의 증언을 빌리면, 처음 파리에 왔을 때 그는 제일 먼저 눈에 띄는 교회로 들어갔다가 그곳에서 한 여인이 의자를 가져다주고 사람들에게 돈을 받는 장면을 보았다고 한다. 그래서 그도 똑같이 해보았다. 수많은 교회로 들어가 사람들에게 의자를 가져다주며 돈을 받은 것이다. 그렇게 잘 나가던 어느 날, 여자에게 붙잡혀 자기 영역을 침범한 죄로 곤욕을 치렀다.

마놀로는 살기가 너무 빡빡해지자 자신이 만든 조각 하나를 걸고 친구들에게 복권을 사라고 제안했다. 친구들은 좋다고 했다. 그 다음 모두가 모인 자리에서 복권번호가 모두 똑같은 게 드러났다. 친구들이 항의하자 마놀로는 만약 복권번호가 똑같지 않으면 친구들이 섭섭해 할 것 같아 똑같은 번호를 줄 수밖에 없었다고 설명했다. 마놀로는 군 복무 중 스페인을 떠났다는 의심도 받는다. 기병으로 복무하던 중 스페인 국경을 넘어 말과 마구를 팔았고, 그때 두둑하게 챙긴 돈으로 파리로 와서 조각가가 되었다는 것이다. 또 그가 고갱의 친구 집에서 며칠 묵었던 때 일화도 있다. 집 주인이 돌아와 보니 고갱의 기념품과 스케치 작품들이 죄 사라지고 없었다. 마놀로가 볼라르에게 팔아넘겼던 것인데, 볼라르는 그것들을 원래 주인에게 돌려주어야 했다. 그래도 좋았다. 마놀로는 다정하고 기이하고 종교에 빠진 스페인 거지였지만 모두들 그를 아주 좋아했다. 당대 파리의 유명 인사인 그리스 시인 장 모레아스(Jean Moreas, 1856~1910, 그리스 출생의 프랑스 시인)는 마놀로를 너무 좋아해 어디든지 데리고 다니려 했다. 마놀로는 한 끼를 해결할 수 있다는 희망으로 따라가긴 했으나 모레아스가 한창 밥을 먹고 있을 때 먼저 자리를 뜨고는 했다. 당시 모레아스는 훗날 기욤 아폴리네르 못지않은 유명 인사였는데, 마놀로는 마지막 자존심만 지키며 힘든 세월을 이겨내려 애썼다.

몽마르트르 사람들한테 밥을 얻어먹거나 도움을 받으면 마놀로는 조각들을 만들어 보답했다. 마놀로 이야기를 들은 앨프레드 스티글리츠(Alfred Stieglitz, 1864~1946, 미국의 사진작가)가 뉴욕에서 전시회를 열어 조각 작품 일부를 팔아주었다. 그 다음 마놀로는 프랑스 전방인 세레로 돌아와 그곳에서 밤을 낮으로 바꾸며 카탈루냐 출신의 아내와 함께 지금까지 살고 있다.

그런데, 우데 말이다. 어느 토요일 저녁, 우데는 거트루드 스타인에게 자기의 약혼녀를 선물했다. 용납하기 어려운 도덕관념이었다. 그의 약혼녀는 품행방정하고 무척이나 관습적인 여자로 보였기에 우리 모두는 더 놀랐다. 알고 보니 그들은 정략결혼의 희생자였다. 우데는 출세를 바라고 여자는 유산 상속권자가 되기를 바랐는데 그녀는 결혼으로만 그 상속권을 얻을 수 있었던 것이다. 얼마 후 두 사람은 결혼을 했고 곧바로 이혼했다. 그 다음 그 여자는 당시 막 떠오르던 로베르 들로네(Robert Delaunay, 1885~1941, 프랑스의 화가)와 결혼을 했다. 들로네는 집들을 수직추처럼 그린 이른바 재해파(cathstrophic school)로 입체화의 아이디어를 알기 쉽게 표현한 최초의 화가였다.

들로네는 금발에 키가 큰 프랑스 사람이었다. 그의 어머니는 키가 작달막한 명랑한 여인이었다. 그녀는 우리가 어릴 적 늙은 프랑스 자작은 이렇게 생겼으리라 이상화시켰던 바로 그런 나이든 자작과 함께 플뢰뤼스 거리를 자주 찾아왔다. 두 사람은 방명록에 감사의 글을 꼬박꼬박 썼으며 그 장소에 맞지 않는 언행은 절대 하지 않았다. 들로네는 재미있는 사람이었다. 재능 있고, 그 재능만큼 야심도 옹골찼다. 그는 한 작품을 마치면 늘 늙은 피카소의 근황을 묻고는 대답을 들으면 늘 아, 난 아직 그 정도로 늙지 않아서요, 나도 그 나이가 되면 그만큼 많은 일을 하겠죠, 하고 말했다.

사실 들로네는 무섭도록 빠른 속도로 발전하고 있었다. 그는 플뢰뤼스 거리를 자주 찾아와 거트루드 스타인을 아주 기쁘게 해주었다. 그는 흥미롭게도 파리의 전면에 세 명의 미인을 배치한 그림을 채색했다. 모두의 아이디어를 집어넣고 프랑스의 명징함과 자신의 신선한 시각을 더한 상당히 아름다운 그림이었다. 아주 대단한 분위기가 있는 이 그림은 큰 성공을 거두었다. 이 그림 이후 들로네의 그림들은 이전의 특징들이 모두 사라져 점점 커지고 비거나 또는 작고 비어갔다. 이 작은 그림들 중 하나를 집으로 가져온 날 그가 했던 말을 나는 똑똑히 기억한다. 거트루드 스타인, 작은 그림, 보석을 가져왔습니다. 크기는 작지만, 진짜 보석입니다.

우데의 전 부인과 결혼한 이가 바로 이런 들로네였다. 들로네 커플은 많은 이들을 집에 받아들였다. 그들은 기욤 아폴리네르를 받아들였다. 그들에게 요리법과 살림 법을 가르친 사람은 기욤이었다. 기욤은 정말 비범하다. 이 세상에 기욤 같은 인물은 다시 없을 것인데, 그의 안에 있는 이탈리아 기질이 그의 매력을 배가해주었으리라. 집 주인들을 놀리고, 주인의 손님들을 놀리고, 그들의 음식을 놀리고, 그들에게 계속 더 노력하게 만들 사람은 이 세상에 기욤밖에 없다. 비슷하게 흉내를 낼 사람은 뉴욕 출신 화가 스텔라뿐이었다.

생애 첫 여행을 할 기회가 생기자 기욤은 들로네와 함께 독일로 떠나 그 시간을 철저하게 즐겼다.

우데는 전 부인이 어느 날 집으로 찾아와서는 들로네의 미래를 고 발했다는 이야길 하는 게 낙이었다. 그녀가 과거인 피카소와 브라크 는 내치라고, 이제부터는 미래인 들로네에게 헌신해야 한다고 설명 했다는 것이다. 당시 피카소와 브라크의 나이가 서른도 안 된 점을 여러분은 기억하길 바란다. 아무튼 누구를 만나든 우데는 아주 재치 있게 살을 붙여 이 이야기를 들려주고는 마지막에는 꼭 이렇게 덧붙 였다. 이런 이야긴 세상 모두가 알아야 하죠.

당시 집에 찾아온 또 다른 독일인은 좀 둔한 구석이 있었다. 그가 현재는 자기 조국에서 아주 중요인물이라는 것, 또 마티스에게는 늘, 심지어 전쟁 중에도 신의를 지킨 인물임을 나는 알고 있다. 그는 마 티스의 미술학교에서 성채와도 같은 존재였다. 마티스는 그에게 항 상은 아니더라도 확실히 자주 친절히 대해주었다. 여자들은 모두 그 를 사랑했고, 사랑하도록 되어 있었다. 그는 땅딸막한 돈주앙이었다. 그를 사랑한 키 큰 스칸디나비아 여자가 떠오른다. 토요일 저녁 모임에 결코 실내에 들어오지 않고 마냥 어두운 안마당에만 서 있던 여인, 들락거리는 사람들로 문이 열릴 때마다 안마당의 어둠 속에서 첼시의 고양이처럼 슬며시 웃던 여인이었다. 아무튼 그 독일 남자는 거트루드 스타인한테는 꽤나 괄시를 받았다. 그는 그렇게나 이상한 짓을 많이 하고 이상한 물건을 많이 사는 사람이었다. 그는 거트루드 스타인 앞에서는 감히 잘난 체를 못했지만 나한테는 혐오스러운 물건을 가리키며 그런데 토클라스 양, 당신은 저 아름다움을 알아보시겠나요, 하고 묻고는 했다.

언젠가 스페인에서, 정확하게는 우리가 처음으로 함께한 스페인 여행에서 이런 일이 있었다. 쿠엥카에서 거트루드 스타인은 라인석으로 만든 아주 큰 거북이 장신구를 사겠다고 고집을 부렸다. 아주 아름다운 오래된 보석들이 있었음에도 그녀는 거북이를 버클 장식으로 차고 다니며 흐뭇해했다. 한스 마르실리우스 푸어만(Hans Marsilius Purrmann, 1880~1966, 독일의 화가)은 그녀의 이런 모습에 어쩔 줄 몰라 하며 나를 한구석으로 불러내 말했다. 스타인 양이 하고 있는 저 보석 말인데요, 그거 사실은 그냥 돌멩이랍니다.

스페인 이야기를 하려니 북적거리는 식당에서 보았던 장면도 떠오른다. 식당 한 편에서 길쭉한 형체가 갑자기 벌떡 일어서더니 거트루드 스타인에게 허리를 숙여 정중하게 절하고, 스타인도 정중하게 그에게 인사한 장면이다. 그는 분명 토요일 저녁을 장식한 방황하는 헝가리인 중 한 명이었을 것이다.

또 다른 독일인도 있었는데, 우리 둘 모두가 그를 좋아했음을 인정해야겠다. 이번 독일인은 세월이 한참 지난 1912년을 장식한 사람이다. 이 독일인 역시 키가 크고 피부가 가무잡잡했다. 영어를 쓰던 그는 우리가 무척 좋아하던 마스던 하틀리(Marsden Hartley, 1877~1943, 미국의 화가)의 친구였다. 우리는 마스던 하틀리의 이 독일인 친구를 좋아했다. 아니라고는 절대 말 못한다.

그는 자신을 큰 부자는 못되는 아버지를 둔 부자 아들로 묘사하곤 했다. 대학교수인, 적당하게 가난한 아버지로부터 많은 걸 허용 받은 아들이라는 뜻이었다. 매력이 넘치는 아르놀트 뢰네베크(Arnold Rönnebeck, 1885~1947, 독일 태생의 조각가, 미술품 수집가)는 저녁 식사에 빠지지 않는 손님이었다. 이탈리아 예술 비평으로 이름을 떨치던 버나드 베런슨(Bernard Berenson, 1865~1959, 러시아 태생의 미국 미술 비평가였지만 주 활동 무대는 이탈리아였다)이 저녁 식사에 동석한 날, 뢰네베크는 루소의 그림들을 찍은 사진 몇 장을 가져왔다. 그는 그 사진들을 아틀리에에 남겨두고 모두는 식당으로 자리를 옮겼다. 사람들이 루소 이야기를 하기 시작하자 베런슨은 노골적으로 불편해 했다. 루소는, 루소는, 루소는 존경할 만한 화가가 분명하지만 모두가 이렇게 난리를 피울 정도는 아닙니다. 베런슨은 한숨을 쉬고는 말을 이었다. 유행이야 시대에 따라 변한다는 건 저도 잘 아는데, 젊은이들에게 루소가 유행하는 날이 올 줄은 정말이지 몰랐습니다. 사람들은 베런슨이 다른 이를 깔보는 사람임을 느끼면서도 그를 내버려두었는데 결국 뢰네베크가 점잖게 말했다. 하지만 베런슨 씨, 당신은 세관원 루소 이야기만 알고 위대한 루소 이야기는 못 들어 보셨나 봅니다. 베런슨은 그렇다고 인정했다. 그는 정말로 몰랐던 것이고, 나중에 루소의 그림들을 찍은 사진들을 보게 되자 안절부절못했다. 그 자리에 있던 마벨 도지 루한(Mabel Dodge Luhan, 1879~1962, 미국의 부유한 예술 후원자)이 하지만 베런슨 씨, 예술은 피할 수 없는 것임을 명심하십시오, 하고 말했다. 베런슨은 그런 말은 당신 자신이 팜 파탈(femme fatale)일 경우에만 하는 겁니다, 하며 간신히 체면을 세우려 했다.

우리는 뢰네베크가 마음에 들었다. 게다가 그는 우리 집에 온 첫날 거트루드 스타인 앞에서 그녀의 최근 작품 일부를 인용했다. 이 일은 거트루드가 자기 원고 일부를 마스던 하틀리에게 빌려주어서 일어난 것인데, 아무튼 이때가 누군가가 그녀의 작품을 처음 인용한 때이고, 물론 거트루드 스타인은 이런 분위기에 흐뭇해 했었다. 뢰네베크는 또한 거트루드 스타인이 집필중이던 인물들의 초상 일부를 번역해 그녀에게 국제적 명성을 안겨준 최초의 사람이기도 했다. 아니다, 충실한 로슈가 먼저다. 로슈가 뢰네베크보다 먼저 『세 사람의 생애』를 독일 젊은이들에게 소개해 이 작품의 마력에 빠지게 만들었다. 그렇다 하더라도 우리 두 사람은 매력이 넘치는 뢰네베크를 아주 좋아했다.

뢰네베크는 조각가였다. 작은 전신상들을 열심히 잘 만들고 있던 그는 음악을 공부하는 미국 소녀와 사랑에 빠지고 말았다. 그는 프랑스를, 프랑스의 모든 것을, 그리고 우리 두 사람을 아주 좋아했다. 여름이 찾아오자 늘 그랬듯이 사람들이 잠시 떨어질 시간이 되었다. 뢰네베크는 어느 때보다 이번 여름이 기대되고 설렌다고 말했다. 백작부인과 그녀의 두 아들의 인물조각을 의뢰받았다고, 발틱 해안에 있는 백작부인의 웅장한 성에서 젊은 백작들과 함께 머물며 작업하게 될 것 같다고 말했다.

그해 겨울 우리가 돌아왔을 때, 뢰네베크는 완전히 딴 사람이 되어 있었다. 다시 만난 자리에서 그는 독일 해군의 전함 사진들을 자꾸 보여주려 애썼다. 사람들은 시큰둥해 했고, 거트루드 스타인이 말했다. 뢰네베크, 물론 독일에는 해군이 있고, 우리 미국에도 해군이 있고, 모든 나라에 해군이 있습니다. 그러니 바보짓 좀 그만해요. 그럼에도 뢰네베크는 달라져 있었다. 그는 정말 멋진 시간을 보냈던 것이다. 그는 모든 백작들과 사진을 찍었을 뿐 아니라, 백작부인과 아주 친한, 왕관을 쓴 독일 황태자와도 사진을 찍었던 것이다. 겨울, 그러니까 1913년에서 1914년으로 이어지는 겨울이 깊어 갔다. 세상은 늘 했던 일들을 반복했고, 우리의 파티도 계속되었다. 그 다음 정확한 날짜는 비록 잊었지만, 어느 파티에 뢰네베크가 있으면 멋질 거라는 생각으로 우리는 그를 초대했다. 그는 이틀 여정으로 뮌헨에 갈 일이 있지만 밤차를 타고서라도 파티에 꼭 참석하겠다는 전갈을 보내 왔다. 그는 약속대로 왔고 여느 때처럼 즐겁게 보냈다.

얼마 후 뢰네베크는 성당 마을을 둘러보겠다며 북부로 여행을 떠났다. 그 다음 돌아온 그의 손에는 높은 지대에서 조감으로 찍은 북부 마을들 사진들이 들려 있었다. 이것들은 뭡니까? 거트루드 스타인이 물었다. 아, 역시나 관심이 있으시군요. 성당 마을에서 찍은 사진들입니다. 교회 첨탑에 올라가 찍었는데, 당신이 흥미로워 할 줄 알았습니다. 왜냐하면 이 사진들은 들로네의 추종자들이 그린 그림과 똑같기 때문이죠. 여기서 그는 내 쪽으로 돌아보며 말했다. 당신은 그들에게 지진파(earthquake school)라고 이름을 붙였죠. 우리는 고맙다고 말한 다음 그 일에 대해서는 더 생각하지 않았다. 나중에 전쟁 중에 그 사진들을 발견했을 때, 나는 너무 분이 나서 사진들을 갈기갈기 찢어버렸다.

저마다 여름 계획을 말하기 시작했다. 거트루드 스타인이 『세 사람의 생애』계약 건으로 7월에 런던에서 존 레인을 만날 계획이라고 하자 뢰네베크가 말했다. 그러지 마시고 독일로 오지 않겠습니까? 거트루드 스타인은 그럴 생각 없습니다, 아시다시피 난 독일인을 좋아하지 않으니까요, 하고 말했다. 알고 있습니다, 알고 있어요. 그래도 당신은 저를 좋아하시잖아요. 독일에 오시면 멋진 시간을 보내실 텐데. 독일인들도 당신의 방문에 관심이 많고 의미 있는 시간이라 생각할 겁니다. 그러니 독일로 오십시오. 뢰네베크가 말했다. 싫습니다. 당신은 좋아하지만 독일인들은 싫습니다. 그녀가 대답했다.

7월, 우리는 영국으로 떠났다. 영국에 도착해 보니 거트루드 스타인 앞으로 뢰네베크의 편지가 먼저 와 있었다. 그는 여전히 우리가 독일로 와 주기를 간절히 바라지만 우리가 독일에 가지 않을 걸 알고 있다고, 그렇더라도 영국에서는, 그리고 아마 스페인에서도 여름을 나지 않는 게 좋을 거라고, 그리고 또 계획했던 대로 파리로 돌아가지 않는 게 좋을 거라고 썼다. 이 편지로 그와의 관계는 자연스럽게 끝났다. 이 이야기를 하는 건 중요하기 때문이다.

내가 파리에 처음 갔을 때만 해도 토요일 저녁 시간에 미국인은 아주 소수였는데 시간이 지나면서 점점 많아졌다. 하지만 미국인들 이야기를 하기 전에 루소를 위한 파티 이야기 전모를 말하는 게 옳을 것이다.

파리 생활의 초기, 나는 앞에서 말한 대로 친구와 함께 노트르담 데샹 거리에 있는 작은 아파트에서 살고 있었다. 페르낭드는 피카소와 재결합했고, 그래서 그녀의 프랑스어 수업도 끝이 났다. 그래도 페르낭드는 우리를 자주 방문했다. 가을이 찾아왔다. 나는 이해 가을을 또렷하게 기억하는데, 그해 파리에서 겨울 모자를 처음 샀기 때문이다. 노란색 반짝이 장식이 달린 챙 넓은 검정 벨벳 모자였다. 페르낭드도 아름답다고 인정한 모자였다.

어느 날 점심을 먹는 자리에서 페르낭드가 조만간 루소를 위한 파티를 열 생각이라며 초대 손님들을 열거했다. 우리도 들어 있었다. 루소가 누구죠? 나는 정말 몰라서 물었다. 하지만 내가 아는 사람인지 아닌지는 중요하지 않았다. 중요한 것은 파티가 열린다는 것, 모두가 모인다는 것, 그리고 우리가 초대를 받았다는 사실이었다.

다음 토요일 저녁에 플뢰뤼스 거리에 사람들이 모였을 때, 화제는 단연 루소를 위한 파티였다. 나는 루소가 내가 첫 앵데팡당 전에서 보았던 그림의 작가라는 사실을 알게 되었다. 피카소는 얼마 전 몽마르트르에서 루소의 대형 여인 인물화를 찾아내 구입했었다. 이번 파티는 그 그림의 구입을 기념하고 그림 작가를 환영하는 자리 같았다. 아주 근사한 파티가 될 것 같았다.

페르낭드는 나에게 파티 메뉴를 하나하나 일러주었다. 발랑시엔 산 쌀 요리도 낼 거라고, 지난번 스페인 여행에서 그 요리법을 배웠다고 했다. 그런 다음 그녀는 식료품 체인상점인 펠릭스 포탱에 아주 다양한 요리를 주문했는데, 구체적인 요리들은 기억나지 않는다. 내 기억으로는, 루소와 친분이 있다며 루소에게 이 파티에 오겠다는 약속을 받아낸 사람, 루소를 데려오기로 한 사람은 기욤 아폴리네르였다. 모두가 시를 낭송하고 노래를 부른다고 하니 몽마르트르 특유의 속어와 장난기 짙은 흥겨운 파티가 될 것이었다. 사람들은 먼저 라비냥 거리 어귀에 있는 카페에서 만나 아페리티프를 마신 다음 피카소의 아틀리에로 옮겨 저녁 식사를 하기로 했다. 나는 새 모자를 쓰고는 거트루드 스타인과 함께 몽마르트르로 떠났다.

거트루드 스타인과 내가 카페로 들어서 보니 이미 많은 사람들이 와 있었다. 그 한가운데에 키가 크고 날씬한 여자가 길고 여윈 팔을 휘저으며 앞뒤로 몸을 흔들고 있었다. 어찌 표현해야 정확할지 모르지만 아무튼 체조 동작은 분명 아니었다. 흐느적거리는 황당한 몸짓이었는데 그게 그렇게나 매혹적이었다. 저 사람은 누구야? 내가 소리를 낮춰 거트루드 스타인에게 물었다. 오, 마리 로랑생이야. 마리가 식전주를 너무 많이 마시지 않았으면 좋겠는데. 거트루드가 말했다. 그러니까 저이가 언젠가 페르낭드가 말한 숙녀, 짐승 같은 시끄러운 소리로 파블로를 성가시게 한다는 그 늙은 숙녀란 말이야? 내가 다시 물었다. 파블로를 괴롭히는 건 맞지만 늙지는 않았지. 아주 젊은, 아니 너무 젊어 탈인 숙녀야. 거트루드가 대답한 다음 사람들 사이로 들어갔다. 다음 순간 카페의 문이 왈칵 열리고 페르낭드가 등장했는데, 잔뜩 흥분한 얼굴이었다. 그녀는 펠릭스 포탱에 주문한 요리가 아직도 배달되지 않았다고 말했다. 이 소식에 모두 아연해 했지만, 나는 미국식으로 이렇게 말했다. 그럼 어서 전화가 있을 만한 곳을 찾아보세요. 파리에서 식료품 가게는 물론 전화도 구경하기 힘든 시절에 그런 말을 하다니. 아무튼 페르낭드는 내 의견을 받아들였다. 나와 그녀 두 사람은 먼저 카페를 나섰다. 우리가 가는 곳마다 전화도 없고 쉬는 날이었다. 고생고생 끝에 펠릭스 포탱 체인점을 찾아내어도 휴업이거나 문을 닫는 중이어서 우리가 아무리 사정해도 도와줄 수 없다고 했다. 페르낭드는 애가 달아 미쳐버릴 것 같았다. 나는 그녀에게 펠릭스 포탱에 주문한 요리들을 어서 말해 보라고, 몽마르트르의 작은 가게들을 뒤져 대체할 음식을 찾아보자고 설득했다. 결국 페르낭드는 발랑시엔 쌀 요리를 아주 많이 만들었기 때문에 모두가 먹을 만큼은 될 거라고 말했다. 그 말은 사실로 밝혀졌다.

페르낭드와 함께 카페로 돌아가 보니 조금 전 있던 사람들은 모두 사라져 없었고 새로운 사람들 몇몇이 보였다. 페르낭드는 그들에게 자기 집으로 같이 가자고 했다. 가파른 언덕을 힘겹게 올라가는데 저 앞에 카페 일행들이 보였다. 마리 로랑생은 그 무리 한가운데서 한 팔은 거트루드 스타인에게, 다른 팔은 그녀의 오빠에게 부축을 받으며 갈짓자로 간신히 걸어가고 있었다. 마리의 목소리는 여느 때처럼 높고 다정했고, 그녀의 팔은 늘 그랬듯이 길고 우아했다. 물론 기욤은 거기 없었다. 그는 모두가 자리에 앉는 걸 확인한 다음 루소를 데리러 먼저 떠났던 것이다.

페르낭드는 느릿느릿한 행렬을 앞질렀고, 나도 잰걸음으로 그녀를 따라 아틀리에로 갔다. 인상에 남을 파티 장소였다. 피카소 커플은 목수들한테 얻은 작업대 위에 넓은 판자들을 올려 테이블을 만들고 테이블을 따라 긴 벤치를 배치해 놓았다. 테이블 상석에는 뜻밖에 얻은 새로운 획득물인 루소의 작품이 휘장과 화관으로 장식되어 있었다. 그 그림의 양편에는 커다란 조각들이 놓여 있었는데, 자세한 모양은 기억나지 않는다. 무척 장엄하고도 굉장한 파티 분위기, 장엄함과 굉장함 두 가지 모두를 소화해낸 장식들. 발랑시엔 쌀 요리는 지금 저 아래 막스 자코브의 스튜디오에서 익고 있을 터였다. 막스는 이때만 해도 피카소와 친분이 없어서 파티에는 참석하지 않았지만 대신 자신의 스튜디오를 쌀 요리를 만들고 남자들이 외투를 맡기는

172

장소로 빌려주었다. 숙녀들의 외투는 앞 스튜디오에 맡기면 되었다. 과거 반 동겐이 시금치로 연명하던 시절에 사용한 스튜디오, 현재는 프랑스 사람 바양이 사용하는 스튜디오, 그리고 나중에 후안 그리스의 스튜디오가 될 곳이었다.

내가 막 모자를 맡기고 파티 준비사항에 감탄하고 있을 때, 페르낭드는 도착하는 사람들이 보는 앞에서 마리 로랑생에게 욕을 퍼붓기 시작했다. 큰 키에 당당한 체격의 페르낭드는 길을 가로막고서 자기 파티를 망친 마리 로랑생을 안으로 들이려 하지 않았다. 페르낭드가 소리쳤다. 이건 진지한 파티예요. 루소를 위해 마련한 진지한 파티라고요. 그래서 나나 파블로는 당신의 이런 짓거리를 도저히 참아줄 수가 없어요. 이때 파블로는 물론 뒤쪽 구석에 숨어 있었다. 거트루드 스타인이 영어와 프랑스어를 섞어 가며 페르낭드를 구슬르려 했다. 마리 로랑생을 끌며 그 끔찍하게 가파른 언덕을 올라왔는데 당신이 그녀를 받아들이지 않으면 난 목을 매겠어. 게다가 기욤과 루소가 곧 들이닥칠 텐데 행사를 시작하기 전에 모두가 예의 바르게 자리에 앉아 있어야 하잖아. 이때 파블로가 앞으로 나와 거들었다. 맞아, 스타인 말이 옳구말구. 페르낭드는 한발 물러섰다. 페르낭드는 늘 기욤 아폴리네르를, 그의 엄숙함을, 그의 위트를 조금 무서워 했다. 그 다음 모두가 집 안으로 들어갔다. 모두 자리에 앉았다.

사람들이 쌀 요리와 다른 음식을 먹기 시작할 때 기욤과 루소가 들어왔다. 기가 막히게 시간을 맞춘 두 사람의 등장에 모두는 열화

같이 환영했다. 두 사람이 입장하던 순간이 지금도 생생하다. 루소는 작은 키에 병색이 도는 얼굴, 짧은 턱수염, 흔하게 발견되는 프랑스 남자였다. 기욤 아폴리네르는 불그스레한 혈색에 이목구비가 뚜렷하고 검은 머리칼을 가진 눈부신 용모였다. 모일 사람이 다 모이자 모두는 다시 자리에 앉았다. 기욤은 어느새 마리 로랑생 옆자리에 슬그머니 앉아 있었다. 거트루드 스타인 옆에서 조금 얌전해졌던 마리는 기욤을 보자 다시 동작이 커지더니 울음을 터뜨렸다. 기욤은 마리를 아래층으로 데려갔다. 시간이 꽤 흐른 뒤 다시 돌아왔을 때, 마리는 얼굴은 아직 불그레하지만 많이 진정되어 있었다. 식사가 끝나고 시 낭송이 시작되었다. 조금 후 이탈리아 거리의 가수들이 노래를 부르며 자꾸 들어오려 했다. 식탁 끝에 있던 페르낭드가 벌떡 일어나 얼굴을 붉히며 허공에 삿대질을 하며 큰 소리로 그들을 쫓아냈다. 이 파티는 그런 파티가 아니야.

그곳에 누가 있었던가. 우리가 있었고, 살몽, 막 부상하는 젊은 시인이자 언론인 앙드레 살몽, 피초트와 헤르마이네 피초트, 브라크와 마르셀 브라크가 있었다. 마르셀 브라크가 있었는지는 확실치 않지만, 그날 그 자리에서 그녀 이야기가 나온 것만은 분명하다. 그리고 레이날 부부, 가짜 그리스인 아게로와 그의 부인, 그리고 내가 모르는 다른 부부 몇 쌍, 그리고 앞 스튜디오에 살던, 애교가 넘치는 평범한 젊은 프랑스인 바양이 있었다.

축하의식이 시작되었다. 기욤 아폴리네르가 일어나 엄숙한 목소리로 헌사를 했다. 나는 그 내용을 다 기억하지는 못하지만 이 헌사가 기욤 자신의 시로 끝났다는 것, 그 시의 절반은 기욤이 노래로 부르고 절반은 모든 사람이 루소의 그림이라는 후렴을 맞춘 것은 기억한다. 그 다음에는 누군가가, 아마도 레이날이 자리에서 일어섰고, 그 다음 건배가 이어졌다. 조금 전까지 내 친구와 문학과 여행에 대해 진지하게 토론하던 앙드레 살몽이 갑자기 튼튼한 테이블 위로 껑충 뛰어오르더니 즉흥 연설과 시를 쏟아내기 시작했다. 그는 마지막에는 큰 유리잔을 집어 그 내용물을 단숨에 들이켜고 고개를 푹 꺾더니 만취상태에서 시비를 걸기 시작했다. 남자들 모두가 그를 붙들려 달려드는 바람에 조각들이 흔들거렸다. 덩치 좋은 브라크가 한 팔에 하나씩 조각을 붙들고 서 있는 동안, 역시 덩치가 만만찮은 거트루드 스타인의 오빠는 왜소한 루소와 루소의 바이올린이 다치지 않게 보호하려 애썼다. 체구는 작아도 강단이 있는 피카소를 선두로 다른 남자들이 살몽을 앞 아틀리에로 끌고 간 다음 그곳에 가둬버렸다. 모두가 다시 자리로 돌아와 앉았다.

이후 저녁 시간은 평화로웠다. 마리 로랑생이 여린 목소리로 노르망디의 매력적인 옛 노래들을 불렀다. 아게로의 아내는 리무쟁 지역에서 전해오는 매력적인 노래를 불렀다. 피초트는 종교색이 짙은 멋진 스페인 춤을 시작하더니 급기야 바닥에 드러누워 십자가 처형을 당하는 그리스도의 형상으로 춤의 대미를 장식했다. 기욤 아폴리네르가 나와 내 친구의 옆으로 다가와서는 붉은 인디언의 원주민 노래를 불러달라고 진지하게 부탁했다. 우리가 노래를 부르지 않자 기욤과 모두는 크게 실망했다. 루소는 바이올린을 부드럽게 켜며 자신이 쓴 희곡들과 멕시코에서의 추억에 대해서 말해주었다. 이 모든 것이 아주 평화롭게 이어졌다. 새벽 3시쯤 돌아갈 시간이 되자 우리는 살몽을 유폐하고 모자와 외투를 보관한 아틀리에로 갔다. 살몽은 긴 의자 위에 널브러져 평화롭게 잠들어 있었다. 그의 주변에 성냥갑 하나, 작은 파란 종이 한 장, 그리고 반쯤 씹힌 나의 노란 모자 장식이 흩어져 있었다. 새벽 3시에 내 기분이 어땠을지 상상해 보라. 그러거나 말거나 살몽은 아주 말갛고 순진한 얼굴로 깨어나더니 더없이 고분고분했다. 우리 모두는 거리로 나갔다. 밖으로 나가는 순간, 살몽은 느닷없이 괴성을 지르며 쏜살같이 언덕을 달려 내려갔다.

거트루드 스타인과 그녀의 오빠, 나와 내 친구는 택시 한 대에 함께 타고 루소의 집으로 갔다.

한 달 정도 지났을까. 어둑해지는 파리의 겨울, 서둘러 집으로 돌아가고 있는 데 누군가 내 뒤를 좇는 기척이 있었다. 나는 걸음을 더 재게 옮겼지만, 발자국 소리는 점점 더 가까워지고 있었다. 마드모아젤, 마드모아젤. 나는 뒤를 돌아보았다. 루소였다. 오, 마드모아젤. 해진 뒤에 바깥에 혼자 다니면 안 됩니다. 제가 집까지 바래다 드리겠습니다. 그리고 루소는 그렇게 했다.

파티가 끝나고 얼마 지나지 않았을 때, 다니엘 헨리 칸바일러 (Daniel-Henry Kahnweiler, 1884~1979, 독일 태생의 프랑스 미술상, 출판업

176

자)가 파리에 왔다. 독일인인 그는 프랑스 여자와 결혼한 다음 영국에서 오래 살았었다. 그는 영국에서 사업을 하면서도 언젠가는 파리에서 화랑을 열겠노라 꿈을 키웠고 그 꿈을 위한 자금을 열심히 모았다. 때가 왔고, 그는 비뇽 거리에서 조붓한 작은 화랑을 시작하게 되었다. 자신의 입지가 너무 좁은 걸 절감한 그는 전 재산을 털어 입체파 그룹을 지원하기 시작했다. 처음에는 어려움이 많았다. 피카소는 늘 칸바일러를 의심하며 거리를 두려 했지만, 결국 사람들은 칸바일러의 관심과 믿음이 진정임을 알아보았고 그에게 자신들의 작품을 시장화하는 능력이 있다는 것과 또 그렇게 해낼 사람임을 깨닫게 되었다. 그래서 입체파 화가들 모두가 칸바일러와 계약을 맺었다. 칸바일러는 전쟁이 일어나기 전까지 입체파를 위해 최선을 다했다. 칸바일러는 오후에는 자기 화랑을 오가는 이 화가들과 시간을 보냈는데, 이 시간들은 실상 조르조 바사리(Giorgio Vasari, 1551~1574, 이탈리아의 화가, 건축가, 작가)의 시각에 맞춰 미술작품의 조류를 공부할 좋은 기회가 되었다. 칸바일러는 입체파 화가들을 믿었으며, 입체파가 미래에 위대한 업적을 남기리라는 확신이 있었다. 전쟁 발발 일년 전, 그는 자신의 후원 목록에 후안 그리스를 첨가했다. 그리고 전쟁이 일어나기 정확하게 두 달 전에 거트루드 스타인은 칸바일러 화랑에서 후안 그리스의 회화들을 보고는 세 점을 구입했다.

피카소는 자기가 옛날에 칸바일러에게 전운이 감돌고 있다, 전쟁이 나면 험한 꼴을 당할 테니 꼭 프랑스 시민권을 얻으라고 충고하곤 했다는 이야기를 요즘도 하고 다닌다. 그때 칸바일러는 입대했을 나이 때라면 시민권을 받으려 했겠지만 이제 와서 두 번째로 군복무를 할 생각은 없다고 말하곤 했다. 전쟁이 터졌고, 스위스에서 가족과 휴가를 보내던 칸바일러는 파리로 돌아오지 못했다. 그의 전 재산은 몰수되었다.

칸바일러의 소장품들이 정부가 주관하는 경매에 나왔다. 이 그림들은 사실 전쟁 발발 3년 전까지 모든 입체파 화가들이 그린 작품의 총망라였다. 전쟁이 일어난 후 첫 전시회가 열리자 옛날 관람객 모두가 찾아갔다. 그 다음 전쟁이 끝나자 일부 화상들이 의도적으로 입체파를 말살하려 들었다. 화상은 경매를 쥐락펴락하는 전문가들인데, 그들 중 한 실력자는 입체파를 말살하겠다고 공공연하게 떠들어대었다. 그는 작품 가격을 내릴 수 있는 데까지 내려 화가들을 낙담시킬 작정이었다. 그러니 화가들이 어찌 자신을 지킬 수 있었겠는가.

경매 그림들이 전시되기 하루인가 이틀 전에 우리는 브라크 부부와 만나는 자리를 만들었다. 브라크 부인 마르셀 브라크가 자기들은 결심을 굳혔노라고 말했다. 피카소와 후안 그리스는 국적이 스페인이라 프랑스 정부가 주관하는 경매에서 아무 일도 할 수 없었다. 마리 로랑생은 법률상 독일인이고, 러시아 출신의 자크 립시츠(Jacques Lipschitz, 1891~1973, 러시아 태생의 프랑스 조각가)는 아직 유명하지 못한 때였다. 브라크는 프랑스인이었다. 무공십자 훈장을 타고, 관료생활도 경험하고 레종도뇌르 훈장도 받고, 머리에 심한 부상도 입었

178

던 그는 자기만 좋다면 그 일을 맡을 수 있었다. 전문가들에 맞서 싸울 사람으로 브라크가 선택될 합당한 이유는 많았다. 브라크는 자신의 그림을 구입할 가능성 있는 사람들 목록을 만들어 그들에게 카탈로그를 발송했다. 카탈로그는 그들에게 닿지 못했다. 우리가 도착했을 때 브라크는 제 임무를 다 해낸 다음이었다. 우리는 정확하게 한바탕의 소동이 지나간 끄트머리에 들어갔다. 굉장한 소동이 일어났었다.

소동의 전말은 이렇다. 브라크는 전문가에게 다가가 당신은 왜 마땅히 할 일을 하지 않았느냐고 말했다. 전문가는 자기 좋을 대로 처리했다고, 앞으로도 자기 마음대로 할 거라고 대꾸하고는 브라크더러 노르망디 돼지라고 욕을 퍼부었다. 브라크는 그 전문가 양반을 쳤다. 브라크는 덩치가 크지만 그 전문가는 그렇지 못했고, 브라크는 세게 때릴 생각은 아니었는데 전문가는 죽을 것처럼 데굴데굴 굴렀다. 경찰이 나타나 두 사람을 연행했다. 두 사람은 각각 자기주장을 펼쳤다. 브라크는 전쟁영웅이기에 물론 그에 맞는 예우를 받았다. 브라크가 당신 어쩌구 하며 욕을 하자 전문가는 완전히 꼭지가 돌아버렸는데, 경찰서장은 브라크 편을 들고 전문가에게 대놓고 면박했다. 사건이 마무리될 즈음 마티스가 들어섰다. 거트루드 스타인이 자기가 알게 된 자초지종을 들려주자 마티스가 말했다. 브라크가 옳았습니다. 그자들은 프랑스를 훔치려 했습니다. 우리는 그 사실을 알고 있어요. 이것이 마티스가 이 사건을 보는 시각이다.

화상들은 겁을 먹고 물러섰다. 드랭을 제외한 화가들의 그림 값이 올라갔다. 가엾은 후안 그리스는 그림 값이 거의 오르지 않았지만 씩씩함을 잃지 않으려 애썼다. 그는 거트루드 스타인에게 다른 사람들처럼 좋은 가격을 받지 못해 서글펐다고 말했다.

다행스럽게도 칸바일러는 프랑스에 맞서 싸우지 않아 이듬해에 파리로 돌아올 수 있었다. 다른 화가들은 더는 칸바일러를 필요로 하지 않았지만 후안은 애타게 필요했다. 칸바일러는 그 후 오랜 세월 후안 그리스에게 충성하고 너그러웠다. 후안 그리스는 훗날 죽기 직전에 다른 화상들의 유혹을 다 물리치고 칸바일러와 독점으로 계약하는 충성과 관대함으로 이 은혜를 갚게 된다.

칸바일러의 파리 귀환과 입체파 작품만을 위한 상업 거래는 입체파 화가 모두에게 엄청난 변화를 만들어주었다. 입체파의 현재 그리고 미래는 안전해졌다.

피카소는 라비냥 거리에 있는 옛 스튜디오를 떠나 클리시 거리의 아파트로 이사했다. 페르낭드는 새 가구를 들이고 하녀까지 두었다. 물론 수플레를 만들 줄 아는 하녀였다. 햇빛이 잘 드는 멋진 아파트에서 살게 되었지만 페르낭드는 옛날처럼 행복하지가 못했다. 손님들이 시도 때도 없이 들락거리고, 심지어 오후 차 마시는 시간까지 너무 북적거렸다. 브라크는 피카소의 집에서 붙박이처럼 시간을 보내려 했다. 브라크와 피카소가 가장 친밀한 시기였다. 또 두 사람의 그림에 악기가 등장하기 시작한 것도 이 시기였다. 또 이때는 피카소가 구성을 시작하던 때이기도 했다. 피카소는 구성 작품 중간중간 여전히 정물화도 그리고 그 그림들을 사진으로 찍었다. 나중에는 종이 구조물을 만들어 그 중 하나를 거트루드 스타인에게 주었다. 현존하는 그의 유일한 종이 구조물은 아마 스타인이 지금 소장하고 있을 것이다.

내가 푸아레 이야기를 처음 알게 된 것도 이 무렵이다. 푸아레는 센 강 위에서 펼쳐질 선상 파티에 파블로와 페르낭드를 초대했다. 그는 페르낭드에게 황금술이 달린 아름다운 장미색 스카프와, 또 당시로서는 참신한 최신 소재인 유리로 만든 모자 장식을 주었다. 페르낭드는 이 장식을 다시 내게 선물했다. 나는 이 장식을 끝이 뾰족한 작은 밀짚모자에 달고 오랫동안 애용했다. 찾아보면 지금도 어디 있을 것이다.

그 다음 가장 어린 입체파 작가가 나타났다. 이름은 모른다. 당시 군인이던 그는 외교관이 되고 싶어 했다. 그가 어떻게 입체파에 흘러들어 왔는지, 어떤 그림을 그렸는지는 나는 알지 못한다. 그저 그가 막내 입체파 작가라는 사실 한 가지만 알고 있다.

이 무렵 페르낭드는 새로운 친구를 사귀고 있다고 종종 내게 말했다. 새 친구란 루이 마르쿠시스(Louis Marcoussis, 1878~1941, 폴란드 출생의 프랑스 화가, 판화가)와 동거하고 있던 에바였다. 그러던 어느 날 저녁, 이 네 사람, 그러니까 파블로, 페르낭드, 마르쿠시스와 에바가 함께 플뢰뤼스 거리를 찾아왔다. 우리는 이때 마르쿠시스를 처음 보고 그 후 아주 많은 세월 동안 다시는 보지 못했다.

페르낭드가 에바에게 홀딱 반한 이유가 나는 완벽하게 이해되었다. 앞에서 말했듯이, 페르낭드에게 이상적인 여주인공은 에블린 토, 몸이 작고 부정적인 여자인데 여기에 작은 프랑스 여자 에블린 토, 작고 완벽한 여자가 있는 것이다.

얼마 후 피카소가 찾아와 거트루드 스타인에게 라비냥 거리에서 아틀리에를 얻을 거라고, 라비냥 거리에서 작업이 더 잘 되었다고 말했다. 하지만 그는 예전 아틀리에로 다시 들어갈 수는 없어서 대신 아래층을 얻었다. 그 다음 어느 날 우리가 아틀리에에 찾아갔는데 피카소가 없었다. 거트루드 스타인은 장난스런 말을 방문 카드에 남겨두었다. 며칠 뒤 우리가 다시 찾아갔을 때, 피카소는 〈귀여운 나의 여인〉을 그리고 있었다. 그 그림의 아래쪽 한 귀퉁이에 거트루드 스타인이 남긴 방문 카드가 그려져 있었다. 거트루드 스타인은 밖으로 나온 다음 귀여운 나의 여인은 페르낭드가 아니라고 자신있게 말했다. 나는 놀라서 물었다. 페르낭드가 아니라면 그럼 누구란 말이야. 며칠 뒤 우리는 알게 되었다. 파블로는 에바와 함께 달아났던 것이다.

때는 봄이었다. 아마도 마놀로의 영향력으로 보이는데, 사람들은 여름이면 페르피냥 인근 세레에서 보내려 했다. 그리고 그동안 일어났던 그 모든 일들에도 불구하고, 그들 모두는 다시 세레를 찾아갔다. 페르낭드는 피초트 부부와 함께, 에바는 파블로와 함께. 세레에서 끔찍한 싸움이 몇 차례 있었고, 모두는 다시 파리로 돌아왔다.

우리는 일찍 파리에 돌아와 있었다. 어느 날 저녁에 피카소가 찾아와 거트루드 스타인과 둘이서만 오래 이야기를 나누었다. 스타인이 피카소를 문까지 배웅하고 돌아와서 말했다. 피카소였어, 페르낭드에 대해 이상한 말을 했어. 페르낭드의 아름다움에 늘 붙들리지만 속 좁은 그녀를 더는 못 참겠다는 거야. 그 다음 거트루드는 파블로는 지금 에바와 함께 라스파유로 집을 옮겼다면서 내일 같이 그들을 찾아가자고 말했다.

그 사이에 거트루드 스타인은 페르낭드의 편지를 받았다. 프랑스 여인답게 기품 넘치고 절제가 돋보이는 편지에서 페르낭드는 자신은 이 상황을 완벽하게 이해한다고 썼다. 거트루드 스타인이 한결같이 보여준 동정과 애정의 표시에도 불구하고 자기는 파블로와 헤어졌다고, 앞으로는 어떤 교류도 있어서는 안 된다고, 그 이유는 파블로라는 존재 때문인데 파블로는 선택의 문제가 될 수 없기에 거트루드 스타인을 충분히 이해한다고 썼다. 그리고 그동안의 교류를 언제까지나 기쁜 마음으로 기억할 거라고, 만약 정말 필요한 상황이라면 거트루드의 관대함에 기대는 걸 스스로에게 허용하고 싶다고 썼다.

그리고 그렇게 피카소는 몽마르트르를 떠나 다시는 돌아가지 않았다.

내가 처음 플뢰뤼스 거리에 갔을 때 거트루드 스타인은 『세 사람의 생애』 교정을 하고 있었다. 나는 곧 그 작업을 돕게 되었는데, 이 원고가 책으로 나온 것은 그 후로도 오랜 세월이 흐른 다음이다. 나는 그녀에게 로메이크 클리핑 통신사(신문 잡지의 발췌기사를 주문에 따라 제공하는 회사-옮긴이)의 기사를 구독하겠다고 말했다. 샌프란시스코에 있는 로메이크 회사는 어릴 적 나의 로망 중 하나였다. 곧 클리핑 통신이 오기 시작했다.

생각해 보면 무명에 가까운 사람이 자비출판한 책을 많은 신문이 다루었다는 게 놀랍기만 하다. 거트루드 스타인을 가장 기쁘게 한 평은 석간「캔자스시티 스타」의 평이었다. 그 평을 쓴 사람은 누구일까, 그녀는 종종 내게 묻곤 했는데 지금까지도 그 답을 알아내지 못하고 있다. 작품을 제대로 알고 이해하고 쓴 동감 가는 평이었다. 나중에 여러 사람에게서 실망스러운 평을 받았을 때 스타인은 그때 그 평이 얼마나 큰 위안이 되었는지 언급했다. 그녀는 『작문과 해설 Compositio and Explanation』에서 이렇게 말한다. 글을 쓰는 순간에는 완벽하게 선명한데 그 다음 의구심이 일기 시작한다. 하지만 다시 그 글을 읽으면 그걸 썼을 때처럼 다시 빠져들게 된다.

자신의 첫 작품과 관련해 거트루드 스타인이 기뻐한 또 다른 비평은 H. G. 웰스(H. G. Wells, 1866~1946, 영국의 수필가, 비평가)의 열렬한 평이었다. 이 비평을 그녀가 수년간 간직했다는 사실만으로도 이 글이 얼마나 큰 의미였는지 짐작할 수 있다. 그녀는 이 비평을 받기 전까지 웰스에게 편지도 쓰고 자주 만나기도 했지만 평을 받은 후로는 다시는 편지를 쓰지도 만나지도 않았다. 두 사람은 지금도 그러는 것 같다.

그때 거트루드 스타인은 『미국인의 형성』을 쓰고 있었다. 한 가족의 역사로 시작한 그 글은 모든 사람의 역사로, 그 다음 모든 종류의 사람들의 역사로, 그리고 모든 개별적 인간 존재의 역사로 바뀌었다. 하지만 그 모든 것에도 불구하고 그 글의 주인공은 한 명이고, 그는 죽음을 앞두고 있었다. 그가 죽던 날, 나는 밀드레드 올드리치의 아파트에서 거트루드 스타인을 만났다. 거트루드 스타인을 무척 좋아한 밀드레드는 이 책의 결말에 관심이 많았다. 그 다음 나는 1천 쪽이 넘는 이 대작의 원고를 타자하기 시작했던 것이다.

어떤 그림이나 물건은 매일 먼지를 털어야 그 진가를 알게 되고 원고도 타자하거나 퇴고하기 전에는 어떤 책이 될지 알 수 없다고 나는 늘 말한다. 『미국인의 형성』은 당시 제대로 읽어내기가 무척 힘든 작품이었다. 제인 히프(Jane Heap, 1887~1964, 『리틀 리뷰』 발행인)도 아주 많은 세월이 지나 거트루드 스타인의 작품을 다시 읽은 다음에서야 그 진가를 제대로 알아봤다고 고백했었다.

『미국인의 형성』을 완성한 거트루드 스타인은 다른 글을 쓰기 시작했다. 역시 긴 분량이 될 이 글의 제목을 그녀는 「롱 게이 북A Long Gay Book」으로 정했는데, 결과적으로 이 글은 길지 않았다. 그녀가 동시에 집필하던 「많고 많은 여인들Many Many Women」도 진행할 수 없었는데, 중간중간 초상화 쓰는 일로 방해받았기 때문이다. 이때부터 초상화 쓰기가 시작되었다.

엘렌은 일요일 저녁에는 자기 집으로 돌아가 남편과 함께 보냈다.

이 말은 우리가 그녀에게 언제라도 플뢰뤼스 거리에 오는 건 환영하지만 무리를 하면서까지 올 필요는 없다고 말했다는 뜻이다. 나는 요리하기를 좋아하며, 5분짜리 요리는 정말 잘 만든다. 게다가 거트루드 스타인은 그때나 지금이나 내가 내놓는 미국 음식을 아주 좋아한다. 어느 일요일 저녁, 나는 미국 요리를 만들고는 아틀리에를 향해 저녁을 먹으라고 소리쳤다. 식당에 들어온 거트루드 스타인은 아주 상기된 얼굴이었다. 그녀는 식탁에 앉으려 하지 않았다. 당신에게 보여주고 싶은 게 있어. 그녀가 말했다. 이 요리는 뜨거울 때 먹어야 맛있어. 내가 말했다. 아니야, 먼저 봐야 해. 그녀가 말했다. 거트루드 스타인이 뜨거운 음식을 좋아하지 않는 반면 나는 음식은 따뜻하게 먹는 게 좋다고 생각한다. 이 문제에서 우리는 한 번도 합의를 이룬 적이 없다. 그녀는 일단 접시에 담긴 음식은 식기를 기다릴 수는 있어도 뜨거워질 때를 기다릴 수는 없는 법이라고, 그래서 내 좋을 대로 음식이 뜨거울 때 그릇에 담는 것까지만 받아들인다고 말한다. 내가 만든 요리가 식어가고 있음에도 나는 그녀의 글을 먼저 읽어야 했다. 작은 노트에 앞뒤로 쓰인 그 면들이 지금도 눈에 선하다. 그 글은 『지리와 극들』의 도입부가 될 「에이다의 초상」이었다. 글을 읽어감에 따라 그녀가 날 놀린다는 생각이 들어 이게 뭐냐고 항의했다. 그녀는 자기 자서전을 읽으면서 왜 반대하냐고 말했다. 나는 결국 끝까지 읽고 말았다. 소름이 끼치도록 너무 좋았다. 그 다음에야 우리는 늦은 저녁을 먹었다.

이것이 길게 이어질 초상화 연작의 시작이었다. 거트루드 스타인은 자기가 알고 있는 모두의 초상을 글로 썼다. 모든 문체와 모든 문학 양식으로 그들의 모습을 글로 그려내었다.

에이다 다음에는 마티스의 초상과 피카소의 초상을 썼고, 그 다음에는 이 두 화가와 거트루드 스타인에 대한 깊은 관심 때문에 이들 세 사람의 사진을 『카메라 워크』 특별호로 발간한 스티글리츠의 초상을 썼다.

그 다음 거트루드 스타인은 모든 방문객들에 대한 단상을 쓰기 시작했다. 그 중에는 미국인 일러스트레이터 아서 B. 프로스트(Arthur B. Frost, 1851~1928, 미국의 삽화가)의 아들인 아서 프로스트의 초상도 있다. 마티스의 제자였던 아서 프로스트는 자신의 초상을 읽고 나서 마티스나 피카소보다 내용이 3쪽이나 더 길다는 사실에 아주 자랑스러워 했다.

아서 프로스트가 마티스의 제자가 된 데는 팻 브루스의 역할이 컸다. 아버지 아서 B. 프로스트가 자기 아들 아서한테는 명예를 높이고 돈을 잘 벌 화가의 재능이 안 보인다고 불평하자 팻 브루스는 말을 물가로 끌고 갈 수는 있어도 물을 먹이지는 못하는 법이라고 말했다. 그러자 아서 B. 프로스트는 다시, 그래도 브루스 씨, 대개의 말들은 물을 마신답니다, 하고 대답했다.

팻 브루스, 그러니까 패트릭 헨리 브루스(Patrick Henry Bruce, 1881~1936, 미국의 모더니즘 화가)는 그 옛날 마티스의 제자 가운데서 작은 마티스 파를 만들 정도로 가장 열심인 사람이었다. 하지만 그는 행복하지 못했다. 그는 거트루드 스타인에게 자신의 불행을 이렇게 설명했다. 사람들은 위대한 예술가들은 슬픔과 온갖 비극적 불행에도 불구하고 위대함을 이뤄냈다고 말합니다. 별 볼 일 없는 예술가도 온갖 비극적 불행을 겪고 위대한 예술가가 느끼는 슬픔을 느끼지만, 그것으로 끝날 뿐 위대한 예술가가 되지는 못합니다.

거트루드 스타인은 여성 조각가 휘트니 부인이 아끼는 사람 중 하나인 조각가 엘리 나들먼(Elie Nadelman, 1882~1946, 폴란드 출신의 조각가)의 초상도, 리와 러셀의 초상도, 그리고 영국인 중에서 첫 번째이자 제일 친한 친구인 해리 플런 깁의 초상도 썼다. 그녀는 망갱과 로슈와 푸어만의 초상을 쓰고, 파리에서 크리스천 사이언스 처치의 대표와 결혼한 다음 그녀를 파괴한 뚱보 스웨덴 조각가 데이비드 에드스트롬에 대한 초상도 썼다. 그리고 브레네르, 완성작을 내지 않은 조각가 브레네르의 초상도 썼다. 브레네르는 부러움을 살 기술이 있음에도 강박증 때문에 작업을 계속 망치고 있던 예술가였다. 거트루드 스타인은 그를 몹시 좋아했고 지금도 좋아한다. 그를 위하여 몇 주일이나 포즈를 취해주기도 했다. 브레네르가 만든 그녀, 토막토막 이루어진 그녀의 모습은 정말이지 아름답다. 브레네르와 코디는 나중에 소평론들을 묶어 『토양Soil』을 발간했으니 거트루드 스타인의 글을 초기에 출판한 사람들이었다. 그들보다 먼저 그녀의 글을 실은 잡지는 알랑 노통이 발행한 소잡지 『로그Rogue』이다. 이 소잡지에는 라파예트 화랑도 소개되었다. 위에서 말한 일들은 물론 시간이 많이 흐른 나중에 칼 밴 베크턴(Carl Van Vechten, 1880~1964, 미국의 작가, 사진가, 음악비평가, 연극비평가)을 통해서 이뤄지게 된다.

거트루드 스타인은 에타 콘 양과 그녀의 자매 클레리벨 콘 박사의 초상도 썼다. 마르스 양과 스콰이어스 양에 대해서는 「미스 퍼와 미스 스키네」라는 제목으로 묘사했다. 밀드레드 올드리치와 그녀의 여동생을 그린 초상도 썼다. 거트루드는 모든 사람의 초상을 글로 그렸다. 당사자들 모두가 즐거워했다. 아주 신나는 일이었다. 그해 겨울의 많은 시간이 글로 초상을 그리는 일로 채워졌고, 그 다음 우리는 스페인으로 갔다.

스페인에서 스타인은 『부드러운 단추*Tender Buttons*』가 될 글을 쓰기 시작했다.

나는 스페인이 마음에 들었다. 스타인과 함께 스페인 여행을 거듭하면 할수록 더더욱 좋아하게 되었다. 거트루드 스타인은 내가 스페인과 스페인 사람들한테만 관대하고 나머지 주제들에 대해서는 너무 편파적이라고 말한다.

우리가 제일 먼저 간 장소는 아빌라였다. 아빌라는 당장 내 마음을 빼앗았다. 우리 영원히 이곳에서 살자. 나는 자꾸 고집했다. 아빌라, 좋지. 하지만 나에겐 파리가 필요해, 하며 거트루드 스타인은 화를 냈다. 나로 말하면, 아빌라로 충분했고 따로 더 필요할 게 없었다. 이 문제로 우리는 꽤 격렬하게 충돌하면서도 아빌라에서 열흘을 머물렀다. 그 열흘이라는 시간을 우리는, 거트루드 스타인의 젊은 시절 여자 영웅인 성 테레사의 말대로, 철저하게 즐겼다. 거트루드가 수년 전 완성한 오페라 대본 〈3막 속의 네 성인Four Saints in Three Acts〉에는 나를 그토록 감동시킨 아빌라의 풍경이 아주 잘 묘사되어 있다.

그 다음에 우리는 마드리드로 가서 거트루드 스타인의 볼티모어 재학시절 옛 친구인 브린모어 대학의 조지아나 킹을 만났다. 조지아나 킹은 『세 사람의 생애』에 대하여 가장 흥미로운 평들을 쓴 사람이었다. 『스페인 성당들』 개정판을 준비하던 조지아나 킹은 그 작업과 관련해 스페인 전역을 여행하는 참이었다. 그녀는 우리에게 소중하고 도움이 되는 충고를 주었다.

그 시절 거트루드 스타인은 갈색 코듀로이 재킷과 스커트 정장을 입고, 작은 밀짚모자를 쓰고, 피에솔레의 어떤 여인이 그녀를 위해 뜬 크로셰 샌들을 신었다. 종종 지팡이를 짚고 다녔다. 그해 여름에 사용한 지팡이는 손잡이가 호박색이었다. 모자와 지팡이를 뺀다면 피카소가 그린 그녀의 초상화와 아주 흡사한 모습이다. 그녀의 의상은 스페인에서는 이상적인 것이어서 스페인 사람들은 그녀를 어떤 종교적 질서에 속한 존재로 생각해 늘 우리에게 절대적인 존중으로 대접해주었다. 한번은 톨레도의 수도원 교회에 갔을 때 한 수녀가 보물을 보여주려 했다. 우리가 제단 계단 가까이 갔을 때 갑자기 탁 하는 소리가 났다. 거트루드 스타인이 지팡이를 놓친 것이다. 수녀도, 예배를 드리던 사람들도 깜짝 놀랐다. 거트루드 스타인은 지팡이를 집어들고 놀란 수녀를 향해 돌아서며 말했다. 안심하세요, 지팡이는 부러지지 않았답니다.

스페인 여행을 하는 내내 나는 내가 나의 스페인식 가장(假裝)으로 이름 붙인 차림새를 고집하였다. 늘 검정 실크 겉옷을 입고 검정 장갑을 끼고 검정 모자를 썼다. 내가 스스로에게 허용한 유일한 낙은 모자를 장식한 아름다운 조화가 전부였다. 시골 아낙네들은 이 꽃을 신기한 듯 바라보며 조화인지, 생화인지, 만져도 되는지 정중하게 물어보곤 했다.

그해 여름 우리는 쿠엥카로 갔다. 이 장소를 알려준 이는 영국 화가 해리 깁이었다. 선견지명이 있는 야릇한 인물. 영국 북부 출신인 깁은 젊은 시절 동물 화가로 성공한 사람이었다. 그 다음 결혼을 하고 독일로 갔는데, 점점 자신의 그림에 답답증을 느끼던 차에 파리에 새로운 미술학교가 생겼다는 소문이 들려왔다. 그는 파리로 왔고, 즉시 마티스에게서 큰 영향을 받았다. 그 다음 그의 관심은 피카소로 옮겨 갔다. 그는 두 거장의 영향력을 결합시킨 아주 뛰어난 그림을 그려냈다. 그리고 이 모든 것이 결합하여 그에게 어떤 일에 투신하게 만들었는데, 바로 전쟁 직후 초현실주의자들이 애썼던 그림이었다. 그의 그림에서 부족한 게 있다면 프랑스인들이 saveur라고 부르는, 그러니까 회화의 우아함 비슷한 것 하나뿐이었다. 이 결여 때문에 프랑스 관람객을 불러 모으기는 불가능했고, 물론 파리에는 아직 영국인 관람객이 없었다. 해리 깁은 힘든 시절을 견뎌내야 했다. 그는 늘 힘들었다. 깁, 그리고 그의 아내 브리지트—내가 함께 앉았던 천재들의 부인들 가운데 가장 씩씩한 여인 중 하나이다—는 용기를 잃지 않고 힘든 상황에 훌륭하게 맞섰지만 가난은 항상 그들을 따라다녔다. 시간이 조금 지나자 형편이 쥐꼬리만큼 나아졌다. 1912년에서 1913년 사이에 깁을 믿는다는 후원자가 둘 나타났고, 깁은 이제껏 그린 그림들을 모두 모아 더블린에서 전시하게 되었다. 그는 이때 마벨 도지가 피렌체에서 출판한『마벨 도지의 초상*The Portrait of Mabel Dodge*』몇 권을 더블린으로 가져갔는데 이것이 이후 더블린 작가들이 모이는 카페에서 거트루드 스타인의 글이 큰 소리로 낭독되기 시작한 계기가 되었다. 해리 깁의 후원자이자 숭배자였던 올리버 세인트 존 고가티(Oliver St. John Gogarty, 1878~1957, 아일랜드의 작가) 박사는 스타인의 작품을 큰 소리로 직접 낭독하기를 즐겼으며 다른 사람들에게 큰 소리로 낭독하게 만들기도 좋아했다.

그 다음 전쟁이 터지자 불쌍한 해리에게 태양은 다시 사라지고 말았다. 아주 길고 슬픈 투쟁이 다가오고 있다는 예고였다. 형편이 조금 좋아졌다가 다시 나빠지기가 반복되었는데, 오를 때보다 내려갈 때가 더 많았다. 운명의 바퀴가 깁을 위해 다시 새롭게 구른 건 최근의 일이다. 거트루드 스타인은 해리 깁과 후안 그리스를 몹시 사랑했다. 그녀는 이 두 화가가 비록 그녀의 세대에서는 비극적으로 살아가고 있지만 사후에는 그들의 가치가 재발견 될 거라고 확신했다. 후안 그리스는 5년 전 세상을 떠났지만 지금 세상의 주목을 받고 있다. 해리 깁은 아직 살아 있으며, 여전히 무명이다. 거트루드 스타인과 깁은 그때나 지금이나 서로를 애틋해 하는 변함없이 충실한 친구이다. 그녀가 초기에 쓴 해리 깁에 대한 초상은 『옥스퍼드 리뷰』지에 발표된 다음 『지리와 극들』에 묶여 출판되었다.

이런 해리 깁이 소개한 쿠엥카였다. 작은 기차는 우리를 태우고 구불구불 돌고돌다가 마침내 아무것도 아닌 곳의 중간에 우리를 내려주었다. 쿠엥카였다.

우리는 쿠엥카가 좋았고, 쿠엥카 주민들은 우리를 좋아했다. 주민들은 너무 친절해 시간이 지나면서 점점 불편해질 정도였다. 그러던 어느 날, 산책을 나간 우리는 동네 사람들이 평소와 다르다는 걸 느꼈다. 특히 어린아이들이 계속 멀찌감치 떨어져 일정 거리를 유지하는 점이 이상했다. 조금 후에 제복을 입은 남자가 나타나 인사를 하더니 자기는 마을의 경찰인데 이 지역의 지사한테서 우리가 마을에서 지내는 동안 주민들한테 방해받지 않도록 늘 따라다니라는 명령을 받았다고, 폐가 되지 않았으면 한다고 말했다. 폐가 될 일은 전혀 없었다. 그는 매력적인 사람이었고, 만약 우리만 있었다면 절대 찾아가지 못했을 멋진 장소들로 우리를 데려가주었다. 그 옛날 스페인은 그렇게 인심이 좋았다.

우리는 마드리드로 돌아왔다. 그곳에서 아르헨티나(La Atgentina, 1890~1936, 스페인의 무용가)와 투우를 발견했다. 마드리드의 젊은 언론인들이 막 아르헨티나를 발견하던 때였다. 스페인 무용수들의 공연을 보러 음악당을 찾아갔다가 우연히 아르헨티나를 발견한 이후 매일 오후 공연뿐 아니라 저녁 공연까지 보러 다녔다. 우리는 투우장에도 갔다. 나는 처음에는 너무 끔찍해 눈을 뜨지 못해서 거트루드 스타인이 옆에서 이젠 봐도 돼, 또는 지금은 보지 마, 하고 알려주어야 했다. 하지만 조금 후 나는 모든 광경을 똑바로 보았다.

드디어 우리는 그라나다에 도착했다. 그라나다에 머무는 동안 거트루드 스타인은 무섭도록 일했다. 그라나다는 거트루드 스타인이 좋아하는 장소다. 대학시절, 미국-스페인 전쟁 직후 오빠와 함께 스페인 방방곡곡을 돌아다녔을 때 그녀가 스페인의 진가를 처음 경험한 곳이 바로 그라나다였다. 오빠와 함께 즐거운 시간을 보내던 그 시절 어느 식당에서 보았던 풍경을 그녀는 요즘도 자주 이야기한다. 보스턴 출신의 남자가 어린 딸과 마주앉아 도란도란 이야기를 나누는데 갑자기 당나귀가 히히힝 울었다. 어린 아가씨가 겁에 질려서 저게 무슨 소리냐고 묻자, 소녀의 아버지는, 아, 저건 무어족의 마지막 한숨이란다, 하고 대답했다는 것이다.

우리는 그라나다가 베푸는 모든 것을 즐겼고 재미있는 영국인과 스페인 사람들을 많이 만났다. 거트루드 스타인의 문체에 변화가 시작된 게 이때 그라나다라는 공간에서였다. 그녀는 사람들의 내면, 각각의 개성과 그들 안에서 진행되고 있는 것에만 흥미를 가지게 된 것이 이때부터라고 말한다. 그녀가 눈에 보이는 세상의 리듬을 표현하자고 강하게 욕망하게 된 것도 이해 여름 그라나다에서였다.

긴 고문과도 같은, 보기 듣기 묘사하기의 시간이었다. 외부세계의 문제와 내면세계의 문제는 그때도, 지금도 늘 그녀를 괴롭힌다. 그림을 볼 때 그녀가 고민하는 문제 중 하나는 예술가가 느끼는 감정들, 예술가에게 인생을 그릴 수밖에 없게 하는 감정이 어떤 것인지 알기 어렵다는 것이다. 본질적으로 인간 존재란 그려낼 수 없는 것이기 때문이다. 그리고 아주 최근에 그녀는 이 문제의 답에 화가는 무언가를 더하고 있다는 생각을 다시 하게 되었다. 그때부터 그녀는 오랫동안 무심하게 봐온 피카비아에게 흥미를 느끼기 시작했다. 피카비아는 인간 존재를 그리는 문제를 풀지 못하면 이 문제도 풀 수 없다는 사실을 적어도 알기 때문이다. 피카비아의 추종자 가운데 한 사람은 지금 똑같은 문제로 고민하고 있는데, 아마 답을 풀어낼 것이다. 어쩌면 못 풀 수도 있을 것이다. 아무튼 이게 요즘 그녀가 늘 말하는 주제인데, 그 싸움이 시작된 곳이 그라나다였다.

거트루드 스타인은 이 무렵 「수지 아사도Susie Asado」와 「프레키오실라Preciocilla」 그리고 「스페인의 집시들Gypsies in Spain」을 쓰고 있었다. 그녀는 모든 걸 글로 묘사해내는 실험을 하고 있었다. 그녀는 신조어 만들기를 시도했다가 곧 포기했다. 그녀의 매개체는 영어이기에 이 임무는 영어로 이루어져야 했다. 조립된 단어들의 사용이 그녀를 공격했고, 이것은 모방 주정주의로의 탈출이었다.

아니다, 그녀는 자신의 임무에 줄기차게 매달렸다. 파리로 돌아온 후 그녀는 오브제들을 묘사하고, 방과 물건들을 묘사했다. 스페인에서 시작된 첫 번째 실험들과 결합된 것이었다. 그렇게 『부드러운 단추』가 만들어졌다.

하지만 그녀에게 중요한 연구대상은 언제나 사람이고, 그러므로 영원히 끝나지 않을 초상화 시리즈를 그녀는 계속 써 내려갔다.

그 다음 우리는 늘 그랬던 것처럼 플뢰뤼스 거리로 돌아왔다.

밀드레드 올리치는 내가 처음 플뢰뤼스 거리로 들어왔을 때 아주 큰 인상을 준 사람 중 한 사람이다.

밀드레드 올드리치, 작고 다부진 몸에 활달한 50대 여자. 조지 워싱턴을 닮은 이목구비에 새하얀 백발, 항상 깨끗한 새 옷을 입고 새 장갑을 꼈다. 개성 있는 이목구비와 만족해하는 표정은 다양한 국적의 사람들 가운데서도 단번에 눈에 띄었다. 피카소는 그녀에 대해 자신을 낳아준 조국에 만족할 수 있으며 만족하는 사람이라고 말했다.

여동생이 미국으로 돌아가자 올드리치는 라스피유 거리와 부아소나드 거리에 반반씩 걸친 모퉁이 건물 옥상에서 혼자 살았다. 창가에는 아주 큰 카나리아 새장이 있었다. 우리는 늘 그녀가 카나리아를 아주 사랑한다고 생각했다. 그런데 그게 아니었다. 한 친구가 집을 비울 일이 생겨 키우던 카나리아 한 마리를 새장에 담아 그녀에게 돌봐달라고 부탁했다. 성실한 밀드레드는 정성을 다하여 돌보았다. 이런 모습에 친구는 밀드레드가 카나리아를 좋아하는 줄로만 알고 다른 카나리아를 선물했다. 밀드레드는 물론 카나리아 두 마리를 훌륭하게 보살폈다. 카나리아 숫자가 자꾸 늘어 새장은 계속 커져야 했다. 1914년 마른 지방의 힐탑으로 이사를 가게 되었을 때 밀드레드는 카나리아들을 모두 날려 보냈다. 시골에서는 고양이들이 카나리아를 잡아먹기 때문이라고 했다. 하지만 그녀는 나한테만은 진짜 이유를 털어놓았다. 자기는 카나리아를 도무지 견디지 못하겠다고 말했다.

밀드레드는 야문 살림꾼이었다. 나는 정반대되는 편견을 품고 있었는데 어느 날 오후 그녀의 집에 갔다가 그녀가 리넨을 수선하는 모습을, 그것도 아주 아름답게 수선하는 모습을 보고 내심 크게 놀랐었다.

밀드레드는 해외 전보를 숭배하고, 빠듯한 생활을 숭배하고, 또는 돈 버는 능력이 대단히 한정되었음에도 돈 쓰기를 숭배했다. 그래서 늘 만성적자에 시달려야 했다. 그녀가 모리스 마테를링크(Maurice Maeterlinck, 1862~1949, 벨기에의 시인, 수필가, 극작가)의 「파랑새」를 미국 무대에 올리기 위한 계약을 진행했을 때, 그 준비 과정에서 수없이 해외 전보를 쳐야 했다. 밀드레드에 대한 초기 추억에는 그녀가 늦은 밤에 노트르담데샹에 있는 우리의 작은 아파트로 찾아와서는 해외 전보를 쳐야 하니 돈을 좀 빌려달라고 한 날도 있다. 며칠 뒤 그녀는 빌린 돈의 다섯 배에 이르는 아름다운 진달래로 빚을 갚았으니 그녀의 살림살이가 늘 빠듯한 게 이상한 일도 아니었다. 하지만 그녀에게는 이야기로 사람들을 끌어 모으는 탁월한 재능이 있었다. 이 세상에서 밀드레드만큼 이야기를 재미있게 하는 사람은 다시없을 것이다. 그녀가 플뢰뤼스 거리의 큰 안락의자에 앉아서 이야기를 풀기 시작하면 청중들이 점점 늘어나는 광경은 흔한 일이었다.

밀드레드는 거트루드 스타인을 아주 좋아했고 그녀의 작품에도 관심이 깊었다. 밀드레드는 『세 사람의 생애』에 깊이 감동하면서도 『미국인의 형성』에 대해서는 살짝 불편해 했고, 『부드러운 단추』에는 살짝 화를 내었다. 그러나 거트루드 스타인에 대한 믿음은 변함없이 단단해 거트루드가 하는 일은 무엇이든 할만한 가치가 있다고 확신하고 있었다.

1926년 거트루드 스타인이 케임브리지와 옥스퍼드에서 강연을 하게 되자 밀드레드 올드리치는 아주 기뻐하고 자랑스러워 했다. 밀드레드는 거트루드에게 떠나기 전에 자기 앞에서 강연 원고를 읽으라고 했다. 거트루드는 강연 원고를 읽었고, 두 사람 모두 즐거웠다. 둘 모두에게 즐거운 경험이었다.

밀드레드 올드리치는 피카소를 좋아하면서 심지어 마티스도 좋아했다. 마티스에 대한 애정은 은밀한 성격이어서 고민이 많았다. 어느 날 그녀는 내게 이렇게 말했다. 앨리스, 그래도 된다고 말해 줘. 정말 사람들이 괜찮다고 할까? 거트루드 스타인이 아무 문제없다고 생각한다는 건 나도 알고 그녀도 알고 있어. 그런데 정말 이건 거짓이 아냐. 가짜 연기가 아니라고.

앞날이 불투명한 불안한 시절에도 밀드레드 올드리치는 늘 씩씩하려 애썼다. 그녀는 우리 집에 혼자서 오기도 다른 사람들을 데려오기도 좋아했다. 그녀는 아주 많은 사람을 플뢰뤼스 거리로 데려왔다. 「뉴욕 선」지에 글을 쓰던 헨리 맥브라이드를 데려온 이도 그녀였다. 헨리 맥브라이드는 나중에 거트루드 스타인이 고통의 시기를 보낼 때 한결같이 그녀를 변호해주었다. 거트루드를 험담하는 사람이 있으면 그는 다가가 이렇게 말했다. 웃고 싶다면 얼마든지 웃으시오. 하지만 그녀를 비웃지는 마시오. 그게 훨씬 기분 좋게 웃을 수 있는 방법이오.

헨리 맥브라이드는 세속적인 성공을 믿지 않았다. 성공, 성공은 당신을 망가트립니다, 그는 말하고는 했다. 그러면 거트루드 스타인은 힘없는 목소리로, 하지만 헨리, 난 내가 성공하리라 생각하지도 않아요. 자그마한 성공이라도 이룰 수 있으면 다행이게요. 내 원고가 여태껏 출판되지 않을 걸 보세요, 하고 말하곤 했다. 하지만 헨리 맥브라이드는 늘 단호하게 말했다. 나는 당신이 성공을 아예 모르길 바랍니다. 그것만이 유일하게 좋은 일입니다.

하지만 나중에 밀드레드가 성공을 하자 헨리 맥브라이드는 떨 듯이 기뻐했다. 요즘 그는 거트루드 스타인도 이만하면 작은 성공을 좀 맛볼 때가 되었다고 말한다. 이제는 성공 따위가 그녀를 망가트린다고 생각하지 않는 것이다.

이 무렵 로저 프라이(Roger Fry, 1866~1934, 영국의 화가, 비평가)가 처음 집에 왔다. 그는 클라이브 벨(Clive Bell, 1881~1964, 영국의 비평가)과 클라이브 벨 부인(화가이자 실내장식가인 버네사 벨을 말함. 버니지니아 울프의 언니이다)을 데려왔고, 나중에는 아주 많은 다른 사람들을 데려왔다. 이 무렵 로저 프라이와 클라이브 벨 부부 셋은 자주 어울렸다. 클라이브 벨은 아내가 로즈 프라이와 함께 미술의 대문자 작업에 너무 열심인 게 약간 불만이었다. 그는 이런 작업을 우습게 보았는데 나중에 자신이 진짜 미술 비평가가 되자 이런 태도는 덜해졌으며 이 작업을 아주 재미있어 했다.

로저 프라이는 늘 매력덩어리였다. 손님으로 멋진 그는 집주인으로서도 멋진 사람이었다. 이것은 나중에 우리가 볼일 차 런던에 갔을 때 그의 시골집에서 하루를 함께 보내며 알게 된 사실이다.

로저 프라이는 피카소가 그린 거트루드 스타인의 초상화를 보고 열광했다. 그는 『벌링턴 리뷰』지에 이 그림 평을 내면서 사진 두 장도 나란히 실었다. 이 초상화 사진과 라파엘이 그린 초상화 사진이 있는데, 그는 두 작품이 똑같이 소중한 가치가 있다고 주장했다. 로저 프라이는 사람들을 끊임없이 데려왔다. 곧 플뢰뤼스 거리에 영국인들이 줄을 이었다. 그들 가운데 어거스터스 존(Augustus John, 1878~1961, 웨일스의 화가)과 램이 있었다. 어거스터스 존은 쳐다보기 무서울 정도로 제정신이 아닌 면이 있지만 램은 다소 괴팍하지만 매력이 있었다.

로저 프라이를 따르는 많은 젊은 제자들 중에 퍼시 윈덤 루이스 (Percy Wyndham Lewis, 1882~1957, 캐나다 출생의 영국 화가, 작가)가 있었다. 호리호리하고 키가 큰 루이스는 영국인이면서도 프랑스 남자

같은 분위기가 있었다. 아마 다리가 프랑스인을 닮은 게, 그게 아니라면 최소한 프랑스식 구두를 신고 다닌 게 그 이유일지 싶다. 루이스는 자주 찾아와서는 그림들을 측정하곤 했다. 그가 실제 금속 자를 사용했는지 아닌지는 모르지만, 캔버스 치수가 정확하게 얼마인지 묻고 캔버스 안쪽의 선들의 길이를 재는 등등 측정하는 시늉을 하고는 했다. 거트루드 스타인은 루이스를 좋아하는 편이었다. 특히 그가 어느 날 불쑥 찾아와 로저 프라이와 언쟁을 벌인 이야기를 시시콜콜 일렀을 때는 더 예뻐했다. 로저 프라이는 이 무렵 한동안 나타나지 않고 있었지만 사실은 이전에 우리에게 이 사건의 전말을 들려주었다. 루이스와 로저 프라이가 동일 사건을 두고 하는 말은 달라도 너무도 달랐다.

보스턴 미술관에서 일하다가 나중에 켄싱턴 박물관으로 옮기게 되는 해럴드 아서 프리처드(Harold Arthur Prichard, 1871~1947, 영국의 철학자)가 등장한 것도 이 무렵이었다. 프리처드는 옥스퍼드의 젊은 이들을 많이 데려왔다. 우리의 공간을 빛내주던 옥스퍼드의 젊은이들은 피카소를 대단하게 생각하고 있었다. 그들은 피카소의 몸에서 후광이 나온다고 느꼈는데, 이 말은 어느 면에서 사실이기도 했다. 옥스퍼드의 젊은이들과 함께 터프 대학의 토머스 위트모어가 왔다. 마음을 사로잡는 신선한 매력이 있는 그는 나중에 모든 우울은 소중하다고 말해 거트루드 스타인을 기쁘게 했다.

모두가 누군가를 데리고 왔다. 앞에서도 말했듯이 토요일 저녁은 시간이 지나면서 그 성격이 점점 변해 갔는데, 집에 찾아오는 사람들의 유형이 그만큼 바뀌고 있었다는 뜻이다. 누군가가 유랄리라 왕녀를 모셔 왔다. 왕녀는 그 이후 몇 차례 더 방문해 즐거운 시간을 보냈다. 몇 년 후 방돔에서 우연히 만났을 때도 왕녀는 내 이름을 기억하고 있었다. 그러나 첫날에는 약간 질린 표정이었다. 이 집이 아주 이상한 장소라고 생각한 모양인데, 하지만 점차 이곳을 아주 좋아하게 되었다.

큐나드 부인은 당시에는 어린 소녀이던 딸 낸시 큐나드(Nancy Cunard, 1896~1965, 영국의 작가, 편집인, 출판인, 시인)와 함께 와서는 영원히 못 잊을 자리였다고 정중한 인사말을 남겼다.

언제나 누군가가 그곳으로 왔다. 그곳에는 아주 많은 사람들이 있었다. 바이마르 공화국의 한 장관은 별의별 유형의 사람들을 데려왔다. 자크-에밀 블랑슈(Jacques Emile Blanche, 1861~1942, 프랑스의 화가)는 유쾌한 사람들을 데려왔고, 알퐁스 칸이 데려온 사람들도 같은 부류였다. 디즈레일리의 여성 판으로 보이는 오토라인 모렐 부인도 찾아왔었다. 키가 큰 그녀는 이상하리만치 수줍음이 많아 늘 문가에서 서성거리곤 했다. 네덜란드 왕실의 한 여인은 경호원이 택시를 부르러 잠깐 자리를 비우자 당장 죽을 것처럼 안절부절못했다.

루마니아의 공주와 참을성이 없던 그녀의 운전기사도 생각난다. 하루는 엘렌이 들어오더니 큰 소리로, 기사가 더는 기다리지 않겠다고 전하랍니다, 하고 말했다. 그 말이 떨어지기 무섭게 탁 하는 노크

소리가 났고, 이어서 기사가 나타나 자기는 더 기다리지 않겠노라고 선언했다.

플뢰뤼스 거리를 찾는 사람들의 다양성은 참으로 끝이 없을 듯 보였다. 대단한 인물이 출현했다 해서 분위기가 확 바뀌지도 않았다. 거트루드 스타인은 침착하게 의자에 앉았다. 그녀와 똑같이 해낼 수 있는 사람들은 앉고 나머지는 서 있었다. 난로를 빙 둘러 앉아 이야기하는 친구들이 있었고, 왔다가 떠나는 수많은 이방인들이 있었다. 이 시절에 대한 기억은 그렇게나 생생하다.

거듭 말하는데, 모두가 누군가를 데리고 왔다. 윌리엄 에드워즈 쿡(William Edwards Cook, 1881~1959, 미국 태생의 재외 미술가, 건축 애호가)은 주로 시카고의 거물들을 데리고 왔다. 이 거물들 중에는 땅딸막한 체격의 부유한 귀부인들에서부터 키가 크고 잘생기고 마른 체력의 부잣집 사모님들도 있었다. 그해 여름 우리는 지도에서 발레아레스 제도를 발견한 다음 마요르카 섬으로 갔다. 그 다음 쿡이 있는 장소를 찾아갔다. 쿡은 지도에서 이 섬을 찾아냈었다. 우리는 마요르카 섬에서 잠시만 머물렀지만 쿡은 여름 내내 그 섬에서 난 다음 나중에 돌아왔다. 시간이 많이 흐른 나중에는 미국 관광객들이 너도나도 팔마(발레아레스 제도의 중심 도시-옮긴이)를 찾아가게 되는데, 사실 쿡이야말로 그들을 앞선 최초의 고독한 모험가였다. 우리와 쿡은 전쟁 때 마요르카 섬을 다시 찾게 된다.

이해 여름 피카소는 젊은 시절 친구인 바르셀로나의 라벤토스에게 보낼 편지를 써 우리에게 전해달라고 부탁했다. 거트루드 스타인이 물었다. 그런데 당신 친구가 프랑스어는 할 줄 알겠지. 파블로는 낄낄거리며 대답했다. 당신보다는 잘하죠.

라벤토스는 우리에게 좋은 시간을 만들어주었다. 그는 데 소토의 후손인 친구와 함께 이틀이라는 긴 시간 동안 우리를 맡아주었다. 긴 시간이라 말한 건 그 시간의 대부분이 밤이었기 때문이다. 그 옛날에도 그들은 자동차가 있었다. 그들은 초기 교회들을 보여주겠다면서 우리를 차에 태워 언덕 지방으로 떠났다. 언덕 하나를 오를 때는 신나게 전속력으로 운전하고 내려올 때는 행복해져 속도를 늦추었다. 우리는 두 시간마다 식사를 했다. 밤 10시경에야 우리는 바르셀로나에 도착했다. 그들은 아페리티프를 마시고는 이제부터 본격적으로 저녁 식사를 하겠노라고 말했다. 그동안 지칠 정도로 많이 먹었음에도 우리는 즐겁게 저녁을 또 먹었다.

라벤토스를 만난 날로부터 아주 많은 시간이 지난 다음, 지금으로부터 몇 년 전, 피카소는 젊은 시절의 또 다른 친구를 우리에게 소개해주었다.

그는 피카소가 열다섯 살 때부터 친구인 사바르테스였다. 사바르테스는 거트루드 스타인이 피카소를 만나기 이전에 남미의 몬테비데오, 우루과이 등지를 돌아다닌 사람이라 거트루드가 전혀 모르는 인물이었다. 몇 년 전 어느 날, 피카소가 사바르테스를 지금 데려가고 있다는 전갈을 보냈다. 사바르테스는 헝가리에 있을 때 다양한 잡지들에서 거트루드 스타인의 글을 읽고는 그녀의 작품을 숭배하게 되었는데 물론 자기의 친구 피카소가 거트루드와 친할 줄은 상상도 못하고 있었다. 그는 파리에 돌아오자마자 피카소를 찾아가 다짜고짜 거트루드 스타인 이야기를 꺼냈다. 그녀는 나의 유일한 친구일세, 요즘 나는 그 집에만 다니지. 피카소가 말했다. 그럼 그분을 만나게 해주게. 사바르테스가 말했다. 이것이 사바르테스가 집에 오게 된 경위다.

거트루드 스타인과 스페인 사람들은 서로에게 자연스럽게 친구가 되는데 이번에도 우정으로 발전했다.

이 무렵 파리는 미래파, 이탈리아의 미래파들의 대규모 전시회로 떠들썩했다. 모두가 흥분해 너도나도 그 전시회가 열리는 아주 유명한 화랑으로 달려갔다. 자크-에밀 블랑슈는 열광적인 분위기가 죽을 정도로 겁이 났다. 우리는 튈르리 궁전의 정원에서 벌벌 떨며 방황하는 그를 발견했다. 제 생각에는 제 모습이 괜찮아 보일 것 같은데, 그렇죠? 그가 물었다. 아니요, 전혀 멀쩡해 보이지 않아요. 거트루드 스타인이 말했다. 내게 좀 잘해 주세요. 자크 에밀 블랑슈가 말했다.

미래파 화가들이 지노 세베리니(Gino Severini, 1883~1966, 이탈리아의 미래파 화가)를 따라 피카소 주변으로 모여들었다. 피카소는 미래파 화가 전부를 플뢰뤼스 거리로 데려왔다. 마리네티는 나중에 혼자 찾아온 걸로 기억한다. 어떤 경우든 사람들은 미래파가 아주 음울한 사람들임을 알게 되었다.

어느 날 저녁에 조각가 제이콥 엡스타인 경(Sir Jacob Epstein, 1880~1959, 뉴욕 출신의 영국에서 활동한 인물조각가)이 플뢰뤼스 거리에 찾아왔다. 거트루드 스타인이 1904년 처음 파리에 갔을 때 엡스타인은 뤽상부르 박물관에서 로댕의 조상들 사이로 스윽 없어졌다가 어느 샌지 다시 나오는 유령 같은 사람이었다. 마른 체격에, 아름다우면서도 조금 침울한 모습도 유령 같았다. 그는 저널리스트 허친스 햅굿(Hutchins Hapgood, 1869~1944, 미국의 무정부주의자, 언론인)이 쓴 게토 연구에 일러스트를 그려 번 돈으로 파리에 왔다. 그는 아주 궁핍했다. 내가 처음 봤을 때 그는 오스카 와일드에게 바치는 스핑크스 조각을 오스카 와일드의 무덤 위에 놓으려 했다. 큰 키에 당당한 체격이 인상 깊긴 해도 아름다운 사람은 아니었다. 그에게는 갈색 눈을 가진 영국인 아내가 있었는데, 나는 인간의 눈에 그런 갈색조가 가능함을 그녀를 보고서야 알게 되었다.

볼티모어 출신의 클레리벨 콘 박사는 황녀처럼 등장해 황녀처럼 사라졌다. 그녀는 거트루드 스타인의 작품을 큰 소리로 낭송하길 좋아할뿐더러 아주 기가 막히게 낭송을 잘했다. 그녀는 안락과 우아함과 위안을 사랑했다. 그녀가 여동생 에타 콘과 여행했을 때 호텔의 방은 하나인데다 안락하지가 않았다. 에타가 단 하룻밤이니 잘 참아보라며 언니를 달래자 콘 박사는, 에타, 하룻밤은 내 인생에서 다른 어떤 밤보다 중요해. 난 편안해야겠어, 하고 말했다. 전쟁 중 콘 박사는 과학연구차 뮌헨에 꼭 가야 했지만 여정이 불편하다는 이유로 출발조차 못했다. 사람들은 이런 클레리벨 콘 박사를 좋아했다. 아주 많은 시간이 흐른 뒤 피카소는 그녀의 모습을 드로잉으로 남겼다.

그 집에는 에밀리 채드본도 있었다. 오토라인 모렐 부인을 비롯해 수많은 보스턴 사람들을 데려온 이였다.

밀드레드 올드리치가 한번은 특별한 손님 마이라 에드걸리를 데려왔다. 나는 샌프란시스코에 살던 아주 어릴 적 마디 그라스의 환상적인 무도회에서 보았던 아주 늘씬하고 아주 아름답고 아주 총명한 여인이 떠올랐다. 그 미인이 바로 젊은 시절의 마이라 에드걸리였다. 유명 사진작가 아르놀트 겐테(Arnold Genthe, 1869~1942, 독일 태생의 미국 사진작가. '샌프란시스코 대지진'을 찍은 사진들로 유명하다)는 마이라의 모습을 수천 장 찍었는데 대부분 고양이와 함께 있는 모습이었다. 그녀는 세밀화가로 런던에 갔고, 유럽에서 현상학적 성공을 거둔 미국인들 중 하나가 되었다. 그녀는 세밀화로 모든 사람들을, 심지어 왕실 가족까지 그려냈고, 자신의 세밀화를 통해서 진실하고 밝고 말하는 데 거침이 없는 샌프란시스코인의 특징을 지켜 나갔다. 그 다음 그녀는 공부를 더 하기 위해 파리로 왔고, 밀드레드 올드리치를 알게 된 이후 그녀에게 헌신했다. 1913년에 밀드레드가 경제적으로 힘들어지자 고정 연금을 받도록 일을 처리하고 마른의 힐탑에서 은퇴생활을 하도록 도운 사람이 바로 마이라였다.

마이라 에드걸리는 거트루드 스타인의 작품이 더 널리 더 많은 사람들에게 알려져야 한다고 진심으로 걱정했다. 밀드레드가 출판되지 않은 거트루드 스타인의 원고 이야기를 꺼내자 마이라는 모종의 조치를 취해야 한다고 말했다. 그리고 물론 행동에 나섰다.

마이라는 존 레인과 안면이 있다면서 거트루드 스타인과 나에게 런던 행을 강권했다. 하지만 런던에 가기 앞서서 먼저 마이라가, 그 다음에는 내가 거트루드 스타인을 위하여 많은 이들에게 편지를 써야 했다. 마이라는 내게 어떤 형식으로 편지를 써야 할지 알려주었다. 지금 기억하는 편지의 시작 부분은 이렇다. 당신이 거트루드 스타인 양을 아실 수도 있고 모르실 수도 있습니다. 스타인 양은 당신이 꼭 출판해야 할 모든 것을 계속 말해 온 사람입니다.

마이라는 지치지 않고 우리를 계속 충동질했다. 그녀의 그런 노력 덕분에 우리는 1912년과 1913년 겨울의 몇 주를 런던에서 보내게 되었다. 아주 좋은 시간이었다.

마이라는 서리의 리버힐에 있는 러넬과 로저스 부인의 집을 우리에게 소개해주었을 뿐 아니라 함께 머물러주었다. 가까이에 중세시대의 놀 장원, 해자가 있는 이틈 모트를 비롯해서 아름다운 정원과 집들이 많은 곳이었다. 나는 아주 어렸을 때 영국에 잠깐 살았어도 그때는 육아실에서만 있었기 때문에 내가 영국의 시골집을 진짜 경험한 것은 이때가 처음이었다. 나는 영국의 시골집에서 지내는 매 순간을 즐겼다. 안락함, 벽난로, 수태고지 그림에 나올 법한 천사들을 닮은 늘씬한 하녀들, 아름다운 정원들, 아이들, 모든 게 좋았다. 그리고 그 집에는 늘 아름다움이, 아름다운 물건들이 많이 있었다. 나는 로저스 부인에게 저건 무엇이죠? 여기 들어올 때부터 눈에 띄던데 처음 보는 물건이어서요, 하고 묻고는 했다. 그 집에는 아름다운 물건들을 가지고 들어온 아주 아름다운 신부들이 많았을 거라는 생각이 들었다.

거트루드 스타인은 시골집 생활을 그리 좋아하지는 않았다. 대화를 방해하는 끊임없는 즐거움, 영어로 말하는 그치지 않는 목소리들이 그녀는 성가셨다.

다음 방문지는 런던이었다. 전쟁 때문에 여러 친구들의 시골집들에서 너무 오래 머물렀던 거트루드 스타인은 런던에서는 가능한 한 혼자만의 시간을 가지려 했다. 하루 네 번 있는 식사 중 한 번은 꼭 빠졌다. 이러는 편이 그녀는 더 좋았다.

우리는 영국에서 잘 지내고 있었다. 런던에 대해 음울한 기억을 가지고 있던 거트루드 스타인도 이때부터는 영국을 방문하는 일을 좋아하게 되었다.

우리는 로저 프라이의 시골집으로 가 퀘이커 교도인 그의 누이에게서 환대를 받았다. 그 다음 우리는 오토라인 모렐 부인의 시골집을 찾아가 그 집안사람들을 만났다. 우리는 클라이브 벨의 집에도 갔다. 우리는 계속 친구들의 집을 방문하고, 쇼핑하고, 물건을 주문했다. 그 시절 구입한 가방과 보석함은 지금도 간직하고 있다. 우리는 이래도 되나 싶을 정도로 좋은 시간을 보내고 있었다. 존 레인도 자주 만났다. 사실 일요일 오후에는 그의 집에서 차를 마시기로 되어 있었고 또 인터뷰 문제로 거트루드 스타인은 그의 사무실도 몇 차례 방문했다. 나는 보들리 헤드 출판사 인근의 모든 가게들의 특색을 아주 잘 알게 되었는데, 이는 거트루드 스타인이 존 레인의 사무실에서 볼일을 보는 동안 딱히 할 일이 없었던 내가 결국 그 가게들에서 어떤 일들이 일어나는지 유심히 관찰한 덕분이다.

존 레인의 집에서 보낸 일요일 오후는 아주 즐거운 시간이었다. 지금 기억을 더듬어보니 첫 번째 런던 여행 때 우리는 그 집을 두 차례 방문했었다.

존 레인은 아주 재미있는 사람이었다. 보스턴 출신의 존 레인 부인은 아주 친절했다.

존 레인의 집에서 차를 마시기로 한 일요일 오후가 찾아왔다. 존 레인은 『세 사람의 생애』와 『마벨 도지의 초상』이 있었다. 그는 이 책을 보여줄 사람들을 선정해놓고도 읽게 내버려두지 않았다. 그는 사람들 손에 책을 쥐어주었다가 도로 빼앗고는 뜬금없이 거트루드 스타인이 여기 와 있다고 선언하면서도 아무에게도 정식으로 소개해주지는 않았다. 그는 거트루드 스타인을 자신이 찍은 영국 내 모든 시대별 학교들의 사진들이 있는 다양한 방으로 안내했다. 이상하고도 재미있는 사진들. 그는 그 학교들을 찾아가게 된 사연을 들려주면서도 정작 사진 설명은 한 마디도 하지 않았다. 그는 또한 그녀에게 오브리 비어즐리(Aubrey Beardsley, 1872~1898, 영국의 일러스트레이터,

탐미주의 운동의 주요 인물)가 그린 많은 삽화들도 보여주었다. 그 다음 두 사람은 파리에 대해 이야기를 했다.

두 번째로 집에서 만난 일요일 오후, 존 레인은 거트루드 스타인에게 보들리 헤드 사무실로 다시 와주십사 부탁했다. 그날의 인터뷰는 유난히 길었다. 그는 자기 아내가 『세 사람의 생애』를 읽고 높이 평가했다고 운을 떼며 자신은 아내의 판단을 이 세상 누구의 평보다 신뢰한다고 덧붙였다. 그러고는 거트루드 스타인에게 언제 런던에 다시 올 생각인지 물었다. 그녀가 런던으로 올 것 같지 않다고 대답하자 그는, 그렇습니까, 하고는 당신이 7월에 오면 우리는 준비가 되어 있을 겁니다. 아마도 이른 봄에 파리에서 당신을 찾아뵐 것 같습니다, 하고 덧붙였다.

그렇게 우리는 런던을 떠났다. 우리는 더 바랄 게 없이 기뻤다. 영국에서 멋진 시간을 보낸 데다가 거트루드 스타인은 처음으로 출판업자와 대화를 나눴던 것이다.

밀드레드 올드리치는 토요일 저녁에 많은 사람을 자주 데려왔다. 어느 날 저녁 그녀를 따라온 많은 사람들 중에 마벨 도지가 있었다. 내게는 아주 강한 인상으로 남아 있는 여인이다.

통통한 체격에 풍성한 머리칼로 이마를 가리고 진한 속눈썹과 아주 예쁜 눈을 가진 마벨 도지는 구식의 요염함이 있었다. 목소리가 사랑스러웠다. 내 청춘시절 여주인공인 여배우 조지아 케이번을 떠올리게 했다. 마벨 도지는 우리를 피렌체에 있는 자기 집으로 초대하고 싶다고 말했다. 우리는 그동안 해왔듯이 스페인에서 여름을 나고 가을에나 파리로 돌아올 예정이라 피렌체에는 그 다음에야 갈 수 있을 것 같았다. 우리가 파리로 돌아와 보니 마벨 도지의 전보 몇 통이 우리보다 먼저 와 있었다. 빌라 쿠로니아로 와 주십시오. 우리는 그곳으로 갔다.

아주 즐거운 나날이었다. 에드윈 도지와 마벨 도지 모두 우리와 마음이 잘 통했고, 특히 그곳에서 만난 콘스탄스 플레처를 우리는 아주 좋아하게 되었다.

콘스탄스 플레처는 우리보다 하루이틀 뒤에 왔다. 나는 역으로 그녀를 마중갔다. 마벨 도지는 콘스탄스가 몸이 아주 크고 자줏빛 겉옷을 입은 귀머거리라고 했었는데 실제 그녀는 초록색 옷을 입고 있었고, 귀머거리는 아니지만 근시가 심했고, 그리고 아주 유쾌한 여인이었다.

콘스탄스 플레처의 부모님은 모두 매사추세츠 주 뉴버리포트 출신으로 그곳에서 오래 살았다. 에드윈 도지의 집안도 같은 마을에 살고 있어 두 집안이 오래전부터 유대가 깊었다. 콘스탄스가 열두 살일 때, 그녀의 어머니는 남동생을 가르치던 개인교사와 사랑에 빠졌다. 콘스탄스는 어머니가 집을 나갈 생각인 걸 알고 있었다. 소녀는 일주일을 자리에 누워 펑펑 울다가 어머니와 미래의 의붓아버지를 따라서 이탈리아로 갔다. 영국인인 계부는 콘스탄스가 영국 여인으로 성장해주기를 간절히 희망했다. 계부는 이탈리아에 있는 영국인들 사이에서 명성을 날리던 화가였다.

콘스탄스 플레처는 열여덟 살 때 『키스메트』라는 베스트셀러를 쓴 다음 바이런의 후손인 러블레이스 경과 결혼을 앞두고 있었다.

콘스탄스는 그와 결혼을 하지 않았다. 그녀는 이탈리아에서 살다가 베네치아에 완전히 눌러앉았다. 그녀의 어머니와 아버지가 돌아가신 다음이었다. 캘리포니아 사람인 나는 그녀가 젊은 시절에 쓴 「로마의 조아킨 밀러」를 늘 좋아했다.

콘스탄스 플레처는 이제 빛나는 청춘은 아니라 해도 여전히 매력이 있었다. 바느질과 수예를 좋아하는 나는 그녀가 꽃을 수놓는 양식에 매료되었다. 그녀는 도안도 없이 그저 양손으로 리넨을 잡고 가끔 천을 눈에 가까이 대고서 수를 놓았는데 나중에 보면 아름다운 화관이 수놓여 있었다. 콘스탄스 플레처는 유령들을 아주 좋아했다. 빌라 쿠로니아에는 유령이 둘 살고 있었고, 마벨은 유령 이야기로 미국인 방문객들을 겁주는 걸 아주 재미있어 했다. 한번은 마벨이 조 데이비드슨과 이본느 데이비드슨, 폴로렌스 브래들리, 메리 푸트와 다른 손님들을 초대한 자리에서 모두를 공포감에 미치게 만들고는 급기야 지역 사제를 불러 악령을 쫓는 의식까지 벌였으니 그날 손님들의 심리상태가 어떠했을지 상상해 보라. 하지만 콘스탄스 플레처만큼은 유령들을 무서워하지 않았고 그 집에서 자살한 영국 관료의 유령 생각에 점점 빠져들었다.

어느 날 나는 콘스탄스 플레처의 침실에 갔다. 그녀는 간밤에 잠을 설친 얼굴이었다.

나는 방에 들어가 문을 닫았다. 콘스탄트 플레처는 그 빌라를 장식한 웅장한 르네상스 시대 침대 중 하나에 핏기 없는 얼굴로 누워 있었다. 문 옆에는 르네상스 시대의 커다란 장식장이 있었다. 그녀가 말했다. 지난밤은 정말 멋졌어요. 다정한 유령이 밤새도록 내 곁에 있었거든요. 사실은 유령은 조금 전까지도 여기 있었답니다. 지금은 아마 장식장 안으로 들어갔을 거예요. 그러니 장식장 문 좀 열어주시겠어요. 나는 장식장을 열었다. 거기 있죠? 콘스탄스 플레처가 물었다. 내가 아무것도 보이지 않는다고 대답하자 그녀는 아, 그렇군요, 하고 말했다.

우리는 즐겁게 지냈다. 이때 거트루드 스타인은 『마벨 도지의 초상』을 썼다. 그녀는 또한 「콘스탄스 플레처의 초상」도 썼는데 이 글은 나중에 『지리와 극들』에 들어간다. 그때로부터 많은 세월이 지나, 그러니까 전쟁이 끝난 다음, 이디스 시트웰(Edith Sitwell, 1887~1964, 영국의 시인, 비평가)이 거트루드 스타인을 위해 마련한 파티에서 나는 지그프리드 서순을 만났다. 그는 『지리와 극들』에 실린 「콘스탄스 플레처의 초상」을 읽었다고, 그 글 때문에 거트루드 스타인의 작품에 흥미를 가지게 되었다고 말했다. 그러고는 내게 물었다. 혹시 거트루드 스타인을 아십니까. 그녀의 신비한 목소리에 대해 아시나요? 나는 이런 질문이 너무 재미있어서, 당신은 모르신단 말입니까, 하고 되물었다. 그는 이렇게 대답했다. 모릅니다. 얼굴을 본 적도 없

214

는 그녀는 제 인생을 망쳤습니다. 나는 흥분해서 거트루드 스타인이 그의 인생을 어떻게 망쳤는지 물었다. 왜냐하면 그녀 때문에 제 어머니와 아버지가 별거했기 때문입니다. 지그프리드 서순이 대답했다.

콘스탄스 플레처가 쓴 희곡 「초록색 양말」은 크게 성공해 런던에서 장기공연까지 했다. 하지만 그녀의 진짜 인생은 이탈리아에 있었다. 그녀는 이탈리아 사람보다 더한 이탈리아 사람이었다. 계부를 존경한 그녀는 계부의 조국인 영국을 늘 존중했지만 그녀의 정신을 실제로 지배한 것은 이탈리아의 마키아벨리였다. 그녀는 여느 이탈리아인보다 이탈리아 술수에 더 능란했고 그 실력을 많은 분야에서 유감없이 발휘했다. 그녀는 베네치아에 살면서 영국인뿐 아니라 이탈리아인들에게 오랜 세월 영향력을 발휘했다.

우리가 빌라 쿠로니아에 머물 때 앙드레 지드(André Gide, 1869~1951, 프랑스의 작가)가 나타났다. 조금 맹숭맹숭한 저녁이었다. 우리가 뮤리엘 드레이퍼와 폴 드레이퍼를 만난 것도 그날이었다. 거트루드 스타인은 언제나 폴을 아주 좋아했다. 미국인다운 열심과 모든 걸 뮤지컬과 인간으로 설명하는 그에게서 기쁨을 느꼈다. 그가 서부에서 숱한 모험을 겪었다는 사실은 두 사람 사이에 또 다른 공감대가 되었다. 폴 드레이퍼가 런던으로 돌아간 다음 마벨 도지 앞으로 전보가 왔다. 전보에는 진주 도난, 운전자 조수라고 찍혀 있었다. 마벨 도지는 아주 당황해서 거트루드 스타인에게 조언을 구하려 했다. 날 깨우지 말고 가만 좀 두세요. 처음에는 짜증을 내던 거트루드 스타인이 벌떡 일어서며 다시 말했다. 하지만 가만, 두 번째 남자가 혐의자라. 끌리는 구석이 있네요. 그런데 운전자 조수라니, 누가요, 그건 무슨 뜻일까요? 마벨은 지난번 빌라에 도둑이 들었을 때 특별한 혐의자가 없어서 수사가 어렵다고 경찰이 말했는데 이번에 폴은 그런 복잡한 상황을 피하려 운전자 조수를 의심하는 거라고 설명했다. 우리가 이 설명을 듣고 있는 바로 그때, 두 번째 전보가 왔다. 사라진 진주를 찾았다고, 운전자 조수가 보석 상자에 진주를 숨겼다는 내용이었다.

스티븐 하웨이스와 나중에 미나 로이(Mina Loy, 1882~1966, 영국의 화가, 시인, 배우)가 되는 그의 부인도 피렌체에 있었다. 그들은 우리를 환영하는 점심 정찬을 위하여 해체되었던 주택을 다시 조립해 두었다. 하웨이스와 미나 로이 둘 모두 아주 오래전 거트루드 스타인의 초기 작품 때부터 관심이 많았다. 하웨이스는 『미국인의 형성』 원고를 읽고 완전히 매료되었지만 쉼표를 좀 찍으라고 애원했다. 거트루드 스타인은 쉼표는 불필요하다고, 감각은 내재적인 것이어야지 쉼표로 설명되어서는 안 된다고, 쉼표는 오직 꼭 멈추어야 할 때, 또는 한번 숨 쉬어야 할 때만 찍어야 하며, 그리고 글 쓰는 이는 언제 숨을 들이마시고 내쉴지 스스로 알고 있어야 한다고 말했다. 하지만 하웨이스를 아주 좋아하는 데다가 그가 팬이라면서 기분 좋은 그림을 주자 그녀는 그의 초상을 쓴 글에 쉼표 두 개를 찍었다. 그 쉼표는 그녀가 그 원고를 다시 읽을 때 뺐다가 다시 더한 게 분명하다.

재미있는 사실은, 미나 로이는 쉼표 없이도 글을 이해했다. 미나는 언제나 이해력이 뛰어나다.

마벨 도지는 거트루드 스타인이 쓴 『마벨 도지의 초상』 원고를 읽자 당장 인쇄하고 싶었다. 그녀는 이 글을 3백 부를 찍어 피렌체 산종이로 장정했다. 콘스탄스 플레처가 교정을 보았고, 우리 모두는 너무도 기뻤다. 마벨 도지는 거트루드 스타인은 반드시 한 집 한 집에 초청을 받아 그들에 대한 초상을 꼭 써야 한다고, 그래서 결국 미국 백만장자들의 초상을 쓰게 된다면 정말 재미있고 돈도 많이 벌 거라는 아이디어를 냈다. 거트루드 스타인은 깔깔 웃었다. 며칠 뒤 우리는 파리로 돌아갔다.

거트루드 스타인이 희곡들을 쓰기 시작한 게 이해 겨울이었다. 「연극이 공연되었다It Happened a Play」라는 제목으로 시작되는 첫 희곡은 해리 깁과 브리지트 깁이 주선한 저녁 파티를 다루는 내용이었다. 그 다음 「숙녀들의 목소리Ladies' Voice」를 썼다. 그녀는 지금도 희곡에 관심이 많다. 그녀는 무대 배경은 너무도 자연스러운 싸움터이며 글 쓰는 이라면 마땅히 희곡을 써야 한다고 말한다.

마벨 도지의 친구 플로렌스 브래들리는 파리에서 겨울을 나고 있었다. 무대 경험이 있는 그녀는 특히 소극장 공연에 관심이 많았다. 그녀는 거트루드 스타인의 희곡들을 무대에 올리는 일을 진지하게 생각해 보았다. 찰스 더무스(Charles Demuth, 1883~1935, 미국의 정밀주의 화가)도 그때 파리에 있었다. 당시 그는 그림보다는 글에, 특히 희곡에 관심이 아주 많았다. 더무스와 플로렌스 브래들리는 만나면 늘 희곡 이야기만 하였다.

거트루드 스타인은 그때 이후 오랫동안 더무스를 만나지 못했다. 시간이 많이 흐른 다음 더무스가 그림을 그린다는 소문이 들려오자 그녀는 솔깃했다. 두 사람은 평지 왕래는 없어도 둘 모두를 아는 친구들을 통해 서로의 소식을 듣고 있었다. 더무스는 언젠가는 스스로에게 희열을 줄 작은 그림을 그리겠노라고, 그 그림이 완성되면 거트루드에게 보낼 거라고 많은 사람들 앞에서 말하고 다녔다. 그리고 다시 아주 많은 세월이 흘러 지금으로부터 2년 전, 우리가 집을 비운 사이에 누군가 플뢰뤼스 거리에 작은 그림과 쪽지를 떨어뜨리고 사라졌다. 더무스가 거트루드 스타인을 위해 준비한 그림이었다. 작은 풍경화였다. 지붕들과 창문들이 신비로울 정도로 모호한 한편 호손이나 헨리 제임스의 글에 나오는 지붕과 창문들처럼 생생하기도 한, 시선을 잡아끄는 그림이었다.

얼마 후 마벨 도지는 미국으로 갔다. 이것이 바로 일반 대중들이 이런 유의 그림을 처음 접하게 된 그해 겨울 아모리쇼(미국의 국제 현대미술 전시회-옮긴이)였다. 마르셀 뒤샹(Marcel Duchamp, 1887~1968, 프랑스의 화가)의 〈계단을 내려가고 있는 누드〉도 이 전시회에서 발표되었다.

거트루드 스타인이 피카비아를 만난 게 이 무렵이었다. 피카비아는 우리를 저녁 식사에 초대했다. 즐거운 시간이었다. 가브리엘르 피카비아는 생기 넘치고 발랄한 사람으로, 피카비아는 음울하면서도 활기찬 인상으로, 마르셀 뒤샹은 젊은 노르망디 십자군 같은 인상으로 기억한다.

전쟁 초기에 뉴욕 전체가 마르셀 뒤샹에게 열광한 이유가 나는 얼마든지 이해가 되었다. 뒤샹의 형제 중 한 사람은 부상 후유증으로 얼마전 세상을 떴고, 그의 또 다른 형제는 전선에서 적과 싸우고 있는데 뒤샹 자신은 군대에 갈 수 없어 낙담이 컸다. 뒤샹은 절망해서 미국으로 갔는데, 온 미국인이 그를 사랑했다. 미국인들이 뒤샹에게 가진 애정은 그들이 파리에 가면 맨 먼저 마르셀 뒤샹의 근황과 안부를 묻는다는 우스갯소리가 있을 정도로 대단했다. 전쟁이 끝난 직후 거트루드 스타인이 브라크의 스튜디오를 찾아갔을 때 그곳에는 젊은 미국인 세 명이 있었다. 그녀는 들어가자마자 브라크에게, 마르셀은 잘 있나요, 하고 인사했다. 미국 청년들은 숨쉴 새도 없이 그녀에게 다가와 마르셀을 만났느냐고 물었다. 그녀는 웃음이 터졌다. 마르셀(Marcel)은 이 세상에 오직 한명 뿐이라는 미국인의 신념을 눈앞에서 확인한 것이다. 그녀는 미국 젊은이들에게 브라크의 부인 이름도 마르셀(Marcelle)이라고, 방금 자기는 그 마르셀 브라크의 안부를 물은 거라고 설명해주었다.

그때만 해도 피카비아와 거트루드 스타인은 친한 친구로 발전하지 못했다. 그녀는 피카비아가 늦된 사춘기가 빚는 철없고 무례한 언동을 한다며 귀찮아했다. 하지만 세상일은 모르는 법, 신기하게도 작년부터 두 사람은 서로 좋아서 죽고 못사는 사이가 되었다. 요즘 거트루드 스타인은 피카비아의 드로잉과 회화에 유독 관심을 기울인다. 그 시작은 일년 전 그의 전시회에서였다. 이제 그녀는 비록 피카비아가 어느 면에서 화가의 재능이 부족하더라도 늘 엄청난 가치가 될 아이디어를 가지고 있었고 지금도 빛나는 아이디어가 있다고 확신한다. 그녀는 피카비아를 움직이는 레오나르도 다 빈치라고 부른다. 그리고 이 말은 사실이다. 피카비아는 모든 것을 이해하고 모든 것을 발명한다.

마벨 도지는 겨울 아모리쇼가 끝나자마자 유럽으로 돌아왔다. 그녀는 자크-에밀 블랑슈가 도지의 소장품이라고 부르는 여러 유형의 젊은이들을 데려왔다. 많은 젊은이들 가운데 칼 밴 베크턴과 로버트 존스와 존 리드도 있었다. 시간이 흘러 봄이 되자 칼 밴 베크턴은 혼자서 플뢰뤼스를 찾아왔다. 나머지 두 사람은 마벨을 따라왔다. 그들 모두가 모였던 어느 날 저녁이 생각난다. 그날은 피카소도 있었다. 피카소는 존 리드를 곱지 않은 눈으로 쳐다보더니 브라크와 같은 종이지만 확실히 덜 산만한 사람이라고 평했다. 이렇게 말하고 보니 리드가 스페인 전역을 여행했을 때 본 거라며 내게 들려준 이야기도 생각난다. 리드는 스페인에서 아주 이국적인 광경들을 봤다고, 살라망카 거리에서는 매를 맞으며 쫓기는 마녀들도 보았다고 말했다. 리드가 스페인에 머문 건 겨우 몇 주지만 나는 몇 달을 보냈다. 나는 리드가 하는 말을 좋아하지도 믿지도 않았다.

로버트 존스는 거트루드 스타인의 모습에 강렬한 인상을 받았다.

그는 그녀를 황금색 의상으로 장식하고 싶다고, 당장 그 자리에서 옷을 디자인하고 싶다고 말했다. 그녀는 이 제안을 시답잖게 생각했다.

우리가 존 레인의 런던 집에서 만난 사람들 중에는 고든 케인과 그녀의 남편도 있었다. 웰즐리 대학을 나온 고든 케인은 한때 하프 연주자였다. 여행지마다 큰 하프를 가지고 다녀야 해서 하룻밤을 묵어도 호텔 객실의 가구들을 완전히 새로 배치해야 했다. 키가 크고 장밋빛 머리카락을 가진, 인상 좋은 여자였다. 그녀의 남편은 영국의 유명한 유머작가이자 존 레인의 저자 중 한 사람이었다. 런던에서 우리를 환대해주었던 그 부부가 파리에 온다는 소식에 우리는 첫날 식사를 같이 하자고 제안했다. 그날이 왔다. 정확한 사정은 모르지만 그날 엘렌은 형편없는 저녁 요리를 냈다. 엘렌이 우리를 위해 봉사한 오랜 세월 동안 우리를 망신시킨 건 딱 두 번이다. 이날과, 그리고 약 두 주일 뒤에 칼 밴 베크턴이 온 날이다. 밴 베크턴을 초대한 날, 엘렌은 저녁 식단을 혼합 해산물 일색으로 준비하는 이상한 짓거리를 했다. 하지만 이 일에 대해서는 나중에 말하겠다.

저녁 식사 자리에서 케인 부인이 집 주인의 허락 없이 제 임의대로 한 사람을 이곳으로 불렀다고 말했다. 가장 소중한 친구이자 대학 동창인 밴 베크턴 부인이 저녁 식사가 끝날 쯤 찾아올텐데, 그 친구는 불행한 자기 인생이 너무도 괴롭고 슬퍼 거트루드 스타인을 만나 인생을 바꾸고 싶다면서 꼭 만나게 해달라고 애를 태웠다고 했다. 거트루드 스타인은 가물가물하긴 해도 밴 베크턴이라는 이름을 들어

본 것 같다고 말했다. 거트루드 스타인은 사람 이름을 잘 기억하지 못한다. 밴 베크턴 부인이 도착했다. 키가 아주 커서 키 큰 사람들은 다 웰즐리 대학에 입학하나 보다 생각이 들었다. 밴 베크턴 부인도 얼굴이 잘 생겼다. 그녀는 자신의 비극적인 결혼 생활을 주절주절 늘어놓았지만, 거트루드 스타인은 귀담아듣지 않았다.

그로부터 일주일 정도 지난 날, 플로렌스 브래들리가 〈봄의 제전〉 둘째 날 공연을 같이 보자고 했다. 러시아 발레단의 〈봄의 제전〉 초연은 파리 전역에 엄청난 파문을 일으키고 있었다. 플로렌스 브래들리는 사인용 특별 박스 좌석권 3장이 있으니 함께 가자고 했다. 우리는 그 며칠 전에 마벨 도지의 편지를 통해서 칼 밴 베크턴이 뉴욕 출신의 젊은 언론인임을 알고 있었다. 거트루드 스타인은 베크턴을 다음 토요일 저녁 식사에 초대하기로 했다.

우리는 서둘러 공연장으로 떠났다. 위대한 춤꾼 바슬라프 니진스키(Vaslav Nijinsky, 1890~1950, 러시아의 발레 무용가)와 러시아 발레의 전성기였다. 그리고 니진스키는 정말 위대한 춤꾼이었다. 춤은 나를 전율시킨다. 전율. 이게 내가 춤에 대해 알게 된 감정이다. 나는 지금껏 위대한 춤꾼을 세 명 보았다. 나의 천재들도 세 명으로 정리한 것 같은데, 숫자가 하필 셋인 것은 내 탓이 아니고 사실이 그러하기 때문이다. 내 인생에서 세 명의 진짜 위대한 춤꾼은 아르헨티나, 이사도라 덩컨, 그리고 니진스키다. 내가 알고 있는 세 명의 천재들이 그렇듯이, 세 명의 위대한 춤꾼들도 국적이 다 다르다.

니진스키는 〈봄의 제전〉에서는 직접 춤을 추지 않고 안무를 했다.

우리는 박스 좌석의 뒷좌석 하나를 남기고 앞좌석 세 개에 앉았다. 맞은편 아래층에 기욤 아폴리네르가 보였다. 그는 말끔한 이브닝 의상을 입고 숙녀들의 손에다 성실하게 입을 맞추고 있었다. 그는 어울려다니는 패거리들 중에서 이브닝 의상을 입고 숙녀들의 손에 키스하면서 위대한 세상 안으로 들어가는 첫 번째 사람이었다. 우리는 기욤의 이런 행동을 목격하고 있다는 게 너무 재미있었다. 처음 보는 광경이었다. 전쟁이 끝난 다음 모두가 이런 행동을 했지만 전쟁 전에는 기욤이 유일했다.

공연이 시작되기 직전에 박스 좌석의 네 번째 자리가 채워졌다. 뒤를 돌아보니 큰 키에 체격이 좋은 젊은 남자가 자리 주인이었다. 네덜란드인, 스칸디나비아인, 아니면 미국인이겠지. 그는 부드러운 소재로 가슴 전면에 작은 주름을 촘촘히 잡은 이브닝셔츠를 입고 있었다. 세상 남자들 중에서 이런 디자인의 셔츠를 입는 남자 이야기는 들어본 적 없는, 정말 잊을 수 없는 셔츠였다. 거트루드 스타인은 그날 저녁 집에 돌아가 무명의 이 남자에 대해서 「한 남자의 초상A Portrait of One」이라는 제목으로 글을 썼다.

공연이 시작되자 관중들이 흥분하기 시작했다. 지금은 현란한 무대 배경 색상이 너무도 유명해 특이할 게 전혀 없지만, 당시 파리의 군중들은 그 배경에 분노했다. 음악이 연주되고 춤이 시작되자마자 객석 여기저기에서 씩씩대었다. 더러는 야유를 퍼부으며 박수를 치기 시작했다. 우리는 아무 것도 들을 수 없었다. 나에게 〈봄의 제전〉 공연은 이날이 처음이자 마지막인데, 공연이 끝날 때까지 제대로 된 음악소리는 한 소절도 듣지 못했다. 그래도 춤은 볼 수 있었다. 비록 우리 옆 박스 좌석의 남자가 계속 지팡이를 휘둘러대어 산만하긴 했 지만, 아름다운 춤이었다. 결국 문제의 남자와 그의 옆 박스 좌석에 있던 또 다른 남자 사이에 거친 말이 오고갔다. 한 남자의 지팡이가 내려가다가 그저 방어하려 든 다른 남자의 오페라 모자를 짓이기고 말았다. 현장에 없었다면 도저히 믿기지 않을 만큼 공연장 분위기는 사나워졌다.

칼 밴 베크턴이 오기로 한 토요일 저녁이 되었다. 베크턴이 왔다. 그는 주름장식이 달린 부드러운 이브닝셔츠의 바로 그 젊은이였는 데 이날도 그 셔츠를 입고 있었다. 그리고 밴 베크턴 부인이 주절주 절 늘어놓던 비극 이야기에 등장했던 영웅 또는 악당도 물론 그였다.

앞에서 말했듯이, 엘렌은 그날 자기 인생에서 두 번째로 어울리지 않는 식사를 내놓았다. 자기만이 알고 있는 이유로 엘렌은 메뉴를 해 산물 일색으로 도배하고 달적지근한 오믈렛으로 마지막을 장식했 다. 거트루드 스타인은 대화 중간중간 자기가 알게 된 베크턴의 과거 사를 섞어 가며 베크턴을 놀리기 시작했다. 베크턴은 당연히 어리둥 절해 했다. 수상하고도 흥미로운 저녁이었다.

거트루드 스타인과 베크턴은 소중한 친구가 되었다.

칼 밴 베크턴은 「알랭 노통의 초상」과 「루이스 노통의 초상」이 흥미롭다며 두 글을 그가 동인들과 창간한 잡지 『로그』에 싣자고 설득했다. 거트루드 스타인의 글이 소잡지 『갤러리 라파예트』에 실린 다음 처음이었다. 베크턴이 거트루드 스타인의 작품을 다룬 작은 에세이를 실은 이 잡지의 특별보급판은 이제는 희귀본이 되어 버렸다. 거트루드 스타인의 시 "장미는 장미이다는 장미는 장미이다A rose is a rose is a rose"를 모토로 자신의 초기 책들 중 하나에 인쇄한 사람이 바로 베크턴이다. 바로 얼마 전 그녀는 벨리의 언덕 지방이 시작되는 곳에서 시골 황토를 이용해 베크턴을 위한 항아리를 만들어 그 가장자리에 "장미는 장미이다는 장미는 장미다"라고 쓰고는 한가운데 그의 이름 칼을 써넣었다.

베크턴은 기회만 있으면 거트루드 스타인의 이름과 작품을 소개했다. 유명세를 타기 시작한 그는 올해의 가장 중요한 책이 무엇이냐는 질문을 받으면 거트루드 스타인의 『세 사람의 생애』라고 대답했다. 거트루드 스타인을 향한 그의 충성과 노력은 세월이 흘러도 흐려지지 않았다. 그는 『미국인의 형성』을 출판하도록 노프 출판사에 다리를 놓았는데, 이 시도는 성공의 문턱에서 좌절되었다. 물론 출판사가 먼저 발을 뺀 것이다.

이제부터는 "장미는 장미이다는 장미는 장미이다"가 세상에 알려진 내력에 대해 말하겠다. 거트루드 스타인의 원고더미에서 이 시를 찾아낸 사람, 이 시를 편지지와 테이블보에 넣자고 주장하고 그녀가 허락할 만한 모든 곳에 그 시를 집어넣은 사람은 바로 나였다. 나는 이런 일을 해낸 나 자신이 대견하고 자랑스럽다.

거트루드 스타인을 알게 된 날부터 칼 밴 베크턴은 그녀를 기쁘게 해줄 사람들에게 소개장을 주는 즐거운 습관을 버리지 않고 있다. 그는 사람을 알아보는 안목이 뛰어났고, 그녀는 그가 소개한 사람 모두 마음에 들어했다.

베크턴이 소개한 사람들 가운데 거트루드 스타인이 제일 처음이자 가장 많이 좋아한 사람은 아마 에이버리 호프우드(Avery Hopwood, 1882~1928, 미국의 극작가)일 것이다. 몇 년 전 에이버리가 죽기 전까지 두 사람은 변함없는 우정을 일구어냈다. 에이버리는 파리에 오면 늘 거트루드 스타인과 나와 함께 저녁 식사를 하려 했다. 친분을 튼 초기부터 우리 셋만의 저녁 식사는 계속되었다. 외식을 딱히 좋아하지 않는 거트루드 스타인도 에이버리와의 식사는 거절하지 않았다. 매번 에이버리는 아름다운 꽃을 준비하고 식단을 정성스럽게 골랐다. 그는 작은 쪽지나 전보로 이번에는 이런 일을 하겠다고 미리 알렸으며, 우리는 그가 준비한 모든 시간이 언제나 좋았다. 그가 고개를 한쪽으로 갸웃하며 거친 삼 같은 머리칼을 잡아당기면 양처럼 보였다. 나중에 거트루드 스타인은 양이 늑대로 변했네, 하며 가끔 놀렸다. 그 시절 그녀가 그를 친애하는 에이버리라고 불렀다는 사실을 나는 알고 있다. 두 사람은 서로를 정말 좋아했다. 에이버리는 죽기 얼마 전 어느 날 방으로 들어와 말했다. 당신에게 저녁 식사 대접이 아닌 다른 걸 줄 수 있으면 좋겠습니다. 아마 그림을 선물 받으시면 좋아하시겠죠. 거트루드 스타인이 웃으며 말했다. 괜찮아요, 에이버리. 당신과 함께라면 그냥 차 한 잔 마시는 것도 좋아. 그 다음 저녁 식사를 하자는 작은 쪽지 속에는 미래의 어느 날 오후 그냥 차 한 잔을 나누려 찾아가겠다는 또 다른 작은 쪽지가 들어 있었다. 다음에 찾아왔을 때 에이버리의 옆에는 거트루드 프랭클린 애서턴(Gertrude Franklin Atherton, 1857~1948, 미국의 소설가)이 있었다. 에이버리가 아주 다정하게 말했다. 나는 두 명의 거트루드를 사랑합니다. 두 사람 모두를 너무 사랑하기 때문에 두 사람을 서로에게 소개해주고 싶습니다. 이 지상에서 더 바랄 게 없을, 완벽하게 행복한 오후였다. 모두가 즐거워하고 황홀했다. 그리고 캘리포니아 사람인 나로 말하면, 거트루드 애서턴은 내 젊은 시절의 우상이었으니 더 바랄 게 없이 만족스러웠다.

우리가 에이버리를 마지막으로 본 것은 그가 마지막으로 파리를 방문했을 때였다. 늘 그랬던 것처럼, 그날도 에이버리는 함께 저녁 식사를 하자는 쪽지를 보내왔다. 그 다음 우리를 데리러 온 자리에서 거트루드 스타인에게 해주고 싶은 일이 있으니 친구들에게 와달라고 부탁했었다는 말을 했다. 우리가 같이 몽마르트르에 간 적이 없죠. 제게 멋진 계획이 있는데, 오늘 밤엔 당신이 꼭 있어야 합니다. 물론 몽마르트르가 나의 몽마르트르가 되기 이전부터 당신의 몽마르트르였다는 사실은 저도 잘 알고 있습니다. 그녀가 웃으며 말했다. 물론 좋아, 에이버리.

우리는 저녁 식사를 한 다음 몽마르트르 언덕을 올라갔다. 에이버리는 우리를 아주 특이한 장소들로 안내하며 아주 자랑스러워하고 즐거워했다. 한 장소에서 다른 장소로 옮길 때는 꼭 택시를 이용했다. 에이버리 호프우드와 거트루드 스타인은 계속 붙어서 긴 대화를 나누었다. 에이버리는 그날 전에 없이 아주 내밀한 부분까지 털어놓았으니 마지막 시간이 다가오고 있음을 느낀 게 분명했다. 결국 헤어질 때가 되자 그는 우리를 택시에 태우고는 거트루드 스타인에게 자기 인생에서 가장 좋은 밤이라고 말했다. 이튿날 그는 남부로 떠나고 우리는 시골로 떠났다. 얼마 후 거트루드 스타인은 그녀를 다시 만나서 너무 행복했다는 에이버리의 엽서를 받았는데, 바로 그날 「해럴드」지에 그의 부고가 실렸다.

앨빈 랭던 코번(Alvin Langdon Coburn, 1882~1966, 미국의 사진작가)이 파리에 등장한 것은 1912년 무렵이었다. 앨빈은 양어머니인 아주 이상한 영국 여성과 함께 찾아온 아주 이상한 미국인이었다. 그는 헨리 제임스 사진 시리즈를 막 끝낸 터였다. 저명인사들의 사진집을 낸 그는 이제는 그 책과 짝을 이룰 저명 여성인사들과 작업하고 싶었다. 아마도 로저 프라이한테서 거트루드 스타인 이야기를 들은 것 같은데, 아무튼 그는 거트루드 스타인을 유명 인사로 여기고 찾아와 사진을 찍고 멋지게 인정해준 최초의 사진작가였다. 그는 아주 훌륭한 사진들을 만들어 그녀에게 준 다음 사라졌다. 거트루드 스타인은 종종 앨빈을 잘 알지도 못하는 사람들까지 붙잡고 그의 소식을 묻곤 한다.

이 이야기는 1914년의 봄과 연결된다. 이해 겨울 동안 자주 찾아온 손님들 가운데 버러드 브랜슨의 둘째 의붓딸이 있었다. 그녀는 젊은 친구 호프 밀리스를 데려왔는데, 호프는 우리에게 여름에 영국에 가면 꼭 케임브리지에 들러 자기 친척들 집에서 머물러달라고 말했다. 우리는 그러마 하고 약속했다.

이 겨울에 거트루드 스타인의 오빠는 피렌체에 정착하기로 마음을 굳혔다. 남매는 함께 간직해 온 그림들을 나누었다. 거트루드 스타인은 세잔과 피카소의 작품들을, 그녀의 오빠는 마티스와 르누아르의 작품들을 가지기로 했다. 단 마티스의 〈모자 쓴 여인〉만큼은 거트루드가 챙겼다.

우리는 집을 개축하기로 했다. 본채와 아틀리에를 작은 통로로 연결하고, 그에 따라 문 하나와 석고 벽을 없애고, 아틀리에는 새로 색칠하고, 본채의 벽도 새로 도배하고, 집에 전기도 끌어들일 생각이었다. 우리는 이 계획대로 밀어붙였다. 6월 말, 큰 공사는 끝나고 잔 정리할 일만 남았을 때 존 레인의 편지가 왔다. 내일 파리에 올 예정이며 거트루드 스타인을 만나고 싶다는 내용이었다.

우리는 열심히 일했다. 여기서 우리는 나, 수위, 그리고 엘렌이며 존 레인을 맞을 방을 준비하려 동분서주 뛰어다녔다는 말이다.

존 레인은 윈덤 루이스의 『광풍』 초판을 가져왔다. 이 책을 거트루드 스타인에게 내밀며 작품평을 써줄 수 있는지 물었다. 그녀는 모르겠다고 대답했다.

그 다음 존 레인은 『세 사람의 생애』을 재발간하기로 마음을 굳혔다면서 그녀에게 7월에 런던으로 올 수 있는지, 그때 다른 원고도 가져올 것인지 물었다. 그녀는 먼저 가겠다고 대답하고는 그때까지 써놓은 초상들을 선집으로 묶는 게 어떻겠냐고 제안했다. 『미국인의 형성』은 분량이 너무 길어 고려에서 제외되었다. 존 레인은 여기까지 정리하고 떠났다.

셸셰르 거리에서 처량하게 살던 피카소는 이 무렵 몽루즈 거리로 다시 이사했다. 불행하다고까지는 못해도 몽마르트르 시절 스페인어로 낄낄거리던 높은 웃음소리는 더는 들리지 않았다. 친구들, 아주 많은 친구들이 그를 따라 몽파르나스로 이사를 왔었지만 옛날 같은 왁자지껄함은 없었다. 브라크와 사이가 벌어졌고, 옛 친구들 중에서 그가 자주 보는 사람은 기욤 아폴리네르와 거트루드 스타인뿐이었다. 피카소가 화가들이 즐겨 쓰던 일반 물감 대신 리폴린을 섞은 물감을 사용하기 시작한 게 바로 이해였다. 했다. 얼마 전 그는 온종일 리폴린 도료 이야기를 했다. 그는 엄숙하게, 리폴린 도료는 그림의 건강을 위한 기본입니다, 라고 말했다. 요즘도 그렇지만 그 무렵 피카소는 회화뿐 아니라 모든 것을 리폴린 물감으로 칠했다. 그 이후 젊고 늙은 많은 추종자들도 그를 따라하고 있다.

이 무렵 피카소는 또한 종이와 양철, 그리고 가능한 모든 물건들을 이용해 조각을 만들고 있었다. 이런 작업은 나중에 유명한 〈퍼레이드〉의 무대 배경의 토대가 되었다.

230

은퇴를 앞둔 밀드레드 올드리치는 마른 지방의 힐탑으로 이사할 준비를 하고 있었다. 그녀는 불행하지는 않았지만 서글펐다. 그녀는 우리가 봄날 저녁에 자주 택시를 타고 찾아와 주기를, 그래서 그녀의 표현을 빌리면 우리가 함께 하는 마지막 드라이브를 자주 하기를 바랐다. 그녀가 보상드 거리에 있는 아파트의 중간층에서 열쇠를 떨어뜨린 다음 옥상층에서 내려다보며 잘 가라고 인사하는 일이 점점 잦아졌다.

우리는 올드리치가 은퇴 후 살 집을 알아보려 그녀와 함께 자주 시골을 찾아갔다. 드디어 이사할 집이 정해졌다. 그녀가 마른으로 이사하던 날, 우리는 온종일 그녀 곁에 있었다. 밀드레드는 불행하지는 않더라도 매우 슬펐다. 그녀가 말했다. 커튼도 문도 달고 책 정리도 끝나고 모든 게 깨끗한데, 이젠 뭘 하면 좋지. 나는 그녀에게 어린 시절 어머니한테서 내가 뭘 할까요 이제는 하는 말을 달고 산다고 자주 들었는데 그 말이 지금은 이젠 뭘 하면 좋지로 어순만 바뀌었다고 말했다. 밀드레드는 우리가 곧 런던으로 떠나 얼굴을 못 보는 게 가장 고약하고 슬프다고 말했다. 우리는 한 달만 떨어지는 거라고, 왕복표이기 때문에 꼭 돌아올 거라고, 그리고 집에 돌아오는 대로 만나러 오겠다고 약속을 했다. 아무튼 그녀는 거트루드 스타인이 발행인을 만날 거라는 소식을 듣자 행복해 했다. 그러면서도 존 레인은 여우처럼 교활한 사람이라고 말했다. 우리는 그녀에게 키스를 한 다음 그곳을 나왔다.

엘렌은 플뢰뤼스 거리 27번지를 떠날 준비를 하고 있었다. 얼마 전 승진한 남편이 이젠 나가서 일하지 말고 집에서 살림만 하라고 했던 것이다.

1914년의 봄과 초여름, 옛 생활은 곧 끝이 났다.

6. 전쟁

The War

전쟁이 터지기 전만 해도 유럽에 살고 있던 미국인들은 진짜 전쟁이 일어나리라고는 절대 믿지 않았다. 거트루드 스타인은 수위의 어린 아들이 안마당에서 놀다가 우리 아빠가 곧 전쟁에 나갈 거라고 장담하던 이야기를 자주 한다. 러일전쟁으로 사람들이 전쟁 뉴스만 입에 달고 다니던 시절, 파리에 살던 거트루드 스타인의 사촌들은 시골 출신의 하녀를 고용했었다. 그 하녀가 겁에 질려 쟁반을 떨어트리고 울었다. 이제는 독일인이 코앞까지 온 것이다.

윌리엄 쿡의 아버지는 아이오와 출신인데 1914년 나이 일흔에 생애 첫 유럽 여행을 준비하고 있었다. 전운이 감돌기 시작하자 그는 믿을 수 없는 일이라고, 집안싸움, 그러니까 내전이라면 모를까 이웃한 나라들끼리 심각한 전쟁은 있을 수 없다고 말했다.

1913년과 1914년, 거트루드 스타인은 신문 읽기를 유독 좋아했다. 프랑스 신문은 거의 읽지 않으며 프랑스어로 된 글은 어떤 것도 읽지 않는 그녀가 애독하는 신문은 늘 「헤럴드」였는데 그 겨울 「데일리 메일」이 추가되었다. 그녀는 여성참정권론자들을 다룬 기사들을 좋아하고 프레더릭 슬레이 로버츠 백작(Frederick Sleigh Roberts, 1st Earl Roberts, 1832~1914, 영국의 육군 원수. 의무 군복무제를 주장했다)이 쓴 영국 의무병역 캠페인도 즐겨 읽었다. 로버츠 백작은 그녀의 어린 시절 영웅이었다. 그녀는 로버츠 백작이 쓴 『인도에서 보낸 41년』을 여러 번 읽었고 대학 시절 방학 때 오빠와 함께 에드워드 7세의 대관식 행렬에서 백작을 실제 보기도 했었다. 그녀는 「데일리 메일」을 열심히 읽었지만 아일랜드에는 별 관심을 두지 않았다.

7월 5일 우리는 영국으로 떠나고 약속한 대로 일요일 오후에 존 레인의 집을 방문했다.

존 레인의 집에는 많은 사람들이 다양한 주제로 대화를 나누고 있었다. 전쟁도 한 주제였다. 한 남자가 나에게 자기는 런던의 주요 일간지의 편집 작가인데 앞으로는 8월에 프로방스 산 무화과를 못 먹을 거라며 탄식했다. 왜 못 먹죠? 누군가가 묻자 그는 전쟁 때문이라고 대답했다. 그러자 월폴 아니면 그의 형제가 독일을 대패시킬 희망은 없다고, 독일의 체제는 너무 막강하게 구축되어 있고 독일의 모든 무개화차들은 기관차와 전철기로 연결되어 있다고 말했다. 그러자 무화과 예찬자가 이렇게 말했다. 트럭들이 독일의 도로와 전철기에 머물러 있는 동안은 괜찮지만 공격전이 시작되면 독일군은 국경을 넘을 겁니다. 그 다음엔 세상은 엄청난 혼돈이 초래하리라 장담합니다.

나는 그해 7월의 이 일요일 오후를 아주 생생하게 기억한다.

우리가 그 집에서 나오려 할 때 존 레인이 거트루드 스타인에게 말했다. 저는 일주일 동안 출장이 있습니다. 7월 말에 제 사무실에서 다시 만나 그때『세 사람의 생애』계약서에 서명하기로 합시다. 현 상황에서는 완전히 새롭게 시작하는 게 더 좋겠습니다. 저는 그 책에 자신이 있습니다. 제 아내가 열광하니 독자들도 분명 반할 겁니다.

열흘이라는 시간 여유가 생기자 우리는 호프의 어머니 밀리스 부인의 초청을 받아들여 케임브리지에서 며칠 보내기로 결정했다. 우리는 부인의 집으로 갔고, 그곳에서 정말로 즐겁게 보냈다.

손님 입장에서는 최고로 편안한 집이었다. 거트루드 스타인은 이곳이 마음에 들었다. 쓸데없이 많은 대화를 듣지 않아도 되고 자기 방에서든 정원에서든 마음대로 지낼 수 있었다. 음식은 스코틀랜드 음식이었는데, 신선하고 맛있고 훌륭했다. 케임브리지 대학의 위엄 있는 학자들과의 만남은 진정으로 경탄스럽고도 고마운 일이었다. 많은 사람들이 자신들의 정원을 보여주고 우리를 집으로 초대했다. 아름다운 날씨, 셀 수 없을 만큼 다양한 장미들, 남학생과 여학생들이 추는 모리스 춤은 우리를 기쁘게 했다. 뉴넘 대학의 제인 해리스 양이 점심 초대를 했다. 호프 밀리스 부인을 따르는 그녀는 거트루드 스타인을 무척 만나고 싶어 했다. 우리는 대학 교수단과 나란히 단상 위 자리에 앉았다. 하늘로 올라가는 기분이었다. 그러나 대화는 특별히 재미있지는 않았고 해리슨 양과 거트루드 스타인은 서로에게 별로 끌리지 않는 것 같았다.

우리는 화이트헤드 박사와 그 부인 이야기는 예전부터 많이 들어온 터였다. 화이트헤드 박사는 작년에 케임브리지를 떠나 런던 대학에 부임했기에 박사 부부는 이제는 케임브리지에 살고 있지 않았다. 그들이 케임브리지에 머무는 시간은 며칠뿐인데 그 며칠 사이 밀리스 부인의 정찬에 참석할 예정이었다. 그들이 왔고, 이로써 나는 나의 세 번째 천재를 만나게 되었다.

기분 좋은 정찬이었다. 나는 케임브리지의 시인 앨프레드 에드워드 하우스먼(Alfred Edward Housman, 1859~1936, 영국의 시인)의 옆자리에 앉아 물고기와 데이비드 스타 조든(David Starr Jordan, 1851~1931, 미국의 우생학자, 교육자, 평화운동가)에 대해 이야기를 나누었지만, 그 내내 내 진짜 관심은 어디까지나 화이트헤드를 관찰하는 것이었다. 조금 뒤 정원으로 자리를 옮겼을 때, 화이트헤드가 내 옆자리로 와 앉았다. 우리는 케임브리지의 하늘에 대해 이야기를 나누었다.

거트루드 스타인, 화이트헤드 박사, 그리고 화이트헤드 부인은 서로에게 끌렸다. 화이트헤드 부인은 우리에게 런던에 있는 자기 집에서 식사를 하고 7월 마지막 주말에는 솔즈베리 평원 근방 로크리지에 있는 그들의 시골집에서 함께 보내자고 했다. 우리는 기쁜 마음으로 초대를 받아들였다.

우리는 다시 런던으로 돌아가 멋지고 알차게 시간을 보냈다. 먼저 거트루드 스타인의 오빠가 가져간 이탈리아 가구들을 대신할 편안한 의자 몇 개와 사라사 무명으로 만든 편안한 소파 하나를 주문해야 했다. 가구 주문 작업은 예상외로 시간을 많이 잡아먹었다. 의자들과 소파에 직접 앉아가며 치수를 재고 그림들과 어울릴 사라사 무명을 골라야 했다. 우리는 이 일을 꼼꼼하게 잘 해냈다. 그때 찾아낸 의자들과 소파는 1915년 1월의 어느 날, 전쟁이 한창일 때 플뢰뤼스 거리로 배달되어 큰 환영을 받았고 오늘날까지 우리를 편안하게 해준다. 시절이 어수선해도 우리에게는 이런 안락이 필요했다. 그 다음 우리는 화이트헤드 부부와 저녁을 먹었다. 그 자리에서 우리는 그들을 더 좋아하게 되고, 그들도 우리를 어느 때보다 좋아하게 되었으니 우리 모두는 비슷한 유형의 사람들이었다.

거트루드 스타인은 약속대로 존 레인의 보들리 헤드 출판사 사무실을 다시 찾아갔다. 이번 대화는 너무 길어서 나는 꽤 먼 곳에 있는 가게들까지 들락거리다 지칠 정도였다. 그러나 결국 거트루드 스타인이 계약서를 안고 나왔다. 절정이라 할 만치 기쁜 순간이었다.

그 다음 우리는 화이트헤드 부부와 주말을 보내기 위해 로크리지행 기차에 올랐다. 우리의 여행 트렁크는 하나였다. 첫 방문 때 사용했던 여행용 트렁크를 적극적으로 다시 사용하고 있다는 게 우리는 뿌듯했다. 나중에 내 친구 한 명은 당신들은 원래는 시골집에서 주말만 보내자고 했는데 여섯 주나 머물렀었지, 하고 말했다.

화이트헤드 부부는 우리의 도착에 맞춰 집에서 파티를 열어주었다. 케임브리지 대학의 교직원들, 젊은 학생들, 열다섯 살 나이에도 키가 아주 큰 둘째아들 에릭, 그리고 얼마 전 뮌헨에서 막 돌아온 꽃처럼 어여쁜 딸 제시가 참석했다. 사람들은 전쟁에는 큰 관심이 없는 듯 제시 화이트헤드가 곧 떠날 핀란드 여행 이야기를 주로 했다. 사교성이 좋은 제시는 낯선 외국도 겁내지 않았다. 또 지리에 대한 열정과 대영제국의 영광을 향한 열정도 뜨거웠다. 제시에게는 여름에 핀란드로 와 자기 가족과 함께 보내면서 러시아에 맞서자고 약속한 핀란드 친구가 있었다. 화이트헤드 부인은 한참 망설이다가 딸에게 핀란드 여행을 허락했다. 이 집안의 큰아들 노스는 먼 곳에 있어 파티에 오지 못했다.

내가 기억하기로는, 이 파티 직후 그레이 경과 러시아 외무부 장관이 전쟁을 막기 위한 갑작스런 회담을 열었는데 그 다음 어떤 일이 더 전개되기 전에 프랑스는 최후통첩을 받았다. 거트루드 스타인과 나는 말할 것 없고 에블린 화이트헤드도 비참한 심정이었다. 프랑스 인의 피가 흐르고 프랑스에서 교육받은 에블린 화이트헤드는 프랑스에 강한 연대감을 느끼고 있었다. 그 다음 벨기에가 침공당했다. 신문에서 그 소식을 읽어주던 화이트헤드 박사의 그 침착한 음성이 아직도 귀에 쟁쟁하다. 그 다음 사람들은 루뱅이 점령되었다며 용감한 벨기에인들을 도울 방법에 대해 말하기 시작했다. 거트루드 스타인은 절망적인 표정으로 루뱅이 어디 있는 곳이냐고 내게 물었다. 나는 정말 몰라서 묻는 거냐고 물었다. 몰라. 내가 알고 모르는 건 중요하지 않아. 아무튼 세상에 있는 곳이잖아. 그녀가 말했다.

우리의 주말은 끝났다. 우리는 화이트헤드 부인에게 이제 떠나야 한다고 말했다. 하지만 지금은 파리로 돌아가지 못합니다. 화이트헤드 부인이 말했다. 그렇죠, 하지만 런던에서 지내면 됩니다. 우리가 대답했다. 오, 안 됩니다. 파리로 돌아갈 방법이 열릴 때까지 두 분은 저의 집에 계셔야 합니다. 화이트헤드 부인은 그렇게나 친절했고, 우리는 너무 불행했고, 우리는 그들을 좋아했고, 그들은 우리를 좋아했다. 우리는 계속 그 집에 있기로 했다. 그 다음 우리의 무한한 구원군 영국이 전쟁에 뛰어들었다.

우리에게는 런던에 꼭 갈 일이 있었다. 런던에 둔 다른 트렁크들도 챙기고 미국에 있는 가족에게 전보도 치고 돈도 찾아야 했다. 화이트헤드 부인은 딸과 함께 벨기에 국민들을 도울 방도를 찾고 싶어 했다. 런던으로 향하던 그 여정이 지금도 생생하게 기억난다. 온 세상이 사람들로 미어터질 것 같았다. 기차 안은 크게 붐비지 않았으나 역들은, 심지어 시골의 작은 간이역도 사람들로 미어졌다. 환승역에서 우리는 마이라 에드걸리의 친구이자 파리에서 만난 적이 있는 애스틀리 부인을 만났다. 오, 반가워요. 저는 아들에게 작별인사를 하러 런던으로 가는 중이랍니다, 애스틀리 부인이 활기차고 큰 목소리로 말했다. 아드님이 멀리 떠나나요? 우리가 정중하게 물었다. 네, 아들은 경비대 소속인데, 오늘 밤에 프랑스 전선으로 떠난답니다. 그녀가 대답했다.

런던에서는 모든 일이 어려웠다. 거트루드는 프랑스 은행을 거래했지만 내 계좌는 캘리포니아 은행이라는 점이 그나마 다행이었다. 조금 다행이라고 말한 건 전쟁 때문에 작은 은행에서는 큰돈을 내주지 않는 분위기였어도 내 계좌는 잔고가 거의 바닥이게 적어서 은행에서 돈을 안 내줄 이유가 없기 때문이었다.

거트루드 스타인은 볼티모어의 사촌에게 돈을 보내달라고 전보를 쳤다. 우리는 짐들을 모아서 역으로 갔고, 그곳에서 에블린 화이트헤드를 만나 함께 로크리지로 돌아갔다. 돌아갈 곳이 있는 게 너무 고맙고 다행스러웠다. 런던의 호텔에서 묵는 건 너무 끔찍하고 무서운 일이기에 화이트헤드 부인이 베푼 친절이 더없이 고마웠다.

그 다음 하루이틀 일들은 기억이 잘 나지 않는다. 화이트헤드 부인은 큰아들 노스 화이트헤드가 경솔하게 입대를 하지 않을까 걱정이 태산이었다. 그녀는 아들을 직접 봐야 했다. 그들은 아들에게 당장 집으로 돌아오라고 전보를 쳤다. 노스가 돌아왔고 화이트헤드 부인은 마음이 놓였다. 그런데 노스는 입대를 하겠다며 가장 가까운 징병소로 달려갔다. 다행스럽게도 지원자가 너무 많아 그의 차례가 되기 전에 사무실 문이 닫혔다. 화이트헤드 부인은 당장 호라티오 허버트 키치너(Horatio Herbert Kitchener, 1850~1916, 영국의 육군 원수)를 만나러 런던으로 다시 달려갔다. 인도에서 주교로 일하던 화이트헤드 박사의 형제는 젊은 시절 키치너와 아주 친한 사이였다. 화이트헤드 부인은 소개장을 얻고, 노스는 장교임명장을 받았다. 그녀는 한결 가벼운 마음으로 집으로 돌아왔다. 노스는 사흘 후 입대해야 하는 데 그 사이 짧은 기간 안에 운전을 배워야 했다. 사흘은 아주 빠르게 지나갔고, 노스는 떠났다. 정신을 차릴 새도 없이 그는 프랑스 전선에 배치되었다. 그 다음부터는 길고 길 기다림의 시간이 이어졌다.

에블린 화이트헤드는 전시 노동 계획을 짜는 일과 모두를 돕는 일로 눈코 뜰 새 없이 바쁘게 일했다. 나는 할 수 있는 한 그녀를 도왔다. 거트루드 스타인과 화이트헤드 박사는 시간나는 대로 함께 시골길을 산책했다. 화이트헤드 박사와 철학과 역사를 논하면서 그녀는 러셀과 화이트헤드가 공저한 위대한 책(『수학 원리』를 말함-옮긴이)의 아이디어는 러셀이 아니라 화이트헤드 박사한테서 나온 것임을 완벽하게 깨닫게 되었다. 화이트헤드 박사, 인간 존재 가운데 가장 온화하고 가장 단순하게 관대한 사람, 자신을 앞세워 주장하지 않으며 총명한 사람을 보면 사심 없이 칭송을 아끼지 않는 이. 그리고 러셀 자신은 두말할 것 없이 총명했다.

거트루드 스타인은 산책에서 돌아오면 보고 느낀 것들을 내게 말해주곤 했다. 먼 옛날 초서 시대 모습 그대로 남아 있는 시골 풍경, 브리튼 족이 다니던 오솔길이 지금도 길다란 선으로 남아 있는 시골 풍경과 이상한 그해 여름에 보았던 세쌍둥이 무지개에 대해서 말했다. 화이트헤드 박사와 거트루드 스타인은 사냥터지기들과 두더지 사냥꾼들과도 한참 이야기를 나누곤 했다. 한 번은 두더지 사냥꾼이 하지만 박사님, 영국은 전쟁을 한 번도 안 했으면서 늘 승리자였습니다, 하고 말하자 화이트헤드 박사는 거트루드 스타인을 돌아보며 온화하게 웃으며 저는 우리 영국인이 이런 말을 해도 좋다고 생각합니다, 하고 말했다. 나중에 박사가 낙담에 빠져들었을때 사냥터지기가 하지만 박사님, 영국은 강국이잖습니까, 하고 말하자 화이트헤드 박사가 온화하게 대답했다. 나도 영국이 강하길 바랍니다. 네, 그러길 진심으로 희망합니다.

독일군은 파리로 점점 다가오고 있었다. 어느 날 화이트헤드 박사가 거트루드 스타인에게 물었다. 독일군이 파리 코앞까지 갔는데, 원고를 가지고 있습니까, 아니면 전부 파리에 있는 겁니까. 그녀가 모두 파리에 있다고 대답하자 화이트헤드 박사는 이런 질문은 하기 싫지만 자꾸 걱정이 되어 물어보았다고 말했다.

독일인들이 파리 문턱까지 다가왔다. 마지막 날 거트루드 스타인은 너무 슬퍼 방에서 나갈 힘도 없이 그대로 주저앉아 슬픔에 잠겨 버렸다. 그녀는 파리를 사랑했다. 원고도 그림도 생각나지 않고 오직 파리 생각뿐이었다. 너무도 절망스러웠다. 나는 그녀의 방에 올라가 큰 소리로 말했다. 파리는 안전해. 독일인들이 퇴각하고 있어. 그녀는 고개를 저쪽으로 홱 돌리며 괜한 말 하지 않아도 된다고 말했다. 하지만 사실인 걸, 내가 말했다. 사실이었다. 그 다음 순간부터 우리는 서로 껴안고 울었다.

영국에 있던 우리가 마른 전투에 대하여 처음 알게 된 것은 밀드 레드 올드리치가 보낸 편지 덕분이었다. 사실 이 편지는 밀드레드가 마른의 힐탑에서 보낸 첫 번째 편지였다. 편지를 받았다는 사실, 밀드레드가 안전하다는 사실, 그리고 편지의 내용 때문에 우리는 아주 기뻤다. 그 편지를 이웃한 모두와 돌려 읽었다.

나중에 파리로 돌아왔을 때, 우리는 마른 전투에 대해 두 차례 더 듣게 되었다. 나는 불로뉴쉬센에 살던 내 캘리포니아 학창 시절의 친구 넬리가 잘 지내는지 걱정되었다. 그래서 전보를 쳤고, 개성 넘치는 친구의 답장을 받았다. 위험하지 않으니 걱정은 뚝. 넬리는 그 옛날에 피카소를 아주 잘 생긴 거리의 구두닦이라고 부르고 페르낭드 이야기가 나오면, 그녀는 잘 먹고 잘 지내는데 넌 왜 그렇게 쓸데없이 걱정이니, 하고 말하곤 했었다. 또 마티스 부인을 보는 여러 다른 방법들에 대한 반대 심문을 던져 마티스가 얼굴을 붉히게 만들기도 했었다. 넬리는 마티스에게 아내로서 마티스 부인이 어떻게 보이는지 또 그림으로는 어떻게 보이는지, 어떻게 자기 아내를 그림으로 바꿀 수 있는지 등등 질문을 퍼부었다. 넬리는 또한 거트루드 스타인이 자주 인용하는 재미있는 일화의 주인공이기도 했다. 언젠가 한 젊은이가 거트루드 스타인을 찾아와, 넬리, 당신을 사랑합니다. 당신 이름이 넬리이죠, 하고 말한 사건이었다. 또 넬리는 우리가 영국에서 돌아와 영국인들 모두가 친절했다고 말하자 오, 그렇지, 그런 종류의 인간이 있기는 하지, 하고 말한 사람이었다.

마른 전투에 대해서 넬리는 우리에게 이렇게 묘사했다. 알다시피 나는 일주일에 한 번 물건을 사러 시내에 나갈 때 늘 하녀를 데리고 가. 불로뉴에서는 택시 잡기가 너무 힘들어서 우리는 나갈 때는 시내 전차를 타고 돌아올 때는 택시를 이용하곤 했어. 그날도 평소처럼 전차를 타고 시내로 나갔지. 처음엔 우리는 아무것도 모른 채 장을 보고 차까지 마셨어. 그 다음 모퉁이에서 택시를 기다렸는데 우리가 목적지를 말해도 택시들이 계속 그냥 달아나는 거야. 불로뉴 행을 꺼리는 택시 기사들이 있다는 게 갑자기 떠올라 나는 마리에게 팁을 많이 주겠다고 말하라고 했어. 마리가 다른 택시를 세웠어. 기사는 늙은 양반이었는데, 내가 말했지. 팁을 많이 드릴 테니 우리를 불로뉴까지 태워 주세요. 택시 기사는 코를 문지르며, 아, 부인 정말 유감스럽게도 안 되겠습니다. 오늘 시외로 나갈 택시는 한정되어 있어서요. 나는 이유가 뭐냐고 물었지만 기사는 눈만 찡긋하고는 그냥 떠났어. 우리는 어쩔 수 없이 전차를 타고 불로뉴로 돌아가야 했어. 물론 나중에 조제프-시몽 갈리에니(Joseph-Simon Gallieni, 1849~1916, 프랑스의 군인) 사령관과 택시들 이야기를 들은 뒤 나는 상황을 알게 되었어. 그러고서는 넬리는 덧붙였다. 그게 마른 전투였어.

마른 전투에 대한 또 다른 묘사는 파리로 돌아온 뒤 알피 모러에게서 들었다. 알피 모러는 이렇게 말했다. 나는 카페에 앉아 있었습니다. 파리는 창백했는데, 무슨 뜻인지 아시죠? 파리는 창백한 압생트 술 같았습니다. 카페에 앉아 있던 나는 어느 순간 아주 많은 말들이 많은 마차를 끌고 천천히 지나가고 있다는 걸 깨달았습니다. 중간 중간 군인들과, 그리고 프랑스 은행이라고 찍힌 상자들도 보였습니다. 지금 생각해 보니 마른 전투 직전 금궤 이송 작전이었던 것 같습니다.

우리가 영국에서 기다리던 암흑 같은 시기에도 물론 아주 많은 일이 일어났다. 거물들이 화이트헤드 박사의 집을 들락거렸고, 그러면 물론 열띤 토론이 벌어졌다. 무엇보다 리턴 스트레이치(Lytton Stratchy, 1880~1932, '블룸즈버리 그룹' 일원으로 활동한 영국의 전기 작가)가 있었다. 그는 로크리지에서 멀지 않은 곳에서 소박한 집에서 살고 있었다.

어느 날 저녁 스트레이치가 화이트헤드 부인을 찾아왔다. 마른 체구에 혈색은 누렇고 부드러운 수염을 기른 사람이었다. 목소리는 흐릿하고 높았다. 우리는 그 전해에 조지 무어를 만나려 에텔 샌즈 양의 집에 갔다가 그를 만난 적이 있었다. 유명한 멜린스 식품회사의 아기 모델처럼 생긴 조지 무어와 거트루드 스타인은 그때 서로에게 별 흥미가 없어 보였고, 리턴 스트레이치와 나는 피카소와 러시아 발레에 대해 이야기를 나누었었다.

그날 저녁 리턴 스트레이치와 화이트헤드 부인과 나는 독일에서 행방불명인 그의 누이를 구조할 방법에 대하여 이야기했다. 화이트헤드 부인은 확실한 도움을 줄 사람을 찾아내 부탁해 보라고 했다. 그렇지만 생면부지인 사람인 걸요, 리턴 스트레이치가 말했다. 네,

그렇더라도 한번 만나자는 편지는 띄울 수 있잖아요. 할 수 있는 모든 방법을 다 동원해야 합니다. 편지를 띄워 보세요. 화이트헤드 부인이 말했다. 못 합니다. 만나지 못한 사람에게 편지를 쓰다니, 그건 안 될 일이죠. 스트레이치가 흐릿하게 대답했다.

같은 주에 등장한 또 한 사람은 버트런드 러셀이었다. 그는 노스화이트헤드가 전선으로 떠난 날 로크리지에 왔다. 그는 파시스트에 토론 광이었다. 화이트헤드 박사 부부는 아무리 오랜 친구라 해도 러셀의 시각을 계속 참고 들어주기가 너무 괴로웠다. 러셀이 등장해 설치자 거트루드 스타인은 사람들의 마음을 그슬리던 전쟁 또는 평화에 대한 화제를 돌리려 교육 이야기를 꺼냈다. 교육이라는 주제는 러셀을 제대로 건드렸다. 그는 미국의 수준 낮은 교육제도에 대해서, 특히 그리스 연구를 경시하는 점을 꼬집어 공격해댔다. 거트루드 스타인은 그에게 이렇게 대답했다. 물론 섬이었던 영국은 섬이었으며, 섬이던 그리스를 필요로 하죠. 아무튼 그리스는 본질적으로 섬 문화인 데 비해서 미국은 본질적으로 대륙 문화를 필요로 했고, 그래서 라틴 문화를 수용하는 건 필연이었습니다. 이 말에 러셀은 흥분해 달변을 쏟아내기 시작했다. 거트루드 스타인도 점점 열이 올라 섬이라는 사실을 차치하고라도 그리스가 영국에 끼친 영향력에 대해 긴 강연을 펼쳤다. 그리고는 영국인들과는 다르게 미국에서 그리스 문화의 결여는 미국인의 심리에 기반을 둔 것이라고 주장했다. 그녀는 미국인이 가진 추상적 특질을 강력하게 변호하였다. 에머슨이 자동차와 결합하는 예들을 인용하면서 이 모든 것은 미국인에게는 그리스가 불필요했음을 증명하는 거라고 점점 열변을 토했다. 이에 질세라 러셀도 더 씩씩거리며 열변을 토했다. 두 사람의 격론에 사람들은 잠자리에 가지도 못하고 계속 잡혀 있었다.

　정말 많은 사람이 찾아오고 많은 토론이 이어지던 나날이었다. 하루는 화이트헤드 박사의 형제인 성공회 주교가 가족들과 함께 와 점심 식사를 했다. 사람들은 벨기에를 구하기 위해 영국이 어떻게 전쟁에 개입했는지에 대한 말만 반복하고 있었다. 결국 나는 더는 못 참고 버럭 소리쳤다. 왜 그런 말씀들만 하시죠? 여러분은 왜 지금 영국이 영국을 위해서 전쟁을 한다고 말하지 않으시죠? 저는 조국을 위해 싸우는 게 불명예라고 생각하지 않습니다.

　주교의 부인은 아주 흥미로운 반응을 보였다. 그녀는 엄숙한 목소리로 거트루드 스타인에게 말했다. 스타인 양, 당신은 파리에서 중요한 인물입니다. 당신 같은 중립인은 프랑스 정부에게 퐁디셰리(인도의 직할 주-옮긴이)를 영국에 주라고 말할 수 있을 텐데요. 그렇게 되면 우리한테 큰 도움이 될 겁니다. 거트루드 스타인은 정중한 목소리로 자기를 화가나 작가들과 같은 위치에 보아주니 고마운 일이지만 정치인들과 나란히 두는 건 대단히 유감스럽다고 말했다. 그러자 주교 부인은, 하지만 그건 중요하지 않습니다. 당신은 프랑스 정부에 영국에 퐁디셰리를 주라고 제안해야 합니다, 하고 계속 주장했다. 점심 식사가 끝났을 때, 거트루드 스타인이 작은 소리로 내게 물었다.

빌어먹을. 퐁디셰리가 대체 어디 박혀 있는 동네야.

영국인들이 독일 조직들을 거론하면 거트루드 스타인은 화를 냈다. 그녀는 독일인은 조직을 가지지 말아야 한다고, 독일인은 방법론은 있어도 조직은 없다고 주장하고는 했다. 그녀는 화를 내며 이렇게 말하곤 했다. 여러분은 그 차이를 모르는군요. 미국인은 두 명이든 스무 명이든 수백만 명이든 상관없이 어떤 일을 할 조직이나 기구를 만들 수 있지만, 독일인은 스스로 어떤 일을 조직하지 못합니다. 독일인들이 방법론을 만들어내어 그것들로 스스로를 속일 수는 있다 해도, 그것은 조직이 아닙니다. 그녀는 이런 주장도 했다. 독일은 현대적이지 못합니다. 그들은 우리가 한때 조직이라고 생각한 방법론을 만들었던 퇴화하는 국민입니다. 모르시겠어요? 그들은 현대적이지 않기 때문에 이 전쟁에서 이길 가능성은 없습니다.

그 다음 또 다른 영국인이 우리를 끔찍하게 괴롭히는 주장을 펼치기 시작했다. 그들은 미국에 거주하는 독일인들이 미국을 연합군에 반대하게 만들 거라고 생각하고 있었다. 거트루드 스타인은 그들에게 이렇게 말했다. 바보 같은 소리 집어치워요. 미국은 근본적으로 프랑스와 영국에 유대감이 깊으며 독일처럼 중세에 머물러 있는 나라와는 절대 함께하지 않습니다. 만약 여러분이 이 사실을 정말 깨닫지 못한다면 미국을 제대로 이해하지 못하는 겁니다. 그녀는 아주 힘차게 말하곤 했다. 미국은 공화국입니다. 깊고, 강하게, 철저하게 공화국입니다. 공화국은 프랑스와 모든 면에서 공감하고, 영국과는 상당 부분 공감할 수 있지만, 독일 같은 정부 형태와는 손잡지 않습니다. 그날 그리고 그날 이후 나는 미국인은 공화국에 살고 있는 공화국 시민이며 그들의 공화 정신은 너무도 분명해 절대 다른 존재가 될 수 없는 국민들이라는 그녀의 설명을 수차례 들었다.

여름이 계속되었다. 아름다운 날씨, 아름다운 시골, 화이트헤드 박사와 거트루드 스타인은 시골길을 거닐며 모든 주제에 대하여 가차없이 그리고 끝없이 대화했다.

우리는 자주 런던에 갔다. 언제쯤 파리로 돌아갈 길이 열릴지 알아보려 쿡의 사무실을 정기적으로 찾아갔는데, 늘 아직은 안 된다는 답변이었다. 거트루드 스타인은 존 레인을 찾아갔다. 그는 전에 없이 가슴 뜨거운 애국자가 되어 무섭도록 열변을 토했다. 지금은 전시라 아무 일을 못하고 있지만 곧 전쟁서적을 낼 거라고, 상황은 언제라도 변할 수 있다고, 어쩌면 전쟁이 끝날 수도 있다고 그는 말했다.

거트루드 스타인의 사촌과 나의 아버지가 보낸 돈은 미합중국의 순양함 테네시 호가 실어왔다. 우리는 돈을 찾으러 갔다. 돈을 받기 전에 한 사람씩 저울에 올라가 몸무게를 재고 키도 재야 했다. 10년이나 얼굴을 보지 못한 사촌과 6년이나 못 만난 아버지가 어떻게 사촌과 딸의 키와 몸무게를 안다고 이 난리들일까, 우리는 의아했다. 정말이지 아무리 생각해도 모를 일이었다. 지금부터 4년 전에 사촌이 파리에 왔을 때, 거트루드 스타인이 제일 먼저 물어본 것도 이 문제였다. 줄리언, 테네시 호로 돈을 부칠 때 내 몸무게와 체중을 어떻게 알고 있었어? 그녀의 사촌은, 내가 그걸 알고 있었던가요, 하고 말했다. 글쎄, 아무튼 그들은 네가 적은 거라면서 숫자를 보여주던 걸, 스타인이 말했다. 난 그런 기억이 없는데. 하지만 누가 나한테 물어본다면 나 같으면 당연히 워싱턴에 당신의 여권 사본을 달라고 할 거고 그때도 아마 그랬을 거예요. 그녀의 사촌이 대답했다. 이것으로 수수께끼가 풀렸다.

파리로 돌아가려면 미국대사관이 발행하는 임시여권이 필요했는데 우리는 그 여권을 만들 서류가 없었다. 하기는 그 시절 누구든 어떤 서류가 있었겠는가. 거트루드 스타인의 정체성은 사실 이른바 파리의 미국인이었다.

대사관 앞에 길게 줄을 선 사람들은 미국인들로 보이지 않았다. 드디어 우리 차례가 되었다. 피곤에 젠 젊은 미국인이 담당자였다. 거트루드 스타인이 미국인으로 안 보이는 사람들이 왜 이렇게 많냐고 묻자 젊은 미국인은 한숨을 내쉬며 말했다. 차라리 그들은 더 쉽습니다. 서류를 가지고 있으니까요. 서류가 없는 사람은 원래 미국에서 태어난 미국인들뿐입니다. 거트루드 스타인이 그럼 당신은 어떻게 할 거냐고 물었다. 글쎄요, 우리가 제대로 판단하기를 바랄 뿐이죠. 그럼 이제 선서를 해보십시오. 맙소사, 저는 선서를 너무 많이 해서 잊어버리고 말았거든요. 그가 말했다.

쿡은 10월 15일쯤이면 파리로 돌아갈 수 있을 거라고 말했다. 화이트헤드 부인은 우리가 파리에 갈 때 함께 갈 예정이었다. 아들 노스가 외투도 없이 전장에 나갔는데 소중한 외투를 우편으로 부쳤다가는 아들이 너무 늦게까지 외투를 못 입게 될까봐 걱정이 많았고 그래서 직접 외투를 가져다주기로, 그게 안 되면 확실하게 전달해줄 사람을 찾아내기 위해 파리 행을 결심한 것이다. 그녀에게는 전쟁사무국에서 내준 서류도 있었다. 키치너도 우리와 함께 출발했다.

런던을 떠나던 날의 기억은 거의 없다. 심지어 그때가 낮이었는지 밤이었는지도 가물가물하다. 하지만 영불해협을 건널 때는 분명 환한 낮이었다. 배는 만원이었다. 앤트워프를 탈출한 벨기에 병사와 장교들이 아주 많았다. 모두 눈에 피로가 역력했다. 우리는 병사들의 지치고 날선 경계의 눈빛을 처음으로 경험했다. 우리는 몸이 좋지 않은 화이트헤드 부인을 위하여 앉을 자리를 구해주었다. 곧 프랑스에 닿았다. 화이트헤드 부인이 준비한 서류의 힘은 아주 막강해 우리는 지체 없이 곧바로 기차를 탈 수 있었다. 그 다음 우리는 택시를 타고 파리 시내를 관통했다. 그리고 폭력을 당하지 않은 아름다운 플뢰뤼스 거리로 돌아갔다. 다시 집에 와 있었다.

세상의 끄트머리에 떨어져 있던 것 같던 사람들이 우리를 만나러 찾아와주었다. 알피 모러는 좋아하는 낚시터에 갔다가 목격한 마른 전투 이야기를 풀어놓았다. 자기는 낚시는 늘 마른에서 했는데 그곳에서 기관차와 독일 병사들이 다가오는 것을 보았고 너무 겁에 질려 닥치는 대로 교통수단을 잡아타고서 이런저런 고생 끝에 간신히 파리로 귀환했다고 했다. 거트루드 스타인은 알피 모러를 문까지 배웅하고는 씽긋 웃으며 돌아왔다. 화이트헤드 부인이 다소 새된 목소리로 말했다. 거트루드, 당신은 알피 모러에게 늘 다정하시군요. 하지만 그는 이기적이고 겁쟁이이며 그런 자신이 창피한 줄 몰라요. 더구나 지금 같은 세상에 어쩜 저리도 뻔뻔스럽게 저런 소리를 잘 하다니. 그는 자기 목숨을 구할 생각뿐이고, 무엇보다 중립이잖아요. 거트루드 스타인은 웃음을 터뜨리고는 설명했다. 부인은 그를 이해하기 힘드시겠죠. 알피는 사실 자신의 여자가 독일인의 손에 잡힌다는 생각에 죽을 만치 겁내고 있어요.

아직은 파리에는 사람들이 많지 않았다. 우리는 파리의 이 한산함이 좋았다. 우리는 파리 곳곳을 돌아다녔다. 파리에 있다니, 정말 멋졌다. 화이트헤드 부인은 아들에게 외투를 보낼 방법을 찾아낸 다음 영국으로 돌아갔고, 우리는 겨울을 맞았다.

거트루드 스타인은 뉴욕의 친구들에게 원고를 잘 보관해달라고 부탁했다. 우리는 모든 위험이 끝나기를 소망했지만, 상황은 점점 악화되어 가는 것 같았다. 그리고 체펠린(독일의 비행선-옮긴이)이 오고 있었다. 우리가 떠나기 전 런던은 밤이면 완전히 암흑세상이었었지만 파리는 1월까지는 예전의 거리의 불빛을 간직하고 있었다.

이 모든 일이 어떻게 끝났는지 다 기억하지는 못하지만, 칼 밴 베크턴이 다리를 놓고 노통 부부가 힘써준 덕분에 일이 잘 되었다. 아무튼 중요한 것은 도널드 에번스로부터 거트루드 스타인의 글 세 편을 책 한 권으로 출판하고 싶으니 제목을 정해달라는 편지가 왔다는 사실이었다. 세 편의 원고는 우리가 함께 한 첫 스페인 여행에서 썼던 글 두 편과 「음식, 방, 기타 등등Food, Rooms, Etcetera」이었다. 거트루드 스타인은 외부세계가 내부세계 속으로 혼합되기 시작한 것이 그 원고들부터였다고 자주 말하곤 했다. 사물의 내부에 아주 진지하게 관심을 기울이고 외부에서 보이는 내면을 묘사하기 시작했을 때 쓴 글이었다. 이 세 원고가 책으로 나올 수 있다니. 그녀는 너무 기뻐서 당장 수락하고 제목은 『부드러운 단추』로 하자고 제안했다. 도널드 에번스는 자기 회사는 클레어 마리라고 하면서 흔한 양식의 계약서를 보내왔다. 우리는 계약서에 당연히 클레어 마리라고 적혀 있을 줄 알았는데, 그런 표시는 없었다. 초판이 750부인지 1,000부였는지는 정확하게 기억나지 않는다. 아무튼 매력적인 작은 책자가 세상에 나왔고, 스타인은 엄청나게 기뻤고, 그 다음은 모두가 알고 있듯이, 이 책은 모든 젊은 작가들에게 엄청난 영향을 끼쳤고, 온 나라에서 신문 칼럼니스트들이 길고 긴 조롱의 캠페인을 시작했다. 거트루드 스타인은 호탕하게 하하 웃으면서 칼럼니스트들은 정말 웃겨, 너무 자주 웃기지, 하고는 큰 소리로 내게 칼럼을 읽어준다.

그사이 1914년과 1915년의 삭막한 겨울이 깊어 갔다. 어느 날 밤, 아마도 1월 말, 지금도 그렇듯이 나는 그 시절에도 일찍 잠자리에 들었다. 거트루드 스타인은 습관대로 아래층 스튜디오에서 작업을 하고 있었다. 내 이름을 부르는 부드러운 소리에 나는 무슨 일이냐고 물었다. 별일 아니야. 그냥 당신만 괜찮다면 옷을 입고 아래층으로 내려오면 좋을 거 같아서 말야. 그녀가 말했다. 왜 그래, 혁명이 일어난 거야? 내가 물었다. 수위들과 그들의 아내들이 늘 혁명 이야기를 했던 게 생각났던 것이다. 프랑스인들은 그렇게나 혁명에 익숙하다. 프랑스인들이 숱한 혁명을 겪은 건 사실이고, 그들은 무슨 일이 일어나면 맨 먼저 혁명이 일어날 거라고 생각하고 말한다. 한번은 프랑스 병사들이 혁명 운운하자 거트루드 스타인이 평소와 달리 참지 못하고 버럭 소리친 적이 있었다. 바보 같은 소리 말아요. 당신들이 일으킨 혁명 가운데 진정으로 완벽하고 좋은 혁명은 딱 한 번이고, 나머지는 별 볼일 없는 것들이었어요. 당신들은 지성적인 국민인데 그런 사람들의 생각이 늘 답보적이라니 한심하게 보입니다. 그때 프랑스 병사들은 양처럼 순해져, 고맙습니다, 스타인 양, 당신 말이 옳습니다, 하고 말했었다.

그래서 그녀가 잠을 깨웠을 때 나도, 혁명이냐고, 군인들이 나타난거냐고 물었던 것이다. 아니, 그런 건 아냐, 그녀가 대답했다. 그럼 뭐지? 나는 참지 못하고 물었다. 모르겠어. 하지만 사이렌이 울렸어. 아래로 내려오는 게 좋겠어. 그녀가 대답했다. 나는 불을 켜려고 했다. 아니, 켜지 마. 손을 내밀어. 내가 손을 잡아 아래로 이끌어줄게. 아래층 소파에서 자도록 해. 그녀가 말했다. 나는 내려갔다. 너무 깜깜했다. 나는 소파에 앉은 다음 말했다. 도대체 왜 이러는 걸까. 무릎이 자꾸 딱딱 부딪치네. 거트루드 스타인은 하하 웃음을 터뜨렸다. 잠깐만 기다려. 담요를 가져다줄게. 나는 가지 말라고 말했다. 그녀

254

는 덮을 만한 물건을 어렵사리 찾아주었다. 그 다음 폭탄 터지는 소리가 요란하게 울렸고, 그 소리는 몇 차례 이어졌다. 그것은 부드러운 소음이었다. 시간이 한참 지나자 거리 곳곳에서 뿔 나팔소리가 울렸다. 공습경보는 끝났다. 우리는 불을 켜고 침대로 갔다.

만약 그때 무릎이 딱딱 부딪치는 경험을 하지 않았다면 나는 많은 운문과 산문에서 나오는 무릎이 덜덜 떨린다는 표현이 다 지어낸 거짓말이라 생각했을 것이다.

두 번째 체펠린 공습 사이렌이 울렸던 날에는 우리는 피카소와 에바와 함께 저녁을 먹고 있었다. 이번에는 첫 번째 공습 사이렌보다 길지 않았다. 이때쯤에는 우리는 아틀리에 2층이 우리가 잠자는 본채의 지붕 아래 공간보다 안전하지 않다는 걸 알고 있었다. 수위가 자기 방은 머리 위로 여섯 층이나 더 있어서 더 안전하다면서 우리더러 꼭 자기 방에서 지내시라고 제안했다. 에바가 너무도 겁에 질려 있어 우리 모두는 수위의 방으로 갔다. 엘렌 후임으로 우리 집 살림을 도와주던 브레통 가의 하인 잔느 폴레까지 따라왔다. 하지만 잔느는 얼마 가지 못해 이렇게는 못 산다며 모두가 간절하게 말리고 반대하는 데도 불구하고 자기의 부엌으로 돌아갔다. 그곳에서 그녀는 이제는 전기가 들어옴에도 촛불만 켜고 접시들을 계속 닦았다. 우리도 얼마 못가 칸막이가 쳐진 수위의 특별석에 질려 우리의 아틀리에로 돌아갔다. 우리는 빛이 새나가지 못하게 식탁 아래에 촛불 하나를 켠 다음 에바와 나는 잠을 자려 애쓰고 피카소와 거트루드 스타인은 새벽 두 시까지 이야기를 나누었다. 세상의 소리가 깨끗해지면 피카소 커플은 자기들 집으로 갔다.

당시 피카소와 에바는 셸셰르 거리에서 공동묘지가 내려다보이는 다소 비싼 스튜디오 아파트에서 살고 있었다. 유쾌함은 많이 사라졌다. 웃을 일이라고는 포병이 되기 위해 말에서 수없이 떨어지던 기욤 아폴리네르의 편지를 읽는 것 하나뿐이었다. 이 무렵 피카소가 친하게 지낸 다른 사람은 러시아 인들인 A. 아포스트로피와 남작 부인인 그의 누이가 유일했다. 이 러시아인들은 루소가 죽자 루소의 아틀리에에 있던 작품을 전부 사들였다. 그들은 '빅토르 위고의 나무' 위쪽 라스파유 거리 아파트에 살고 있었는데 즐거울 일이 없었다. 피카소는 이 러시아인들에게서 러시아 알파벳을 배워 일부 그림에 집어넣기 시작했다.

재미있는 겨울은 아니었지만 그래도 사람들, 새로운 사람들, 옛날 사람들이 계속 들락거렸다. 엘렌 라 모트가 등장했다. 영웅적인 행동을 하면서도 이상할 정도로 수줍음을 많이 타던 여자였다. 그녀가 세르비아에 가겠다고 하자 에밀리 체드본이 자기도 따라가고 싶다고 말했다. 하지만 둘 모두 세르비아에 가지 못했다.

거트루드 스타인은 이 사건을 내용으로 하는 가벼운 중편소설을 썼다.

엘렌 라 모트는 사촌 듀퐁 드 네무에게 주겠다면서 전쟁 기념품을 수집하고 있었다. 그녀가 이런 물건들을 모은 사연은 사람들에게 심심풀이용 이야깃거리가 되었다. 많은 방문객들이 전쟁 기념품이라며 무언가를 가져다주었다. 말의 머리를 관통한 쇠 화살, 조개껍질, 조개껍질로 만든 잉크병, 헬멧, 심지어 어떤 이는 체펠린 파편인지 비행기 파편인지를 가져왔는데, 둘 중 어느 것인지 기억나지 않는다, 아무튼 우리는 그 물건만큼은 사양했다. 그해 겨울은 아무 일도 일어나지 않은, 그리고 모든 일이 일어난 이상한 겨울이었다. 만약 내 기억이 맞는다면, 이때 누군가, 아마 휴가를 나온 아폴리네르였던 것 같은데, 음악회에서 블레즈 상드라르(Blaise Cendrars, 1887~1961, 스위스의 소설가, 시인)의 시들을 낭송했다. 내가 에릭 사티라는 이름과 그의 음악에 대해 처음으로 들은 게 이때였다. 장소는 사람들이 아주 많았던 어느 아틀리에로 기억한다. 거트루드 스타인과 후안 그리스의 우정이 막 시작된 때도 이 무렵이었다. 그때 후안 그리스는 라비냥 거리의 스튜디오, 정확하게는 살몽이 나의 노란 모자 장식을 잘근잘근 씹고 감금되었던 그 스튜디오에서 살고 있었다.

우리는 후안 그리스의 스튜디오를 꽤 자주 찾아갔다. 후안은 그림을 사주는 사람이 없어 생활이 아주 어려웠다. 프랑스 화가들이 전쟁터에 나갈 경우 그들의 부인이나 애인은 오랫동안 함께 살았다는 사실만 증명한다면 수당을 받을 수 있었다. 이 문제에서 애석한 한 경우는 진짜 사나이 중 사나이지만 몸이 너무 왜소해서 입대를 거부당한 에르뱅 오귀스트(Herbin Auguste, 1882~1960, 프랑스의 화가)가 있다. 신체검사장에서 그는 가능한 많은 짐을 날라야 했는데 도저히 못하겠더라고, 짐 무게가 감당이 안 되더라고 슬프게 말했다. 군 부적격자로 집으로 돌아온 에르뱅은 굶어 죽기 직전이었다. 그의 이야길 누구한테 들었는지는 기억나지 않지만, 에르뱅은 단순하고 진실한 초기 입체파 화가 중 한 사람이었다. 다행스럽게도 거트루드 스타인은 로저 프라이와 계속 줄이 닿아 있었다. 로저 프라이는 에르뱅과 그의 그림을 영국으로 가져갔고, 에르뱅은 영국에서 성공했다. 지금도 영국에서 상당한 명성을 날리고 있는 것 같다.

후안 그리스는 에르뱅보다도 사정이 더 고약했다. 그는 육체적·정신적으로 심한 고통을 받고 있었는데 다른 이들에게 살뜰한 공감을 얻어낼 성격이 전혀 못 되었다. 그는 아주 침울하고 감정을 격하게 드러내고 눈에 띄게 한숨을 내뱉고 지나치게 지적이었다. 검은색과 흰색 일색인 그림에는 그의 이러한 우울함이 그대로 배어 있었다. 옛 친구 칸바일러는 스위스로 망명해 스페인에 살던 여동생이 주는 쥐꼬리만한 도움으로 간신히 살아가는 처지였기에 후안은 절망적인 상황이었다.

칸바일러의 소장품들이 경매에 나왔을 때 한 실력자가 입체파를 죽여버리겠다고 호언한 게 바로 이때였다. 다른 화상이 입체파 구원이라는 임무를 받아들이고 아직까지 그림을 그릴 자유가 있던 입체파 화가들 전부와 계약을 맺었다. 후안 그리스도 여기에 포함되었고, 그 순간 구원되었다.

우리는 파리로 돌아가자마자 밀드레드 올드리치를 찾아뵐 생각이었다. 군사지역에 있는 그녀의 집에 가려면 특별허가가 필요할 것 같았다. 우리는 관할 경찰서로 가서 무엇을 어찌하면 좋을지 물었다. 담당자가 우리에게 어떤 서류를 가지고 있냐고 물었다. 거트루드 스타인은 미국 여권과 프랑스 정부가 발급한 허가증이 있다면서 두툼한 지갑을 통째 내밀었다. 담당자는 그것들을 다 살펴본 다음 물었다. 그런데 이것, 이 노란 서류는 무엇입니까? 조금 전 은행에 입금한 영수증입니다. 거트루드 스타인이 말했다. 저라면 이 영수증도 같이 가져가겠습니다. 이 정도 서류들을 가진 여사라면 곤란한 일을 겪지 않을 것입니다. 담당자가 말했다.

사실은 우리는 서류를 내보일 필요도 없었다. 우리는 밀드레드 집에서 함께 며칠을 지냈다.

밀드레드는 우리가 그해 겨울에 만난 사람들 중 가장 유쾌했다. 마른 전투를 경험하고 저 아래 숲에서 독일의 창기병들과 그곳에서 펼쳐진 전투들을 목격했던 그녀는 시골 지방의 일부가 되어 있었다. 우리는 그녀가 프랑스 시골 아낙네를 닮아 간다며 놀렸다. 사실 뉴잉글랜드에서 나서 자란 그녀는 좀 웃기는 방법으로 시골 사람이 되어 가고 있었다. 그녀는 프랑스의 작은 농가에서 프랑스 가구, 프랑스 화가의 그림, 프랑스 하인과 심지어 프랑스 푸들 한 마리와 함께하고 있었는데, 그럼에도 이 모든 게 철저하게 미국적으로 보이는 건 정말 놀라운 일이다. 우리는 그해 겨울 그녀를 몇 차례 더 만났다.

마침내 봄이 왔다. 우리는 잠시 떠날 준비를 했다. 우리의 친구 윌리엄 쿡은 미국 병원에서 프랑스 부상병들을 돌보는 일을 잠시 하다가 마요르카의 팔마로 돌아가 있었다. 그림이 생계였지만 그림을 계속 그리는 데 어려움을 절감한 그는 스페인 통화지역인 팔마로 은퇴해서 하루 몇 프랑의 아주 적은 돈으로 기가 막히게 잘 살고 있었다.

우리도 팔마로 가서 전쟁을 조금이라도 잊어 보기로 했다. 런던에서 받았던 임시여권이 전부여서 스페인령으로 갈 여권을 얻으려면 대사관에 가야 했다. 처음 우리가 만난 노신사는 친절한 사람이었지만 외교 문제가 걸리자 냉정해졌다. 그가 말했다. 불가능한 일입니다. 왜냐하면, 날 보십시오. 나는 파리에서 40년을 살아 왔는데 미국인들이 이렇게 길게 늘어서 있으니 나조차도 여권이 없습니다. 두 분은 미국에 갈 여권은 만들 수 있으며 여권 없이 프랑스에 머무는 것은 가능합니다. 거트루드 스타인은 아무라도 좋으니 비서관을 만나야겠다고 계속 주장했다. 불그레한 얼굴에 빨강머리의 사내가 나타났는데 그도 똑같은 말을 할 뿐이었다. 거트루드 스타인은 조용히 듣다가 말했다. 하지만 내 신분은 당신이 말하신 그대로 확실합니다. 나는 미국에서 태어난 미국인에, 미국에서 살았던 세월만큼 유럽에서 살고 있으며, 작가입니다. 나는 현재는 미국에 돌아갈 의향이 전혀 없으며, 당신네가 발급한 일반 여권은 있습니다. 젊은 남자의 얼굴이 벌개지는 걸로 봐서 착오가 있는 게 분명했다. 거트루드 스타인은 당신들이 가지고 있는 기록들을 다시 확인하면 아주 간단하지 않냐고 말했다. 젊은 남자는 사라졌다가 금세 돌아와서 말했다. 네네,

당신 말씀처럼 착오가 있었습니다. 하지만 이런 착오는 아주 특별한 경우입니다. 거트루드 스타인이 삐딱하게 되받아쳤다. 비슷한 상황에서 당신들은 미국 시민이 아닌 사람에게 미국 시민권을 확장시키는 특권을 주잖아요. 남자는 다시 자리를 떠났다가 돌아와 말했다. 네, 이제 필요한 준비는 다 된 것 같습니다. 그러고는 여권을 정말 원하는 사람에게, 꼭 정당한 경우에만 내주라는 명령이 있었다고 변명했다.

그 다음 우리는 몇 주일만 지낼 생각으로 팔마로 떠났는데 결과적으로 그곳에서 겨울을 나게 되었다. 그러나 우리가 제일 먼저 간 곳은 팔마가 아닌 바르셀로나였다. 바르셀로나 거리에 사람들이 그렇게나 많다는 게 너무 이상했다. 이 세상에 사람들이 이렇게 많이 남아 있으리라 상상도 못했었다. 너무 오랫동안 한산한 거리와 가끔 보이는 소수도 제복 차림의 군인들에 길들여졌다가 많은 인파가 람블라스 거리를 오르내리는 광경을 보니 멍하고 당혹스럽기까지 했다. 우리는 호텔 창가에 앉아 바깥 구경을 했다. 나는 일찍 잠자리에 들어 일찍 일어났고 거트루드 스타인은 늦게 자서 늦게 일어났기 때문에 둘이 같이 있는 시간은 많지 않았지만 수많은 사람들이 람블라스 거리를 걷는 순간만큼은 같이 볼 수 있었다.

우리는 다시 한 번 팔마에 도착했다. 쿡은 우리를 위해 모든 준비를 해둔 다음 마중을 나왔다. 윌리엄 쿡은 언제라도 의지가 되는 믿음직한 사람이다. 그는 그때는 가난했지만 나중에 재산을 상속받아 여러 모로 장한 일을 훌륭하게 해내게 된다. 밀드레드 올드리치가 경제적인 일로 곤경에 처했는데 거트루드 스타인에게는 더는 도와줄 여력이 없었을 때, 쿡은 자기 모친이 밀드레드의 팬이었다면서 거트루드 스타인에게 백지수표를 내밀며 밀드레드를 위해서 필요한 만큼 마음껏 쓰시라고 말했다.

월리엄 쿡은 툭하면 사라졌다. 그리고 아무도 그의 소식을 알지 못할 때 그가 있었으면 하는 일이 일어난다. 나중에 쿡은 미군 일을 하고 거트루드와 나는 프랑스 부상병을 위한 미국 재단에서 일하게 되었을 때 나는 거트루드 스타인을 아침 일찍 깨워야 했다. 그녀와 쿡은 느닷없이 닥치는 햇살의 불쾌함에 대해서 아주 애처로운 편지를 주고받았다. 햇살이 밤에서부터 천천히 다가올 때는 좋은 것이지만 갑자기 맞닥뜨리면 무섭다는 데 두 사람은 마음이 통했다. 나중에 마른에서 고물 택시를 구해 거트루드 스타인에게 운전을 가르쳐준 사람도 윌리엄 쿡이었다. 그는 가난한 시절에 파리의 택시기사로 일했는데, 그가 택시 운전을 하기 전인 1915년 거트루드 스타인은 프랑스 부상병을 위한 미국 재단 일 때문에 트럭 운전을 배워야 했다. 그래서 날이 저물어 밤이 되면 두 사람은 요새 너머까지 나가서는 윌리엄은 전쟁 훨씬 전 르노 택시 회사가 출고한 구닥다리 2기통 택시의 운전석에 근엄하게 앉아서는 그녀에게 운전 기술을 가르쳤다. 거트루드 스타인의 유일한 영어 영화 대본에 영감을 준 이도 윌리엄 쿡이다. 이 대본은 얼마 전 내가 발행인인 플레인 에디션에서『오페라와 희곡*Operas and Plays*』에 묶여 출판되었다. 『오페라와 희곡』에는 그녀가 쓴 유일한 다른 영화 대본, 훨씬 나중에 프랑스에서 바스켓이라는 흰 푸들 강아지에게 영감을 받은 대본도 묶여 있다.

하지만 다시 팔마 데 마요르카로 돌아가자. 우리는 이전 팔마에서 두 번의 여름을 보낼 때 그곳을 무척 좋아하게 되었는데 이번에도 그랬다. 요즘은 팔마를 좋아하는 미국인이 아주 많은 듯 보이는데, 그때만 해도 섬 전체를 통틀어 미국인은 쿡과 우리 두 사람이 전부였다. 섬에는 영국인들도 살고 있었는데, 아마 세 가족이었던 같다. 넬슨 제독의 후손으로 쓴소리를 잘 하는 펜폴드 부인은 남편과 함께 살고 있었다. 그 집에는 파시스트 성향이 짙은 열여섯 살 영국 소년 마크 길버트도 있었다. 우리가 펜폴드 부인의 집에서 차를 마시던 어느 날, 소년이 케이크를 안 먹겠다고 고집을 부리자 부인이 이렇게 말했다. 마크, 너는 아직은 케이크를 먹어야 할 어린애야. 어린애가 아니라고 생각하면 전쟁에 나가 조국을 위해 싸우든지. 마크는 찍 소리도 못하고 케이크를 먹어야 했다.

섬에는 프랑스 가족들도 살고 있었다. 우리는 프랑스 영사 마샹 씨의 부인인 매력이 넘치는 이탈리아 여인과 친해졌다. 마샹 씨는 우리가 들려준 모로코 이야기에 흠뻑 빠져들었다. 프랑스가 모로코의 술탄 모울라이 하피드에게 퇴위를 종용하던 무렵, 그는 탕헤르의 프랑스인 거주 지역에서 근무했었다. 우리가 첫 번째 스페인 여행 도중 탕헤르에서 열흘을 지냈던 때와 같은 시기였다. 거트루드 스타인에게 아주 중요한 일이 많이 일어났던 때였다.

안내인 모하메드는 우리에게 아름다운 것을 보여주었다. 그는 안내인 이상의 기분 좋은 동료가 되었으며, 우리와 같이 오래 산책하는 일에도 익숙해졌다. 모하메드는 우리에게 훌륭하고 깨끗한 아랍의 중산층 가정인 사촌의 집도 구경시키고 차까지 대접했다. 우리는 이 모든 것을 즐겼다. 모하메드는 정치 이야기도 숨기지 않았다. 모울라이 하피드의 궁전에서 교육받은 그는 궁전 내막에 대해 모르는 게 없었다. 그는 모울라이 하피드가 물러나는 대가로 얼마나 많은 돈을 받을지, 그리고 언제 퇴위 준비를 하게 될지도 말했다. 우리는 이런 이야기들이 너무 재미있었다. 모하메드가 이야기 끄트머리에 그곳에 돌아가면 전차가 있는데 그때는 걷지 말라고 그래야 안전할 거라고 말한 것도 재미있어 했다. 그 다음 스페인에 돌아갔을 때 우리는 신문을 통해 모로코의 정세가 모하메드가 말했던 대로 바뀌었음을 알게 되었지만 그때는 크게 관심을 두지 않았다. 그리고 그 다음 마샹 씨를 알게 되자 우리의 유일한 모로코 방문 이야기를 들려주었다. 네, 그게 외교입니다. 아랍인이 아니면서 프랑스 정부가 눈독을 들이는 게 뭔지 아는 사람은 아마 두 분밖에 없을 겁니다. 두 분은 그저 우연히 이런 사실을 알게 되었는데 단지 두 분에게는 그 일이 조금도 중요하지 않을 뿐이죠. 마샹 씨가 말했다.

팔마는 유쾌한 곳이어서 우리는 그해 여름에는 다른 지역을 더 여행할 것 없이 팔마에서만 지내기로 했다. 우리는 프랑스 하인 잔느

폴레를 프랑스로 돌려보낸 다음 우편집배원의 도움을 받아 팔마에서 조금 떨어진 토레노의 도스 데 마요에서 작은 집을 찾아내 그곳에서 머물렀다. 불만은 없었다. 그해 여름에서부터 이듬해 봄까지 그곳에서 머물렀다.

친한 런던의 무디스도서관 사람들은 우리가 어디를 가든 무디스도서관의 책을 보내주었다. 거트루드 스타인은 빅토리아 여왕의 서간들을 큰 소리로 내게 읽어주었고, 선교사들의 자서전과 일지에 푹 빠져들었다. 무디스도서관이 보내준 아주 많은 책을 그녀는 한 권도 놓치지 않고 읽어치웠다.

팔마 데 마요르카에서 그녀는 훗날 『지리와 극들』로 발간될 희곡들 대부분을 썼다. 그녀는 세상에는 희곡을 쓰도록 자극하는 그런 풍경들이 있는데 토레노 주변 시골은 확실히 그런 풍경이라고 늘 말한다.

우리는 개 한 마리를 키웠다. 달밤에 껑충껑충 춤을 추는, 좀 미쳤다고 해도 좋을 마요르카 사냥개였다. 대륙의 스페인 사냥개들과 달리 몸통이 한 색깔이 아니고 줄무늬가 있었다. 이름은 폴리비였다. 거트루드 스타인이 『피가로』지에서 폴리비가 쓴 재미있는 글을 읽고 지은 이름이었다. 마샹 씨는 개 폴리비가 모두를 환대하지만 누구에게도 충성을 다하지는 않는 아랍인 같다고 했다. 폴리비는 더러운 것을 자꾸 먹으려드는 치료 불능의 열정이 있었는데, 이 버릇은 아무도 말릴 수 없었다. 우리는 혹시 그 버릇을 고칠까 싶어 재갈을 물리는 조치를 취하려 했는데 영국 영사의 러시아 하인이 펄쩍 뛰며 화를 내어 포기해야만 했다. 그러자 개는 양들을 못살게 괴롭혔다. 말썽쟁이 폴리비 때문에 우리는 쿡과 말싸움까지 했다. 쿡은 마리 로제라는 폭스테리어를 키우고 있었다. 우리는 마리 로제가 폴리비에게 못된 짓을 하라고 꼬드긴 다음 자기는 고상하게 쏙 빠져서 폴리비만 욕을 먹게 만든다고 확신하고 있었다. 반면 쿡은 우리가 폴리비의 버릇을 망치고 있다고 확신하고 있었다. 폴리비에게도 멋진 취향이 하나 있었다. 나는 커다란 월하향 꽃가지들을 꽃병에 담아 방 한가운데 바닥에 늘 두는데, 그러면 개는 의자에 앉아 그 가지에 코를 대고 부드럽게 킁킁대며 그 향기를 맡고는 했다. 개는 이 가지들을 절대 뜯어먹지 않고 그저 한없이 순한 얼굴로 부드럽게 냄새만 맡았다. 잠시 떠나야 했을 때 우리는 폴리비를 벨베르의 옛 요새 경비대원에게 잘 돌봐달라고 맡겼다. 일주일 뒤 찾아가보니 폴리비는 우리를 알아보지 못하고 자기 이름을 알아듣지도 못했다. 폴리비는 거트루드 스타인이 그 무렵 쓴 많은 희곡에 등장한다.

당시 섬의 정서는 전쟁만큼 아주 혼돈스러웠다. 섬 주민들에게 가장 큰 관심사는 엄청난 전쟁 비용이었다. 그들은 일년, 한 달, 일주일, 하루, 한 시간, 심지어 일분 당 전쟁 비용에 대해서 한 시간에 한 번씩도 토론할 수 있었다. 여름날 저녁 5백만 페세타, 백만 페세타, 2백만 페세타, 잘 자요, 잘 자요 하는 그들의 목소리가 들렸고, 우리는 그들이 전쟁 비용을 계산하느라 온종일 얼마나 바빴을지 알고 있었다.

섬 남자들 대부분은, 심지어 형편이 좀 나은 중산층도 읽고 쓰고 계산하기에 서툴렀고, 여자들은 전혀 셈을 하지 못했다. 그러니 그들에게 전쟁 비용이 얼마나 매혹적이며 끝없는 주제가 되었을지는 능히 상상할 수 있으리라.

우리 이웃에 사는 독일의 여성 공무원은 독일이 이길 때마다 독일 국기를 내걸었다. 우리는 의연하게 대응하리라 애썼지만, 아, 분하게도 그때는 연합군의 승전 소식이 많지 않은 시기였다. 하류 계급들은 연합군 편이었다. 호텔의 한 웨이터는 스페인이 연합군으로 전쟁에 개입하기를 고대하고 있었다. 그는 스페인 군대는 이 세상 어떤 군대보다 적은 군량으로 먼 길을 행군할 수 있으니 연합군에 큰 도움이 될 거라고 말했다. 호텔의 한 메이드는 내가 병사들을 위해 뜨는 뜨개질에 관심이 많았다. 부인은 참 느리게 뜨개질하시네요, 하기사 고상한 숙녀들은 다 그렇죠, 그녀가 말했다. 나는 그녀에게, 하지만 나도 계속 뜨개질하다보면 당신만큼은 못 되더라도 지금보다는 빨리 뜨개질을 할 날이 오겠죠, 하고 말했다. 숙녀는 원래 느리게 해야 해요. 그녀는 고집했다. 사실대로 말하면 내 뜨개질 기술은 빨라졌고, 요즘은 뜨개질을 하며 동시에 책도 읽을 수 있다.

우리는 별 탈 없이 지냈다. 산책에 많은 시간을 보내고, 아주 잘 먹고, 우리의 브레통 하녀 잔느 덕분에 재미있게 지냈다.

잔느는 모자에 세 가지 색 리본을 늘 매고 다닐 정도로 애국심이 높았다. 하루는 그녀가 얼굴이 벌개져 돌아왔다. 다른 프랑스 하녀를 막 만나고 오는 길이라고 했다. 세상에나. 내 친구 마리의 오빠가 물에 빠져 죽었는데 사람들이 시민군 장례식을 치러주었대요. 나는 이 소식에 흥분해 어떻게 그런 일이 일어났는지 물었다. 잔느는, 내 친구 오빠는 아직 군대에도 가지 않았는데 말이죠, 하고 대답했다. 전쟁 때 형제를 시민군 장례로 치르는 건 가문의 영광이었는데, 그런 일은 아주 드물었다. 잔느는 스페인 신문들에 전혀 불만이 없었다. 중요한 단어는 모두 프랑스어로 쓰여 있어서 스페인 신문을 읽는 게 불편하지 않다고 했다.

잔느는 프랑스인 마을 소식을 계속 물고와 끝없이 나불거렸다. 오랫동안 참아온 거트루드 스타인은 갑자기 더는 못 들어주겠다고 소리를 꽥 질렀다.

베르됭이 공격받기 전까지는 마요르카 생활은 부족함이 없었다. 베르됭이 공격당하는 날부터, 모두에게 비참한 시기가 닥쳤다. 우리는 서로를 위로하려 애썼지만 잘 되지 않았다. 한 프랑스 조각가는 중풍으로 고생하면서도 매달 프랑스 영사를 찾아가 군대에 보내달라고 사정했다. 그는 설령 적에게 베르됭을 빼앗기더라도 걱정하지 않아야 한다고 말했다. 그는 베르됭은 프랑스의 입구가 아니라고, 베르됭이 넘어가도 독일인의 사기를 조금 올릴 뿐이라고 했다. 그럼에도 우리 모두는 마음을 졸이며 불행했다. 이전까지 자신만만했던 나도 이제는 전쟁이 날 덮칠 거라는 무서운 생각만 자꾸 들었다.

팔마 항구에는 독일 국적선 팡투름 호가 정박해 있었다. 전쟁이 터지기 전에는 지중해의 모든 항구마다 들러 바늘과 핀을 팔았던 이 초대형 배는 전쟁이 터지자 더는 출항을 못하고 팔마에 붙잡혀 있었는데 아마도 증기선인 게 이유일 것이다. 독일 해군의 장교와 해병들 대부분은 바르셀로나로 떠났지만, 그 큰 배는 여전히 항구에 남아 많은 자리를 차지하고 있었다. 우리 집 창문에서는 심하게 녹슬어 방치된 그 배가 한눈에 보였다. 베르됭 공격이 개시되자마자 사람들은 팡투름 호에 칠을 새로 하기 시작했다. 그 광경을 지켜봐야 하는 우리 기분이 어땠겠는가. 너무 불행했다. 절망이었다. 우리는 프랑스 영사에게, 그는 우리에게 말했다. 무서운 일입니다.

하루하루 뉴스는 더 나빠졌다. 팡투름의 한쪽 면 색칠이 끝났을 때, 갑자기 사람들이 작업을 멈추었다. 그들은 우리보다 먼저 소식을 안 것이다. 베르됭은 적의 수중에 넘어가지 않을 것이다. 베르됭은 안전했다. 독일인은 베르됭을 가지겠다는 희망을 포기한 것이다.

우리 중 누구도 마요르카에 계속 머물 마음이 없었다. 모두가 집으로 돌아가고 싶었다. 이 무렵 쿡과 거트루드 스타인은 시간만 나면 자동차 이야기를 했다. 두 사람 모두 운전을 안 하던 때였음에도 자동차의 매력에 푹 빠져들고 있었다. 쿡은 파리에 돌아가면 무슨 일로 먹고 살지 걱정하기 시작했다. 쥐꼬리만한 수입으로는 마요르카에서는 몰라도 파리에서는 오래 버티기 어려울 것이었다. 그는 아직은 자동차보다는 말이 더 좋다면서 펠릭스 포텡 체인 상회에 식료품 운반 마부로 취직해볼까 한다고 말했다. 아무튼 그는 우리보다 먼저 파리로 돌아갔다. 우리가 마드리드를 경유해서 파리에 도착한 다음 알아보니 쿡은 파리의 택시 운전사가 되어 있었다. 나중에 그는 르노 사의 자동차를 시운전하는 일을 잠깐 하게 되었다. 시속 80킬로미터 로 차를 몰 때 뺨을 때리는 시원한 바람을 묘사하던 그의 흥분한 모 습이 기억난다. 그 다음 한참 지나서 그는 미군에 입대했다.

우리는 집으로 가는 길에 마드리드를 경유해야 했다. 마드리드에 서 특이한 일을 경험했다. 여권 이서 문제로 미국 영사관에 갔을 때 일이다. 영사는 살이 늘어질 정도로 큰 덩치였고, 그의 조수는 필리 핀 사람이었다. 영사는 우리 여권을 쳐다보고 여권의 크기를 재고 무 게를 달고 뒤집어보고는 말했다. 이상은 없지만 말씀드리기가 참 곤 란하군요. 그런 다음 필리핀 조수에게 어떻게 할까 물었다. 필리핀인 조수는 영사가 차마 말로 표현 못하는 일에 동의하는 표정을 지었다. 상사의 비위를 맞추려는 듯, 영사 대신 우리에게 말했다. 두 분이 할 일을 알려드리죠. 두 분은 프랑스 파리에서 사실 분이니까 프랑스 영 사를 찾아가십시오. 만약 프랑스 영사가 괜찮다고 하면 사인을 해주 겠죠. 미국 영사는 점잔 뺀 표정으로 고개만 끄덕거렸다.

우리는 화가 났다. 미국 시민의 여권이 괜찮은지 아닌지를 미국 영사가 아니라 프랑스 영사가 결정하다니 웃기는 일이었다. 그러나 달리 방법이 없어 우리는 프랑스 영사를 찾아갔다.

우리 차례가 되자 담당자는 우리의 여권을 받아 요리조리 살펴보 더니 거트루드 스타인에게 스페인에 마지막으로 있은 게 언제였냐고 물었다. 그녀는 기억을 더듬었다. 그녀는 갑작스런 질문을 받으면 아무것도 기억하지 못한다. 그래서 그녀는 기억이 잘 나지 않지만 이 날짜 아니면 저 날짜였을 거라고 말했다. 담당자는, 아닙니다, 하더니 다른 연도를 언급했다. 그녀는 그가 하는 말이 맞을 거라고 말했다. 그러자 그는 그녀의 스페인 방문 기록들을 찾아오기 시작했고 급기야 그녀가 대학생 시절 미국-스페인 전쟁 직후에 오빠와 함께 스페인에 갔던 날짜들까지 첨가했다. 나로서는 가만히 서 있기도 무시무시한 상황이었는데 거트루드 스타인과 부영사는 정확한 날짜들 확인에 재미를 붙인 듯 신나했다. 드디어 그가 말했다. 저는 마드리드에 있는 크레디 리요네의 신용장 부서에서 오래 근무했었습니다. 저는 기억력이 좋은 편인데 물론 당신을 아주 잘 기억하고 있습니다. 그와 우리 모두는 아주 기뻐했다. 그는 여권에 사인을 하고 우리에게 돌아가도 좋다고, 미국 영사도 그렇게 말할 거라고 말했다.

당시에는 미국 영사가 괘씸하기만 했다. 하지만 지금 생각해 보면 그 일은 두 나라 영사관이 짜고서 그런 게 아니라 미국 영사는 프랑스 영사가 여권 주인의 신분을 확인해줄 때까지 프랑스로 들어가려는 어떤 여권에도 이서를 해주지 않았던 게 아닐까 싶다.

우리는 완전히 다른 파리로 돌아왔다. 파리는 더는 침울해 하지 않았다. 파리는 더는 비어 있지 않았다. 우리는 이번에는 집에만 박혀 있지 않고 전쟁 속으로 뛰어들기로 했다. 어느 날 피라미드 거리를 산책하고 있는 데 미국 여자가 운전하는 포드 자동차가 우리 옆으로 지나갔다. 프랑스 부상자를 위한 미국 재단이라는 글씨가 선명했다. 내가 말했다. 저거 봐, 저게 바로 우리가 할 일이야. 당신은 운전만 해. 나머지는 다 내가 맡을 게. 우리는 미국 여성에게 다가가 말을 걸었고, 그 다음 재단 대표인 래스럽 부인을 만나 면접을 보았다. 래스럽 부인은 오래전부터 재단에서 정력적으로 일해 온 사람이었다. 그녀는 우리에게 자동차를 구하라고 말했다. 자동차를 어디서 구하죠? 우리가 물었다. 미국에서 구하십시오. 그녀가 대답했다. 하지만 어떻게요? 우리가 다시 묻자 그녀는 누군가에게 부탁하라고 말했다. 거트루드 스타인은 그 말대로 했다. 사촌에게 자동차를 구해달라고 부탁했고, 몇 달 뒤 자동차가 왔다. 그 사이 쿡은 자기 택시로 거트루드 스타인에게 운전을 가르쳤다.

앞에서 말했듯이, 파리는 달라져 있었다. 모든 게 달라졌고, 모두가 활기찼다.

우리가 파리를 떠나 있는 동안 에바가 죽었다. 피카소는 몽루주의 작은 집에서 살고 있었다. 우리가 찾아갔을 때 피카소는 신기한 장밋빛 비단 덮개를 침대에 씌우고 있었다. 파블로, 저건 어디서 구했어? 거트루드 스타인이 물었다. 아, 그거 말이죠, 어떤 숙녀에게 받았습니다, 하며 피카소는 흐뭇해했다. 칠레 출신의 유명한 사교계 여성이라고 했다. 비단 덮개는 정말 좋은 물건이어서 피카소는 기분이 아주 좋았다. 그는 우리 집을 계속 찾아왔다. 그는 아주 멋진 여성, 파크레트나 산악지방 출신으로 자유를 갈망하던 아주 사랑스러운 여인 이

렌느를 데리고 왔다. 그는 에틱 사티를, 폴리냐크 가의 공주를, 블레
즈 상드라르를 데리고 왔다.

에릭 사티를 알게 된 것은 큰 기쁨이었다. 그는 자기 고향 노르망
디를 무척 사랑했다. 마리 로랑생도, 브라크도 노르망디가 고향이다.
전쟁이 끝난 뒤 어느 날, 사티와 마리 로랑생은 우리 집에서 점심을
먹는 자리에서 고향이 같다는 걸 알고 아주 기뻐했었다. 에릭 사티는
음식과 와인을 좋아할 뿐 아니라 두 가지에 정통했다. 우리에게는 밀
드레드 올드리치의 하녀의 남편이 선물한 아주 훌륭한 브랜디 오드
비가 몇 병 있었다. 에릭 사티는 잔을 천천히 들고 술맛을 음미하며
시골에서 보낸 어린 시절 이야기를 들려주었다.

여섯 차례 방문하는 동안 에릭 사티가 음악 이야기를 한 것은 딱
한번이었다. 그는 음악은 언제나 의견을 가지고 있었다고, 프랑스 현
대 음악이 현대 독일에 빚진 게 없음을 인정받게 되어 기쁘다고 말
했다. 드뷔시가 맨먼저 앞장선 이후 프랑스 음악가들은 드뷔시를 따
르거나 자신들만의 프랑스 음악을 발견해냈다.

에릭 사티는 주로 노르망디에 얽힌 매혹적인 이야기를 극적 위트
감각과 때로는 신랄한 말솜씨를 섞어 들려주는 매력 넘치는 저녁 초
대 손님이었다. 많은 세월이 흐른 다음 게라 생 라자레 근방의 작은
집에서 버질 톰슨(Virgil Thomson, 1896~1989, 미국의 작곡가, 지휘자, 음
악비평가)을 만났을 때, 버질은 처음 만나는 자리에서도 우리를 위해
서 〈소크라테스〉 전곡을 연주해주었다. 그 연주를 듣는 순간, 거트루

드 스타인은 사티의 진정한 열성 팬이 되었다.

세르비아에 가고 싶었으나 가지 못했던 엘렌 라 모트와 에밀리 체드본은 아직 파리에 살고 있었다. 예전에 존스홉킨스 대학병원 간호사였던 엘렌 라 모트는 숫기 없는 성격은 여전했지만 전선에서 부상병을 간호하고 싶어 했다. 그녀는 전선에서 병원을 운영하던 메리 보든-터너를 만난 뒤 자기 소원대로 몇 달간 간호일을 했다. 그 다음 그녀는 에밀리 체드본과 같이 중국으로 갔고, 나중에 아편 반대 캠페인을 이끄는 지도가가 되었다.

메리 보든-터너는 작가였고 작가가 되려고 했다. 그녀는 거트루드 스타인의 작품을 아주 좋아해 전선을 돌아다닐 때도 스타인과 플로베르의 작품들을 늘 지니고 다녔다. 부아 근방에 있는 그녀의 집은 난방이 잘 되었다. 석탄이 떨어져 고생하던 겨울, 우리는 따뜻한 그 집을 찾아가 함께 행복한 저녁을 먹고는 했다. 그녀의 남편 터너를 우리는 좋아했다. 영국군 장교인 그는 정탐 임무를 성공적으로 해내고 있었다. 그는 백만장자 메리 보든과 결혼했으면서도 백만장자를 믿지 않았다. 그는 장교 숙사가 있는 마을의 여인들과 어린이들을 위해 크리스마스 파티를 열겠다고 강력하게 주장했고, 전쟁이 끝나면 뒤셀도르프에서 대영제국을 위한 세관원이 되거나 캐나다로 가서 소박한 삶을 살고 싶다고 늘 말하곤 했다. 무엇보다도 그는 아내에게, 당신은 백만장자가 아니야, 진짜 백만장자라면 그렇게 하지 않아, 하고 자주 말했다. 그에게 백만장자의 기준과 모범은 영국의 백만장자였던 것이다. 한편 메리 보든은 골수 시카고 사람이었다. 거트루드 스타인은 시카고 사람들에 대해서 자기 고장을 창피 주는 데 아주 많은 에너지를 쓰면서도 그런 걸 모르는 사람들이라고, 그들은 어서 빨리 그런 특징들을 떨쳐내고 제대로 좋은 일을 해야 할 것이라고 말하곤 했다. 그녀가 이렇게 말하면 시카고 사람들은 더러는 목소리를 낮추고 더러는 목소리를 높이고 더러는 영국식 억양으로 심지어 독일어 억양을 집어넣고 더러는 얼버무리고 더러는 아주 격앙된 목소리로, 또 더러는 중국어와 스페인어를 섞어서 말하고 또 더러는 입을 쫑긋거린다. 메리 보든은 누가 뭐래도 시카고 사람이었다. 거트루드 스타인은 그런 메리 보든에게, 그리고 시카고에 점점 관심을 가지게 되었다.

그 사이 우리는 미국에서부터 오고 있는 포드 트럭을 기다렸다. 트럭이 도착한 다음에는 차체 개조가 끝나기를 기다렸다. 아주 오래 기다려야 했다. 기다리는 이 시간 거트루드 스타인은 짧은 전쟁 시를 아주 많이 썼는데, 그 중 일부는 미국에 대한 글만 모은 『유용한 지식 *Useful Knouledge*』전집으로 출판되었다.

『부드러운 단추』의 발간은 신문들을 자극했다. 신문들은 거트루드 스타인의 작품을 모방하고 조롱하기 시작했다. 이른바 '거트루드 스타인 이후'라 불리는 시리즈가 시작되었다.

어느 날 거트루드 스타인은 느닷없이 『라이프』지 편집자 매슨에게 편지를 썼다. 그녀는 헨리 맥브라이드가 예전에 지적했듯이, 진짜 거트루스 스타인은 흥미롭다고까지는 아니더라도 가짜들보다 모든 면에서 훨씬 재미있는 사람인데 왜 진짜가 쓴 진짜 글을 출판하지 않느냐고 썼다. 놀랍게도 매슨이 그녀의 글을 출판할 수 있다면 자기도 기쁠 거라는 답장을 보내왔다. 그래서 두 사람은 만났다. 출판사는 그녀가 보낸 두 원고, 윌슨에 대한 초상과 그보다 분량이 조금 긴 프랑스에서의 전쟁 작업에 대한 글을 출판했다. 매슨 씨는 그 어느 때보다도 많은 용기를 냈던 것이다.

그해 겨울의 파리는 절로 눈물이 흐를 정도로 추웠는데 석탄은 너무도 귀한 것이었다. 집에 석탄이 결국 다 떨어지고 말았다. 우리는 큰 방을 막고 작은 방에서만 지내면서 석탄을 아꼈지만 이제는 한 알도 남지 않았다. 정부가 필요한 사람들에게 석탄을 배급하고 있었지만 우리는 하인들을 석탄을 얻는 긴 줄에 세우는 게 옳지 않다고 생각했다. 어느 날 오후, 우리는 살을 에는 바깥으로 나갔다. 거리 한 모퉁이에 경관과 경찰서장이 서 있었다. 거트루드 스타인이 그들에게 다가갔다. 여길 보세요, 우리가 뭘 하려는지 보십시오. 나는 플뢰뤼스 거리 27번지에 오랫동안 살았습니다. 두 남자는 네, 여사를 잘 압니다, 하며 고개를 끄덕거렸다. 우리 집에는 작은 방 하나를 데울 석탄도 없습니다. 그렇다고 우리 집 하인에게 석탄을 배급받아 오라고 내보내지도 못하겠습니다. 그건 옳은 일이 아니니까요. 그러니 제가 어쩌면 좋을까요. 두 분이 말씀해 주십시오. 경관은 상관을 쳐다보았고 상관은 고개를 끄덕였다. 알겠습니다. 그들이 말했다.

우리는 집으로 돌아왔다. 그날 저녁 평복 차림의 경관이 석탄 두 자루를 들고 찾아왔다. 우리는 아무것도 묻지 않고 그저 고맙게 받아들였다. 그 경관, 충실한 브르타뉴 사람은 더없이 고마운 존재가 되었다. 그는 우리를 위하여 많은 일을 해주었다. 우리 집을 청소하고, 우리 집 굴뚝청소도 해주고, 깜깜한 밤 독일의 체펠린 비행선이 뜨면 언제 대피하고 언제 나와도 되는지 알려주었다. 바깥 어딘가에 그가 있다는 사실에 우리는 마음이 든든했다.

시시때때로 체펠린 경보가 울렸다. 하지만 모든 일이 그렇듯이 이 소리도 이내 익숙해졌다. 저녁 식사 중에 경보가 울려도 우리는 계속 밥을 먹었고 한밤중에 울려도 거트루드 스타인은 나를 깨우지 않았다.

우리의 작은 포드 자동차는 준비가 거의 다 되었다. 거트루드 스타인은 나중에 이 자동차에 온티라고 이름을 붙였다. 위급상황에서도 의연함을 잃지 않고 또 적당한 아첨을 받으면 대개 공정하게 행동했던 그녀의 폴린 고모를 떠올려 붙인 이름이었다.

어느 날 피카소가 찾아왔다. 그의 어깨에 가늘고 우아한 청춘이 기대고 있었다. 장입니다, 장 콕토(Jean Cocteau, 1889~1963, 프랑스의 시인, 극작가)요. 우리는 함께 이탈리아로 갈 겁니다. 파블로가 선언했다.

피카소는 사티가 음악을 맡고 장 콕토가 대본을 쓴 러시아 발레단의 무대장식을 맡게 되어 잔뜩 들떠 있었다. 모두가 전장으로 떠난 상태, 몽파르나스의 삶은 활기가 보이지 않고 충실한 하인이 있다 한들 몽루주의 집에는 재미가 사라지고 없던 터였다. 변화가 너무도 절실했던 차에 로마로 갈 일이 생기자 피카소는 활기를 되찾았다. 모두는 작별 인사를 나눈 다음 각자의 다양한 길로 떠났다.

작은 포드 트럭은 달릴 준비가 다 되었다. 사람들은 프랑스 자동차로 운전연습을 했던 거트루드에게 자동차는 다 똑같다고 말했다. 나는 운전을 해본 적 없었지만 차가 다 똑같아 보이지 않았다. 우리는 자동차를 인수하러 파리 외곽으로 나갔다. 드디어 거트루드 스타인이 차에 올라탔다. 그녀가 낸 첫 번째 사고는 전차 두 대 사이에서 시동을 꺼뜨린 일이다. 전차 승객들이 전부 내려 우리 차를 빼내주었다. 이튿날 우리는 오늘은 또 무슨 일이 일어날까 알아보려 다시 바깥으로 나갔다. 멀리 샹젤리제까지 갔을 때 차 시동이 또 꺼졌다. 사람들이 나타나 자동차를 갓길로 밀어 올려준 다음 어디가 고장 났는지 알려주려 애썼다. 거트루드 스타인이 크랭크를 돌리고 구경꾼들도 모두 크랭크를 만지작거렸지만 나아지지 않았다. 결국 지나가던 늙은 자가용 운전사가 기름이 떨어진 거라고 알려주었다. 우리는 너무도 당당하게 그럴 리가 없다고, 적어도 1갤런은 남아 있다고 말했다. 하지만 그는 계속 확인해 보라고 말했다. 그의 말이 맞았다. 사람들이 샹젤리제로 올라가던 군대 트럭 행렬을 세웠다. 부대 전체가 멈추었고, 군인 두 명이 엄청나게 큰 기름 탱크를 날라와 작은 포드 자동차의 주유구에 기름을 넣어보려 했다. 물론 기름은 잘 들어가지 않왔다. 결국 나는 택시를 타고 빗자루와 기름을 파는, 내 얼굴을 잘 아는 가게로 가서 기름 한 통을 사 가지고 돌아왔다. 그 다음에야 우리는 드디어 프랑스 부상병을 위한 미국 재단 본부가 있는 알카자르데테에 도착했다.

래스럽 부인은 몽마르트르까지 태워줄 자동차를 기다리고 있었다. 나는 당장 우리 차로 봉사하겠다고 제안한 다음 거트루드 스타인에게 가서 내 생각을 말했다. 거트루드는 에드윈 도지한테 들은 이야기를 인용했다. 언젠가 어린 아들이 테라스에서 잔디밭까지 날고 싶었다고 말하자 마벨 도지는 얼마든지 뛰어내리렴, 하고 말했다고 한다. 에드윈 도지는 그때 일에 대해서 스파르타 식 어머니 되기는 어려운 일이 아니랍니다, 하고 말했다는 것이다.

아무튼 래스럽 부인이 왔고, 거트루드 스타인은 자동차를 출발시켰다. 두 사람이 무사히 돌아올 때까지 내가 얼마나 마음을 졸였을지 형용하기가 어려운데, 아무튼 그들은 분명히 돌아왔다.

우리는 래스럽 부인에게 앞으로 어떤 일을 하면 좋을지 알려달라고 했다. 그녀는 우리에게 페르피냥으로 가라고 했다. 미국 병원은 많아도 미국의 기구가 한 번도 방문하지 않은 곳이라고 했다. 우리는 출발했다. 그때까지 운전을 해서 가장 멀리 간 곳이 퐁텐블로였기에 우리는 몸이 덜덜 떨리는 기분이 어떤 것인지 맛보아야 했다.

우리는 작은 모험을 겪었다. 눈밭에 갇힌 것이다. 나는 길을 잘못 든 것이니 차를 돌려야 한다고 확신했다. 거트루드 스타인은 길을 잘

못 들어선 것이든 제대로 가고 있는 것이든 무조건 앞으로 나아가야 한다고 말했다. 그녀는 후진을 할 줄 몰랐다. 심지어 요즘도 차종이 뭐든 상관없이, 장소가 어디든 상관없이 후진을 잘 못한다는 걸 밝혀도 좋을까. 그녀는 전진은 감탄할 정도로 잘 하지만 후진은 성공한 적이 별로 없다. 그녀가 운전을 할 때 우리가 목소리를 높여 싸우는 유일한 문젯거리는 후진 때문이었다.

　남부로 향하던 이 길에서 우리는 우리의 첫 번째 군인 대자(代子)를 태웠다. 그날 시작된 습관, 군인을 보면 무조건 차에 태워주려는 습관은 전쟁이 끝날 때까지 계속되었다. 우리는 낮에도 운전하고 밤에도 운전했다. 우리는 자동차를 몰아 프랑스의 오지로 들어갔고, 군인을 보면 차를 멈춰 태워주었다. 군인들과의 이런 만남이 즐겁지 않은 적은 없었다. 군인들 중에는 가끔 꽤 까탈스러운 이들도 있었다. 한번은 군인에게 또 도움을 받았을 때였는데, 거트루드 스타인이 언제 어디서라도 도와줄 사람이 나타난다고 말했다. 장소가 어디든, 그 남자가 군인이든 자가용 운전사든 늘 남자들이 나타나주기에 자기가 직접 타이어를 갈아 끼우거나 크랭크를 돌리고 수리할 일이 없다고 하면서 그녀는 그 군인에게, 당신은 아주 훌륭하고 친절한 분이라고 말했다. 그러자 그는 간단하게 한 마디만 했다. 부인, 모든 군인은 다 훌륭하고 친절하답니다.

　기구에서 일하는 다른 운전자들은 곤혹스러운 순간에 사람들에게 무슨 일이든 하게 만드는 거트루드 스타인의 이런 능력이 신기하기만 했다. 래스럽 부인도 자가용 운전자였는데 지금껏 그녀를 돕겠다고 나선 남자는 한 명도 못 만났다고 했다. 군인들만 거트루드 스타인을 도와준 게 아니었다. 방돔에서는 지나가던 자가용 운전사가 내려서 그녀의 낡은 포드 자동차의 크랭크를 돌려주었다. 거트루드 스타인은 다른 사람들도 무척 효율적인 도움을 주었는데 그들은 자신들이 특별한 일을 하고 있다고 생각하지 않을 거라고 말했다. 그녀 자신은 유능하진 못해도 유머 감각이 있고 민주적인 사람이라고, 사람은 누구나 다른 사람만큼 좋은 점을 가지고 있으며 자기는 자기가 원하는 걸 알고 있다고 했다. 그녀는 이렇게 말한다. 도움을 정말 원하면 언제라도 도와달라고 할 수 있어. 여기서 중요한 것은 평등정신이야. 모두가 평등하다고 정말 믿는다면 누구에게라도 도와달라고 청할 수 있어.

우리가 첫 번째 군인 대자를 태운 곳은 솔리외 근방이었다. 그는 솔리외에서 가까운 작은 마을에서 푸주한으로 일했다고 했다. 우리가 그 군인을 태운 사건은 프랑스 군대의 민주성을 보여준 좋은 본보기였다. 군인 세 명이 길을 걷고 있었다. 우리는 트럭을 세우고 한 명은 디딤판에 태울 수 있다고 말했다. 그들은 휴가를 나와 가장 가까운 도시의 기차역에서 내린 다음 시골길을 걸어 집으로 가는 중이었다. 한 사람은 육군 중위, 한 사람은 상병, 한 사람은 병사였다. 그들은 먼저 우리에게 감사하다고 인사를 한 다음 중위가 부하들에게 집까지 남은 거리가 얼마인지 물었다. 부하들은 각자 남아 있는 거리를 말한 다음 그런데 중위님은 얼마나 더 가야 합니까, 하고 물었다. 중위가 대답을 했고, 그들은 집까지 가장 많이 걸어야 할 사람은 병사이므로 그를 차에 태우는 게 옳다는 데 동의했다. 병사는 상병과 장교에게 경례를 한 다음 우리 차에 올라탔다.

이 사람이 바로 우리의 첫 번째 군인 대자였다. 그날 이후 우리는 많은 군인 대자들을 떠맡았다. 군인의 대모가 할 일은 편지를 받는 대로 답장 쓰기, 열흘에 한 번씩 위문품이나 정성들여 만든 음식을 보내기 등이 있었다. 군인들은 위문품을 좋아하지만 진짜 반가워 하는 건 물론 편지였다. 그리고 그들은 곧바로 답장을 써 보냈다. 내 기분으로는 내가 편지를 쓰기 무섭게 답장이 도착하는 것만 같았다. 군인에게 편지를 쓸 때는 그들의 가족사를 잘 기억하는 게 아주 중요했다. 언젠가 나는 이 점에서 끔찍한 실수를 저질렀다. 편지들이 뒤섞인 바람에 어머니가 돌아가신 군인에게 어머니께 안부를 전해달라고 했고, 또 다른 군인에게는 어머니 대신 아내에게 안부를 전한다고 썼던 것이다. 그들은 아주 슬픈 답장을 내게 보냈고, 나는 내 실수로 두 사람이 정신적으로 얼마나 상처가 깊었을지 알 수 있었다.

우리를 가장 기쁘게 한 군인 대자는 님에서 태운 군인이었다. 어느 날 나는 시내에 나갔다가 지갑을 잃어버렸다. 호텔로 돌아온 다음에야 그 사실을 깨달았는데, 지갑 속에 현금이 꽤 많이 들어 있어서 자꾸 신경이 쓰였다. 우리가 저녁을 먹고 있을 때 웨이터가 손님이 찾아왔다고 전했다. 우리가 밖으로 나갔더니 지갑을 들고 있는 한 남자가 보였다. 그는 길에서 지갑을 주웠는데 군대 임무가 끝나는 대로 호텔로 찾아왔다고 말했다. 지갑 속에 있는 내 명함을 보고 외국인이라면 호텔에 있을 거라고 판단할 수 있었고, 또 우리는 당시 님에서 꽤 알려진 인물이기도 했다. 당연히 나는 지갑에 있는 돈으로 감사표시를 하려 했는데 그는 극구 거절했다. 그러나 한 가지 부탁이 있다고 했다. 그의 가족은 마른에서 온 피난민이라고 했다. 아들 아벨은 열일곱 살인데 얼마 전 자원입대를 해서 현재는 님에 주둔한 유격대에서 복무하고 있다고 했다. 그러면서 나더러 아들의 대모가 되어 달라고 부탁했다. 나는 그러겠다고, 아들에게 첫 휴가날 저녁에 날 찾아오라고 전하라고 말했다. 이튿날 저녁, 내가 상상할 수 있는 가장 어리고, 가장 다정하고, 가장 키가 작은 군인이 찾아왔다. 아벨이었다.

우리는 아벨에게 진한 애착을 느꼈다. 그가 전선에서 띄운 첫 편지를 나는 잊은 적이 없다. 편지 앞머리에서 아벨은 탁자가 없어 무릎에 대고 편지를 쓰는 것만 뺀다면 전선 분위기는 그간 이야기를 들으며 상상했던 것과 너무도 똑같아서 하나도 놀라운 게 없다고 썼다.

다음 번 만났을 때 아벨은 붉은색 어깨 표장장식을 달고 있었다. 그의 연대 전체가 레종도뇌르 훈장을 받았다. 우리는 우리의 대자가 몹시 자랑스러웠다. 그리고 전쟁이 끝난 다음 프랑스 군대를 따라 알자스로 들어가게 되었을 때, 우리는 아벨을 만나 며칠을 같이 지냈다. 그때 그는 스트라스부르 성당 꼭대기에 올라가 우리를 자랑스럽게 했다.

드디어 우리는 파리로 돌아왔다. 아벨이 우리 집에 찾아와 일주일을 함께 지냈다. 첫날 저녁, 우리는 그에게 모든 것을 보여주었다. 아벨은 사뭇 진지하게, 이 모든 것을 위해서라면 싸울 가치가 있습니다라고 말했다. 하지만 그는 저녁의 파리를 무서워했고, 그래서 그와 밖에 나갈 때 우리는 항상 다른 사람을 불러야만 했다. 전쟁터는 무서워하지 않던 그는 파리의 밤은 무서워했다.

얼마 후 아벨은 편지에서 가족이 이사를 했다며 새 주소를 적어주었다. 하지만 그가 적은 주소는 연결이 되지 않았고, 우리는 그를 잃고 말았다.

우리는 드디어 페르피냥에 도착했다. 병원들을 방문하고 비품을 배급하고 필요한 물건들을 보내달라고 본부에 편지 쓰는 일을 시작했다. 처음에는 어려움이 있었지만 곧 적응하고 모든 일을 아주 잘 해냈다. 들어온 위문품을 나눠줄 때는 마치 크리스마스를 연달아 맞이하듯이 즐거웠다. 병원 본부는 우리에게 해당 병원에 입원해 있는 군인들에게 언제라도 위문품을 나눠줘도 좋다고 허락했다. 이것만도 고마운 일인데 병원은 또한 병사들에게 우리한테 감사 엽서를 쓰도록 말해 두었다. 우리는 부상병들이 쓴 이 엽서들을 한 자루씩 묶어 래스럽 부인에게 보냈고, 그녀는 그 엽서들을 위문품을 보내준 미국 시민들에게 보낼 수 있었으니 모두에게 즐거운 일이었다.

그런데 휘발유가 문제였다. 프랑스 정부는 우리 재단에 휘발유를 구입할 우선권을 주었지만, 돈이 있다 한들 휘발유 사기가 어려운 시절이었다. 휘발유를 많이 비축한 프랑스 군대는 우리에게 휘발유를 주려고 했지만 팔아서는 안 되었다. 우리는 휘발유 우선 구입권이 있지만 무상으로 받아서는 안 되었다. 이런 상황 때문에 우리는 사령부의 책임 장교와 면담이 필요했다.

거트루드 스타인은 이제는 필요한 장소가 어디든 운전을 해 가고, 도와주는 사람이 안 보이면 몇 번이라도 직접 크랭크를 돌리고, 해야 한다면 자동차 수리도 직접 하는 완벽한 운전사가 되어 있었다. 비록 후진하는 게 아직도 문제이긴 했지만 위의 일들은 잘 해냈다고 인정하는 게 옳을 것이다. 그녀는 아침 일찍 일어나는 일도 군말 없이 따라주었다. 하지만 공공기관에 찾아가 사무실로 들어가 면담하는 일은 딱 잘라서 거절했다. 공식적으로는 내가 대리자이고 그녀는 운전사이므로 내가 시장을 만나 면담을 해야 했다.

시장은 매력적인 사내였다. 중간에 일이 지체되고 시장이 나를 이리저리 보내기는 했지만 결국에는 모든 게 잘 정리되었다. 그 사이 시장은 물론 나를 계속 스타인 양이라고 불렀는데, 내가 그에게 선물로 준 신문에 난 사람은 운전사 거트루드 스타인이기 때문이었다. 아, 스타인 양, 제 아내가 당신과 인사라도 나눴으면 좋겠다며 함께 저녁 식사를 할 수 있는지 물어보더군요. 시장이 말했다. 나는 정말 당황했고 잠시 망설이다가 말했다. 하지만 저는 스타인 양이 아닙니다. 시장은 하마터면 공중으로 솟아오를 뻔했다. 그는 소리를 질렀다. 뭐라고요, 스타인 양이 아니시라뇨? 그러면 대체 누굽니까? 이때가 전시이며 페르피냥은 스페인 국경과 가깝다는 사실을 기억해주길 바란다. 아, 시장님은 스타인 양을 볼 수 있습니다. 내가 말했다. 스타인 양은 어디 있습니까? 시장이 물었다. 저 아래 자동차에 있습니다. 내가 흐릿하게 대답했다. 이게 도대체 어찌된 일입니까. 시장이 물었다. 스타인 양은 운전사고 저는 대리자인데, 스타인 양은 참을성이 없어서 사무실에서 면담할 때까지 기다리는 걸 못합니다. 그래서 그녀가 자동차 안에 있는 동안 제가 대신 온 겁니다. 내가 설명했다. 잠깐만, 만약 제가 서류에 서명이라도 부탁했다면 어쩌려고 했습니까. 시장의 목소리가 딱딱해졌다. 그랬다면 시장님께 지금 드리는 말씀을 미리 했을 겁니다. 내가 말했다. 그럼 같이 내려가서 진짜 스타인 양을 만납시다. 시장이 말했다.

시장과 나는 아래로 내려갔다. 시장은 포드 트럭 운전석에 앉아 있는 거트루드 스타인에게 다가갔다. 두 사람은 그 자리에서 친구가 되었다. 그는 정식으로 식사 초대를 했고 우리는 저녁 식사에 갔다. 멋진 저녁이었다. 뒤부아 부인은 음식과 와인의 고장 보르도 출신이었다. 그리고 무엇보다 그 집 수프는 최고였다. 그 집 수프 맛을 기준으로 이 세상의 모든 수프를 평가했던 기억이 지금도 새롭다. 그 수프에 근접하는 수프가 가끔 있고, 그와 견줄 만한 수프는 소수이며, 그것을 능가할 수프는 절대 없다고.

조제프 조프르(Joseph Joffre, 1852~1931, 프랑스의 육군 총사령관 제1차 세계대전 당시 '마른의 승리자'라는 이름을 얻었다)가 태어난 리브살트는 페르피냥에서 멀지 않았다. 우리는 파파 조포르에게 자그마한 경의를 표하는 뜻에서 그곳의 작은 병원에 특별보급품을 가져다주었다. 작은 거리에 있는 조프르의 생가라고 적힌 집 앞에서 우리는 빨간 적십자 표시와 AFFW(프랑스 부상병을 위한 미국 재단) 표시가 있는 작은 포드 트럭에 올라타 사진을 찍었고, 이 사진을 현상해 래스럽 부인에게 보냈다. 우리 모습이 찍힌 이 우편엽서는 미국에서 팔려 재단의 운영자금이 되어 돌아왔다. 그 사이 미합중국은 전쟁에 개입했다. 누군가 우리에게 별과 줄무늬가 찍힌 리본들을 많이 보내주었다. 우리는 이 리본들을 잘라 모든 군인들에게 나눠주었다. 군인들도 우리도 아주 기뻤다.

이 말을 하니 프랑스 농부가 떠오른다. 시간이 흘러 님에서 어린 미국인 구급차 운전병을 태워 시골로 나갔을 때 일이다. 소년은 폭포를 보겠다며 갔고, 나는 병원에 볼일이 있었고, 거트루드 스타인 혼자 트럭 안에 남아 있었다. 내가 볼일을 마치고 돌아가자 그녀는 늙수구레한 농부가 다가와서 젊은 남자가 입은 제복이 뭔지 물어보았다고 했다. 그녀가 당신들의 새로운 연합군인 미국 군인의 제복이라고 자랑스럽게 설명하자 늙은 농부는 그저, 아, 하고 말했단다. 이 이야기를 들은 후부터 나는 우리가 함께 이룰 수 있는 게 뭘까 자꾸 생각에 잠기게 되었다.

우리는 페르피냥 임무를 마쳤다. 파리로 돌아오는 길에 자동차로 겪을 온갖 고생을 다 겪었다. 아무리 포드 자동차더라도 그간 페르피냥의 날씨가 너무 더웠던 게 문제가 되었다. 지중해 연안에 위치한 페르피냥은 해발보다 낮아 아주 더운 지역이었다. 뜨거운 날에도 더 뜨거워지기를 바랐던 거트루드 스타인은 이때 하도 호되게 고생을 해서 그 이후로는 예전처럼 열기를 열심히 찬양하지 않는다. 그녀는 위에서 내리쬐는 열과 아래서부터 올라오는 지열과 자동차가 뿜어대는 열기 때문에 팬케이크가 된 기분이라고 말했다. 그녀는 이 자동차를 토막 내겠다고 세지 못할 정도로 맹세했었다. 자동차가 다시 출발하기까지 나는 그녀를 다그치고 격려해야 했다.

래스럽 부인이 거트루드 스타인을 놀린 일도 자동차와 관련이 있었다. 전쟁이 끝난 뒤 프랑스 정부는 우리 둘에게 레코네상스 프랑세즈 훈장을 수여했다. 프랑스인들은 훈장을 줄 때 그 이유를 밝히는 표창장도 함께 준다. 우리가 받은 공로상장의 문구는 똑같았는데, 단 하나 사소하게 다른 게 있었다. 그들은 나에게는 지칠 줄 모르는 헌신이라는 표현을 썼지만, 그녀에게는 그 표현을 집어넣지 않았다.

조금 전에 말했듯이, 파리로 돌아오는 길에 우리는 자동차로 겪을 별별 일을 다 겪었다. 하지만 거트루드 스타인은 이번에도 우연히 만난 도보여행가한테서 도움을 받았다. 결정적인 순간에 나타나 자동차를 밀고 들어준 남자 덕분에 우리는 간신히 느베르에 갈 수 있었다. 느베르에서 우리는 미군을 처음 보았다. 해병대, 프랑스에 도착한 최초의 미 파병대원이었다. 그곳에서 우리는 군가라는 것도 처음 들었는데, 노랫말을 대강 정리하면 모든 미군이 때로는 반항하더라도 해병대에서는 불복종은 절대 없다는 내용이었다. 거트루드 스타인은 해병대의 슬픈 노래라고 말했다.

느베르로 들어오는 길에 우리는 탄 맥그루를 보았다. 캘리포니아 출신의 파리 시민인 그하고는 얼굴만 아는 사이였으나 어쨌든 제복을 입고 있었기에 우리는 그에게 도움을 청했다. 그가 왔고, 우리는 문제점을 말했다. 그렇다면 차에서 내리신 다음 차는 호텔 차고에 넣으십시오. 내일이면 군인들이 수리를 끝낼 겁니다. 맥그루가 말했다. 우리는 그렇게 했다.

맥그루 씨의 부탁도 있고 해서 우리는 그날 저녁은 YMCA에서 보냈다. 몇 년 만에 진짜 순수한 미국인들, 평상시라면 유럽에 올 일이 절대 없을 그런 미국인들을 보았다. 온몸이 짜릿했다. 거트루드 스타인은 물론 모든 병사들에게 말을 걸었다. 고향이 어디냐. 전쟁 전에 무슨 일을 했느냐. 나이는 몇 살이냐. 이게 마음에 드느냐. 그녀는 미국 사내들의 파트너인 프랑스 여자들과도 이야기를 나누었다. 프랑스 여자들은 미국인 남자에 대한 생각들을, 그리고 미국 사내들은 프랑스 여자들에 대한 의견들을 숨김없이 거트루드에게 털어놓았다.

이튿날 거트루드 스타인은 캘리포니아와 아이오와와 함께 차고에서 지냈다. 자동차 수리를 위해 파견된 병사 둘을 그녀는 이렇게 불렀다. 그녀는 두 병사와 정말 재미있게 보내고 있었다. 기계가 무서운 소음을 낼 때마다 두 병사는 목소리에 잔뜩 힘을 주고 프랑스 운전사들이 기어 변속을 하는군, 하며 잘난 체를 했다. 그때 거트루드 스타인과 아이오와와 캘리포니아가 얼마나 신났는지 생각하면 느베르를 떠난 다음 우리 차가 또 문제가 생겼다고 밝히는 게 유감이다. 그래도 우리는 그럭저럭 파리까지 무사히 갔다.

거트루드 스타인이 아이오와는 캔자스와 어떻게 다른가, 캔자스는 네브라스카와 어떻게 다른가 등등의 챕터로 미국 역사를 쓰겠다고 생각하게 된 게 이때였다. 그녀가 이 아이디어로 쓴 글 중 일부는 『유용한 지식』에 실려 있다.

우리는 파리에 오래 머무르지 않았다. 자동차 수리가 끝나자마자 다시 님으로 떠났다. 가르, 부슈디론, 그리고 보클뤼즈 세 구역에서 할 일이 있었던 것이다.

님에 도착한 우리는 안락하다고 할 만한 장소를 골라 거처로 삼았다. 우리는 군의관 파브르 박사를 만나러 시내로 갔다. 친절한 파브르 부부 덕분에 님 생활이 곧 집처럼 편안해지기는 했지만, 우리가 본격적으로 일을 시작하기 전에 파브르 박사가 한 가지 부탁을 해 왔다. 님에는 구급차가 없습니다. 군인병원의 약제사인 육군 대위는 아주 많이 아픈데 사실은 살날이 얼마 남지 않아 고향에서 죽음을 맞이하고 싶어 합니다. 대위의 아내가 간호를 할 것이기에 두 분에게는 그를 집까지 태워다주는 일말고는 다른 책임은 없습니다. 물론 우리는 그 일을 하겠노라고 말했고, 그렇게 했다.

아주 길고 험한 산악지역이었다. 우리가 돌아가기 훨씬 전에 날이 저물었다. 님에 닿으려면 아직도 멀었는데 갑자기 도로 위에 형체 두 개가 눈에 띄었다. 낡은 포드의 전조등은 그리 밝지 못한데다가 도로에 다른 조명이 전혀 없었기 때문에 처음에는 그들의 정체를 알지 못했다. 하지만 늘 그랬듯이, 우리는 이번에도 차를 세웠다. 한 남자가, 장성이 분명한 남자가 자기 차가 고장 났는데 자기는 무조건 님으로 가야 한다고 말했다. 네, 두 분 모두 뒷좌석에 타십시오. 찾아보면 매트리스도 있고 다른 물건들이 있으니 편하게 자리 잡으세요. 우리는 말하고 님을 향해 다시 출발했다. 시내가 보이기 시작하자 나는 작은 창문을 통해 어디서 내려드리면 좋을지 물었다. 당신들이 가는 곳으로 갑니다. 한 목소리가 대답했다. 저희는 뤽상부르 호텔로 가는데요. 내가 말했다. 그곳도 좋습니다. 목소리가 대답했다. 자동차는 뤽상부르 호텔에 도착했다. 이곳은 불빛이 넘치고 있었다. 뒤쪽에서 부스럭 소리가 나더니 이내 키가 작은 남자가 우리 앞에 나타났다. 군모를 쓰고 참나무 잎사귀 휘장을 달고 레종도뇌르 훈장을 목에 건 다부진 체격의 장군이었다. 그가 말했다. 감사하다는 말씀을 드리고 싶지만 그에 앞서 두 분의 신원을 확인해야겠습니다. 내가 우리는 프랑스 부상병을 위한 미국 재단의 사절들이며 현재 님에서 묵고 있다고 힘찬 목소리로 대답했다. 나는 이곳의 사령관입니다. 내가 본 바에 따르면 당신들의 자동차 번호는 내게 즉시 보고했어야 할 프랑스군 번호더군요. 장군이 말했다. 아, 우리가 보고를 해야 했군요, 저는 몰랐습니다. 정말 죄송합니다. 내가 말했다. 괜찮습니다. 만약 필요하거나 바라는 게 있으면 알려주십시오. 그가 의욕적으로 말했다.

우리는 당장 알려주었다. 영원한 휘발유 문제가 있었기 때문이었다. 장군은 친절 그 자체였고, 우리를 위해 필요한 모든 조치를 해주었다.

키가 작은 그 장군과 그의 아내는 프랑스 북부 출신이었다. 그들은 자신들을 전쟁 통에 집을 잃은 피난민이라고 말했다. 나중에 독일군의 대형 장거리포가 파리에 떨어지기 시작하고 플뢰뤼스 거리에서 가까운 뤽상부르 공원에 포탄 하나가 떨어졌을 때, 나는 울음을 터뜨리며 처참한 피난민이 되기 싫다고 울부짖었다. 불쌍한 피난민을 도와주던 우리가 이젠 불쌍한 신세가 되다니. 그러자 거트루드 스타인은, 프로티에 장군의 가족은 피난민일지언정 비참한 사람들은 아니라고 말했다. 나는, 그래도 내가 되고 싶은 것보다는 더 비참하잖아, 하고 씁쓸하게 말했다.

얼마 후 미국 군대가 님에 들어왔다. 어느 날 파브르 부인이 찾아와서는 자기 집 요리사가 미군을 보았다고 말했다. 우리는 그 집 요리사는 영국군을 미군으로 착각한 거라고 말했다. 절대 그렇지 않아요, 우리 집 요리사는 아주 애국자거든요, 파브르 부인이 대답했다. 아무튼 미군, 그러니까 미국 SOS(service of supply) 연대가 왔고, 그들이 이걸 발음할 때 'of'에 강세를 두었던 게 또렷하게 기억난다.

우리는 곧 미군 병사들 전부를 알게 되고 일부와는 아주 친해졌다. 그 중에는 특유의 남부 사투리가 너무 심해서 입을 열기 시작하면 내 정신을 쏙 빼놓던 덩컨도 있었다. 거트루드 스타인이야 양친이 모두 볼티모어 출신이라 그의 말을 알아듣는 데 아무 어려움이 없었고 두 사람은 죽이 잘 맞아 큰소리로 하하 허허 웃고는 했다. 하지만 님에 살던 다른 주민들은 나와 똑같은 어려움을 겪고 있었다. 님에는 늘 영국 관료들이 살고 있었고 님의 귀부인들 중에는 영어를 잘하는 사람이 많았다. 나름 영어 지식이 있다고 자랑스러워 하던 그들은 하지만 미국 병사들이 나불대는 말은 한 마디도 이해할 수 없다고, 아니 미 병사들의 영어는 미국인도 못 알아들을 거라고 말했다. 나는 그들의 의견에 다 동의하지는 않지만 미군 병사들이 하는 말은 나도 못 알아듣겠다고 인정해야 했다.

병사들은 모두 켄터키나 사우스캐롤라이나 등등의 남부 출신이어서 그들이 하는 말은 정말이지 알아듣기가 어려웠다.

덩컨은 사랑스러웠다. 덩컨은 캠프의 보급 상병이었다. 프랑스 병원들에 입원한 미군 병사들을 찾아가 잃어버린 군복과 흰 빵을 나눠주는 일을 시작했을 때 우리는 늘 덩컨을 늘 데리고 갔다. 덩컨은 최전방에 배치되지 못해 시무룩해 있었다. 멕시코 원정대처럼 먼 곳으로 가길 바랐던 그는 이곳 후방에서 너무도 편하게 지내는 자신이 한심하고 불만이었다. 하지만 그의 상관들은 군대의 복잡한 부기(簿記)를 이해하는 몇 안 되는 병사를 먼 전선으로 보낼 의사가 전혀 없었다. 전장으로 배치될 희망이 안 보이자 그는 심통스럽게 이렇게 말하곤

했다. 전 갈 겁니다. 때리면 맞죠, 뭐. 그래도 전 갑니다. 우리는 그에
게 프랑스 남부에는 무허가 외출자가 많다고, 우리는 그런 군인들을
자주 만났는데 주변에 군경이 득실거린다는 말을 늘 들었다고 알려
주었다. 덩컨은 그렇게는 살고 싶지 않았다. 불쌍한 덩컨. 휴전협정
이 체결되기 이틀 전, 그가 술에 잔뜩 취해 우리를 찾아왔다. 원래는
술을 안 마시는 소년이 전방 근처에도 못 가본 채 고향에 돌아가 가
족을 만날 생각을 하니 너무 겁이 났던 것이다. 우리가 있는 대기실
앞방에는 그의 상관들이 있었다. 덩컨은 술 취한 모습을 절대 들켜서
는 안 되는데 귀대 시간은 점점 다가오고 있었다. 그는 탁자에 머리
를 대고 잠들고 말았다. 거트루드 스타인이 날카롭게 불렀다. 덩컨.
그가 네, 하고 대답했다. 덩컨 잘 들어. 토클라스 양이 일어설 거야.
그럼 너도 따라 일어나 그녀의 뒤통수만 보는 거야, 알았지? 알았습
니다. 그가 말했다. 그 다음에 토클라스 양이 걷기 시작하면 너는 뒤
따라가야 해. 내 차에 올라탈 때까지 그녀의 뒤통수에서 일초도 눈동
자를 돌려서는 안 돼. 그가 네, 하고 말했다. 그리고 그 말대로 했고,
거트루드 스타인은 덩컨을 무사히 귀대시켜 주었다.

　사랑스러운 덩컨. 미군이 생미옐의 마을 마흔 군데를 되찾은 날,
그는 뛸 듯이 기뻐했다. 같은 날 오후 몇 가지 전달 사항 때문에 그는
우리와 함께 아비뇽에 가야 했다. 허리를 꼿꼿이 세우고 디딤판에 앉
아 있던 그의 눈에 갑자기 집들의 형체가 들어왔다. 저것들은 뭐죠?
그가 물었다. 마을이지. 거트루드 스타인이 대답했다. 잠시 뒤 집들

이 더 많아졌다. 그러면 저것들은 뭐죠? 그가 다시 물었다. 그냥 마을이야. 그는 일순간 말이 없어졌다. 생전 처음 본다는 듯 풍경을 바라보다가 갑자기 한숨을 푹 내쉬고는 말했다. 마을 마흔 개는 많은 게아니군요.

우리는 이 보병들과 즐겁게 생활했다. 나는 다른 이야기는 몰라도보병에 관한 이야기는 얼마든지 하리라. 미군 보병들은 프랑스인들과 사이좋게 어울리고 있었다. 하지만 프랑스인들과 함께 철도 창고를 수리하기 시작했을 때 미국 보병들은 전에 없이 힘들어 했다. 일할 때 너무 집중하기 때문에 오랜 시간 일하는 건 무리였다. 결국 미군 보병은 그들의 근무 시간대로, 프랑스 주민은 자신들의 근무 시간대로 일하기로 정리가 되었다. 미군과 프랑스인이 우호적인 경쟁을벌일 때도 많았지만 그래도 서로가 서로를 아주 많이 좋아했다.

거트루드 스타인은 늘 미국에 돌아가기보다 전쟁이 몇 배 더 좋다고 말했다. 우리는 그곳에서 미국에서는 절대로 가능하지 못할 방식으로 미국과 함께 있었다. 미군이 부상을 입으면 언제라도 님에 있는병원으로 후송될 수 있었다. 거트루드 스타인이 의대 공부를 한 걸알고 있는 파브르 박사는 만약을 위해 그녀가 보병들 옆에 있어주기를 바랐다. 미군 보병 한 명이 기차에 치이는 사고가 일어났다. 그는프랑스의 조그만 기차가 그렇게 빨리 달리리라고는 믿지 않았던 것인데, 기차는 그를 죽일 정도로 빨리 달렸던 것이다.

아주 큰 사건이었다. 거트루드 스타인은 정부 해당부서 담당자의 부인과 장성들의 부인들과 함께 장례식에 참석해야 했다. 덩컨과 다른 군인이 나팔을 불고 모두가 조사를 읽었다. 프로테스탄트 목사가 거트루드 스타인에게 고인이 생전에 어떤 덕을 쌓았는지 묻자 그녀는 보병들에게 다시 물었다. 덕성, 그런 건 없었다. 죽은 병사는 꽤나 거친 시민이었던 것이다. 나는 고인의 좋은 점을 말할 수가 없어. 거트루드는 나에게 슬프게 말했다. 결국 고인의 친구인 테일러가 비감하게 눈을 치켜뜨고 이렇게 말했다. 그는 간덩이가 부은 놈이었습니다.

종종 이런 생각이 든다. 그 시절에 거트루드 스타인과 친했던 그 보병들 가운데서 거트루드 스타인을 다룬 기사를 읽고 그녀를 연결시킨 사람이 단 한 사람이라도 있을까. 전부터 자주 궁금했었다.

우리는 눈 코 뜰 새 없이 바빴다. 님은 미군 연대뿐 아니라 미군 부상병들이 입원한 작은 병원들이 많아 미국인들만 있는 장소처럼 보일 정도였다. 우리는 미군 부상병들 모두를 찾아가 위로해야 했다. 병원에는 프랑스 부상병들도 입원해 있는데 그들을 돌보는 건 우리의 본래 임무이므로 당연히 그들도 문병해야 했다. 그리고 나중에 스페인 독감이 유행했을 때, 거트루드 스타인과 님 출신의 군의관은 님을 기점으로 사방 수 킬로미터 내 마을들을 뒤지다시피하면서 휴가로 집에 갔다가 독감으로 쓰러진 사병과 장교들을 돌봐야 했다.

이 길고 험한 여정 중에 그녀는 다시 엄청나게 글을 쓰기 시작했다. 풍경, 이상한 생활이 그녀를 자극했다. 론의 계곡을, 그녀가 세상의 풍경들 중의 풍경이라고 진심으로 생각한 이곳을 사랑하기 시작한 게 이때였다. 우리가 현재 살고 있는 빌리닝도 이 론 계곡과 아주 가깝다.

이때 그녀가 쓴 시 「불모의 사람들The Deserter」은 즉시 『베니티 페어』에 실렸다. 헨리 맥브라이드는 그녀의 글 「크로닌실드Crowninshield」에 관심을 보였다.

어느 날 우리는 아비뇽에서 브라크를 만났다. 브라크는 머리를 심하게 다쳐 아비뇽 근방 소르그에서 회복을 기다리고 있었다. 소르그는 그가 동원 명령을 받아 배치된 장소이기도 하다. 브라크 부부를 다시 보자 우리는 눈물이 나게 반가웠다. 브라크를 다시 만나기 바로 얼마 전, 거트루드 스타인은 쾌활한 처녀, 진짜 젊은 숙녀와 결혼했다는 피카소의 편지를 받았다. 그 다음 결혼 기념이라며 피카소가 아내를 그린 그림을 찍은 사진과 아주 작은 그림 하나도 받았다.

그로부터 아주 많은 세월이 지난 다음, 피카소는 사랑스러운 그 작은 그림을 나의 태피스트리를 위해 다시 그려주게 된다. 나는 그 그림에 술을 달아 장식했고, 이것은 내가 태피스트리를 만드는 출발점이 되었다. 나로서는 피카소에게 그림을 그려달라고 부탁하자는 생각도 할 수 없었는데 거트루드가 내 말을 듣고 말했다. 알았어, 내가 알아볼게. 그리고 어느 날 피카소가 우리 집에 오자 말했다. 파블로, 앨리스는 당신이 그때 준 그 작은 그림으로 태피스트리를 만들고 싶어 해. 내가 대신 당신께 말해 보겠다고 했어. 피카소는 그녀를 잠깐 쳐다보고는 말했다. 앨리스를 위해 그림을 그려야 할 사람이 있다면 당연히 저여야 합니다. 거트루드 스타인은 태피스트리 캔버스를 내밀었다. 그럼 당장 여기에 그려. 피카소는 그림을 그렸다. 그날부터 나는 피카소가 그린 드로잉으로 태피스트리 작업을 계속 해오고 있고, 이런 식으로 완성된 태피스트리들은 낡은 의자들과 신기할 정도로 잘 어울린다. 나는 이런 식으로 루이 15세 시대의 작은 의자 두 개를 장식했다. 요즘 피카소는 정말 친절하게도 내가 작업할 천에 직접 드로잉하고 채색까지 해준다.

브라크는 아폴리네르도 진짜 젊은 숙녀와 결혼했다고 알려주었다. 우리는 신나게 소식을 퍼뜨렸다. 소식이 너무나도 귀한 때였다.

시간은 흘러가고, 우리는 아주 바빴고, 그 다음 휴전협정이 이루어졌다. 우리는 작은 마을들을 돌아다니며 종전을 제일 먼저 전하는 역할을 맡았다. 병원에서 회복을 기다리던 프랑스 병사들은 기뻐하기보다 안도했다. 그들은 평화가 오래 지속되리라 느끼지 않는 듯 보였다. 거트루드 스타인이 자, 이제 평화예요, 하고 말했을 때 한 프랑스 병사가 한 말이 떠오른다. 그래봤자 2년 평화롭겠죠.

이튿날 아침, 래스럽 부인의 전보가 왔다. 당장 돌아와 프랑스 군대를 따라 알자스로 가십시오. 우리는 한 번도 쉬지 않고 차를 몰아 그날 안으로 본부로 돌아간 다음 다시 알자스를 향해 출발했다.

알자스로 가는 길에 우리는 첫 번째이자 유일한 사고를 당했다. 진흙, 눈, 자꾸 빠지는 바퀴, 알자스로 향하는 프랑스 군대로 도로바

닥은 진창이었다. 말 두 필이 끄는 군대의 식당차가 탈선해 우리의 포드를 쳤다. 바퀴 흙받이와 공구함이 떨어져 나갔다. 가장 고약한 건 스티어링 기어의 삼각대가 심하게 휜 것이었다. 군인들이 뛰쳐나와 공구함과 흙받이를 들어 올렸지만 구부러진 삼각형 물건은 도저히 손쓸 수가 없었다. 우리는 계속 운전했고, 거트루드 스타인은 죽어라 핸들을 꼭 붙들었지만 진창이 된 도로에서 자동차는 내내 갈짓자를 그리며 언덕을 올라가고 내려가야 했다. 약 40킬로미터를 그렇게 비틀거리며 운전하고 간 다음에야 미국의 구급차를 발견했다. 어디에 가야 자동차를 수리할 수 있을까요? 우리가 물었다. 조금만 더가 보십시오. 그들이 말했다. 그들의 말대로 조금 더 가자 미군 구급차 수리대가 있었다. 그들은 여분의 흙받이는 없어도 우리에게 새 삼각대는 줄 수 있었다. 내가 우리 사정을 말했더니 하사관은 툴툴거리며 수리공에게 알아듣기 힘든 말로 한 마디 했다. 그러고는 돌아서서 퉁명스럽게, 저기 타십시오, 하고 말했다. 수리공이 상의를 벗어 라이에이터 위에 획 던졌다. 거트루드 스타인은 미국인은 자기 자동차에도 저렇게 한다고 말하곤 했었는데, 그 말이 맞았다.

자동차 흙받이가 무엇에 쓰는 물건인지 전혀 몰랐던 우리는 낭시에 도착해서 그 용도를 제대로 알게 되었다. 프랑스 군대의 수리반이 새 흙받이와 공구함을 갈아 끼워준 덕분에 우리는 계속 길을 갈 수 있었다.

곧 우리는 양쪽에 참호가 파인 전투 현장에 도착했다. 직접 보지 못하면 상상하기도 힘든 풍경이다. 그것은 공포가 아니라 이상함이었다. 부서진 집과 심지어 마을 전체가 폐허가 된 광경에 익숙했다 해도 이것은 전혀 다른 풍경이었다. 하나의 풍경이면서 어느 나라에도 속하지 않은 풍경이었다.

언젠가 프랑스의 한 간호사가 전방은 한마디로 빨아들이는 풍경이라고 말했던 장면이 떠오른다. 우리가 그때 보고 있는 게 바로 그러했다. 이상했다. 거기에는 위장막, 임시 막사, 모든 것이 있었다. 날은 어둡고 축축하고, 드문드문한 사람들이 유럽인인지 중국인인지는 누구도 알 수 없었다. 우리 차의 팬벨트가 작동을 멈추었다. 참모 차량이 멈춰 서더니 누군가가 나와서 머리핀을 팬벨트에 고정시켜 주었다. 우리는 그 머리핀을 계속 꽂아두었다.

프랑스의 위장막과 독일의 위장막은 어떻게 다르게 보이는가 하는 문제도 우리에겐 흥미로웠다. 언젠가 아주 깔끔한 위장막 옆을 지나가다가 그게 미국의 위장막임을 알게 되면서 시작된 흥미였다. 아이디어가 똑같다고 해도 그것을 만든 사람의 국적에 따라 결과물은 달라진다. 이것은 불가피하다. 다른 색채 계획, 다른 디자인, 다른 배치 방식, 예술의 전반 이론과 필연성을 우리는 눈앞에서 명료하게 목격하고 있었다.

드디어 우리는 스트라스부르를 지나 뮐루즈에 도착했다. 뮐루즈에서 우리는 5월이 될 때까지 머물렀다.

알자스에서 우리의 업무는 병원 방문이 아니라 피난민 돌보기였다. 찢긴 국토 곳곳에 폐허가 된 고향으로 돌아가려는 피난민들이 우글거렸다. 프랑스 부상병을 위한 미국 재단은 피난민들에게 담요, 속옷, 어린이 옷, 갓난아기 용 모직 양말, 아기 장난감이 든 꾸러미를 나눠주어야 했다. 여기에는 전설이 있는데, 우리에게 닿은 아기 장난감의 상당 부분은 윌슨 부인이, 그러니까 그 무렵 작은 윌슨을 막 출산했던 윌슨 부인의 제안에서 나왔다는 것이다. 아주 많은 아기 장난감이 도착했지만, 알자스의 수요를 충족하기에는 부족했다.

우리 본부는 뮐루즈에 있는 커다란 학교 건물의 회의실이었다. 독일 학교의 교사들은 자취를 감추었고, 군 복무 중이던 전직 프랑스 교사들이 임시교사로 다시 교단에 섰다. 우리 학교의 교장은 절망에 빠져 있었다. 학생들이 너무 유순하고 프랑스어를 배우려는 열기가 부족해서가 아니라 그들의 옷차림새 때문이었다. 프랑스 어린이는 늘 말쑥한 옷차림새가 자랑이다. 프랑스에서는 고아도 넝마를 입지 않는다. 프랑스 여자하면 먼저 깔끔함이 떠오르는 것처럼, 프랑스 시골 사람들도 나이가 많든 가난하든 상관없이 깔끔한 옷매무새를 자랑한다. 프랑스인들은 늘은 아니더라도 거의 늘 깨끗하다. 이런 기준에서 볼 때 경제사정이 비교적 낫다는 알자스의 어린이들조차도 때가 긴 넝마 같은 옷을 입고 다니는 게 프랑스 학교 교장들은 보기가 안쓰럽고 고통스러웠다. 우리는 어린이용 검정 앞치마를 구해서 그를 위로해보려 나름 애썼지만 한계가 있었다. 게다가 피난민에게 줄 앞치마를 먼저 챙겨두어야 했다.

우리는 알자스와 알자스 사람들을 조금씩 알아가게 되었다. 알자스 주민들은 프랑스 군대와 프랑스 군인들이 그들을 대하는 꾸밈없는 순박함에 깜짝 놀랐다. 이전에 주둔했던 독일 군대에서는 익숙하지 않은 풍경이었던 것이다. 프랑스 군인들은 알자스인들이 프랑스인이 되려고 안달하면서도 자신들에게 거리를 두는 게 마음에 들지 않았다. 그들은 알자스 사람들이 솔직하지 못하다고 말했다. 그리고 이 말은 사실이다. 프랑스인들은 누가 뭐래도 솔직하다. 그들은 언제나 폐를 끼치지 않으려 예의를 지키면서도 곧 당신에게 진심을 털어놓는다. 그에 비해 알자스 사람들은 두루뭉술하고, 예의를 크게 신경쓰지 않으며, 마음속 진심을 드러내지 않으려 한다. 알자스인들이 이런 태도를 가지게 된 것은 아마도 지난 역사에서 여러 차례 반복된 프랑스와의 개정된 계약 때문이 아닌가 싶다.

배급 일을 위해 우리는 황폐해진 마을들 곳곳을 찾아 들어가야 했다. 지역 사제를 먼저 찾아뵙고 배급 일을 도와달라고 부탁하면 대개 일이 잘 풀렸다. 우리 일에 많은 조언을 해주어 친해진 사제의 집을 찾아갔을 때 일이다. 그 사제의 집은 커다란 방 하나가 전부였다. 칸막이도 휘장도 없으면서 그는 자기에게는 방이 세 개 있다고 명명했다. 그는 세 개의 방 중 첫 번째 방에는 거실 가구들을 놓고, 세 개 중 두 번째 방에는 주방 가구를 놓고, 마지막 세 번째 방에는 침실 가구를 놓았다. 함께 먹는 점심 식탁에 사제가 내놓은 알자스 포도주들은 맛이 좋았다. 그는 우리를 자신의 거실로 안내하더니 양해를 구하고 자기 침실로 쑥 들어가서 손을 씻은 다음 정색한 얼굴로 우리를 자기 식당으로 초대했다. 옛날의 무대 배경 같은 집이었다.

우리는 보급품을 나눠주고, 눈길 속에서 운전하고, 모두를 만나 이야기했다. 모두는 우리와 이야기했다. 그리고 5월 말 모든 일이 끝나자 우리는 떠나기로 했다.

우리는 메스, 베르됭과 밀드레드 올드리치의 집을 경유해 집으로 갔다.

우리는 변화된 파리로 다시 돌아왔다. 우리는 쉬지 않았다. 거트루드 스타인은 열심히 일하기 시작했다. 이때 쓴「알자스의 억양 Accents in Alsace」과 다른 정치적 희곡들은『지리와 극들』에 실려 있다. 전쟁은 끝났지만 전쟁에 따른 노동의 그늘은 아직도 우리 위에 드리워져 있어 우리는 병원을 계속 전전하며 부상병들을 문병하는, 이제는 알아주는 사람도 없는 일을 계속하고 있었다. 전쟁 동안 너무 많은 돈을 썼기 때문에 이제는 절약해야 했다. 하인이 너무 높은 보수를 요구하면 하인 구하는 일을 재고해야 했다. 당분간은 하루 몇 시간만 일할 여성 가정부를 두기로 했다. 우리가 거트루드 스타인은 운전사고 나는 요리사라고 유독 많이 말한 시기이다. 필요한 물건들을 사려면 새벽같이 장에 나가는 일도 점점 익숙해졌다. 혼돈의 세상이었다.

제시 화이트헤드가 평화사절단 대표의 비서가 되어 찾아왔고, 우리는 물론 평화에 대해 모든 걸 알고 싶었다. 그 다음 거트루드 스타인은 평화사절단의 젊은이들 중 한 사람을 묘사하는 글을 썼다. 그녀는 그 젊은이를 전쟁에 대한 모든 걸 알고 있는 사람으로, 평화가 찾아온 이후 이곳에서 계속 살았다고 공표한 젊은이로 표현했다. 거트루드 스타인의 사촌들이 찾아오고, 모든 사람이 왔고, 모두는 만족스럽지 못했고, 모두는 쉬지 못하고 있었다. 혼돈의 세상은 휴식을 허락하지 않았다.

거트루드 스타인과 피카소는 언쟁을 벌였다. 둘 모두 싸움의 발단이 뭔지 알지 못했다. 여하튼 그들은 일년이나 서로를 안 보다가 아드리엔 모니에(Adrienne Monnier, 1892~1955, 프랑스의 시인, 출판인)의 파티에서 우연히 다시 만나게 되었다. 피카소가 그녀에게 말했다. 안녕하신지, 저의 집에서 뵈었으면 합니다. 그녀는 침울하게, 아니, 난 가지 않을 거야, 하고 대답했다. 피카소가 내게 다가와 말했다. 거트루드가 절 만나러 오지 않겠답니다. 진심 같아 보입니다. 그때 거트루드가 진심이었는지 아닌지 나는 알지 못한다. 두 사람은 이때부터 또 일년을 만나지 않았다. 그 사이 피카소의 아들이 태어났는데 막스 자코브는 아기 이름이 대부의 이름을 따르지 않았다고 불평을 하고 다녔다. 그리고 얼마 후 우리가 모처에 있는 한 화랑에 갔을 때, 피카소가 다가와 거트루드 스타인의 어깨를 짚으며 말했다. 오, 우리 친구 합시다. 거트루드 스타인은 좋아, 하고 대답했다. 두 사람은 포옹했다. 당신을 보려면 어디로 가야 합니까. 피카소가 물었다. 글쎄, 우리가 요즘 바빠서 걱정이지만 다음 주말에 저녁을 먹으러 와. 거트루드 스타인이 말했다. 말도 안 됩니다. 우리는 오늘 저녁 식사 때 갈 테니까요. 피카소가 말했다. 그리고 그들은 그날 저녁에 왔다.

파리는 달라져 있었다. 기욤 아폴리네르는 죽었다. 우리는 아주 많은 사람들을 보았지만 내 기억이 닿는 한 과거에 알던 이는 한 사람도 없었다. 파리는 만원이었다. 이에 대해 클라이브 벨은 전쟁이 수많은 사상자를 낳았다고 말했지만 내게는 엄청나게 많은 성인 남자와 여자가 한꺼번에 갑자기 태어난 것처럼 보였다.

거듭 말하는데, 우리는 쉬지 않았고 절약했고 밤낮 없이 사람들을 만났다. 드디어 연합군이 개선문 아래에서 개선 행진을 하는 날이 찾아왔다.

샹젤리제 거리에 프랑스 부상병을 위한 미국 재단의 회원들을 위한 특별좌석이 놓일 거라고 했다. 하지만 파리 시민들이 퍼레이드 구경에 방해가 된다며 항의하자 클레망트는 즉시 특별좌석을 없던 일로 했다. 다행스럽게도 제시 화이트헤드가 자기 호텔방에서 함께 퍼레이드를 구경하자고 제안했다. 개선문 바로 위여서 거리가 훤히 내려다보이는 곳이라고 했다. 우리는 기쁜 마음으로 수락했다. 멋진 날이었다.

우리는 해거름 전에 일찍 출발했다. 시간이 갈수록 자동차로 파리를 관통하는 게 불가능하기 때문이었다. 이날은 포드 트럭 온티가 세상에서 하는 마지막 여행 가운데 하나였다. 적십자 표시는 이제 지워지고 말았지만 아직 트럭은 트럭이었다. 온티가 영광의 길에서 물러서자마자 2인승 소형 무개차 고디바가 그 자리를 이어받게 되는데, 고디바도 포드에서 만든 작은 자동차였다. 고디바라는 이름은 세상에 나올 때 헐벗은 이 차에 우리의 친구들이 이 차를 장식할 물건들을 하나씩 대준 데서 붙인 것이다.(고디바는 중세 때 벌거벗은 몸으로 말을 타고 마을을 한 바퀴 돈 거승로 잘 알려진 귀부인의 이름이다-옮긴이.)

이렇게 온티는 이날 자신의 진짜 마지막 여행을 하고 있었다. 우리는 온티를 강가에 세운 다음 호텔까지 걸어갔다. 거리는 사람들로 북적였다. 남자, 여자, 어린이, 군인, 사제, 수녀들. 수녀 둘이 사람들의 도움을 받으며 나무 위로 올라가고 있었다. 우리는 기막히게 전망 좋은 자리에서 모든 것을 완벽하게 보았다.

우리는 그 모든 것을 보았다. 행진의 맨 앞은 휠체어를 탄 상이용사들과 부상병들이었다. 퇴역 상이용사들이 행군 선두에 서는 건 프랑스의 오랜 관습이었다. 연합군의 모든 병사들이 개선문 아래로 저벅저벅 걸어갔다. 거트루드 스타인은 아주 어릴 적 개선문을 빙 둘러 친 쇠사슬에 매달려 그네를 타고 있을 때 공무원이 나타나 했던 말을 기억하고 있었다. 그는 어린 거트루드에게 독일군이 1870년 개선문 아래로 행진한 이후 어느 누구도 개선문 아래를 걸어서 통과하지 못했다고 말했다고 했다. 이제는 모두가, 독일인만 빼고, 개선문 아래를 걸어 지나가고 있었다.

행진하는 모습은 나라마다 달랐다. 어떤 나라의 군인은 느리게, 어떤 나라의 군인은 좀 더 빠르게 행진했다. 프랑스 군인은 가장 멋진 국기를 들고—퍼싱 장군이 앞서고 깃발을 든 그의 부관이 뒤따라왔다—행진했는데, 프랑스 군인의 보폭이 가장 완벽하게 보였다. 거트루드 스타인은 이 광경을 배경으로 영화 대본을 썼고, 그 대본은 내가 플레인 에디션에서 낸 『오페라와 희곡』에 실려 있다.

그러나 결국 개선 행진도 끝났다. 우리는 샹젤리제 거리를 천천히 오르내렸다. 전쟁은 끝났고, 두 개의 커다란 피라미드로 쌓여 있던 적의 탱크 더미는 치워졌다. 평화가 찾아왔다.

7. 전쟁 이후 1919~1932년

After the War

지금 돌이켜 보면, 그 시절 우리는 끊임없이 사람들을 보고 있었다.

전후 몇 년에 대한 기억은 뒤죽박죽이어서 어떤 일의 전후를 정확하게 기억하고 생각하기가 아주 힘들다. 아주 앞에서 말했듯이, 언젠가 피카소와 거트루드 스타인이 이야기를 하다가 당신은 그 시절 우리가 젊었기 때문에 일년에 그토록 많은 일들을 해냈다는 걸 잊고 있는 거라고 말했다. 거트루드 스타인의 작품 연보를 정리하기 위해 전후 몇 년 세월을 돌아보니, 일년 사이에 그토록 많은 일들이 일어났다는 사실이 나도 새삼 놀랍다. 그 시절 우리는 이미 청춘은 아니었을지라도 다른 많은 청춘들이 있었다. 지금도 많은 젊은이들이 많은 일을 하고 있으리라.

옛 사람들은 사라졌다. 마티스는 이제 니스에서 살고 있었다. 거트루드 스타인과 마티스는 만나면 더없이 좋은 친구이지만 이제는 실제로 만나지 않는다. 이 무렵 그녀는 피카소도 만나지 않았다. 두 사람은 둘 모두를 아는 사람을 만나면 상대방을 향한 애틋함을 드러내면서도 직접 만나지는 않았다. 기욤 아폴리네르는 죽었다. 브라크는 아내와 함께 가끔 우리를 찾아왔지만 이 무렵 피카소와는 사이가 좋지 않았다. 만 레이가 피카소 사진을 가져온 어느 날 저녁, 브라크도 우리 집에 있었다. 사람들이 돌려가며 보던 사진이 자기 차례가 되자 브라크는 유심히 쳐다본 다음, 이 신사분이 어떤 분인지 알아봐야겠군, 하고 말했다. 이때 거트루드 스타인이 「친구로 지속되지 못한 오랜 시간에 대하여Of Having for a Lon Time Not Continued to be Friends」라는 의미심장한 제목의 글을 쓰게 된 게 우연인지 아닌지는 모르겠다.

후안 그리스는 병고와 절망에 빠져 있었다. 사실은 오래전부터 많이 아팠고 한 번도 회복하지 못했다. 상실감과 무력감이 맹위를 떨치는 시간이었다. 칸바일러는 전쟁이 끝나자 일찌감치 파리로 돌아왔지만 옛날 그에게 도움을 받았던 화가들은 후안 한 사람만 빼고 크게 성공해 이제는 도움을 필요로 하지 않았다. 「마른의 언덕 꼭대기」로 엄청난 성공을 거두었던 밀드레드 올드리치는 당당하게 번 돈을 자기만의 방식으로 왕처럼 펑펑 써버려 이제는 좀 절제를 해야 함에도 여전히 소비하는 생활을 즐기고 있었다. 우리는 한 달에 한

번 밀드레드를 방문했는데 그녀의 말년에는 더 자주 찾아가려 애썼다. 밀드레드는 가장 화려한 영광을 누리던 시절에도 거트루드 스타인의 방문을 제일 반겼다. 거트루드 스타인이 『애틀랜틱 먼슬리』에 작품을 발표하려 알아보는 중이라고 말하자 그녀는 몹시 좋아했다. 『애틀랜틱 먼슬리』의 인정을 최고 영예로 생각했던 것인데, 하지만 그 일은 물론 성사되지 않았다. 밀드레드에게 신경을 거슬리는 또 다른 끔찍한 일은, 『미국 인명사전』에 거트루드 스타인의 이름이 한 번도 오르지 않은 사실이었다. 솔직히 『미국 인명사전』은 미국 작가의 이름보다는 영국 작가들의 관계망 목록으로 봐야 옳았고, 이 사실이 밀드레드는 너무 괴로웠다. 그녀는 나에게 『미국 인명사전』은 쳐다만 봐도 신물이 나. 허접한 인물들 일색이고 정작 올라야 할 거트루드의 이름은 없잖아, 하고는 다시 덧붙이곤 했다. 그건 괜찮다고 쳐. 하지만 거트루드가 너무 심하게 매장되지 않으면 좋겠어. 가련한 밀드레드, 얼마 전에 나온 올해의 『미국 인명사전』은 그들이 스스로 깨달은 이유들로 거트루드 스타인의 이름을 올렸다. 그러나 『애틀랜틱 먼슬리』는 물론 거트루드 스타인의 글을 싣지 않았다.

『애틀랜틱 먼슬리』이야기는 좀 우습다.

앞에서도 말했듯이, 거트루드 스타인은 『애틀랜틱 먼슬리』에 원고 일부를 보냈었다. 그들이 받아주리라는 희망까지는 키우지 않더라도 혹시 그들이 당연히 선택해야 할 것을 선택하는 그런 기적이 일어났다면, 거트루드 스타인은 기뻐하고 밀드레드는 환호했을 것이다. 『애틀랜틱 먼슬리』에서 답장이 왔다. 편집부가 쓴 긴 답장은 논쟁의 여지가 있었다. 거트루드 스타인은 편지 작성자를 보스턴 출신인 편집부 직원이라 생각하고는 엘런 세지윅 양 앞으로 조목조목 따지는 긴 답장을 보냈다. 즉시 답장이 다시 왔다. 놀랍게도 그들은 거트루드 스타인이 주장하는 모든 이야기에 동의한다고, 하지만 그녀의 작품에 관심이 없어서가 아니라 『애틀랜틱 먼슬리』의 독자들 성향 때문에 게재가 힘들다고, 하지만 다른 잡지에서 소개하는 건 괜찮을 거라며, 만약 내 기억이 정확하다면 『컨트리뷰터스 클럽』에 소개하는 건 가능할 것 같다고 인정하고 있었다. 편지 끄트머리에는 답장을 쓴 이가 엘런 세지윅이 아니라 엘러리 세지윅이라고 밝히고 있었다.

거트루드 스타인은 편지를 쓴 주인공이 엘런이 아닌 엘러리라는 사실에 기뻐했고 또 『컨트리뷰터스 클럽』에 발표하는 방법을 받아들였다. 하지만 물론 『컨트리뷰터스 클럽』도 그녀의 글을 실어주지 않았다.

우리는 새로운 사람들을 만나기 시작했다.

누구인지는 잊었는데, 아무튼 누군가가 한 미국 여성이 우리 지역에 영어 책을 빌려주는 서점을 차렸다고 말했다. 그때 우리는 경제 형편상 무디스도서관을 포기한 상태였다. 아메리칸라이브러리가 책을 계속 보내주고 있었어도 거트루드 스타인은 늘 더 많은 책을 읽고 싶어 했다. 알아보니 실비아 비치(Sylvia Beach, 1887~1962, 미국 출신으로 파리에서 활동한 작가. 파리에서 셰익스피어 앤 컴퍼니라는 서점을 열었다)라는 여인이 나왔다. 실비아 비치는 거트루드 스타인에게 애정을 드러냈다. 두 사람은 친구가 되었다. 거트루드가 최초의 일년 예약 구독자가 되자 실비아 비치는 자랑스러워하고 고마워했다. 에콜드 메드신 근방 작은 거리에 있는 실비아의 작은 서점은 아직 미국인 방문객이 많지 않았다. 『비비 더 비스트』의 작가와 상징주의 작가 마르셀 슈뵙(Marcel Schwob, 1867~1905, 프랑스의 작가)의 질녀(프랑스 사진작가이자 작가인 클로드 카훈Claude Cahun을 말함-옮긴이), 그리고 몇몇 아일랜드 시인들 정도가 단골이었다. 우리는 실비아를 자주 만났고, 실비아는 우리 집에 자주 찾아올 뿐 아니라 낡은 자동차에 우리를 태워 시골로 데려가기도 했다. 우리는 아드리엔 모니에를 알게 되었고, 모니에는 발레리-니콜라스 라르보 (Valery-Nicholas Larbo, 1881~1957, 프랑스의 소설가, 비평가)를 집으로 데려왔다. 그들 모두는 『세 사람의 생애』에 관심을 보였는데, 우리가 보기에 발레리 라르보는 이 작품을 프랑스어로 번역하는 걸 고려하는 것 같았다. 이때 트리스탄 차라(Tristan Tzara, 1896~1963, 루마니아 태생의 프랑스 시인, 수필가)가 처음으로 파리에 등장하자 아드리엔 모니에는 아주 열광했다. 피카비아는 전쟁 때 스위스에서 차라를 찾아내어 둘이 함께 다다이즘을 창조했고, 그 다음 다다이즘에서 벗어나 엄청난 논쟁과 싸움을 견뎌내며 초현실주의를 창조해냈다.

차라가 집에 왔다. 피카비아가 데려온 것 같은데, 확실치는 않다.

사람들은 차라가 무척 거칠고 사악한 사람이라고 말하는데, 나는 이런 평가가 영 이해가 되지 않았다. 차탁을 사이에 두고 차라와 대화를 나누면 마치 아주 명랑하고 화내는 법이 없는 사촌과 이야기하는 기분이었기 때문이다.

아드리엔 모니에는 실비아가 오데옹 거리로 이사하기를 바랐다. 실비아는 망설이다가 결국 이사를 결정했고, 그 이후 우리는 예전처럼 자주 만나지는 못했다. 하지만 아무튼 이사한 직후 실비아네 집들이에서 거트루드 스타인은 옥스퍼드의 젊은 추종자들을 처음 발견하게 되었다. 젊은 옥스퍼드 사람들은 너무 반갑다면서 만약 그녀가 원고를 준다면 1920년 『옥스퍼드 매거진』에 내겠다고 말했다.

실비아 비치는 젊은 작가 그룹이나 나이 든 여인들을 데려오곤 했다. 에즈라 파운드(Ezra Pound, 1885~1972, 미국의 시인, 비평가)가 집에 온 게 이 무렵이었는데, 파운드라고 특별하게 등장한 것은 아니었다. 한동안 방문이 뜸하던 실비아가 어느날 편지를 보냈다. 셔우드 앤더슨(Sherwood Anderson, 1876~1941, 미국의 작가)이 파리에 와 있는데 거트루드 스타인을 만나고 싶어 한다고, 아마 그가 곧 찾아뵐 거라고 썼다. 거트루드 스타인은 앤더슨을 만나게 된다면 아주 좋은 일일 거라고 답장을 써 보냈다. 그 다음 셔우드가 아내와 음악 비평가 로젠펠트와 함께 찾아왔다.

나는 하필 복잡한 집안사정이 생겨 그 자리에 참석하지 못했다. 아무튼 내가 집으로 돌아와 보니 거트루드 스타인이 오랜만에 아주 밝고 감동한 얼굴이었다. 자신의 글이 출판되지 못하고 진지한 인정도 받을 희망이 안 보여 한동안 침통에 빠져 있던 차였는데 셔우드 앤더슨이 찾아와 특유의 간결하면서도 직접적인 어법으로 그녀의 작품에 대한 자기 생각을 말했던 것이다. 앤더슨은 그녀의 작품이 자신에게는 발전이었다고 말했다. 정말 이렇게 말했을 뿐 아니라 더 나아가 그로서는 아주 드문 일을 했는데, 당장 원고를 인쇄한 것이다. 그날부터 거트루드 스타인과 셔우드 앤더슨은 최고가는 친구로 지내고 있는데, 그는 자신의 방문이 그녀에게 얼마나 큰 의미였는지는 깨닫지 못하고 있을 것이다. 그리고 그는 『지리와 극들』에 발문을 썼다.

어디서나 누군가를 만났던 시절이었다. 미국인 주잇 부부는 페르피냥 부근에 10세기 때 축조한 성을 소유하고 있었다. 전쟁이 한창일 때 그들이 파리에 왔다는 소식을 듣자 우리는 그 성으로 찾아갔었다. 만 레이를 처음 본 장소, 나중에 로버트 코츠를 만난 곳도 그 성이었다. 그 두 사람이 그 성에 가게 된 내력은 모른다.

우리가 도착해 보니 벌써 많은 사람들이 있었다. 거트루드 스타인은 곧 구석에 앉아 있던 키 작은 남자와 이야기하기 시작했다. 떠나기 직전 그녀는 그와 약속을 잡았다. 그는 사진사인데 재미있는 사람 같아. 그녀의 말을 듣는 순간 나는 윌리엄 쿡의 아내 잔느 쿡이 미국에 있는 쿡의 친척들에게 거트루드 스타인의 사진을 보내주고 싶어 했던 게 떠올랐다. 우리 세 사람은 만 레이가 묵고 있는 호텔로 갔다.

들랑브르 거리의 아담한 호텔들 중 하나였다. 호텔방은 작았다. 아주 좁은 공간에, 심지어 배의 선실보다도 작아 보이는 공간에 그토록 많은 물건들이 감탄스럽게 잘 배치된 공간은 처음이었다. 침대 하나, 큰 카메라 세 대, 여러 종류의 조명기구들, 윈도 스크린, 그러고도 현상실로 쓰는 작은 골방까지 차려져 있었다. 만 레이는 많은 사진작가들이 찍은 마르셀 뒤샹의 사진들을 보여준 다음 우리 스튜디오와 거트루드 스타인을 사진으로 찍어도 좋을지 물었다. 그 다음 그는 집에 찾아와 사진작업을 했고 그때 내 사진도 몇 장 찍어주었다. 만 레이의 사진들은 우리 모두를 기쁘게 했다. 그는 요즘도 거트루드 스타인의 모습을 사진으로 담는데 조명을 다루는 그의 방식은 매번 거트루드를 매료시킨다. 사진 모델 일을 마치고 집으로 돌아올 때면 그녀는 늘 즐거운 얼굴이다. 하루는 그녀가 최근에 찍힌 다른 스냅 사진 한 장만 뺀다면 만 레이가 찍은 사진이 제일 마음에 든다고 말하자 만 레이는 마음이 상했던 것 같다. 그는 그녀에게 잠시 포즈를 취해달라고 부탁했다. 하고 싶은 대로 마음껏 움직이십시오. 눈, 머리, 모든 게 포즈가 되는 스냅 사진의 속성을 여지없이 표현하는 사진이 나올 겁니다. 그녀는 그가 요구하는 대로 포즈를 잡았다. 아주 긴 시간이었다. 만레이가 그녀를 찍은 최근의 스냅 사진들은 정말이지 특이하고 흥미롭다.

전쟁이 끝난 직후인 그 먼 옛날, 로버트 코츠를 만난 곳도 주잇 부부의 집이었다. 그날이 또렷하게 기억난다. 낮에도 하늘이 어둑하고 몹시 차가운 날, 젊은이들도 모인 호텔의 위층이었다. 거트루드 스타인이 갑자기 생각난 듯 말했다. 자동차에 불을 켜는 걸 잊어버렸어. 벌금을 또 무는 건 너무 싫은 데. 얼마 전 나는 길을 막는 경찰관한테 경적을 울리다 벌금을 물었었고, 그녀도 우체국 근처에서 길을 잘못 들어 벌금을 물었었다. 그때 빨강머리 청년이, 걱정하지 마십시오, 하며 쏜살같이 내려갔다가 돌아왔다. 불을 켜 봤습니다. 그가 자신 있게 말했다. 내 차를 어떻게 알아냈지? 거트루드 스타인이 묻자 코츠는 오, 저는 다 압니다, 하고 말했다. 우리는 코츠를 언제나 좋아했다. 파리를 돌아다니다가 아는 사람을 만나기란 드문 일인데, 우리는 아주 뜻밖의 장소에서 모자도 없이 붉은 머리칼을 바람에 날리는 코츠를 자주 만나곤 했다. 바야흐로 『브룸』(앨프레드 크레임보그가 1921년 발간한 예술 잡지-옮긴이)의 시대가 막 시작했을 때인데, 이 이야기는 곧 할 것이다. 아무튼 거트루드 스타인은 코츠의 작품을 보자마자 많은 관심을 보였다. 그녀는 이렇게 말했다. 코츠는 자기만의 리듬을 가지고 있는 젊은이야. 대부분의 사람들의 언어는 그렇지 못한데 코츠의 언어는 눈으로 보는 소리를 만들 줄 알아. 코츠의 주소지가 섬에 있는 시티 호텔이라는 점도 그밖의 그가 하는 모든 방식이 우리는 다 마음에 들었다.

거트루드 스타인은 코츠가 구겐하임재단이 후원하는 연구 계획을 준비하고 있다는 소식을 듣자 아주 기뻐했다. 불행하게도 코츠의 연구는, 가장 매력적인 단편이고 또 거트루드 스타인이 후원자로 나섰음에도, 상을 받지 못했다.

조금 전에 말했듯이 『브룸』이 있었다.

전쟁이 일어나기 전, 엘머 하든은 파리에서 음악을 공부하는 젊은 이였다. 그때까지만 해도 우리는 그를 잘 알지 못했는데, 전쟁이 한창일 때 그가 프랑스 군대에 자원했다가 크게 다친 적이 있다는 걸 알게 되었다. 놀랍고도 감동적인 이야기였다. 엘머 하든이 프랑스 부상병을 돌보고 치료하던 미국 병원에는 한쪽 팔을 크게 다친 장군도 있었다. 장군이 전선으로 돌아갈 날이 가까워졌다. 병원에만 있는 걸 한심하게 생각하던 엘머는 페터 장군에게 따라가겠다고 말했다. 페터 장군이 그건 불가능한 일이라고 말했지만 엘머는, 그래도 따라가겠다고 고집했다. 그래서 그들은 택시를 타고 전쟁사무국으로 가 치과의사를 만났고, 그 다음 정확한 장소는 모르지만 아무튼 그 주말에 페터 장군은 귀대하고 엘머 하든은 장군의 연대에 병사로 입대했다. 엘머는 용감하게 싸우다가 부상을 입었다. 전쟁이 끝나 우리는 다시 만났고, 그 후로는 자주 만났다. 엘머 하든과, 그리고 그가 우리에게 보내주던 아름다운 꽃들은 어수선한 평화의 시절에 큰 위안이 되어주었다. 엘머와 나는 우리 세대에서 전쟁을 기억하는 마지막 사람이 될 거라고 자주 말한다. 어쩌면 우리 둘 모두는 이미 전쟁을 조금씩 잊어가는 게 아닌가 나는 생각한다. 바로 며칠 전, 엘머 하든은 결국 자기가 이겼다고 선언했다. 브르타뉴 사람인 페터 장군으로부터 참 멋진 전쟁이었다고 인정하게 만들었다는 것이다. 엘머가 참 멋진 전쟁이었다고 말하면 들은 척도 안 하던 페터 장군이 그날은 맞아, 엘머, 멋진 전쟁이었지, 멋진 전쟁이었어, 하고 말한 것이다.

케이트 부스는 엘머와 동향인 매사추세츠의 메드퍼드 사람이었다. 케이트는 파리에 잠시 머무를 때 우리를 찾아왔다. 엘머한테서 우리 이야길 들은 것 같지는 않은데, 아무튼 찾아왔다. 거트루드 스타인의 글에 관심이 많은 케이트는 그 시절 돈으로 살 수 있는 모든 것을 가진 부자였다. 그녀는 우리를 만나고 싶어 하는 앨프레드 프랜시스 크레임보그(Alfred Francis Kreymborg, 1883~1966, 미국의 시인, 소설가, 문학 편집인, 희곡작가)를 데려왔다. 크레임보그는 『브룸』 창간 준비 문제로 해럴드 앨버트 뢰브(Herold Albert Loeb, 1891~1974, 파리에서 활약한 미국인. 페기 구겐하임의 사촌)과 함께 파리에 있었다. 그 후 크레임보그는 아내와 함께 우리 집에 자주 찾아왔다. 그는 거트루드 스타인이 『미국인의 형성』을 완성한 직후 시리즈로 썼던 「롱 게이 북」을 자기가 맡아 내고 싶다고 했다. 물론 해럴드 뢰브은 안 될 일이라고 반대했지만, 크레임보그는 이 책의 문장을 우렁차고 씩씩한 목소리로 읽고는 했다. 그와 거트루드 스타인은 서로서로를 좋아할 뿐 아니라 그전부터 또 다른 인연도 있었다. 래프턴 출판사가 『세 사람의 생애』를 출간했던 거의 비슷한 시기에 같은 출판사에서 그의 첫 작품도 출판한 인연이었다.

케이트 부스는 많은 사람을 집으로 데려왔다. 그녀는 듀나 반스(Djuna Barnes, 1892~1982, 미국의 작가)와 미나 로이를 데려왔다. 그들

은 제임스 조이스(James Joyce, 1882~1941, 아일랜드의 소설가)를 데려오
고 싶어 했으나, 마음뿐이었다. 피렌체에서는 미나 하웨이스로 알려
진 미나를 파리에서 다시 만나니 우리는 무척 반가웠다. 미나는 생애
첫 유럽 여행 중이던 글렌웨이 웨스콧(Glenway Wescott, 1901~1987, 미
국 작가, 수필가)을 데리고 왔다. 모두는 글렌웨이의 영어 억양에 아주
깊은 인상을 받았다. 이 점에 대해 헤밍웨이는 시카고 대학 입학시
험을 치를 때 당신은 그냥 평상시 어조로 써 내려가기만 해도 되겠
습니다. 16세기이든 현대물이든 당신은 원하는 학위를 다 따낼 겁니
다, 하고 말했다. 그날 글렌웨이는 자신의 이니셜이 새겨진 실크 담
배곽을 두고 나갔는데, 우리는 그걸 간직했다가 다음에 돌려주었다.

미나는 로버트 멘지스 맥알먼(Robert Menzies McAlmon, 1896~1956,
미국 작가, 시인, 출판업자)도 데려왔다. 맥알먼은 그때만 해도 아주 성
숙하고 잘생기고 멋졌다. 그가 콘택트 출판사에서 『미국인의 형성』
을 출간해 세상을 떠들썩하게 만든 건 한참 나중의 일이다. 하지만
파리는 그런 곳, 사실 파리가 아니라면 거트루드 스타인과 그는 애쵸
에 친구가 될 수 없었을 것이다.

케이트 부스는 어니스트 월시도 데려왔다. 월시는 당시 너무 젊고
너무 혈기가 넘쳐 케이트 부스는 걱정이 아주 많았다. 우리는 나중에
헤밍웨이와 함께 월시를 만나고 그 다음에 벨리에서도 다시 만나게
되지만 그를 잘 알았던 적은 한 번도 없다.

그레이스 런스버리의 집에서 우리는 에즈라 파운드를 만났다. 파

운드는 우리와 함께 집으로 와 식사를 하고, 잠자고, 이야기했다. 주제는 주로 일본 판화였다. 거트루드 스타인은 파운드를 좋아하면서도 흥미로운 점은 찾아내지 못했다. 그녀는 파운드가 마을의 설명자라고, 마을을 설명하는 데는 훌륭하지만 마을이 아닌 것은 그만큼 설명을 잘하지 못한다고 말했다. T. S. 엘리엇(T. S. Eliot, 1888~1965, 미국 태생의 영국 시인, 극작가, 문학비평가) 이야기를 꺼낸 사람이 에즈라 파운드였다. 우리 집에서 누군가가 T. S. 엘리엇을 언급한 게 그때가 처음이었다. 곧 모두가 T. S. 이야기를 했다. 케이티 부스도 엘리엇 이야기를 했고, 나중에 헤밍웨이는 엘리엇을 일류라고 말했다. 시간이 더 흐른 다음에 로터미어 부인(영국의 신문사 사주 로터미어 자작의 부인-옮긴이)이 엘리엇 이야기를 꺼내며 거트루드 스타인에게 만남을 주선하겠다고 말했다. 그들은 『크라이테리언』 창간을 준비하고 있었다. 수년 전에 한번 보았던 로터미어 부인을 이번에 다시 만난 건 뮤리엘 드레이퍼가 다리를 놓은 덕분이었다. 거트루드 스타인은 굳이 로터미어 부인의 집까지 가서 T. S. 엘리엇을 만날 마음이 없었다. 하지만 나를 비롯해 주변 사람들이 꼭 만나보라고 자꾸 충동질하자 의심쩍어 하며 만나보겠노라고 했다. 나는 마땅한 이브닝드레스가 없어서 하나를 만들기 시작했다. 벨소리가 났고, 로터미어 부인과 T. S.가 안으로 들어왔다.

엘리엇과 거트루드 스타인은 진지하게 대화를 나누었다. 그들은 분리부정사와 다른 문법 위반에 대해서, 그리고 거트루드가 왜 그런 문법을 쓰는지에 대해서 주로 이야기했다. 결국 떠날 시간이 되자, 엘리엇이 일어서면서 『크라이테리언』이 거트루드 스타인의 작품을 싣는다면 최근작이어야 한다고 말했다. 두 사람을 배웅하고 돌아와 거트루드가 말했다. 드레스를 완성하려 애쓸 거 없어. 이젠 갈 일도 없으니까. 그리고 나서 그녀는 T. S. 엘리엇의 초상을 쓰고 제목을 「11월 15일」로 붙였으니, 이 제목은 그녀가 그 글을 쓴 날짜이기 때문에 누가 무어라 하든 최근작이었다. 그 글은 온통 모직은 모로 만든 것이고, 실크는 실크로 만든 것이다, 같은 내용들로 채워져 있었다. 그녀는 이 원고를 T. S. 엘리엇에게 보냈다. 엘리엇은 원고를 받고도 물론 잡지에 싣지 않았다.

그 다음부터 긴 편지들이 오고갔다. 거트루드 스타인과 T. S. 엘리엇 사이가 아니라 T. S. 엘리엇의 비서와 나 사이에서 이루어진 서신교환이었다. 우리는 상대방을 서로 선생님이라고 불렀고, 나는 A. B. 토클라스로, 엘리엇의 비서는 자신의 이니셜로만 서명했다. 내가 그토록 열심히 편지를 주고받은 엘리엇의 비서가 젊은 남자가 아닌 걸 나는 한참 후에야 알게 되었다. 내가 젊은 남자가 아니라는 사실을 그녀도 알았는지 어땠는지는 알 길이 없다.

그렇게 열심히 편지를 주고받았음에도 아무 일도 일어나지 않았다. 이 무렵에는 꽤 많은 영국인들이 집에 드나들었는데 거트루드 스타인은 그들에게 이 이야기를 장난기 섞어 들려주곤 했다. 그리고 초봄이 되어서야 드디어 『크라이테리언』에서 쪽지가 왔다. 10월호에 스타인 양의 기고를 실어도 좋을지 묻는 내용이었다. 거트루드 스타인은 10월 10일에 「11월 15일」을 싣는 것보다 더 적절한 것은 없다고 답했다.

다시 한 번 긴 침묵이 흐르다가 교정지가 왔다. 우리는 놀랐지만 즉시 교정지를 돌려보냈다. 뭘 잘 모르는 어린 직원이 상관의 허락없이 보낸 게 분명했다. 왜냐하면 즉시 잡지사에서 자기들 측에서 실수가 있었다고, 그 글은 아직 실을 예정이 없다는 사과문을 보내왔기 때문이었다. 이 사건도 나중에 출판될 결과물과 함께 우리 집을 드나드는 영국인들에게 재미있는 이야깃거리가 되었다. 「11월 15일」 원고는 나중에 『조지아 시대의 이야기들The Georgian Stories』에 재록되었다. 그리고 시간이 더 흘러 엘리엇이 케임브리지에서 거트루드 스타인의 작품은 아주 아름답기는 해도 『크라이테리언』을 위한 글이 아니라고 말했다는 이야기를 들었을 때, 거트루드 스타인은 속이 시원하다고 말했다.

하지만 에즈라 파운드 이야기로 돌아가자. 에즈라가 돌아왔다. 이번에는 『더 다이얼』지의 편집장과 함께였다. 이번에는 일본 판화 이야기만 했을 때보다 분위기가 더 나쁘고 훨씬 더 격했다. 에즈라는 너무 흥분해 거트루드 스타인이 좋아하는 작은 안락의자를 밀었다. 그 의자는 피카소의 디자인에 따라 내가 태피스트리로 만든 작품이었기에 거트루드 스타인은 화가 났다. 결국 에즈라와 『더 다이얼』 편집장은 떠났고, 모두는 아주 불쾌했다. 거트루드 스타인은 에즈라를 다시는 만나고 싶어 하지 않았다. 에즈라는 그녀가 자기를 만나 주지 않는 이유를 짐작도 못했다. 그러던 어느 날 뤽상부르 공원 근방에서 거트루드 스타인을 만나자 에즈라는 댁으로 찾아뵙겠다고 말했다. 미안해요. 토클라스 양이 치통을 앓는 데다가 요즘 우리는 잡초를 뽑느라 바쁩니다. 거트루드 스타인이 말했다. 거트루드 스타인의 모든 문학작품이 사실이듯이, 이 말도 한 치 꾸밈없는 사실이었다. 하지만 에즈라는 이 말에 크게 화가 났고, 그날 이후 우리는 다시는 그를 보지 못했다.

전쟁이 끝나고 몇 달이 이렇게 흘러가고 있을 때 우리는 작은 거리를 걷다가 어느 창가 앞에서 안절부절못하는 수상한 남자를 발견했다. 립시츠, 거트루드 스타인이 불렀다. 아, 네, 저는 수도꼭지를 사러 가는 길입니다. 립시츠가 말했다. 그 수도꼭지가 어디에 있다고, 우리가 물었다. 저 안에 있습니다. 그의 말대로 가게 안에 물건이 있었다. 예전에 서로 덤덤해 하던 거트루드 스타인과 립시츠는 이날부터 친구가 되었고, 얼마 후 그는 그녀에게 포즈를 취해달라고 부탁했다. 그는 얼마전에 장 콕토의 상반신을 완성했는데 이제는 그녀를 조각으로 만들고 싶어 했다. 그녀는 포즈 취하는 일에 까다롭지 않다. 비록 조각을 좋아하지는 않지만 조각이 가진 고요함은 무척 좋아한다. 그녀는 제안을 수락하고 포즈를 취하는 작업을 시작했다. 그해 봄은 봄치고는 무척 더웠고 립시츠의 스튜디오는 기절할 정도로 뜨거웠다. 두 사람은 그런 용광로 같은 공간에서 몇 시간씩 작업을 했다.

립시츠는 소문을 잘 물어 왔다. 이야기의 시작과 중간과 끝을 아주 좋아하는 거트루드 스타인에게 그는 몇 가지 이야기들에서 빠진 부분들을 보충해 들려주는 능력을 마음껏 발휘했다.

그 다음 두 사람은 예술 이야기를 했다. 거트루드 스타인은 립시츠가 조각한 자기 모습이 마음에 들었다. 두 사람은 아주 좋은 친구가 되었고, 모델이 되어 앉는 시간은 끝났다.

어느 날 우리가 시내의 어느 전시장에 갔을 때, 한 남자가 다가와서 말을 붙였다. 거트루드 스타인은 이마의 땀을 훔치며 날이 무척 덥다고 말했다. 남자는 자기는 립시츠의 친구라고 말했다. 그녀는 아, 립시츠의 스튜디오는 참 더웠죠, 하고 말했다. 립시츠는 두상을 찍은 사진을 그녀에게 가져다주기로 했었는데 감감무소식이었다. 거트루드 스타인은 궁금했다. 아무리 우리가 요즘 눈코 뜰 새 없이 바빴다 해도 립시츠가 너무 오랫동안 소식이 없다니 이상하네. 누군가가 두상을 찍은 사진들을 간절히 보고 싶어 해서 그녀는 립시츠에게 사진을 가져오라는 편지를 띄웠다. 립시츠가 찾아왔다. 왜 그동안 안 왔어요? 그녀가 물었다. 립시츠는 그녀가 모델 일을 지겨워했다는 말을 들어서라고 대답했다. 그에게 그런 말을 한 사람은 우리가 전시장에서 만났던 친구라는 그 작자였다. 거트루드 스타인이 말했다. 오, 맙소사, 잘 들으세요. 나는 어떤 일에 대해서 누구에게든 거침없이 말하는 걸로 꽤 알려진 사람입니다. 나는 이 사람들에게 저 사람들에 대해 말하고, 내가 언제 그리고 어떻게 즐거운지 말합니다. 하지만 내가 제일 많이 말하는 건 내 생각입니다. 나는 최소한 당신 앞에서는 아니 그 누구 앞에서도 숨길 게 없습니다. 립시츠는 아주 만족한 모습이었다. 두 사람은 행복해졌고 기분 좋게 이야기를 나누었고, 그 다음 프랑스어로 곧 다시 만나요, 하고 인사했다. 립시츠는 떠났는데 그 이후 다시 몇 년 동안 찾아오지 않았다.

시간이 흘러 제인 히프가 찾아와 립시츠의 물건 일부를 미국으로 가져가려는데 거트루드 스타인이 와서 골라주면 좋겠다고 했다. 거트루드 스타인이 말했다. 하지만 나더러 어떻게 그 일을 하라고요. 립시츠는 분명 굉장히 화가 나 있는데, 난 그 이유를 도통 모르겠고 그저 그가 화가 났다는 것만 알겠어요. 제인 히프는 립시츠한테 직접 들은 말을 들려주었다. 거트루드 스타인은 자기(립시츠 말이다)를 그 누구보다 좋아했다고, 자기는 아무것도 아닌 사람인데 그녀를 만나지 못해 상처를 받고 있다고 말했다 했다. 오, 나는 립시츠를 아주 좋아하고말고요. 물론 당신과 함께 가겠어요. 거트루드 스타인이 말했다. 그녀는 갔고, 두 사람은 다정하게 포옹한 다음 행복한 시간을 가졌다. 헤어질 때가 되자 그녀는, 조만간 또 만나요, 하고 인사했다. 이것이 그녀가 복수할 수 있는 유일한 말이었다. 그러자 립시츠는 프랑스어로, 심술궂은 양반, 하고 받아쳤다. 그날 이후 두 사람은 아주 멋진 친구로 지냈다. 거트루드 스타인이 쓴 립시츠의 초상은 가장 아름다운 초상 중 하나이다. 그들은 싸운 이야기는 절대 꺼내지 않았다.

두 번째 싸움이 무엇 때문이었는지 설령 그가 안다 해도 그녀는 알지 못한다.

거트루드 스타인이 장 콕토를 다시 만난 것도 립시츠 덕분이었다. 립시츠는 거트루드 스타인이 모르고 있던 사실, 콕토가 그의 소설 『포토마크』에서 『마벨 도지의 초상』을 언급하고 또 인용했던 사실을 알려주었었다. 거트루드 스타인은 당연히 자신의 작품을 알려준 최초의 프랑스 작가 장 콕토가 고마웠다. 두 사람이 만난 건 한 번인가 두 번이 다였지만, 우정은 시작되었다. 자주 편지를 쓰고 서로를 깊이 좋아하고 공통되는 젊은이와 오랜 친구들이 있지만 정작 당사자들은 잘 만나지는 않는 그런 우정이었다.

이 무렵 조 데이비드슨도 거트루드 스타인을 조각으로 형상화했다. 모든 과정이 평화로웠고, 거트루드 스타인은 위트가 넘치는 조를 재미있어 했다. 나는 누가 들어오고 나갔는지, 그들이 진짜 사람이었는지 조각들이었는지 기억하지 못하지만, 아주 많은 사람들이 있었다. 그 중에 링컨 스테펀스(Lincoln Steffens, 1866~1936, 미국 언론인, 강연가, 정치철학자)는 우리가 자주 만나던 재닛 스커더(Janet Scudder, 1869~1949, 미국의 조각가)를 처음 만난 자리와 기이하게 연결이 되는데, 정확하게 어떤 일이 있었는지는 기억나지 않는다.

그러나 재닛 스커더의 목소리를 처음 들은 순간만큼은 또렷하게 기억한다. 그 첫 기억은 내가 파리에 처음 왔을 때, 친구와 함께 노트르담 데샹의 작은 아파트에서 살던 시절까지 거슬러 올라간다. 새로운 사람들을 사귀는 데 열심이던 내 친구가 마티스의 그림 하나를 구입해 벽을 장식하는 날이었다. 갑자기 밀드레드가 재닛, 재닛, 이리로 올라와, 하고 소리쳤다. 무슨 일이죠? 발음을 끄는 아주 사랑스러운 목소리가 말했다. 내 친구 해리엇하고 앨리스를 소개해줄게, 어서 올라와 봐. 올라와서 내 친구들의 새 아파트를 보면 좋겠어. 밀드레드가 말했다. 오, 하고 목소리가 말했다. 다시 밀드레드가 말했다. 내 친구들이 마티스의 대형 그림을 구했어. 올라와 그림 구경 좀 해 봐. 그럴 생각 없어요, 하고 목소리가 말했다.

시간이 흘러 마티스가 클라마르 집에서 살 무렵, 재닛은 마티스를 자주 만났다. 거트루드 스타인과 재닛은 처음 만났던 먼 옛날부터 지금까지 친구다.

클레리벨 콘 박사가 그렇듯, 재닛도 거트루드 스타인의 작품이 도저히 이해가 안 간다고 말하면서도 열심히 읽었다. 큰 소리로 낭독하는 그녀의 목소리를 듣고 있노라면 나는 그녀가 작품을 제대로 느끼고 이해하고 있음을 알 수 있다.

전쟁이 터지고 우리가 론 강의 계곡으로 처음 갔을 때, 재닛은 친구 한 명과 함께 우리 차와 똑같은 고디바를 타고 올 예정이었다. 이 이야기는 아주 조금 뒤에 하겠다.

휴식이라는 낱말을 모르고 지내던 이 몇 달 사이, 우리는 또한 밀드레드 올드리치가 레종도뇌르 훈장을 받도록 애를 썼다. 전쟁이 끝나자 전시에 공을 세운 많은 사람들이 레종도뇌르 훈장을 받게 되었다. 모두 기구에서 일하는 회원들이었다. 밀드레드는 회원이 아니었다. 거트루드 스타인은 밀드레드가 꼭 훈장을 받아야 한다며 굉장히 신경을 썼다. 무엇보다도 미국인 모두가 읽은 책들을 통해서 프랑스를 가장 크게 선전해준 밀드레드가 훈장을 꼭 받게 하는 게 자신의 의무라 생각했고, 또 훈장을 받으면 밀드레드가 아주 좋아할 것을 알고 있었다. 그래서 우리는 캠페인을 시작했다. 쉽지 않았다. 기구의 의견이 좌지우지하는 분위기였다. 우리는 사람들을 만나기 시작했다. 미국 저명인사 목록을 구해 한 명 한 명을 찾아가 서명을 부탁했다. 목록 자체는 도움이 되었는데, 사람들은 대놓고 거절하지는 않을 뿐 결과는 달라지지 않았다. 올드리치 양을 숭배하던 자카시 씨는 앞장서서 도와주려 애썼지만 그가 추천한 사람들은 자기들 일이 우선이었다. 우리는 미국재향군인회에 연락했다. 최소한 대령 두 명의 관심을 얻는 데는 성공했지만 그들도 다른 사람들 이름을 대면서 먼저 그들의 서명을 받아오라고 했다. 우리는 모두를 만나 이야기해 보았다. 사람들은 관심을 보이고 약속을 했지만, 결과는 아무것도 없었다. 결국 우리는 상원의원을 찾아가기로 했다. 큰 도움이 될 사람이었다. 하지만 상원은 워낙 바쁘신 나리들이라 우리는 이튿날 오후에 그 상원의 비서관을 만났다. 거트루드 스타인은 그녀를 고디바에 태워 집에 데려다주었다.

알고 보니 상원의 비서관은 운전을 배우려 여러 번 시도했으나 성공하지 못하고 있었다. 그녀는 거트루드 스타인이 파리의 교통망을

뚫고 전진하는 방식과 유명작가이면서 냉정한 자가 운전자라는 데 크게 감동했다. 비서관은 밀드레드 올드리치의 서류를 꺼내 훈장 담 당자들에게 다시 처리하게 할 거라고 말했고, 그렇게 했다. 어느 날 아침에 밀드레드가 사는 시의 시장이 그녀에게 공식 면담을 청했다. 시장은 레종도뇌르 훈장 추천서를 내밀며 거기에 서명을 하라고 했 다. 올드리치 양, 명심하십시오, 이건 아주 드문 일이고 사실 번복하 기가 쉽지 않습니다. 그러니 혹여 훈장을 못 받더라도 실망하지 않 도록 마음 단단히 붙드십시오. 밀드레드는 조용하게, 시장님, 제 친 구들이 이런 일을 시작했다면 그들은 목적대로 이뤄지는 걸 보고 말 겁니다, 라고 말했다. 그리고 그 말대로 되었다. 생레미로 가던 중간 아비뇽에서 우리는 밀드레드가 훈장을 받았다는 전보를 받았다. 우 리는 기뻤고, 밀드레드 올드리치는 죽을 때까지 훈장 수여자라는 자 긍심과 기쁨을 한순간도 잊지 않았다.

전쟁이 끝나도 쉬지 못하던 그 무렵, 거트루드 스타인은 아주 많 은 일을 해냈다. 밤에서부터 밤까지 일하던 옛날과는 달리 이제는 장 소가 어디든, 방문지 중간에도, 내가 용무 때문에 나가 있을 때 거리 에 차를 세우고 기다리는 와중에도, 포즈를 취하고 있을 때도 일했 다. 특히 붐비는 거리 한복판에 차를 세우고 자동차 안에서 일하기를 그녀는 좋아했다.

거트루드 스타인이 장난삼아 「멜란차보다 아름다운Finer than Malanctha」을 쓴 게 이 무렵이었다. 당시 『브룸』 편집인 해럴드 룁이

『세 사람의 생애』 중 흑인 이야기 멜란차만큼 아름다운 글이 있다면 신고 싶다고 말했던 게 계기가 되어 쓴 글이었다.

거트루드 스타인은 거리에서 들리는 소음과 자동차의 움직임에 마음을 빼앗겼다. 그 다음 그녀는 메트로놈에 맞춰 포크를 뒤집으며 그 장단에 맞춰 문장을 만들어내는 글쓰기를 좋아하게 되었다. 『아메리칸 캐러밴』에 발표된 「밀드레드의 생각Mildread's Thought」은 이런 실험에서 그녀가 가장 성공작으로 여긴 작품 중 하나였다. 또 다른 작품은 『리틀 리뷰』지에 실린 「본즈의 고향The Birthplace of Bonnes」이었다. 「1920~1921년의 도덕 이야기, 미국인 전기Moral Tales of 1920~1921, American Biography」와 「1백 명의 유력자들One Hundred Prominent Men」은 그녀가 똑같이 중요하다고 생각한 1백 명을 상상해 쓴 작품들이다. 이 두 작품은 나중에 『유용한 지식』에 묶여 발간되었다.

이때 해리 깁은 잠시 파리에 돌아와 있었다. 그는 거트루드 스타인이 그동안 해온 걸 보여줄 책을 반드시 내야 한다고 아우성쳤다. 작은 책이 아니라 큰 책이어야 합니다. 이를 박아도 좋을 만치 큰 책 말입니다. 당신은 그 책을 꼭 써야 합니다. 그는 틈만 나면 이렇게 말했다. 하지만 어떤 발행인이 거들떠보려 하겠어요. 존 레인도 이젠 현역에서 물러난 마당에. 그녀가 말했다. 해리 깁은 목소리를 높여 그게 무슨 상관입니까. 중요한 건 사람들은 그 책을 읽어야 하고 당신은 아주 많은 책을 내야 한다는 사실입니다, 하고 말했다. 그러고는 내 쪽을 돌아보며 말했다. 앨리스, 당신이 이 일을 맡으십시오. 나는 해리 깁이 옳다는 것을, 거트루드의 책을 내는 게 마땅하다는 걸 알고 있었다. 하지만 어떻게 낼 것인가라는 문제가 남아 있었다.

나는 이 문제에 대해 케이트 부스와 의논했다. 그녀는 자신의 작은 책을 내준 포시즌 컴퍼니를 추천했다. 나는 공정하신 브라운 하느님이라 부르며 브라운 씨 앞으로 편지를 쓰기 시작했다. 이 호칭은 만사가 꼬일 때 윌리엄 쿡이 잘 쓰는 문구를 거트루드 스타인이 모방한 것을 내가 다시 빌려 쓴 것이었다. 존경하는 신과 여러 차례 논의한 끝에 결국 성과를 거두고, 그 다음 우리는 1922년 7월 남부를 향해 출발했다.

우리의 소형 포드 고디바가 앞장서고 레이니 부인이 동승한 재닛 스커더의 두 번째 고디바가 우리를 뒤따라왔다. 그들은 그라스에서 집을 구하고 싶어 했고, 결국 엑상프로방스 근처에서 집을 구하게 된다. 우리는 생레미로 가서 전쟁 동안 우리가 사랑했던 평화로운 시골을 방문할 계획이었다.

파리를 벗어나 1백 킬로미터 가량 갔을 때, 재닛 스커더가 경적을 울렸다. 차를 세우고 기다리라는 신호였다. 재닛이 갓길로 다가왔다. 거트루드 스타인은 재닛을 늘 보병이라고 불렀다. 이 세상에서 완벽하게 진지한 존재는 보병과 재닛 스커더뿐이라고, 또 재닛은 보병이 갖춰야 할 예민함과 멋진 방식과 고독도 겸비했다고 늘 말했다. 그런 재닛이 우리 차에 바짝 다가와서 진지하게 말했다. 아무래도 길을 잘

못 든 것 같아요. 표지판에는 파리-페르피냥이라고 써 있는데, 저는 그라스로 가야 하거든요.

아무튼 로른에도 못 미치는 지점에서 우리는 얼마나 지쳐 있는지 갑자기 깨달았다. 그저 너무 피곤하기만 했다.

우리는 재닛 일행에게 계속 그라스를 향해 가라고 말했지만, 그들은 우리를 기다려주겠다고 했다. 우리 모두는 같이 머물기로 했다. 1916년 마요르카의 팔마 섬 이후 처음으로 머무르는 시간이었다. 그 다음 우리는 생레미를 향해 다시 천천히 출발했고, 재닛은 그보다 더 먼 그라스까지 갔다가 다시 돌아왔다. 그들이 앞으로의 계획을 묻자 우리는 아무 일도 안 하고 그냥 이곳에 있겠다고 대답했다. 재닛과 레이니 부인은 다시 길을 떠나 엑상프로방스에서 집을 구입했다.

거트루드 스타인은 재닛 스커더에 대해 아무짝에도 쓸모없을 부동산을 개척자의 열정으로 구입하는 사람이라고 자주 말했다. 아주 작은 마을만 보여도 재닛은 차를 세우고 구입 가치가 있는 적당한 땅덩이가 있는지 알아보려 했고, 그럴 때마다 거트루드 스타인은 신경질을 피우며 항의했다. 재닛은 그라스 한 곳만 빼고 어디서든 땅을 사고 싶어 하더니 결국 거트루드 스타인의 만류에도 불구하고 전보도 안 되고 전화도 없는 엑상프로방스에서 집 한 채와 땅을 사고 말았다. 일년 후 그녀가 그 집을 처분할 수 있었던 건 그나마 다행한 일이었다. 그해 우리는 생레미에서 고요하게 지냈다.

원래는 한두 달만 머물 생각이던 생레미에서 우리는 겨울을 났다.

가끔 찾아오는 재닛 스커더와 그녀가 데려온 다양한 방문객들을 빼면 시골 사람들 말고는 사람구경 하기가 어려웠다. 아비뇽으로 장보기를 나가고 또 가끔은 점점 익숙해지던 시골로도 들어갔지만 대개는 생레미 근방을 어슬렁거리며 보냈다. 우리는 알피유 산속으로도 들어갔다. 자그마한 언덕들이 굽이굽이한 이곳을 거트루드 스타인은 그해 겨울 글에서 거듭거듭 묘사했다. 그곳에서 우리는 당나귀들과, 그리고 수로를 따라 기슭으로 올라가는 엄청난 양떼들을 지켜보았다. 우리는 로마시대의 유적지에 앉아도 보았다. 가끔은 레보 호텔로 가서 아주 안락하지는 않은 그 호텔에서 묵기도 했다. 론 강의 계곡이 우리에게 또다시 주문을 걸고 있었다.

거트루드 스타인이 문법과 시적 형식, 그리고 풍경극들이라 불릴 만한 것의 사용을 깊이 고찰한 때가 이해 겨울이었다.

이때 그녀는 「해명」을 썼다. 1927년에 고쳐서 출판된 「해명」은 그녀가 최초로 자신의 표현에 대한 문제점들을 제시하고 그 질문에 대답하려는 시도였다. 글쓰기가 그녀에게 어떤 의미이며 왜 그녀의 글은 그렇게 되어야 했는지를 명료하게 실행하려는 최초의 시도. 나중에 아주 많은 세월이 지난 다음 그녀는 문법, 문장, 문구, 허위 등등에 관한 논문들을 썼고, 나는 그것들을 모아 플레인 에디션에서 『글 쓰는 법 How to Write』이라는 제목으로 출판했다.

그녀가 젊은 세대에게 지대한 영향을 끼친 시를 쓴 것도 생레미에서 보낸 그해 겨울이었다. 버질 톰슨이 나중에 음악으로 만든 시 「캐피털 캐피털스Capital Capitals」와 『유용한 지식』에 수록된 「도와주거나 네 가지 종교에 귀 기울거나Lend a Hand or Four Religions」를 이때 썼다. 희곡에 늘 관심이 많은 그녀가 극으로서 풍경극 개념을 최초로 시도한 이 극작품은 후에 『오페라와 희곡』을 낳게 했다. 「셔우드 앤더슨에게 주는 밸런타인 선물Valentine to Sherwood Anderson」, 「인디언 소년 Indian Boy」, 「7의 성인들 Saints In Seven」, 「생레미에서 성인들에게 말을 걸다Talks to Saints in Saint-Remy」도 이 무렵 쓴 작품들이다. 「셔우드 앤더슨에게 주는 밸런타인 선물」은 『유용한 지식』에 수록되어 있고, 「인디언 소년」은 훗날 『리뷰어』를 통해 발표되었으며(칼 밴 베크턴은 이름만큼이나 매력적인 남부 출신의 청년 헌턴 스타그를 우리에게 보내주었다), 「7의 성인들」은 옥스퍼드와 케임브리지에서 한 강연문들에 들어간 그녀의 작품들을 묘사한 것이다.

그녀는 몸을 돌보지 않고 글쓰기에 완전히 사로 잡혀 있었다.

드디어 『지리와 극들』 초판이 나왔고 겨울은 끝났다. 우리는 파리로 돌아갔다.

생레미에서 보낸 이 긴 겨울 휴식은 전시와 전쟁이 끝난 후에도 쉬지 못했던 날들에 대한 보상이었다. 아주 많은 일들이 꿈틀거리던 기간, 우정으로 꽃 필 일들과 적을 만드는 일들이 꿈틀거리던 기간, 하지만 무엇보다 휴식이 있는 시간이었다.

거트루드 스타인은 자신이 진짜 신경 쓰는 건 그림과 자동차뿐이라고 말한다. 요즘은 여기에 개를 포함시키는 것 같다.

전쟁 직후, 거트루드 스타인은 탁자 위 정물과 풍경화에는 뛰어난 감각을 보이지만 그 밖의 일에는 아무것도 아닌 젊은 프랑스 화가 파브르의 작품에 빠져들고 있었다. 그 다음 그녀의 관심은 앙드레 마송(Andre Masson, 1896~1987, 프랑스의 초현실주의 화가)에게 쏠렸다. 마송은 거트루드 스타인이 관심을 두었던 후안 그리스의 영향이 아주 짙은 그림을 그리고 있었다. 그녀가 앙드레 마송에게 흥미를 느낀 이유는, 그가 특히 흰색의 화가라는 점과 그의 구성에서 엿보이는 방황하는 선들 때문이었다. 얼마 지나지 않아 마송은 초현실주의의 영향권 안으로 들어갔다.

들로네와 들로네의 추종자들과 미래파들이 피카소의 대중화인 것처럼, 초현실주의는 피카비아의 대중화이다. 피카비아가 과거에 품었고 지금도 씨름하고 있는 생각은 다음과 같다. 선은 음악의 진동이 들어 있어야 한다. 이 진동은 인간의 형태와 인간의 얼굴이 아주 희박하게 품고 있어 그것으로 선을 만들어내는 선에서 진동을 유도해내야만 한다는 것이다. 마르셀 뒤샹에게 수학적 영향을 끼쳐 〈계단을 내려오는 누드〉를 생산하게 만든 바로 이 아이디어였다.

피카비아는 이 개념을 지배하고 구현하기 위해 일생의 투쟁을 벌이고 있다. 거트루드 스타인은 피카비아가 지금쯤은 자신의 문제 해결에 거의 근접했으리라 생각하고 있다. 진동하는 선의 창조자가 되려는 사람은 그것이 아직 창조되지 않았음을 알고 있으며, 만약 이 선이 스스로 존재하지 않는 것이라면 그것은 진동을 강요하는 대상의 감정에 의존하는 것이 된다. 창조자와 그를 추종하는 사람들에게 너무도 힘든 일이다.

거트루드 스타인의 작품에는 늘 내적 현실과 외적 현실을 정확하게 묘사해내려는 지적 열정이 들어 있었다. 이 열망에 대한 집중은 단순화를 만들어내었고, 그녀의 산문과 운문에서 연상감정의 파괴는 그 한 결과이다. 그녀는 아름다움, 음악, 장식, 감정의 결과가 절대로 이유가 되어서는 안 되며, 심지어 사건들도 감정의 이유가 되거나 시와 산문의 재료가 되어서도 안 됨을 알고 있다. 감정 자체는 시 또는 산문의 이유가 될 필요가 없다. 감정은 내적 현실 또는 외적 현실의 정확한 재생으로 구성되는 것이어야 한다.

거트루드 스타인과 후안 그리스가 서로 이해하게 만든 정밀성(엄밀함)의 개념이 이것이었다.

후안 그리스도 정밀성 개념을 고민했지만 그의 작품에서 정밀성은 신비라는 기반이 필요했다. 그에게 신비한 것이기에 정밀하게 되는 것이 필요했다. 거트루드 스타인에게 필요성은 지적인 것, 정밀성을 향한 순수한 열정이었다. 이것이 그녀의 작품이 종종 수학자들과 비교되는 이유이자 한 프랑스 비평가가 바흐의 작품과 비교한 이유이다.

태생적으로 최고의 감성을 부여받은 피카소에게는 지적 목적성을 향한 성취 욕구가 덜했다. 그의 창작 활동을 지배한 것은 스페인의 제례의식과, 다음에는 흑인 조각(스페인 적인 제례의식과 또한 아랍에 기반을 둔 의식)으로 표현된 아프리카 의식, 그리고 나중에는 러시아 예식이었다. 천부적인 재능에 엄청난 창의력이 결합해 피카소는 이러한 거창한 의식들을 자신의 이미지에 다 담아낼 수 있었다.

후안 그리스는 피카소가 거리를 두려한 유일한 인물이었다. 두 사람의 관계는 그런 것이었다.

거트루드 스타인과 우정을 꽃피우던 시절에(피카소의 아들은 생일이 2월 4일이고, 그녀의 생일은 2월 3일이었다. 그녀는 해마다 생일수첩을 열어 이 두 날짜에 줄을 그었다) 피카소는 그녀가 후안 그리스와 친하게 지내는 걸 탐탁지 않아 했다. 언젠가 갤러리 시몽에서 후안 그리스의 전시회가 끝났을 때 피카소는 언성을 높이기까지 했다. 후안의 작품을 왜 그리 옹호하시는지 말해 보십시오. 그렇게 해서는 안 되는 걸 잘 아시는 분이. 그녀는 대답하지 않았다.

나중에 후안이 죽어 거트루드 스타인이 상심에 잠기자 피카소가 집으로 찾아와 온종일 그녀 곁에 있어 주었다. 그때 두 사람이 나눈 이야기를 나는 다 알지는 못해도 한 가지는 들었다. 거트루드가 비통한 목소리로, 당신에게는 애도할 권리가 없다고 말하자 피카소는, 당신은 제게 그런 말을 할 권리가 없죠, 하고 말했다. 거트루드 스타인은, 당신한테는 그리스가 중요한 사람이 아니었으니까 후안이 지닌 의미를 깨닫고 말고 할 것도 없잖아, 하며 화를 냈다. 피카소는, 그리스가 나에게 얼마나 큰 의미인 줄 잘 아시는 분이 그런 말씀을 하시는군요, 하고 말했다.

거트루드 스타인이 쓴 모든 글들 가운데 가장 가슴을 뭉클하게 하는 게 바로 「후안 그리스의 삶과 죽음」이다. 이 글은 나중에 베를린에서 그리스 회고전이 열렸을 때 독일어로 번역되었다.

피카소가 브라크를 내친 적은 없었다. 언젠가 피카소는 거트루드 스타인과 이야기를 나누다가 이렇게 말했다. 그래요, 브라크와 제임스 조이스, 그 둘은 누구도 이해가 안 되는 이해 불가능한 존재들이죠.

우리가 파리로 돌아온 다음 첫 사건은 셔우드 앤더슨의 소개장을 들고 찾아온 헤밍웨이의 등장이었다.

처음 만나던 날 오후, 헤밍웨이의 첫인상은 아직도 삼삼하다. 스물세 살 청년은 보기 드문 미남이었다. 얼마 전 젊은이들은 스물여섯이 되어 스물여섯 살의 시대가 되던 차였다. 2, 3년 동안 젊은 남자라고 하면 모두가 스물여섯 살이었다. 그 시간과 공간에 어울리는 나이는 스물여섯 살이었다. 조지 플래트 라인스(George Platt Lynes, 1907~1955, 미국이 패션 상업 사진작가)처럼 스무 살이 안 된 청춘도 한둘 있었으나 그들은 거트루드 스타인의 셈에 들어가지 않았다. 그러니까 젊은이 하면 스물여섯 살이었다. 나중에, 한참 세월이 지난 다음에 젊은이는 스물한 살 또는 스물두 살을 가리켰다.

스물세 살의 헤밍웨이는 미국인보다는 외국사람 분위기가 났다. 모든 면에서 눈을 끌었는데, 그래도 가장 흥미로운 건 눈이었다. 그는 거트루드 스타인의 앞에 앉아 그녀를 똑바로 바라보며 그녀의 말을 경청했다.

그 다음 두 사람은 말하기 시작하더니 점점 두 사람만의 대화가 길어졌다. 헤밍웨이는 그녀에게 자기 아파트에 와서 저녁 식사를 같이 하며 작품을 봐 주십사 부탁했다. 그때나 지금이나 헤밍웨이는 있을 법하지 않은 깊숙한 곳에 박혀 있는 좋은 아파트, 멋진 여인들, 맛있는 음식을 찾아내는 재주가 비상하다. 그가 파리에서 처음 마련한 아파트는 테르트르 거리에서 가까웠다. 헤밍웨이 집에서 저녁을 보내는 동안, 거트루드 스타인은 그가 여태껏 쓴 글을 모두 읽었다. 그는 그동안 소설을 써 오고 있었던 것이다. 소설 쓰기는 그에게 피할 수 없는 일이었다. 그날 거트루드가 읽은 글들 중에는 훗날 맥알먼이 콘트랙트 에디션에서 낼 시들도 있었다. 그녀는 직접적이고 키플링풍인 그의 시들은 마음에 들었지만 소설들은 그렇지 않았다. 묘사가 너무 많은 데 특별히 좋은 묘사는 없군요. 전부 다시 시작하고, 집중하세요. 그녀가 말했다.

헤밍웨이는 이때 캐나다의 한 신문사의 파리 특파원이었다. 그는 자신이 캐나다 시각이라고 이름 붙인 관점으로 파리에서 일어나는 일들을 표현하려 애쓰고 있었다.

헤밍웨이와 거트루드 스타인이 함께 산책하고 이야기를 나누는 시간이 많아졌다. 어느 날 그녀가 말했다. 헤밍웨이, 당신하고 부인에게 돈이 좀 있다고 했지. 조용히 살기에 충분한 돈인가? 네, 그렇습니다. 헤밍웨이가 대답했다. 그렇다면 조용하게 살아 봐. 신문사 일을 계속 한다면 당신은 결국 아무것도 보지 못하게 될 거야. 오직 글만 보게 될 텐데, 그건, 만약 작가가 될 생각이라면 위험한 일이야. 안돼. 그녀가 말했다. 헤밍웨이는 물론 작가가 되고 싶다고 말했다. 그다음 그는 부인과 함께 여행을 떠났고, 얼마 지나지 않아 혼자서 우리를 찾아왔다. 아침 열 시쯤 온 그는 점심을 먹고, 오후 시간, 저녁 식사 시간, 밤 열 시가 되도록 집으로 돌아갈 생각이 없었다. 그러더니 느닷없이 아내가 임신을 했다면서 아주 비통한 목소리로, 그런데 저는 아버지가 되기에는 너무 젊습니다, 하고 선언했다. 우리는 그를 달래서 집으로 돌려보냈다.

다음에 헤밍웨이가 아내와 함께 찾아와 자기들은 마음을 굳혔다고 말했다. 아내와 미국으로 돌아가 일년 동안 열심히 일할 거라고, 그 다음엔 그동안 번 돈과 부부가 가지고 있는 돈으로 자리를 잡고 신문기자 일을 그만두고 작가가 되겠다고 했다. 헤밍웨이 부부는 떠났다. 그리고 약속한 일년이 못 되어 갓난아기를 안고 돌아왔다. 신문기자 일은 그만두었다.

헤밍웨이 부부가 파리에 돌아와 제일 먼저 할 일은 아기의 세례였다. 그들은 거트루드 스타인과 나에게 아기의 대모가 되어 주면 고맙겠다고 말했다. 대부는 헤밍웨이의 영국인 전우가 되어 줄 거라고 했다. 아기의 대모와 대부들의 종교가 제각각인데다 다들 열렬한 신자들도 아니어서 어떤 교회에서 세례를 받게 하는 게 좋을까 정하기가 좀 난감했다. 우리 모두는 그해 겨울 이 문제 때문에 많이 논의해야 했다. 결국 감독교회의 세례를 받는게 맞다고 결정이 났다. 대모 대부가 갖춰야 할 구색이 뭔지는 나는 지금도 모르지만, 아기는 감독교회의 예배당에서 세례를 받았다.

작가나 화가의 대모와 대부들은 의지하기 힘든 존재로 악명이 높다. 내가 아는 것만도 몇 있다. 불쌍한 파블로 피카소의 대모와 대부들은 얼굴 구경도 못할 정도로 헤맸고, 헤밍웨이 아들의 대모와 대부인 우리도 오랜 세월 동안 대자를 보지도 못하고 소식도 듣지 못하고 있다.

그래도 우리는 처음에는 대모와 대부 노릇에 열심이었다. 특히 나는 정말 정성과 열심을 다했다. 내 대자를 위하여 작은 의자 장식을 수놓고 발랄한 색상의 뜨개옷도 만들었다. 그 사이 내 대자의 아버지는 작가가 되기 위해서 열심히 글을 쓰고 있었다.

거트루드 스타인은 다른 사람이 쓴 글 세부를 정정하는 법이 결코 없었다. 그녀는 글쓴이가 선택한 보는 방식, 그 비전과 그것을 써 내려가는 방식 사이의 관계를 지킨다는 원칙을 늘 고수한다. 그녀는 이 점에 대해서 그 비전이 완성되지 않을 때 언어는 밋밋하다, 이는 오해를 불허하는 너무도 자명한 일이라고 주장한다. 이 무렵 헤밍웨이가 쓰기 시작한 짧은 글들은 훗날 『우리 시대』 전집에 수록되게 된다.

하루는 헤밍웨이가 몹시 흥분해 포드 매독스 포드(Ford Madox Ford, 1873~1939, 영국의 소설가, 출판업자)와 『트랜스애틀랜틱 리뷰』이야기를 꺼냈다. 포드 매독스 포드는 몇 달 전『트랜스애틀랜틱 리뷰』를 창간했다. 우리는 꽤 오래전, 정확하게는 전쟁이 일어나기 전 당시에는 포드 매독스 휘퍼였던 포드 매독스 포드를 만난 적이 있었다. 그날 그의 아내 바이올렛 헌트와 거트루드 스타인은 차탁을 마주하고 많은 이야기를 나누었었다. 나는 포드 매독스 휘퍼 옆에 앉았는데 그가 마음에 들었었다. 그가 들려주는 「미스트랄과 타라스콘」 이야기도, 자기가 부르봉의 주장자를 닮았다는 이유로 프랑스 왕당파를 지지한다는 말도 마음에 들었다. 나는 부르봉 신봉자를 본 적이 없었지만 포드가 부르봉 신봉자인 것은 의심할 여지가 없었다.

포드가 파리에 와 있다는 소식은 진작에 듣고 있었지만 우리에겐 그를 만날 일이 없었다. 거트루드 스타인은『트랜스애틀랜틱 리뷰』가 재미있는 잡지라고 생각할 뿐 다른 계획은 없었다.

헤밍웨이는 극도로 흥분해서 포드가 거트루드 스타인의 글을 다음 호에 싣고 싶어 한다고, 그리고 그, 그러니까 헤밍웨이는『미국인의 형성』이 좋겠다고 하면서 당장 자기에게 앞부분 50쪽을 달라고 했다. 거트루드 스타인에게는 물론 반가운 아이디어였지만 원고는 따로 없고 예전에 나온 책이 딱 한 권 있었다. 그건 중요하지 않습니다. 제가 사본을 만들면 됩니다. 헤밍웨이가 말했다. 그 다음 우리, 그러니까 헤밍웨이와 나는 사본을 만들었고, 그것이『트랜스애틀랜틱 리뷰』다음 호에 실렸다. 이렇게 해서 드디어 현대문학의 진정한 시작을 알리는 기념비적 작품 하나가 인쇄되었다. 우리는 아주 기뻤다.

나중에 헤밍웨이와 사이가 불편해졌을 때도 거트루드 스타인은『미국인의 형성』이 세상 빛을 보게 된 건 헤밍웨이 덕분이라며 늘 고맙게 기억했다. 그녀는 늘 이렇게 말한다. 그래, 난 확실히 헤밍웨이한테 마음이 약해. 무엇보다 그는 내 집 문을 두드린 젊은이들 중에서 제일 나은 데다가 또 포드로 하여금『미국인의 형성』초판을 찍도록 만든 사람이잖아.

나는 헤밍웨이가 대단한 역할을 했다고 믿지 않는다. 자세한 내막까지는 모르지만 뒤에 다른 이야기가 있다고 확신한다. 이게 그 출판건에 대한 내 느낌이다.

헤밍웨이는 거트루드 스타인과 셔우드 앤더슨의 대화에 아주 재미있는 주제였다. 셔우드는 지난 번 파리에 왔을 때도 거트루드 스타인과 함께 헤밍웨이 이야기를 자주 했었다. 두 사람의 혀끝에서 헤밍웨이란 존재가 빚어졌고, 두 사람은 그들의 마음이 창조한 작품인 헤밍웨이를 자랑스러워하기도 하고 조금 부끄러워하기도 했다. 헤밍웨이가 실수를 저지른 적이 있었다. 그, 그러니까 헤밍웨이는 편지에서 자신은 동시대 작가들과 함께 미국 문학을 구원할 거라면서 셔우드와 그의 작품에 대한 생각을 적었는데, 그 생각이라는 게 도무지 칭찬으로 볼 수 없는 내용이었다. 셔우드가 파리에 오자 헤밍웨이는 당연히 겁에 질렸다. 셔우드는 물론 겁먹을 일이 없었다.

조금 전에 말했듯이, 셔우드와 거트루드 스타인은 헤밍웨이를 도마 위에 올려놓고 재미있게 놀았다. 그들은 헤밍웨이가 속물이라는

데 동의했다. 거트루드 스타인은 헤밍웨이가 마크 트웨인의 글에 나오는 미시시피 강을 달리는 바닥이 평편한 배를 타는 사내들과 다를 바 없다고 주장했다. 그러면서도 두 사람 모두는 진정한 어니스트 헤밍웨이의 고백을 글로 쓴다면 훌륭한 책이 될 거라는 데는 동의했다. 헤밍웨이가 지금과는 다른 더 많은 독자들을, 아주 놀라운 독자들을 가지게 될 것이라고 했다. 그러고는 두 사람은 자신들이 헤밍웨이에게 유독 마음이 약하다고, 그 이유는 그가 아주 좋은 제자이기 때문이라고 인정했다. 내가 썩은 제자라고 반박하자 두 사람 모두 내가 잘 몰라서 하는 소리라고 말했다. 이해하지 못하면서도 그것을 해내는 제자, 다시 말해서 훈련을 계속하는 제자라는 말은 큰 칭찬이며, 훈련을 쌓는 제자는 애제자가 되기 마련이라고 말했다. 바로 이 점이 자기들 마음을 약하게 만든다고 둘 모두 인정했다. 거트루드 스타인은 더 나아가 이렇게 덧붙였다. 헤밍웨이는 드랭과 같아. 내가 드랭 같은 이가 어떻게 성공하는지 모르겠다고 말했을 때 드 필 씨가 했던 말 기억할 거야. 드 필은 드랭이 현대를 닮은 동시에 박물관 냄새를 피우기 때문이라고 대답했었지. 그런데 헤밍웨이가 바로 그래. 그는 현대의 모습을 닮았으면서 또 박물관을 연상시켜. 그것이 진짜 헤밍웨이의 이야기가 되어야 할 텐데, 과연 그가 그런 이야기를 써낼 수 있을까. 무엇보다도 언젠가 그 자신이 중얼거렸듯이 세상에서는, 경력, 경력이 중요하니까.

하지만 그때 일어나고 있던 사건들로 돌아가자.

헤밍웨이는 이 모든 일을 해냈다. 그는 원고 사본을 만든 다음 초교를 보았다. 내가 앞에서도 말했듯이, 원고 교정은 먼지 터는 작업과 같아서 겉만 훑었을 때는 몰랐던 많은 중요한 것들을 배우게 한다. 헤밍웨이는 이 교정을 맡아 하는 동안 많은 것을 배웠고, 배운 모든 것을 마음에 소중하게 간직했다. 이때 헤밍웨이는 거트루드 스타인에게 이런 편지를 썼다. 『미국인의 형성』을 쓰고 그 작업을 해낸 사람은 당신이며, 저와 그리고 제가 한 일은 그저 이 글이 출판되면 나타날 생명력에 헌신한 게 다입니다.

헤밍웨이는 이 작업을 끝까지 마무리할 힘이 자신에게 있기를 바랐다. 누군가, 아마도 스턴이라는 이름이 생각나는데, 출판인에게 그 원고를 보일 수 있다고 말했다. 거트루드 스타인과 헤밍웨이는 스턴에게 그만한 능력이 있다고 믿었지만 곧 헤밍웨이는 스턴이 자기 불신의 시기에 빠져들었다고 보고했다. 그것으로 이 일은 끝났다.

그 사이, 그리고 이 일이 일어나기 얼마 전에 미나 로이가 맥알먼을 집으로 데려왔다. 그 후로 맥알먼은 종종 찾아왔는데 가끔은 아내와 윌리엄 카를로스 윌리엄스도 데려왔다. 그리고 결국 그는 『미국인의 형성』을 콘택트 에디션에서 출판하기를 원했고, 그렇게 했다. 이 일에 대해서는 조금 뒤에 다시 말하겠다.

그 사이 맥알먼은 헤밍웨이의 시 세 편과 단편 열 편을 내고, 윌리엄 버드는 『우리 시대』를 출판했다. 헤밍웨이는 점점 유명해졌다. 그는 도스 페이소스와 프랜시스 스콧 피츠제럴드(Francis Scott Fitzgerald,

1896~1940, 미국의 단편작가, 소설가)와 브롬필드와 조지 앤타일(George Antheil, 1900~1959, 미국의 작곡가)과 모든 사람들을 알아가고 있었다. 그리고 헤럴드 롭은 다시 파리에 있었다. 헤밍웨이는 이미 작가가 되어 있었다. 헤밍웨이는 또한 셔우드의 영향으로 권투선수이기도 했다. 그리고 그는 나를 통해 투우를 알게 되었다. 스페인 춤과 스페인 투우를 아주 사랑하는 나는 투우사와 투우 장면 사진들을 사람들에게 보여주는 걸 언제나 좋아했다. 또 거트루드 스타인과 같이 투우장 맨 앞줄에 앉아 있는, 우연히 찍힌 사진을 보여주기도 좋아했다. 이제 헤밍웨이는 젊은 친구들에게 권투를 가르쳤다. 그들의 권투 실력은 변변치 않았음에도 그 중 하나가 우연히 헤밍웨이를 녹다운시켰다. 살다 보면 가끔 이런 일이 일어난다. 아무튼 그 시절 헤밍웨이는 운동선수이면서도 쉽게 지치곤 했다. 자기 집에서 우리 집으로 올 때도 아주 녹초가 된 그의 모습을 나는 여러 번 보았다. 하긴 그는 전쟁터에서 큰 부상을 입었었다. 엘렌은 사내들이 너무 유약해 빠졌다고 말하는데, 헤밍웨이는 요즘도 몸이 안 좋다. 얼마 전에는 건강에 자신만만한 그의 친구가 거트루드 스타인에게 이렇게 말하기도 했다. 어니스트는 몸이 너무 약합니다. 운동을 하면 꼭 어딘가 부러져요. 팔, 다리, 가끔은 머리도 깨지죠.

한번은 헤밍웨이가 동시대인들은 다 좋아하는데 단 한 사람 에드워드 이스틀린 커밍스(Edward Estlin Cummings, 1894~1962, 미국의 시인, 화가)는 예외라고 말했다. 헤밍웨이는 커밍스가 표절을 한다고,

아무 글이나 베끼는 게 아니라 중요한 어떤 이의 글을 베낀다고 비난했다. 『거대한 방』을 감명 깊게 읽었던 거트루드 스타인은 커밍스는 베끼지 않았다고, 그는 뉴잉글랜드의 전통인 무미와 불모의 상속자라고, 뉴잉글랜드의 개성을 이어받은 상속자라고 말했다. 사람들은 그녀의 말에 동의하지 않았다. 사람들은 또한 셔우드 앤더슨에 대해서도 동의하지 않았다. 거트루드 스타인은 셔우드 앤더슨은 직접적 감정을 문장으로 전달하는 천재적 재능이 있다고, 이는 위대한 미국의 전통이라고, 만약 셔우드를 뺀다면 미국에서 명료하고 열정적인 문장을 단 한 줄도 쓸 사람이 없다며 그를 인정했다. 헤밍웨이는 이 말을 믿지 않았으며 셔우드의 성격도 취향도 좋아하지 않았다. 거트루드 스타인은 취향은 문장과 아무 상관이 없다고 주장하고는 작가들 중에서 문장을 자연스럽게 쓰는 이는 피츠제럴드가 유일하다고 덧붙였다.

거트루드 스타인과 피츠제럴드의 관계는 참 특이하다. 젊은 미국 작가들이 아직 피츠제럴드의 존재를 모르던 때, 그녀는 피츠제럴드의 『낙원의 이편』이 출판되자마자 읽고 큰 감명을 받았다. 그녀는 이 작품이 새로운 세대의 대중을 위해 창조된 책이라 평했으며 이 의견은 지금까지 바뀌지 않았다. 『위대한 개츠비』에 대해서도 그녀는 같은 생각이다. 당대 이름을 날린 사람들이 다 잊히더라도 피츠제럴드의 작품은 계속 읽힐 거라고 믿는다. 한편 피츠제럴드는 거트루드 스타인이 이런 말을 하는 건 그로 하여금 그녀의 말뜻을 자꾸 생각하고 자꾸 신경을 쓰게 만들기 위해서라면서 그녀의 이러한 행동은 이제껏 들었던 가장 잔인한 말이라고 제 좋을대로 덧붙인다. 그럼에도 두 사람은 만나면 멋진 시간을 보낸다. 요전번에는 그들은 헤밍웨이와 셋이서 즐겁게 놀았다.

그 다음에 맥알먼이 있었다. 맥알먼은 끊임없이 글을 써서 거트루드 스타인에게 호소하려 했으나, 그녀는 둔한 글일 뿐이라고 불평했다.

글렌웨이 웨스콧도 있었지만 거트루드 스타인을 흥미롭게 하지는 못했다. 그의 작품에는 감상이 들어 있어도 도드라지지는 못했다.

그리고 그 다음 헤밍웨이의 화려한 경력이 시작되었다. 그는 한동안 모습을 보이지 않다가 다시 나타나기 시작했다. 그는 나중에 『태양은 다시 떠오른다』에 사용하게 될 대화들을 거트루드 스타인에게 자꾸 들려주고는 했다. 두 사람은 해럴드 룁의 개성에 대해서 끝없이 이야기했다(해럴드 룁은 『태양은 다시 떠오른다』의 등장인물 로버트 콘의 모델이다-옮긴이). 이무렵 헤밍웨이는 미국 출판업자들 뜻을 따라 단편집을 준비하고 있었다. 한동안 두문불출하던 그가 어느 날 저녁에 쉬프먼을 데리고 나타났다. 소년 쉬프먼은 성년이 되면 많은 돈을 상속받을 사람이었다. 아직은 미성년이었다. 헤밍웨이 말에 따르면 쉬프먼이 성년이 되면 『트랜스애틀랜틱 리뷰』를 인수할 거라고 했다. 앙드레 마송에 따르면 성년이 되면 쉬프먼이 초현실주의 비평을 지지할 거라고 했단다. 조제트 그리스의 말에 따르면 성년이 되면 쉬프먼이 집 한 채를 살 거라고 했다고 한다. 사실은 쉬프먼이 성년이 되었을 때 그의 소식을 알거나 그가 유산으로 무슨 일을 했는지 아는 사람이 아무도 없는 것 같았다. 헤밍웨이가 쉬프먼의 『트랜스애틀랜틱 리뷰』 인수건을 말하려 우리 집에 데려왔던 날, 그는 미국에 보낼 자신의 원고도 가지고 왔었다. 그는 이 원고를 거트루드 스타인에게 내밀었다. 그가 단편들 원고에 덧붙인 짤막한 명상 글엔 지금껏 읽은 책들 중 『거대한 방』이 가장 위대한 작품이라고 쓰여 있었다. 그러자 헤밍웨이, 의견은 문학이 아니라네, 라고 말한 이는 거트루드 스타인이었다.

 ·이 일 이후 한동안 우리는 헤밍웨이를 만나지 않았다. 그 다음 『미국인의 형성』이 출판된 다음, 누군가를 만나러 간 자리에서 우리는 헤밍웨이를 보았다. 그는 거트루드 스타인에게 다가와서 자기가 그녀의 서평을 쓸 수 없을 것 같다면서 그 이유를 늘어놓기 시작했다. 바로 그 순간 누군가 그의 어깨를 꾹 짚으며 말했다. 젊은이, 거트루드 스타인과 말하고 싶은 사람은 나요. 포드 매독스 포드였다. 포드가 거트루드 스타인에게 말했다. 새로 나올 제 책을 당신께 헌정하고 싶습니다. 그래도 될까요. 거트루드 스타인과 나 모두 죽고 싶을 정도로 너무 벅차고 기뻤다.

 이 일이 있은 다음 거트루드 스타인과 헤밍웨이는 몇 년 동안 만나지 않았다. 그 다음에 헤밍웨이가 파리로 돌아왔다는 소식이 들려왔고, 만나는 사람들마다 헤밍웨이가 그녀를 몹시 보고 싶어 한다고 말했다. 그녀가 산책을 마치고 돌아오면 나는, 왜 헤밍웨이와 팔짱을 끼고 돌아오지 그랬어, 하고 놀리곤 했다. 그리고 물론 어느 날, 집으로 돌아온 그녀 옆에는 헤밍웨이가 있었다.

두 사람은 자리를 잡고 아주 오랫동안 이야기했다. 마침내 그녀의 목소리가 내 귀에 들렸다. 헤밍웨이, 당신은 90퍼센트의 로터리 클럽 회원이야, 모르겠어. 그 비율을 80퍼센트로 낮추게. 헤밍웨이는 아니오, 전 못합니다, 하고 대답했다. 그럼 어쩔 수 없군, 나도 못해. 그녀가 아쉬운 듯 말했다. 하지만 그녀는 늘 이렇게 말한다. 그래도 헤밍웨이는 사심은 없었다고 말해도 좋을 거야.

그 후 두 사람은 자주 만났다. 거트루드 스타인은 이렇게 말한다. 난 헤밍웨이를 보는 게 좋아. 그는 그렇게나 멋지니까. 그런데 그가 자기 이야기만 하면 좋겠어. 요전에 두 사람이 이야기를 나눌 때 그녀는 그가 너무 많은 경쟁자를 죽여 매장한다며 비난했었다. 그러자 헤밍웨이는 이렇게 말했다. 전 그런 일 없습니다. 정말 누구를 죽인 적은 한번 있기는 하지만, 그는 죽어도 싼 나쁜 놈이었습니다. 하지만 만약 제가 모르고 어떤 이를 죽였다면, 그것은 모르고 한 일이며, 그러므로 제게 책임이 없습니다.

언젠가 헤밍웨이가 찾아와 자꾸 입바른 소리로 찬양을 하더라고 말한 사람은 포드였다. 나는 이 말이 자꾸 신경이 쓰인다. 그일 말고도 헤밍웨이가 제 입으로 떠들던 말도 마음에 걸린다. 내 불꽃은 자꾸 작아지는데 갑자기 크게 폭발합니다. 그 폭발이 있으면 내 작품은 누구도 거절 못할 아주 흥미로운 작품이 될 겁니다, 라고 했던 말이.

하지만 내가 헤밍웨이에 대해 안 좋은 말을 할라치면 거트루드는 늘 이렇게 말한다. 그래, 나도 알고 있어. 그래도 난 헤밍웨이에게 마음이 약한 걸 어쩌겠어.

어느 날 오후에 제인 히프가 찾아왔다. 『리틀 리뷰』는 「본즈의 고향」과 「셔우드 앤더슨에게 주는 밸런타인 선물」을 실었었다. 제인 히프가 자리에 앉자 우리는 이야기를 시작했다. 제인 히프는 저녁 식사가 끝나고 밤이 되도록 함께 있다가 새벽녘에야 떠나려 했다. 주인을 기다리다 밤새도록 조명이 켜져 있던 그녀의 작은 포드 승용차 고디바는 방전되어 시동이 걸리지 않았다. 거트루드 스타인은 그때나 지금이나 제인 히프를 아주 좋아한다. 그에 비해 마거릿 앤더슨에게는 별 흥미가 없다.

다시 여름이 찾아왔다. 우리는 코트다쥐르로 떠났고, 앙티브에서 피카소와 합류했다. 그곳에서 나는 피카소의 어머니를 처음 뵈었다. 피카소는 모친을 쏙 빼닮았다. 거트루드 스타인은 피카소의 어머니와 진지한 대화는 힘들어도 즐겁게 이야기를 나누었다. 그녀는 피카소를 처음 봤을 때 인상에 대해 말했다. 피카소는 정말 한눈에 띄게 아름다웠습니다. 마치 눈부신 후광을 몸에 드리운 것처럼 아름다웠죠. 피카소의 어머니는 오, 그건 내 자식이 어릴 적 아름다움에 비교하면 아무것도 아니랍니다. 아름다움에서 피카소는 천사이자 악마였죠. 누구든 그 애를 보면 눈을 떼지 못했으니까요, 하고 말했다. 그러자 피카소가 약간 서운한 투로 그런데 지금은 어떠냐고 물었다. 두 여인은 똑같이, 아, 지금도 그런 아름다움이 남아 있지, 하고 말했다. 그 다음 그의 어머니가 말했다. 너는 아주 다정하고, 아들로서 완벽해. 피카소는 이 정도 칭찬에 만족해야 했다.

자긍심 강하고 세상에 무서울 게 없던 30대의 장 콕토가 짤막한 피카소 전기를 쓰던 때가 바로 이때였다. 장 콕토는 전보로 피카소에게 태어난 날짜를 물었다. 피카소는 전보로 생일 날짜를 알려주며 덧붙였다. 당신 생일도 알려주시오.

피카소와 장 콕토에 얽힌 일화는 아주 많다. 피카소는 갑작스레 어떤 일을 요구받으면 어쩔 줄 몰라 하는 거트루드 스타인의 성격을 재미있어 하는데, 장 콕토는 위기가 닥쳐도 늘 신통방통하게 잘 빠져나가는 사람이었다. 피카소는 이런 장 콕토가 얄미워 엄청난 복수를 꾀했다. 장 콕토가 얼마 전에 크게 고생한 일이 그 일이다.

피카소가 스페인의 바로셀로나에 갔을 때, 어릴 적 친구인 신문 편집인과 인터뷰할 일이 생겼다. 이 친구는 스페인 사람이 아니고 카탈루냐 사람이었다. 인터뷰 기사가 스페인어가 아니라 카탈류냐어로 실릴 건 분명한 일이었고, 피카소는 짓궂은 장난을 꾸몄다. 그는 파리에서 장 콕토의 인기가 하늘을 찌른다고, 너무 인기가 많아 작은 이발소의 탁자에서도 콕토의 시를 감상할 정도라고 말했다.

다시 말하는데 피카소에게 이 인터뷰는 어디까지나 장난일 뿐이었다. 피카소는 인터뷰를 마치고 파리로 돌아왔다.

바르셀로나에 사는 카탈루냐 출신의 한 사람이 파리에 살던 고향 친구에게 그 신문을 보냈고, 파리의 그 카탈루냐 사람은 이 내용을 프랑스 친구들에게 번역해주었고, 그 프랑스 친구 중 하나가 프랑스 신문에 이 인터뷰 내용을 소개했다.

우리는 피카소와 그의 부인으로부터 이 이야기를 이미 들은 터였다. 아무튼 이 인터뷰 기사를 읽은 장 콕토는 파블로를 만나 따지려고 별렀다. 파블로는 장 콕토를 피했다. 하녀에게는 외출 중이라 말하게 시키고 며칠 동안 전화도 받지 못했다. 장 콕토는 결국 프랑스 언론과의 인터뷰에서 자기는 문제의 인터뷰 때문에 큰 상처를 입었다, 그런데 알고 보니 그 인터뷰를 한 사람은 친구 피카소가 아니라 피카비아더라고 말했다. 피카비아는 당연히 너무 억울해 얼토당토 않다고 펄펄 뛰었다. 콕토는 피카소에게 그런 인터뷰를 하지 않았다고 공개적으로 밝히라고 사정했다. 피카소는 모른 척하고 집에 틀어박혀 지냈다.

피카소 부부가 바깥으로 나온 첫날 저녁, 그들은 극장에 갔다. 앞자리에는 장 콕토의 어머니가 앉아 있었다. 첫 번째 휴식시간에 피카소 부부는 그녀에게 다가가 인사를 했다. 장 콕토와 피카소를 모두 아는 친구들이 모여들자, 장 콕토의 어머니가 말했다. 이보시오, 나와 내 아들 장에게 그 못된 인터뷰를 한 사람이 당신이 아니라는 걸 알려주면 얼마나 마음이 놓일까. 그러니 자네가 그런 말을 하지 않았다고 이 자리에서 밝혀주시오.

피카소의 아내는 자식을 키우는 어머니로서 다른 어머니에게 고통을 줄 수 없다고 말했고, 나는 장 콕토의 어머니에게 물론 피카소는 그런 말을 하지 않았다고 말했고, 피카소는 맞습니다, 제가 말한 게 아닙니다, 라고 말했다. 이것으로 피카소가 인터뷰하지 않은 게 공식적이 되고 말았다.

이해 여름 거트루드 스타인은 앙티브 해변에서 작은 파도들의 움직임을 보며 「피카소의 완전한 초상Completed Portait of Picasso」, 「칼 밴 베크턴의 두 번째 초상Second Portait of Carl Van Vechten」, 그리고 「화가 난 아내의 사랑 이야기As a Wife Has a Cow a Love Story」를 썼다. 마지막 작품은 나중에 후안 그리스가 그린 아름다운 삽화와 함께 책으로 탄생하게 된다.

로버트 맥알먼이 『미국인의 형성』을 출판하기로 결정함에 따라 우리는 여름 내 교정을 보기로 했다. 교정 일을 시작하기 전, 우리는 여름마다 그래 왔듯이 앙티브에서 피카소 부부를 만날 계획이었다. 나는 「미각 가이드」를 읽다가 벨리 시내에 있는 페르놀레 호텔을 찾아냈다. 거트루드 스타인의 오빠는, 벨리는 그 자체가 자연이지, 하고 말했다. 8월 중순, 우리는 벨리에 도착했다. 지도에서 볼 때 벨리는 산악 지역 꼭대기에 있는 장소 같았다. 거트루드 스타인으로 말하면 경사가 심한 지역을 끔찍이 싫어한다. 자동차가 자꾸 협곡으로 들어서자 나는 점점 예민해지고 그녀는 너무 싫다고 자꾸 잔소리를 했지만, 드디어 기쁘게도 시골 전경이 눈앞에 나타나기 시작했다. 벨리였다. 호텔은 정원이 없다는 점만 빼면 쾌적했다. 우리는 이곳에 정원이 꼭 있어야 한다고 생각했다. 우리는 페르놀레 호텔에서 며칠을 묵었다.

둥그스름한 얼굴에 쾌활한 페르놀레 부인이 오래 체류하실 분들이 왜 장기투숙으로 호텔 요금을 정리하지 않냐고 말했다. 우리는 그렇게 할 거라고 말했다. 그 사이 피카소는 우리에게 무슨 일이 생겼는지 궁금해 했다. 우리는 벨리에서 잘 지내고 있다고 답장을 보냈다. 우리는 벨리가 장 앙셀름 브리야-사바랭(Jena Anthelme Brillat-Savarin, 1755~1826, 프랑스의 법률가이자 정치가)의 고향이라는 걸 알게 되었다. 지금 우리는 빌리닝에서, 브리야-사바랭의 집에서, 그 집의 옛 소유자들이 쓰던 가구를 가져와 즐겁게 잘 사용하며 살고 있다.

알고 보니 벨리는 알퐁스 드 라마르틴(Alphonse de Lamartion, 1790~1869, 프랑스의 시인, 정치가)이 학교를 다녔던 곳이기도 했다. 거트루드 스타인은 라마르틴이 어디에서 머물든지 잘 먹는 사람이라고 말한다. 레카미에 부인의 고향도 벨리였고, 그녀의 시댁 집안의 후손들은 지금도 벨리에 모여 살고 있었다. 이런 사실들은 모두 나중에 차츰차츰 알게 된 것이고, 우리는 그때는 그곳에서 편안하게 머물다가 떠났다. 우리는 다가오는 여름 동안『미국인의 형성』교정을 볼 계획이어서 파리를 일찌감치 떠나서 다시 벨리로 갔다. 멋진 여름이었다.

『미국인의 형성』은 큰 판형에 1천 쪽에 달하는 두꺼운 책이다. 다랑티에르는 나에게 이 책이 56만 5,000단어로 되어 있다고 말했다. 거트루드 스타인이 1906년에서 1908년까지 쓴 글들과 『트랜스애틀랜틱 리뷰』에 연재된 글을 뺀 모든 원고가 이 책에 들어갔다.

책장이 넘어갈수록 문장은 점점 길어지고, 때로는 한 문장이 몇 쪽에 달한다. 식자공이 프랑스 사람들이기 때문에 한 줄이 비는 실수가 허다했다. 이러한 실수를 찾아내 바로잡는 끔찍한 교정 과정이 반복되는 나날이었다.

우리는 아침에 캠프용 의자를 들고 호텔을 나서서는 점심을 먹고 프랑스 식자공의 실수를 온종일 잡아냈다. 교정은 4교까지 필요했다. 결국 내 안경이 부러지고 내 눈은 부르터서 거트루드 스타인 혼자서 마무리를 해야 했다.

우리는 작업 환경을 자주 바꿨다. 우리는 아름다운 장소들을 찾아다녔지만 그때마다 출판사가 실수한 쪽들이 따라다녔다. 우리가 좋아한 장소 중 한 곳은 몽블랑이 저 멀리 보이는 작은 언덕이었다. 우리는 그 언덕에 마담 몽블랑이라는 이름을 지어주었다.

우리가 자주 찾아간 또 다른 장소는, 시골의 갈래길 부근, 흐르는 냇물이 모여 만들어진 작은 연못이었다. 생활의 아주 많은 부분이 중세 적의 그 단순 소박한 방식을 지켜나가는 중세를 그대로 간직한 장소 같았다. 한번은 한 촌부가 소떼를 몰고 다가와 아주 정중하게 말했다. 아가씨들, 제 꼴이 좀 이상하죠. 네, 얼굴에 온통 피가 묻어 있네요. 우리가 대답했다. 아, 그렇군요. 제가 키우는 소들이 언덕 아래로 미끄러졌는데 그 놈들을 위로 끌어올리려다가 저도 그만 미끄러지고 말았답니다. 그런데 제 꼴이 어떤지 통 몰라서요. 우리는 그가 피를 씻도록 도와주었고 그는 가던 길을 계속 갔다.

이 여름에 거트루드 스타인은 두 개의 긴 글 「소설A Novel」과 「자연의 현상들The Phenomena of Nature」을 쓰기 시작했다. 후자는 나중에 문법과 문장에 대한 연작으로 발전하게 된다.

이 글은 나중에 시즌 출판사에서 발행된 『묘사 익히기An Acquaintance with Description』의 토대가 되었다. 그 무렵 거트루드 스타인은 풍경을 마치 자신이 보았던 자연현상으로, 자체 안에 존재하는 것으로 서술하기 시작했고 이런 습작에 재미가 붙어 결국 훗날 『오페라와 극들』 시리즈가 태어나게 된다. 그녀는 종종 내게 자신은 할 수 있는 한 평범해지려고 애쓰고 있지만 가끔 평범함과 너무 먼 사람이라는 생각이 들어 걱정스럽다고 말한다. 그녀는 얼마 전 「명상의 스탠자Stanzas of Meditation」를 완성했다. 내가 요즘 타자하고 있는 이 글을 그녀는 진정한 평범함에의 성취라고 여긴다.

하지만 하던 이야기로 돌아가자. 우리는 파리로 돌아왔고, 교정 작업은 마무리 단계였다. 그리고 제인 히프가 나타났다. 그녀는 멋진 계획이 있다며 굉장히 들떠 있었다. 구체적인 내용들은 완전히 잊었지만, 아무튼 거트루드 스타인이 굉장히 기뻐했던 건 기억이 난다. 미국에서 『미국인의 형성』 재간 계획과 관련된 계획이었다.

아무튼 이 문제와 관련하여 시끌벅적한 일들이 많이 일어났고, 맥알먼은 시간이 갈수록 화가 났다. 그가 분노하는 데는 이유가 있었고, 또『미국인의 형성』에서 나타나듯이 맥알먼과 거트루드 스타인은 이제 더는 친구가 아니었다.

거트루드 스타인의 오빠는 생일이 2월인 여동생이 어렸을 적 조지 워싱턴을 많이 닮아 추진력이 좋고 느긋한 성격이라고 말했다. 결과물이 나오기까지 아주 많은 복잡한 일들이 벌어진 건 말해 무엇할까.

같은 해 봄 어느 날, 우리는 새로운 봄 전시회를 찾아갔다. 제인 히프는 그 전부터 거트루드 스타인이 흥미로워 할 젊은 러시아 화가가 있다고 여러 번 말했었다. 우리가 고디바를 타고 다리를 건너가는 데 제인 히프와 젊은 러시아인이 보였다. 우리는 그 러시아인의 그림들을 보았고, 거트루드 스타인도 아주 흥미로워했다. 물론 젊은 그 러시아인은 우리 집으로 찾아왔다.

『글 쓰는 법』에서 거트루드 스타인은 이제부터 회화는 마이너 예술로 돌아가는 위대한 시기를 맞을 것이다, 라고 말한다.

그녀는 누가 이 예술의 선구자가 될지 몹시 궁금해 했다.

지금부터 그 이야기를 하겠다.

젊은 러시아인은 흥미로운 사람이었다. 그는 채색을 하면서도 이것은 색이 아닙니다, 나는 푸른 그림을, 몸 하나에 머리가 세 개인 것을 그리고 있습니다, 라고 말했다. 피카소도 머리가 세 개인 드로잉을 그렸었다. 얼마 후 그 러시아인은 몸통 하나에 머리가 세 개인 형상을 그리고 있었다. 그는 혼자였지만 어느 면에서 그룹의 일원이기도 했다. 거트루드 스타인이 이 러시아인을 알게 된 직후, 한 화랑, 아마도 드루에 화랑에서, 그 그룹의 전시회가 열렸다. 그룹의 구성원은 그 러시아인, 프랑스인, 아주 젊은 네덜란드인, 그리고 형제 사이인 또다른 러시아인 두 명이었다. 네덜란드 남자만 빼고 나머지는 모두 스물여섯 살이었다.

이 전시회에서 거트루드 스타인은 조지 앤타일을 만났다. 앤타일은 찾아뵙고 싶다고 말한 다음 버질 톰슨을 데리고 집으로 찾아왔다. 거트루드 스타인은 조지 앤타일을 좋아하면서도 특별히 흥미있는 점을 발견하지 못했지만, 버질 톰슨에 대해서는 마음에는 들지 않아도 흥미로운 사람이라고 생각했다.

그러나 이 이야기는 나중에 하겠다. 다시 그림으로 돌아가자.

러시아 사람 체리트체프(Pavel Tchelitchev, 1898~1957, 러시아 출신의 초현실주의 화가, 무대미술가)는 그룹에서 단연 가장 격렬하고 가장 완숙하며 가장 흥미로운 작품을 그리고 있었다. 그는 사람들이 베베 베라르라고 부르는 프랑스인 크리스티앙 베라르와 오래전부터 앙숙이었다. 베라르는 체리트체프가 모든 걸 베낀다며 떠들고 다녔다.

르네 크레벨(René Crevel, 1900~1935, 프랑스의 초현실주의 작가)은 이 화가들 모두와 오래전부터 잘 알고 지냈다. 얼마 후 그룹 중 한 사람이 피에르 화랑에서 개인전을 열었을 때 우리는 그 전시장에 가다가 르네를 보았다. 르네가 너무 격분해 씩씩거리고 있어서 우리는 가던 길을 멈추어야 했다. 그는 특유의 밝고 폭력적인 어휘를 구사하며 이렇게 말했다. 이 화가들은 작품을 한 점당 수천 프랑에 팝니다. 돈을 좀 번다 싶으니 지들이 대단한 줄 아는 방자한 놈들입니다. 그런데 놈들보다 인격이 두 배는 뛰어나고 창의력은 비교할 수 없게 높은 우리 작가들은 밥값도 없이 구걸이나 하고 책을 내준다는 출판인들한테 사기나 당합니다. 하지만 때는 올 겁니다. 나, 르네는 예언자가 될 겁니다. 나중에 환쟁이들이 찾아와 자기들을 재창조해달라고 하면, 우리는 매몰차게 경멸할 겁니다.

르네는 그때도 그 이후에도 열정적인 초현실주의자로 남아 있었다. 르네는 프랑스인이기에 내부의 열정을 고양시킬 기본적인 변명뿐 아니라 지적인 변명도 필요하고 또 필요했다. 하지만 전쟁 직후의 세대인지라 그는 종교에서도 애국심에서도 변명의 사유를 찾아낼 수 없었다. 그의 세대에게 전쟁은 애국심과 종교의 무서운 파괴자일 뿐이었다. 그러므로 르네의 변명의 사유는 초현실주의일 수밖에 없었다. 초현실주의는 그가 살아봤고 사랑한 혼돈스러운 부정을 극명하게 설명해주고 있었다. 이 점을 그의 세대 중에서는 오직 르네 혼자만이, 초기 작품에서 조금 표현해내었다. 하지만 최근작 『디드로의 클라브생』에서는 르네는 그의 특징인 밝고 폭력적인 문체로 초현실주의를 유감없이 표현해내고 있다.

거트루드 스타인은 처음에는 그룹으로서 이 화가들에게 관심이 없었고, 오직 그 러시아인 한 사람에게만 관심이 쏠렸다. 이 관심은 점점 커져 그녀를 괴롭혔다. 그녀는 이렇게 말하곤 했다. 미술과 문학에서 새로운 능력을 만들어내는 영향력은 항상 있어 왔고, 지금도 미술과 문학에 새로운 운동을 만들어내고 있어. 이러한 영향력을 붙들어 영향력을 창조하고 재창조하기 위해서는 아주 탁월하고 지배적인 창의력이 필요해. 이 러시아인한테는 그런 대단한 창의력은 절대 없지만 전에 없는 창의적인 아이디어는 한 가지 들어 있어. 그 아이디어는 도대체 어디에서 나온 것일까. 젊은 화가들이 그녀에게 너무 변덕스럽고 평이 박하다고 불평하면 거트루드 스타인은 늘 이렇게 말한다. 이 그림들에 대한 내 마음이 바뀐 건 내 탓이 아니라 그림들이 벽 속으로 사라지기 때문입니다. 나는 더는 그림을 보지 않고, 그림들은 자연히 문 밖으로 나갑니다.

앞에서 이야기했듯이, 조지 앤타일은 버질 톰슨을 집으로 데려왔다. 버질 톰슨과 거트루드 스타인은 친구가 되고 자주 만났다. 버질 톰슨은 그녀의 글을 음악으로 옮겼으니, 바로 〈수지 아사도〉와 〈프레키오실라〉, 그리고 〈캐피털 캐피털스〉이다. 거트루드 스타인은 버질 톰슨의 음악에 관심이 아주 많았다. 톰슨은 물론 사티를 잘 이해하고 있을 뿐 아니라 그 자신 운율학에 조예가 깊은 사람이었다. 또 거트루드 스타인의 작품을 깊이 이해하고 있었다. 그는 밤에 꿈을 자주 꾸었다. 가끔 이해가 안 되는 꿈도 있었지만 그는 그런 꿈도 좋아했다. 거트루드 스타인은 자신의 언어가 톰슨의 음악이라는 틀 안에서 내는 소리를 듣는 게 아주 좋았다. 그들은 서로를 깊이 좋아해 자주 만났다.

버질의 방에는 크리스티앙 베라르(Christian Bérard, 1902~1949, 프
랑스의 화가, 무대미술가)의 그림들이 아주 많았다. 거트루드 스타인은
그 그림들을 유심히 바라보곤 했지만 아직은 자신의 생각을 정리할
수가 없었다.

그녀와 버질 톰슨은 베라르의 그림들에 대해 시간 가는 줄 모르고
이야기하곤 했다. 버질은 자신은 그림에 문외한이긴 해도 베라르의
그림들이 아름답다고 말했다. 거트루드 스타인은 새로운 미술 운동
에서 당혹감을 느낀다면서 그 미술운동을 받치는 힘은 러시아인의
것이 아니라고 말했다. 버질은 그녀의 말에 전적으로 동의한다면서
그 아이디어는 아마도 베베 베라르, 그러니까 크리스티앙의 것일 거
라고 말했다. 그녀는 그렇게 말하는 게 아마 맞겠지만 여전히 미심쩍
은 구석이 있다고 말했다. 그녀는 베라르의 그림들이 한순간은 거의
어떤 것인데 다음 순간 그게 아닌 다른 것이 되어버린다고 말하곤
했다. 그녀가 버질에게 늘 설명했던 것처럼, 가톨릭교회는 히스테릭
한 사람과 성인을 날카롭게 구분한다. 예술 세계에서도 같은 말이 통
한다. 예술에는 창조라는 외양을 띤 광인의 감수성이 허용되는데, 실
제로 나온 결과물인 창작품에는 완전히 다른 개별적 힘이 들어 있다.
거트루드 스타인은 베라르가 예술 면에서 성인보다는 광인에 가깝
다고 믿고 있었다. 이 무렵 그녀는 초상을 쓰는 작업으로 돌아가 러
시아인과 여러 프랑스 사람들에 대한 초상들을 열정을 다해 썼다. 그

작업을 하는 사이 그녀는 버질 톰슨의 소개로 조르주 위그네(Georges Hugnet, 1906~1974, 프랑스의 그래픽 아티스트, 시인, 작가)를 만났다. 그녀와 위그네는 서로에게 헌신적인 친구가 되었다. 그녀는 위그네의 글이 내포한 소리를, 그 다음에는 그 감각을, 그 다음에는 문장을 좋아하게 되었다.

위그네의 집에는 친구들이 그린 그의 초상화들이 아주 많이 있었다. 러시아 형제 중 하나와 젊은 영국 화가가 그린 초상화도 있었다. 거트루드 스타인은 이 초상화들에는 별 관심이 없었다. 하지만 그녀가 좋아하지 않은 젊은 영국 화가가 그린 손그림은 마음에 들어 기억에 깊이 남았다.

이제 모두는 각자의 작업에 뛰어들었다. 버질 톰슨은 오래전부터 거트루드 스타인에게 오페라 대본을 써달라고 부탁했었다. 성인들 중에서 아빌라의 성 테레사와 이그나티우스 로욜라를 가장 좋아한 그녀는 이 두 성인에 대한 오페라를 쓰겠노라고 말했다. 그리고 작업을 시작했고, 봄철 내내 아주 열심히 일한 끝에 드디어 「3막의 네 성인」을 완성했다. 그녀는 이 원고를 버질 톰슨에게 주었고, 버질 톰슨은 곡을 붙여 오페라를 완성했다. 이렇게 되어 언어와 음악 모두를 완벽하게 충족하는 재미있는 오페라가 탄생하게 되었다.

이 여름 우리는 벨리에 있는 호텔을 계속 찾아갔다. 우리는 이제 그 시골을 아주 좋아하고 있었다. 론 강의 협곡들은 언제라도 좋았고, 벨리에 사는 시골 사람들, 그 시골의 나무들, 그 시골의 황소들,

그 시골이 주는 모든 것이 더더욱 좋아졌다. 그래서 우리는 그곳에서 살 집을 알아보기 시작했다. 어느 날 계곡을 건너갔다가 꿈에 그리던 집을 발견했다. 거트루드가 내게 농부한테 가서 누구 집인지 알아보라고 말했다. 나는 말도 안 돼, 저건 중요한 집이고 지금 사람이 살고 있다고 말했다. 그래도 가서 물어나 봐. 그녀가 말했다. 나는 마지못해 알아보았다. 농부가 말했다. 네, 세입자가 살고 있을 겁니다. 집주인은 젊은 여자인데, 양친은 돌아가셨죠. 지금 그 집에 사는 이는 벨리에 주둔하는 연대의 대령인데 조만간 떠날 걸로 알고 있습니다. 부동산 대리인을 직접 만나보시죠. 우리는 그의 말대로 대리인을 만났다. 대리인은 아주 친절한 늙은 농부였는데 프랑스어로 천천히 진행합시다, 라고 자꾸 말했다. 우리는 그 말대로 서두르지 않기로 했다. 우리는 계곡을 건너기 전에는 눈에 띄지 않는 그 집을 대령이 떠나는 대로 얻겠노라고 가계약을 했다. 결국 지금으로부터 3년 전 그 대령은 모로코로 떠났고, 우리는 계곡을 건너가야만 보이는 그 집에 세를 들었다. 우리가 지금 살고 있는 이 집은 시간이 지날수록 점점 더 마음에 든다.

우리가 아직 호텔에서 지내고 있을 때, 하루는 클리퍼드 나탈리 바니(Clifford Natalie Barney, 1876~1972, 미국 태생의 유럽 거주 시인, 풍자 시인)가 친구들을 데려와 점심을 먹었다. 그 중에 클레르몽-토네르 공작부인도 있었다. 거트루드와 공작부인은 서로에게 이끌렸다. 이 날의 만남은 많은 즐거운 결과물들을 낳게 되는데, 하지만 아주 나중의 일이다.

그러니 지금은 화가들 이야기를 계속하자. 오페라 작업을 끝내고 파리를 떠나기 직전, 우리는 봉장 화랑의 전시회에 갔다. 그곳에서 러시아 형제 화가 중 하나인 게니아 베르만을 만났다. 거트루드 스타인은 그의 그림에 관심이 없지 않았다. 그녀는 그의 화실로 따라가 그가 그린 그림들을 전부 보았다. 그는 다른 두 화가들보다 훨씬 순수한 지성을 갖춘 사람으로 보였고, 그렇다면 두 명의 화가들이 현대 회화 운동의 창시자가 아님이 분명할 것이었다. 그 아이디어는 원래 베르만한테서 나온 것 같았다. 거트루드 스타인은 먼저 베르만에게 자기는 들으려는 사람만 있다면 이 아이디어에 대해 이야기하기를 좋아했다고 밝힌 다음 물었다. 이 모든 게 원래 당신의 아이디어였나요? 베르만은 조용히 미소를 지으며 자신은 그렇게 생각한다고 대답했다. 그녀는 그의 생각이 틀렸다고 자신할 수 없었다. 베르만은 우리를 만나러 빌리닝까지 찾아왔다. 서서히 거트루드는 베르만이 비록 좋은 화가라 해도 아이디어의 창조자가 되기에는 부족하다는 결론에 이르렀다. 그래서 다시 탐색이 시작되었다.

다시 파리를 떠나기 직전으로 돌아가, 앞에서 말한 같은 화랑에 갔을 때, 거트루드 스타인은 폭포 옆에 앉아 있는 시인을 그린 그림을 보았다. 화가가 누구냐는 질문에 젊은 영국인 프랜시스 로즈라는 대답이 나왔다. 그이 작품에는 관심 없어요. 그림 가격이 얼마죠? 그녀가 물었다. 아주 쌉니다. 거트루드 스타인은 그림을 살 때 3백 프

랑이나 30만 프랑 두 가격 중 하나를 제시한다. 그녀는 이 그림을 3
백 프랑에 샀고, 그 다음 우리는 여름을 나러 파리를 떠났다.

에디터가 되기를 꿈꾸던 조르주 위그네가 『이데시옹 드 라 몽타
뉴』를 발행하기 시작했다. 사실 이 잡지의 창간인은 모두의 친구인
조르주 마라티에였는데, 마리티에가 미국으로 가서 미국인이 되겠
다고 결심하는 바람에 조르주 위그네가 이 잡지를 물려받은 것이다.
창간호에 거트루드 스타인과 조르주 위그네가 공동 불역한 『미국인
의 형성』 앞부분 60쪽이 실렸다. 그녀는 아주 행복해 했다. 다음 호부
터는 거트루드 스타인이 쓴 『열 개의 초상화』 시리즈와, 그 초상들에
등장한 주인공 화가들이 그린 자화상들과 다른 이들의 초상화들이
차례차례 실렸다. 베라르가 그린 버질 톰슨의 초상화, 베라르 자신의
드로잉 자화상, 체리트체프가 그린 자화상, 피카소가 그린 자화상,
피카소가 그린 기욤의 초상화들 중 하나와 에릭 사티의 초상화들 중
하나, 젊은 네덜란드 화가 크리스티얀스가 그린 자화상, 그리고 토니
가 그린 베르나르 페이의 초상화 하나였다. 이 시리즈는 반응이 좋아
모두를 기쁘게 했다.

다시 모두가 떠났다.

거트루드 스타인은 겨울에는 하얀 푸들 바스켓을 동물병원에 데
려가 목욕을 시켰다. 바스켓의 털이 마를 때까지 그녀는 영국 화가의
낭만적인 그림을 샀던 봉장 화랑에 가 그림을 보았다. 집으로 돌아올
때마다 그녀는 그 영국 화가가 그린 그림들을 더 많이 사왔다. 그의

그림을 구입하는 이유에 대해서는 한 마디도 설명하지 않았다. 사람들은 그냥 짐작했고, 몇몇이 이 젊은이를 소개시켜 주겠다고 말하기 시작했다. 거트루드 스타인은 거절했다. 아닙니다. 젊은 화가들에 대해서는 알 만큼 알고 있어요. 지금은 그냥 혼자서 젊은 그림들을 알아 가는 게 좋습니다.

그 사이 조르주 위그네는 시「유년시절」을 썼다. 거트루드 스타인은 그를 위해 그 시를 번역하겠다고 제안해 놓고서는 번역을 하지 않고 그 시를 주제로 시 한 편을 썼다. 처음에 뛸 듯이 기뻐하던 조르주 위그네는 싸늘해지기 시작했다. 그러자 거트루드 스타인은 자기 시에「우정의 꽃이 시들기 전에 우정이 바랬네Before the Flowers of Friendship Faded Friendship Faded」라고 제목을 붙였다. 모두가 이 일에 관련이 되었다. 그룹은 깨졌다. 거트루드 스타인은 크게 화를 낸 다음 이 시에 얽힌 이야기를 단편「왼편에서 오른편으로From Left to Right」로 써서 자신을 달래야 했다. 이 글은 런던 판『하퍼스 바자』에 실렸다.

그로부터 오래 지나지 않은 어느 날, 거트루드 스타인은 수위에게 프랜시스 로즈의 그림들을 벽에 걸어달라고 부탁했다. 이 무렵 집에는 로즈가 그린 이상한 그림이 서른 점이 있었다. 그림걸기 작업이 진행되는 내내 그녀는 짜증을 냈다. 나는 그렇게 화를 낼 거면 왜 로즈의 그림들을 거냐고 물었다. 그녀는 그림을 걸 수밖에 없다고, 그런데 그림 서른 개가 더해지면서 방 전체 모습이 확 바뀌는 게 너무

화가 난다고 말했다. 시간이 필요한 문제였다.

다시 『미국인의 형성』 출판 직후 이야기로 돌아가자. 그 무렵 이디스 시트웰이 『아테나에움』에 거트루드 스타인의 『지리와 극들』 서평을 발표했다. 비록 장황하고 약간 깔보는 경향이 있는 비평이었지만, 나는 마음에 들었다. 거트루드 스타인은 신경 쓰지 않았다. 그로부터 일년 뒤, 이디스는 런던 판 『보그』에 서평을 다시 썼다. 이번 서평에서 이디스는 『아테나에움』에 서평을 발표한 이후 그해는 다른 책은 읽지 않고 오직 『지리와 극들』만 읽었으며 진즉에 그 책의 중요성과 아름다움을 알았어야 했음을 밝히려 했다.

어느 날 오후 엘머 하든의 집에서 우리는 런던 판 『보그』 편집인 토드 양을 만났다. 토드 양은 이디스 시트웰이 짧은 일정으로 파리에 와 있는데 거트루드 스타인을 몹시 만나고 싶어 한다고 말했다. 이디스 시트웰이 부끄러움이 많아 이집을 찾아오길 주저한다고도 했다. 엘머 하든이 자기가 이디스를 데려오겠다고 자처 했다.

이디스 시트웰의 첫 인상은 절대로 변할 수 없는, 너무도 뚜렷한 것이었다. 아주 큰 키에 살짝 구부정한 몸, 앞으로 나서길 주저하는 잔뜩 위축된 인상. 그러면서도 어떤 인간한테서도 못 보았던, 아주 눈에 띄는 코를 가진 아름다운 여인이었다. 그 첫 만남, 그리고 그 후 이어진 그녀와 거트루드 스타인의 대화를 계속 듣게 되면서 나는 우아함과 시를 완벽하게 이해하는 이디스를 점점 좋아하게 되었다. 이디스와 거트루드 스타인은 첫 만남에서 친구가 되었다. 다른 모든 우정이 그렇듯이 이 둘의 우정도 어려운 시절을 겪게 되지만, 거트루드와 이디스 시트웰이 근본적으로 친구이며 그 사실을 즐기고 있음을 나는 확신한다.

이디스 시트웰은 우리를 자주 찾아왔다가 영국으로 돌아갔다. 같은 해인 1925년 가을, 케임브리지 문학협회장으로부터 편지가 왔다. 거트루드 스타인에게 초봄에 강연을 의뢰하는 내용이었다. 거트루드 스타인은 말도 안 된다며 거절하는 답장을 보냈다. 즉시 이디스 시트웰의 편지가 날아왔다. 무조건 거절을 수락으로 바꾸라는 것이었다. 이디스는 거트루드 스타인에게 무조건 강연을 하라고, 만약 케임브리지 강연 요구를 수락한다면 옥스퍼드도 강연 일정을 잡을 거라고 했다.

수락 말고는 다른 수가 없었다. 거트루드 스타인은 예스라고 수락했다.

강연을 해야 하다니. 거트루드 스타인은 어쩔 줄 몰라 했다. 평화가 전쟁보다 훨씬 더 공포스럽다고도 말했다. 심지어 깎아지른 낭떠러지도 이 공포에 비하면 아무것도 아니라고 했다. 그녀는 마음이 무거웠다. 1월 초, 포드 자동차가 온갖 문제를 드러내기 시작했다. 고급 정비소는 고물 자동차 따위는 거들떠보지도 않기 때문에 거트루드 스타인은 몽루즈에 있는 낡은 정비소까지 가야 했다. 수리공들이 정비를 하는 동안 그녀는 앉아서 기다렸다. 만약 이 차를 폐차시킨다면 타고 떠날 차가 없을 것이었다.

매섭게 찬 날씨에 낮에도 하늘이 시커멓던 어느 날 오후, 그녀는 포드를 끌고 나갔다. 그녀는 또 다른 다 찌그러진 포드 자동차의 디딤판에 앉아서 수리중인 자기 차를 지켜보다가 글을 쓰기 시작했다. 정비소에서 몇 시간을 보낸 뒤, 그녀가 수리가 끝난 자동차를 끌고 꽁꽁 언 몸으로 돌아왔을 때「작문과 해설」은 완성되어 있었다.

일단 강연 원고는 완성했더라도 원고를 읽는 게 골칫거리였다. 주변 사람들이 저마다 조언을 주었다. 그녀는 찾아오는 방문객이 누구든 그들 앞에서 강연 원고를 읽었고, 방문객 몇몇도 그녀에게 읽어주었다. 무슨 우연인지 이때 프리처드는 파리에 있었다. 프리처드와 에밀리 채드본은 강연 원고를 들은 뒤 조언해주었다. 프리처드는 원고를 영국식으로 읽는 시범을, 에밀리 채드본은 미국식으로 읽는 시범을 보였다. 거트루드 스타인은 너무 걱정이 앞서 어느 한쪽 방식을 따를 수가 없었다. 그러던 어느 날 오후, 우리는 나탈리 바니의 집에 갔다가 그곳에서 우연히 프랑스 역사교수를 만났다. 늙었지만 아주 매력이 넘치는 학자였다. 나탈리 바니는 역사교수에게 거트루드 스타인을 위하여 강연 방법을 가르쳐달라고 청했다. 역사교수는 가능한 한 빨리 말하고 절대 눈을 올리지 말라고 조언했다. 프리처드는 그와 반대로 가능한 한 천천히 말하고 절대로 눈을 내리지 말라고 조언했다. 아무튼 나는 거트루드 스타인을 위해서 새 드레스와 새 모자를 주문했다. 그 다음 이른 봄, 우리는 런던으로 향했다.

때는 1926년 봄, 영국은 아직도 여권 심사에 엄격했다. 우리의 여권이야 아무 문제가 없었지만 거트루드 스타인은 입국심사라면 아주 질색했다. 그렇지 않아도 강연 때문에 행복할 이유가 없는 마당에 입국심사까지 받아야 하다니.

그래서 내가 여권 두 개를 들고 담당자를 만나러 아래층으로 갔다. 그런데 거트루드 스타인 양은 어디 계십니까. 담당자가 물었다. 그녀는 바깥 데크에 있기는 한데 여기 올 생각이 없습니다. 내가 대답했다. 여기 올 생각이 없다고요? 담당자가 내 말을 고대로 되받아 물었다. 네 그렇습니다, 그녀는 이리로 오지 않을 겁니다. 내가 말했다. 그는 아무 말 없이 입국 도장을 찍어주었다. 그 다음 우리는 런던에 도착했다. 이디스 시트웰은 우리를 위해 파티를 마련해주었고, 이디스의 남동생인 오스버트 시트웰(Sir Osbert Sitwell, 1892~1969. 영국의 시인, 소설가)도 따로 파티를 열어주었다. 오스버트는 거트루드 스타인에게 큰 위안이 되었다. 예민한 사람의 성격을 잘 알고 있는 그는 호텔에서 거트루드 옆에 앉아서 그와 그녀가 겪을 수 있는 무대 공포증의 모든 경우를 말해주었다. 그녀는 많이 안정을 찾았다. 그녀는 늘 오스버트를 좋아했다. 그가 왕의 자문관 삼촌과도 같은 인물이라고도 말했다. 영국 왕의 숙부가 늘 갖춰야 할 친절과 깨트릴 수 없는 고요를 갖췄다고 말했다.

드디어 우리는 오후에 케임브리지에 도착했다. 차를 마신 다음 총장과 그의 친구들과 함께 정찬을 먹었다. 아주 즐거운 시간이었다. 정찬을 마치자 곧바로 강연실로 갔다. 남자들과 여자들, 청중은 다양했다. 거트루드 스타인은 곧 마음을 다잡고 강연을 아주 잘 해냈다. 남자들은 아주 많은 질문을 던졌다. 여자들은 아무 질문이 없었다. 여자들에게 사전에 질문하지 말라는 말이 있었던 건지 여자들 스스로 그저 질문하지 않은 것인지 거트루드 스타인은 궁금했다.

이튿날 우리는 옥스퍼드로 갔다. 그곳에서 우리는 젊은 액튼(영국 작가이자 학자인 헤럴드 액튼Sir Herold Mario Mitchelle Acton을 가리킴-옮긴이)과 점심을 먹은 다음 강연장으로 갔다. 연사로서 거트루드 스타인은 이전보다 더 안정된 모습이었고, 이번에는 정말 훌륭하게 해냈다. 나중에 그녀는 그때 프리마돈나가 된 기분이었다고 술회했다.

강연장은 빈자리가 없고 뒤에 서 있는 사람들도 많았다. 강연이 끝나고 토론이 한 시간이 넘어가도록 아무도 자리를 뜨지 않았다. 활기 넘치고 흥미로운 시간이었다. 여러 다양한 질문들 중에서도 거트루드 스타인의 문체에 대한 질문이 단연 제일 많았다. 당신이 쓰는 그 문체가 올바르다고 생각하는 이유는 무엇입니까. 그녀는 자기의 문체에 대한 다른 이들의 생각은 크게 중요하지 않으며 지난 20년 해왔듯이 지금도 같은 글쓰기를 하고 있는데 이제는 많은 사람들이 그녀의 강연을 듣고 싶어 한다는 말로 대답했다. 물론 사람들이 그녀의 글쓰기 방식을 가능한 방식으로 생각하게 될 거라는 뜻은 아니라고, 그리고 그녀의 글쓰기가 설령 아무것도 증명하진 못했더라도 한편으로는 어떤 가능성을 보여주었다고 말했다. 사람들이 웃었다. 그다음 한 남자가 벌떡 일어났는데, 학장으로 밝혀졌다. 그는 「7의 성인들」에서 달무리가 달을 따라가는 문장이 무척 흥미로웠다고 말했다. 그는 그 문장을 지금껏 읽어본 가장 아름답게 균형을 이룬 문장들 중 하나로 인정하지만, 여전히 달무리는 달을 따라갔냐고 물었다. 거트루드 스타인이 말했다. 달을 보면 달 주변에 달무리가 있고, 달이 움직이면 달무리도 달을 따르지 않을까요. 그는 아마도 그럴 거 같다고 대답했다. 학장 옆에 있던 또 다른 남자, 연구원이 일어나서 질문했다. 그 두 남자는 서로 번갈아가며 일어서서 계속 질문을 퍼부었다. 첫 번째 남자가 다시 벌떡 일어섰다. 당신은 모든 것은 같으며 모든 것은 늘 다르다고 말하는데, 어떻게 그런 일이 가능합니까. 그녀가 대답했다. 생각해 보십시오, 두 분. 두 분은 한 분에 이어 다른 한 분이 번갈아 일어나는데 그것은 같은 일이며, 그럼에도 두 분은 두 분이 다른 사람임을 분명히 인정하실 겁니다. 남자들 중 한 사람은 너무 감동해서 강연이 끝난 다음 바깥까지 쫓아와서는 칸트의 『순수이성비판』을 읽은 이후 가장 멋지고 대단한 경험이었다고 고백했다.

시트웰 집안의 남매들인 이디스, 오스버트, 새처브렐 모두가 강연을 들었고 모두가 기뻐했다. 훌륭한 강연 내용과, 거트루드 스타인이 최고가는 야유꾼들이 던지는 질문들에 재치 있고 지혜로운 방식으로 답변해낸 것에 기뻐했다. 이디스 시트웰은 막냇동생 새처브렐이 집으로 가는 내내 소리 내어 웃었다고 우리에게 알려주었다.

이튿날 우리는 파리로 돌아왔다. 시트웰 남매는 우리가 며칠 더 머무르며 인터뷰를 하기 바랐지만 거트루드 스타인은 영광과 흥분의 시간은 이 정도로 충분하다고 느꼈다. 그녀는 영국에서의 강연 건에 대해서 늘 누릴 수 있는 영광은 다 누렸다고 말한다. 무엇보다도, 그녀가 늘 주장하듯, 예술가는 평가가 아니라 단지 감상을 필요로 하며, 만약 평가가 필요하다면, 그는 예술가가 아니기 때문이다.

강연이 끝나고 몇 달 뒤, 레너드 시드니 울프(Leonard Sidney Woolf, 1880~1969, 영국의 정치이론가, 작가)는 『호가스 에세이 시리즈』로 『작문과 해설』을 출판했다. 이 작품은 『다이얼』에 소개되었다.

거트루드 스타인이 영국에서 성공을 거두자 밀드레드 올드리치는 너무 기뻐 울었다. 뉴잉글랜드 사람인 밀드레드에게 케임브리지와 옥스퍼드의 인정은 『애틀랜틱 먼슬리』의 인정보다 몇 배나 중요한 사건이었다. 우리는 집으로 돌아오는 길에 올드리치의 집에 들렀다. 거트루드 스타인은 올드리치 앞에서 연설문을 다시 읽고 강연회 광경을 빠짐없이 들려주어야 했다.

밀드레드 올드리치는 괴로운 나날을 보내고 있었다. 후원금이 갑자기 끊긴 것인데, 우리는 이 사실을 전혀 모르고 있었다. 하루는 아메리칸라이브러리 사서인 도슨 존스턴이 찾아와 밀드레드의 편지를 받았다고, 곧 집을 비워주게 되었으니 책을 전부 가져가라는 내용이었다고 말했다. 우리는 당장 밀드레드에게 달려갔고, 후원금이 끊겼다는 말을 직접 확인했다. 어떤 부자 여자가 아무 조건 없이 주던 후원금인 것 같은데, 그 부자 여자는 어느 날 오후 변호사를 불러서 그동안 많은 사람들에게 주던 돈을 일제히 중지하라고 말했다는 것이다. 거트루드 스타인은 너무 걱정하지 말라며 밀드레드를 위로했다. 케이트 부스가 힘쓴 덕분에 카네기재단에서 5백 달러를 보내왔고, 윌리엄 쿡은 모든 부족함을 메우고도 남을 백지 수표를 거트루드 스타인에게 주며 밀드레드에게 전해달라고 했고, 프로비던스 로드아일랜드 출신의 밀드레드의 또 다른 친구도 너그럽게 도움을 주었고, 『애틀랜틱 먼슬리』는 재단을 구성하기 시작했다. 곧 밀드레드 올드리치의 생활은 안전해졌다. 그녀는 거트루드 스타인에게 슬프게 말했다. 나는 우아하게 빈민원으로 갔을 텐데 당신은 날 빈민원으로 보내려 하지 않네. 당신은 내 집을 빈민원으로 만들었고 나는 그곳의 유일한 거주자가 되었어. 거트루드 스타인은 밀드레드에게 당신은 계속 우아하고 고독하게 살 수 있다고 말하며 위로했다. 그리고 이 말을 빼먹지 않았다. 밀드레드, 이 세상 누구도 당신더러 당신이 일해서 번 돈을 함부로 낭비했다고 말하지 못합니다. 밀드리치의 만년은 안전했다.

윌리엄 쿡은 전쟁이 끝난 다음 러시아 트빌리시에서 3년 동안 적십자사 운동에 관계한 적이 있었다. 어느 날 저녁 그는 거트루드 스타인과 함께 마지막 투병 중이던 밀드레드를 문병 갔다. 돌아오는 밤에는 안개가 짙었다. 쿡의 무개차가 비록 소형차라 해도 안개를 뚫을 눈부신 탐조등이 달려 있었다. 그들 바로 뒤에 작은 자동차가 일정한 거리를 두고 계속 따라오고 있었다. 그 차는 쿡이 속도를 올리면 같이 속도를 올리고, 쿡이 속도를 줄이면 속도를 줄였다. 거트루드는 당신의 자동차 탐조등이 밝은 게 저들한테는 정말 다행이야. 덕분에 운전하기 편할 테니 말이야, 하고 말했다. 쿡은, 맞습니다, 하고 말했지만 목소리에 불안이 묻어 있었다. 저도 계속 자신한테 그렇게 말하고 있지만, 솔직히 말하면 소련 연방과 체카(초기 소련의 비밀경찰-옮긴이) 생각을 하면 미국 시민인 저까지도 기분이 찜찜합니다. 우리를 따라오는 저 차가 비밀경찰의 차일 리는 없다고 계속 저 자신에게 말할 뿐이죠.

르네 크레벨이 찾아오자 나는 이 이야기를 들려주었다. 젊은 방문객들 중 나는 르네를 제일 좋아했던 것 같다. 그는 프랑스인의 매력을 보여주는 모범이었다. 프랑스인의 매력이란, 그 매력이 최상에 올랐을 때는 미국인의 매력을 능가한다. 그 어떤 사람보다 매력적이라는 말이다. 마르셀 뒤샹과 르네 크레벨은 프랑스인의 이런 매력에서 아마 가장 완벽한 본보기들일 것이다. 우리는 르네를 아주 좋아했다. 르네는 젊고 거칠고 아프고 혁명적이고 다정하고 부드러웠다. 거트루드 스타인과 르네는 서로를 아주 좋아한다. 르네는 영어로 편지를 썼는데, 거트루드는 그의 영어 편지에서 큰 기쁨을 맛보면서도 아주 많이 꾸중한다. 그 옛날에 베르나르 페이 이야기를 제일 먼저 꺼낸 사람이 바로 이런 르네였다. 그는 클레몽 페르낭드 대학의 젊은 교수의 집으로 우리를 모시고 싶다고 했다. 그리고 어느 날 오후, 자기가 말한 대로 우리를 젊은 교수의 집으로 데려갔다. 베르나르 페이는 거트루드 스타인이 예상과는 전혀 다른 인물이었다. 두 사람은 서로에게 특별히 할 말이 없었다.

내 기억으로는 그해 말에서 이듬해로 넘어가는 겨울에 우리는 많은 파티를 열었다. 그리고 시트웰 가족을 차 모임에 초대했다.

칼 밴 베크턴이 많은 흑인을 우리 집에 보내주었고, 우리 이웃인 레간 부인, 조세핀 베이커를 파리로 데려온 인물인 레간 부인도 흑인을 소개했다. 칼은 우리 집에 폴 로브슨을 보냈다. 거트루드 스타인에게 흥미가 많은 폴 로브슨은 미국의 가치들과 미국적 삶의 방식을 오직 한 가지 방식으로만 알고 있는 사람이었다. 그리고 다른 사람이 방에 들어오면 곧바로 영락없는 흑인 행세를 했다. 거트루드 스타인은 그가 흑인 영가를 부르기 시작하면 아주 질색했다. 흑인 영가는 더는 당신들 게 아닌데 왜 그렇게 주장하지? 그녀가 말했다. 폴은 대답하지 않았다.

한번은 남부 출신의 아주 매력적인 여성이 폴 로브슨에게 고향이 어디냐고 물었다. 폴 로브슨이 뉴저지라고 대답하자, 그녀는 당신은 남부 사람이 아니군요, 하고 말했다. 폴은 저는 그 점이 슬픕니다, 하고 말을 받았다.

거트루드 스타인은 흑인은 박해가 아니라 존재하지 않은 것에 고통당하고 있다는 결론을 내렸다. 그녀는 늘 그 아프리카인은 원시적이지 않다고, 그는 아주 오래되었지만 무척 편협한 문화를 버리지 못하고 그 상태로 남아 있다고 주장한다. 결과적으로 아무것도 아니고 또는 무엇이든 일어날 수 있다.

아주 옛날에 주름 셔츠 차림으로 처음 만났던 칼 밴 베크턴이 다시 등장했다. 그 사이 오랜 세월이 흐르는 동안 거트루드 스타인과 그는 편지만 주고받으며 친교를 이어 왔었다. 그런 칼이 오랫만에 진짜 얼굴을 보이려 하자 거트루드 스타인은 조금 걱정스러웠다. 그가 왔고, 걱정했던 것과는 달리 두 사람은 이전보다 더 좋은 친구가 되었다. 거트루드 스타인이 자기는 걱정이 많았다고 털어놓자 칼은 저는 아무 걱정도 안 했는데요, 하고 말했다.

이 무렵 집에 오는 아주 많은 젊은이들 가운데 브래비그 임브스도 있었다. 거트루드 스타인은 그의 목적은 즐기는 게 다라고 말하면서도 그를 좋아했다. 나도 그를 좋아했다. 엘리엇 폴을 집으로 데려온 이가 바로 임브스였다. 첫날 엘리엇 폴은 『트랜지션』을 가져왔다.

우리는 브래비그 임브스도 좋았지만 엘리엇 폴이 더 좋았다. 아주 재미있는 사람이었다. 그는 뉴잉글랜드 사람이지만 십자군의 후손들이 살고 있는 프랑스의 마을에서 종종 보게 되는 사라센 사람 같았다. 정말 그런 분위기가 넘쳤다. 신비와 허무의 느낌, 실제로 그는 아주 차츰차츰 등장했고 또 그렇게 천천히 사라졌다. 그 다음 유진 졸라스(Eugene Jolas, 1894~1952, 미국 태생이지만 영국에서 주로 활동한 작가, 번역가, 비평가)와 마리아 졸라스(Maria Jolas, 1893~1987, 『트랜지션』 창간인 중 한 명, 번역가)가 등장했다. 그 둘은 등장할 때 인상으로 계속 남아 있었다.

이 무렵 엘리엇 폴은 『파리 시카고 트리뷴』에서 일하며 거트루드 스타인의 작품에 대한 시리즈 기사를 쓰고 있었다. 그녀의 작품에 대한 최초로 진지한 대중평가였다. 엘리엇 폴은 동시에 젊은 언론인과 교정자들을 작가로 만드는 작업도 해내고 있었다. 그가 처음으로 작가를 만든 이는 브래비그 임브스였다. 폴은 브래비그와 이야기를 하다가 갑자기 말을 끊으며 그 이야기를 글로 쓰라고 말했고, 이렇게 해서 브래비그의 첫 책 『교수의 아내』가 탄생하게 된 것이다. 엘리엇 폴은 다른 사람들에게도 글을 쓸 기회를 만들어주었다. 그는 아코디언 연주를 못했지만 거트루드 스타인을 위해 아코디언 연주를 배워 브래비그 임브스의 바이올린 반주에 맞추어 그녀가 좋아하는 소곡인 〈외로운 소나무 오솔길〉, 〈내 이름은 6월〉을 연주했다.

노래 〈외로운 소나무 오솔길〉은 거트루드 스타인의 가슴을 늘 먹먹하게 했다. 밀드레드 올드리치에게 이 레코드가 있어 그녀의 집에 가는 날 오후에는 이 판을 불가항력으로 축음기에 틀어 놓고 하염없이 듣고 또 들었다. 그녀는 이 노래 자체도 좋아했지만 전시에는 보병들 때문에 책 『외로운 소나무 오솔길』의 마법에 걸렸었다. 병원에는 그녀에게 홀딱 반한 보병이 있었다. 그는 그녀에게 자주 이렇게 말했다. 제가 읽은 위대한 책은 딱 하나입니다. 여사님도 그 책을 아실 텐데, 바로 『외로운 소나무 오솔길』입니다. 결국 사람들이 님에 주둔한 미군 연대에서 이 책을 구해 병원으로 보내주었고, 이 책은 부상병동에 계속 돌아다니게 되었다. 부상병들은 며칠에 한 번씩 그녀에게 한 두 줄 읽어준 게 다였지만, 이 책 이야기를 하는 그들의 목소리는 울먹거렸고 그녀를 아끼고 사랑하는 마음에서 때 묻고 찢어진 이 책을 빌려주겠노라고 했다.

글을 읽어치우는 그녀는 당연히 이 책을 읽어보았다. 당황스러웠다. 책에는 특별히 이야기라 할 만한 게 없고 재미도 그다지 없고 모험적이지도 않았다. 산악지역의 배경 묘사가 대부분인, 그냥 잘 쓴 글 정도였다. 나중에 그녀는 남북전쟁 때 산악지역에 있던 남부군들이 빅토르 위고의 『레미제라블』을 읽을 차례를 손꼽아 기다리다가 막상 읽기 시작하면 이야기는 많지 않고 묘사만 늘어놓은 책에 놀라곤 했다고 말했던 남부의 한 여인이 떠올랐다. 하지만 거트루드 스타인은 자신이 노래 〈외로운 소나무 오솔길〉을 사랑한 것과 똑같은 방식으로 보병들은 그 책을 사랑했던 거라고 인정했다. 그리고 엘리엇 폴은 이런 거트루드를 위하여 아코디언으로 이 곡을 연주해 들려준 것이다.

어느 날 엘리엇 폴이 흥분한 얼굴로 들어왔다. 평소에는 크게 흥분할 일이 있어도 웬만해서는 그 감정을 드러내거나 표현하지 않던 그가 이번에는 숨기지 못하고 드러내었다. 그는 거트루드 스타인에게 조언을 구할 일이 있다고 말했다. 파리의 한 잡지사에서 편집인 제의를 받았는데 수락할까 말까 고민이라고 했다. 거트루드 스타인이 볼 때 엘리엇은 당연히 편집인이 되어야 했다. 무엇보다도 우리는 책이 출판되기를 간절히 원하니까. 작가는 자신과 이방인을 위해서 글을 쓰는데 출판인들이 아무런 모험도 감행하지 않는다면 어떻게 이방인들과 접촉할 수 있겠어. 그녀가 말했다.

그렇더라도 아주 아끼는 엘리엇 폴이 너무 큰 위험에 내몰리는 것은 그녀는 원치 않았다. 위험은 없습니다. 편집장 일을 수락하면 몇 년은 먹고살 수입이 보장됩니다. 엘리엇 폴이 말했다. 그렇다면 잘된 일이네. 당신보다 더 훌륭한 편집인이 없다는 건 확실하니까. 당신은 이기적인 사람이 아니고 자기 느낌을 인식하는 분이니까, 그녀가 말했다.

『트랜지션』이 시작되었고, 물론 이 잡지는 모두에게 중요한 의미가 있었다. 엘리엇 폴은 번역할 작품을 신중하게 골랐다. 그는 잡지가 지나치게 대중적이 될까봐 두렵다고 말했다. 만약 예약 구독자가 2천 명이라면 저는 그만둘 겁니다, 자주 이렇게 말했다.

엘리엇 폴은 창간호에 거트루드 스타인이 생레미에 있을 때 처음으로 자신을 설명하려 시도했던 「해명」을 싣기로 결정했다. 그 다음 그는 예전부터 열광했던 그녀의 작품 「화가 난 어느 부인의 러브스토리」를 실었다. 폴은 거트루드 스타인이 좋아했던 그림들을 설명한 「일 마일을 떨어져서Made a Mile Away」와 나중에 탈주를 다룬 짧은 소설 「만약 그가 생각한다면If He Thinks」을 번역 소개하고 싶어 했다. 그에게는 자신이 흥미를 느낀 작가들의 작품을 독자들에게 점진적으로 소개할 완벽한 구상이 있었다. 내가 조금 전에 말했듯이, 그는 아주 신중하게 작품들을 선정했다. 피카소에게 원래부터 관심이 많왔던 폴은 시간이 지나면서 후안 그리스의 작품에도 관심이 생겼다. 후안이 죽자 그는 예전 『트랜스애틀랜틱 리뷰』에 프랑스어로 소개되었던 후안 그리스의 그림을 옹호하는 글을 번역 게재했고, 또 거트루드 스타인이 쓴 애가 『후안 그리스의 삶과 죽음』과 「한 스페인 사람One Spainard」도 소개했다.

엘리엇 폴은 천천히 무대에서 사라졌고, 유진 졸라스와 마리아 졸라스가 등장했다.

『트랜지션』은 점점 부피가 커졌다. 거트루드 스타인의 요구에 따라 『트랜지션』은 『부드러운 단추』를 재수록하고, 그때까지 그녀의 작품연보와 나중에 오페라로 만들어질 「3막 속의 네 성인」을 실었다. 거트루드 스타인은 아주 기뻐했다. 『트랜지션』 마지막 호에 그녀의 작품은 더는 보이지 않았다. 『트랜지션』은 폐간되었다.

거트루드 스타인이 자주 인용하는 말마따나 운문을 자유롭게 하기 위하여 죽었던 모든 소잡지들 중에서 가장 젊고 신선한 잡지는 아마도 『블루스』일 것이다. 그 잡지의 발행인인 찰스 헨리 포드가 파리에 왔다. 반갑게도 그는 잡지만큼이나 젊고 신선하고 또한 정직한 사람이었다. 거트루드 스타인은 모든 젊은이들 가운데 찰스 헨리 포드와 로버트 코츠만이 자기만의 언어 감각을 갖추고 있다고 평가한다.

이 시기 옥스퍼드와 케임브리지 사람들이 종종 플뢰뤼스 거리에 나타났다. 그들 중 한 사람이 파이슨 앤 클라크에 다니는 브루어를 데리고 왔다.

거트루드 스타인의 작품에 관심이 있던 브루어는 비록 그 자리에
서는 어떤 약속도 하지 않았지만 자기 회사에서 그녀의 작품을 낼
가능성에 대해 그녀와 논의했다. 그녀는 단편 「소설」을 막 완성하고
낭만적 아름다움과 자연을 판화처럼 새기는 묘사를 실험한 또 다른
짧은 소설 「상냥한 루시 처치Lucy Church Amiably」를 집필 중이었다.
그녀는 브루어의 요청을 받아들여 이 작품 내용을 요약한 광고문을
썼다. 하지만 그는 단편 선집을 먼저 내고 싶어 했고, 그녀는 그럴 경
우라면 미국에 대해서 썼던 짧은 글을 모두 엮어 『유용한 지식』으로
제목을 붙여야 한다고 제안했다. 그 말대로 되었다.

파리 화상들은 모험을 불사하지만, 미국 출판인들은 모험을 두려
워한다. 파리에는 인상주의 화가들을 두 차례나 지원했던 뒤랑-뤼
엘, 세잔을 위하여 애쓴 볼라르, 피카소를 지원한 사고, 그리고 모든
입체파 화가들을 위해 헌신했던 칸바일러 같은 화상들이 있다. 그들
은 능력껏 번 돈으로 아무도 사지 않으려던 그림들을 계속 구입하고
그 작품들이 대중을 창조해낼 때까지 자기 일을 고집스럽게 밀어붙
였다. 이들을 모험을 불사하는 모험가라고 말하는 이유는 그들 스스
로 자신들의 일을 모험이라고 느끼기 때문이다. 세상에는 또한 모험
을 두려워하다가 완전히 파산한 사람들도 있다. 파리의 화상들이 모
험을 좋아하는 건 전통이다. 그런데 왜 출판업자들은 그러지 못할까
하고 묻는다면, 아마 많은 이유들이 있을 것이다. 출판업자 가운데서

모험을 시도한 사람은 존 레인이 유일하다. 그는 죽을 때 아주 큰 부자는 아니었을지 몰라도, 제대로 잘 살다가 꽤 부자로 죽었다.

우리는 브루어라면 모험을 감수하는 출판업자가 되리라 희망을 품고 있었다. 그는 『유용한 지식』을 냈는데, 하지만 그 결과들은 그가 예상했던 것에 너무 엇나갔다. 그러자 그는 거트루드 스타인의 작품을 지속적이고 점진적으로 세상에 알리는 창조가가 되는 대신에 일을 자꾸 미루더니 더는 안 되겠노라고 거부했다. 그로서도 어쩔 수 없었으리라. 그러나 이런 문제는 예전에도 있었고 앞으로도 있을 것이다.

나는 거트루드 스타인의 작품을 직접 출판해보자는 생각을 하기 시작했다. 내가 내 출판사 이름을 지어달라고 부탁하자 그녀는 웃으면서, 그냥 플레인 에디션이라고 하지, 하고 말했다. 그래서 내 출판사는 플레인 에디션이 되었다.

이제부터 무엇을 해야 하나. 내가 알고 있는 거라고는 출판할 원고를 구하고 책을 유통, 곧 팔리게 만드는 것이 전부였다.

나는 사람들을 만날 때마다 이 두 가지에 대한 조언을 구하였다.

처음에는 다른 사람과 동업하는 방법도 생각했지만 마음에 걸려서 결국 모든 걸 혼자서 해내기로 결심했다.

거트루드 스타인은 내가 낼 첫 번째 책 『상냥한 루시 처치』 표지가 교과서처럼 푸른색으로 만들어지기를 바랐다. 일단 인쇄는 맡겼는데 그 다음 유통이라는 문제가 나타났다. 아주 많은 사람들이 유통이라는 주제에 대해 충고를 해주었다. 도움이 되는 좋은 충고도 있고 결과적으로 잘못된 걸로 밝혀진 충고도 있었다. 파리 작가들의 친구이자 위안자인 윌리엄 A. 브래들리가 『퍼블리셔스 위클리』에 가입하라고 조언했다. 말할 것도 없이 현명한 조언이었다. 나는 이 잡지를 통해 내 새 사업이 지닌 여러 단면들을 배우게 되었다. 하지만 서적상 확보하는 일은 정말이지 너무 힘들었다. 철학자이자 친구인 랄프 처치가 서적상들 곁에 꼭 붙어다니라고 충고했는데, 이 훌륭한 충고도 맨 처음 어떻게 서적상에게 접근할 것인가가 하는 문제가 있었다. 이때 친절한 한 친구가 자기가 아는 발행인에게서 옛날 영업장 목록 사본을 구할 수 있을 것 같다고 말했다. 그리고 그는 이 목록을 구해 내게 부쳐주었다. 나는 서적상들에게 광고장을 보내기 시작했다. 처음에는 잘돼 가는 듯싶었으나 곧 이 방법도 아니라는 생각이 들었다. 그러나 미국에서 주문이 오고 대금도 잘 들어오고 있어서 나는 힘을 냈다.

파리에서 유통은 쉽고도 어려웠다. 영어 책들은 파리의 모든 서점 진열대에 자리를 확보하고 팔려 나갔다. 거트루드 스타인에게는 어린아이처럼 거의 환희에 가까운 기쁨을 준 사건이었다. 이전까지는 프랑스어 판 『열 개의 초상』 하나만 빼고는 서점에 자신의 책이 진열되는 걸 보지 못했던 그녀는 온종일 파리를 돌아다니면서 서점 창가에 진열된 『상냥한 루시 처치』를 확인하고는 집으로 돌아와 자기가 본 것들을 이야기하면서 하루하루를 보냈다.

책은 팔리고 있었는데 그해 나는 6개월 동안 파리를 떠나야 할 일이 있었다. 나는 파리 일을 프랑스 대리인에게 맡겼다. 이 조치는 처음에는 좋았지만, 나중에는 잘 돌아가지 않았다. 하지만 어떤 일을 겪으면 거기서 배우는 게 있어야 하는 법이다.

나는 다음에 낼 책으로 『글 쓰는 법』을 결정했다. 표지를 교과서처럼 만든 『상냥한 루시 처치』의 결과물에 완전히 만족하지는 못했기 때문에 다음 책은 디종에 인쇄를 맡기고 엘제비 활자체로 내기로 결정했다. 하지만 표지 문제가 또다시 대두되었다.

나는 『글 쓰는 법』을 첫 번째 책과 똑같은 영업 전략으로 팔아볼 생각이었다. 하지만 내가 가지고 있는 서적상 목록이 한물간 것임을 깨닫기 시작했다. 게다가 주변에서 계속 내게 편지를 쓰라고 충고하고 있었다. 엘렌 뒤 푸아는 이 문제에서 나를 많이 도와주었다. 나는 또 서평을 받아내야 한다는 말도 들었다. 이번에도 엘렌 뒤 푸아가 구원병으로 나섰다. 그 다음 나는 광고도 해야 했다. 광고를 하려면 많은 경비가 드는 건 필연이었다. 출판에 대한 내 계획과 야심은 점점 커지고 있었으므로 앞으로 계속 책들을 내려면 계속 내 돈이 있어야 했다. 서평 얻기는 정말 힘들었다. 사람들은 거트루드 스타인의 작품을 우스운 글로 자주 언급했다. 이 점에 대해 거트루드 스타인도 종종 이런 말로 자위한다. 사람들은 내 말을 인용해. 내 말과 내 문장이 그들의 진실을 말하고 있는데도 그들은 이 사실을 모른다는 뜻이야. 진지한 서평을 얻기는 그렇게나 어려운 일이었다. 많은 작가들이 거트루드 스타인에게 찬탄하는 편지를 띄우면서도 막상 서평 의뢰를 받으면 서평을 쓰려 하지 않는다. 이 문제와 관련해서 거트루드 스타인은 브라우닝이 어느 저녁 파티에서 만난 유명 문학 비평가 이야기를 자주 인용했다. 비평가가 다가와 멋진 수사로 아주 장황하게 브라우닝의 시를 인용했다. 말없이 듣고 있던 브라우닝은 그런데 지금 하신 말씀을 그대로 글로 써서 출판하시라고 말했고, 당연히 그 남자는 아무 대답도 하지 못했다. 그래도 거트루드 스타인의 경우에는 셔우드 앤더슨, 이디스 시티웰, 베르나르 페이, 루이 브롬필드 같은 저명한 이들로부터 서평을 받았으니 예외가 있다 해야 할 것이다.

나는 또한 사르트르 인쇄소에서 거트루드 스타인의 시 「우정의 꽃이 시들기 전에 우정이 바랬네」를 아주 아름다운 시집으로 1백 부를 찍었다. 이 1백 부는 아주 잘 팔려 나갔다.

『글 쓰는 법』제작 과정은 첫 책보다 만족스러웠지만 표지는 언제나 고민거리다. 특히 프랑스에서는 잘 팔릴 예쁘장한 표지는 불가능하다. 프랑스 출판업자들은 표지를 그냥 밋밋한 종이로 만든다. 그래서 내게는 표지 문제가 큰 고민이었다.

어느 날 저녁, 우리는 작가들의 다정한 친구인 조르주 푸페의 저녁 파티에 갔다. 그곳에서 나는 모리스 다랑티에르를 만났다. 『미국인의 형성』을 인쇄했던 사람이 바로 모리스였다. 그는 자기가 그 책을 만들었다는 사실과 그 책 자체에 마땅히 느껴야 할 자긍심이 대단했다. 그는 디종을 퇴사해 파리 인근에서 핸드프레스 기법을 하는 인쇄소를 열어 아주 아름다운 책들을 만들어내고 있었다. 그는 친절한 사람이고, 나는 자연스레 내 고민을 털어놓았다. 제게 해결책이 있으니 잘 들으십시오. 그가 말했다. 나는 그의 말을 가로챘다. 하지만 먼저 아셔야 할 게 있는데, 저는 이번 책을 비싸게 만들 생각이 없어요. 거트루드 스타인의 독자는 작가, 대학생, 사서, 그리고 돈 없는 젊은이들이기 때문입니다. 거트루드 스타인이 원하는 건 독자이지 서적 수집가가 아닌데 그녀의 책들은 종종 수집가의 책으로 그칠 때가 많습니다. 수집가들은 비싼 돈을 치러서라도 『부드러운 단추』, 『마벨 도지의 초상』을 손에 넣으려 애쓰는데, 그녀는 전혀 기뻐하지 않습니다. 그녀가 원하는 건, 자기 책이 소유물로 끝나는 게 아니라 사람들에게 읽히는 것입니다. 내 말을 들은 모리스가 말했다. 네네, 무슨 말씀인지 충분히 이해하고말고요. 제가 말하려는 것도 그런 게 아닙니다. 우리는 당신의 책을 모노타이프로 인쇄할 건데, 그 비용은 상대적으로 많이 들지 않습니다. 작업 과정을 설명해드리죠. 종이는 질이 우수하면서도 많이 비싸지 않은 걸 사용할 것이며, 표지는 『미국인의 형성』표지처럼 두꺼운 종이로 묶고, 판형은 딱 알맞은 아주 작은 것으로 만들 수 있습니다. 그러면야 그 책은 합리적이면서도 아주 싼 가격으로 팔 수 있습니다. 두고 보시면 알게 될 겁니다.

　나는 용기를 얻었고 이제는 세 권을 연달아 작업하자는 욕심이 생겼다. 『오페라와 희곡』을 시작으로 『마티스, 피카소, 거트루드 스타인과 그리고 더 짧은 두 개의 이야기들*Matisse, Picasso and Gertrude Stein* *and Two Shorter Stories*』, 그 다음에는『두 개의 긴 시와 많은 짧은 시들*Two Long Poems and Many Shorter Ones*』을 낼 계획이었다.

모리스 다랑티에르는 약속을 지키는 사람이다. 그가 인쇄를 맡은 『오페라와 희곡』은 합리적 가격에 아름다운 책자가 되어 나왔다. 그는 현재는 두 번째 책『마티스, 피카소, 거트루드 스타인과 그리고 더 짧은 두 개의 이야기들』인쇄를 준비중이다. 이제 최신 서적상 목록도 손에 넣은 나는 다시 한 번 힘을 모으고 있다.

내가 앞에서 말했듯이, 영국에서 강연을 마치고 돌아왔을 때 우리는 많은 파티를 열었다. 명분은 많았다. 시트웰 남매들 모두가 찾아왔고, 칼 밴 베크턴이 돌아왔고, 셔우드 앤더슨이 다시 나타났으니 말이다. 그 밖에도 파티를 할 명분은 많이 있었다.

그 다음 거트루드 스타인과 베르나르 페이가 재회했다. 이제 그들은 서로에게 할 이야기가 아주 많았다. 거트루드 스타인은 그를 자극하고 또 안심시킬 계약을 해주었다. 두 사람은 천천히 친구가 되어가고 있었다.

언젠가 방으로 들어가다가 나는 베르나르 페이의 목소리를 들었다. 그는 자기가 평생 만나본 사람들 중 제일 중요한 사람은 피카소, 거트루드 스타인 그리고 앙드레 지드라고 말했다. 그러자 거트루드 스타인은 아주 단순하게, 다른 사람들은 당연하지만 앙드레 지드는 왜 들어가냐고 물었다. 그리고 일년여가 지난 다음, 페이는 그날의 대화를 꺼내며 거트루드 스타인에게, 난 당신이 틀렸다고 확신하지 못하겠어요, 하고 말했다.

그해 겨울 셔우드가 파리에 와서 우리를 기쁘게 해주었다. 그는 스스로 즐겼고, 우리는 그를 즐겼다. 그는 많은 자리에 초대받는 명사였는데 그런 자리에 참석했다가 금방 사라지기도 잘하는 인물임을 꼭 밝혀야겠다. 그의 팬클럽이 그를 초청한 날이 기억난다. 나탈리 바니와 수염을 길게 기른 프랑스 남자가 후원하는 모임이었다. 셔우드는 거트루드 스타인도 팬클럽에 들어오기를 바랐는데, 그녀는 셔우드를 무척 사랑하지만 그의 팬클럽에 들어갈 마음은 없다고 대꾸했다. 나탈리 바니가 거트루드를 설득하러 찾아왔다. 바깥에서 개를 산책시키다가 붙들린 거트루드 스타인은 몸이 안 좋아서 못 가겠노라고 말했다. 이튿날 셔우드가 찾아왔다. 어땠어요? 거트루드 스타인이 간결하게 묻자 셔우드는 글쎄요, 저를 위한 파티는 아니었습니다. 거물 여인을 위한 파티였죠, 하고 말했다. 거트루드 스타인은 궤도를 벗어난 화물차에 탄 기분이었다.

우리는 좀 현대적이 되라는 핀란드 하녀의 말에 스튜디오에 전기 라이에이터를 설치하기로 했다. 하녀는 현대의 이기를 이용하지 않는 우리가 영 이해가 안 된다는 듯 눈치를 주었었다. 거트루드 스타인은 너무 빠른 시대를 쫓아가려 한다면 일상이 진짜 구식이 되고 만다고 말한다. 피카소도 다음과 같은 말로 그녀를 거들었다. 미카엘 안젤로가 르네상스 가구를 선물로 받았을 때 기뻐했을까요? 아닙니다. 그가 원한 건 고대 그리스의 동전이었습니다.

전기 라디에이터 설치 작업은 끝났고, 셔우드가 찾아왔다. 우리는 그를 위하여 크리스마스 파티를 열었다. 훅훅 무섭게 열을 발산하는 라디에이터로 방 안은 후끈했다. 모두가 유쾌한 멋진 파티였다. 멋쟁이 셔우드는 최신 유행 스카프 타이로 멋을 내서 더욱 미남으로 보였다. 셔우드 앤더슨은 옷맵시가 좋았는데, 그의 아들 존도 아버지를 닮아 옷을 무척 잘 입는다. 그 파티에는 셔우드의 아들 존과 딸도 참석했다. 아버지가 파리에 있을 때면 존은 끔찍할 정도로 낯가림이 심했었다. 그러나 셔우드가 떠난 다음 우리 집에 왔을 때 존은 팔걸이에 엉덩이를 붙이고 편하게 앉아 있었다. 보기에 아름다운 모습. 그도 자신이 아름답다는 걸, 자신이 달라졌다는 걸 알고 있었다.

거트루드 스타인과 셔우드 앤더슨이 헤밍웨이를 두고 재미있는 평을 늘어놓던 때가 이 무렵의 방문이었다. 두 사람은 철저하게 대화를 즐겼다. 두 사람은 그랜트 장군을 미국인의 위대한 영웅으로 생각하는 공통점이 있음을 알게 되었다. 둘 모두 링컨에게는 매력을 그다지 발견하지 못했지만 그랜트 장군은 늘 좋아했고, 지금도 좋아한다. 심지어 그랜트의 인생을 공동연구하자는 계획까지 나왔다. 스타인은 지금도 이 작업의 현실화 가능성을 버리지 않고 있다.

우리가 그 시절 열었던 많은 파티에 클레르몽-토네르 공작부인은 자주 참석했다.

공작부인과 거트루드 스타인은 서로에게 기쁨이었다. 살아온 인생과 관심사는 완전히 달랐지만 두 여인은 서로를 이해하고 있었고 서로에게서 기쁨을 맛보았다. 그들은 또한 그때까지 긴 머리를 고수하는 유일한 여성들이기도 했다. 거트루드 스타인은 머리를 꼬아 정수리에 올리는 고대적 스타일을 바꾼 적이 없었다.

어느 파티에선가 클레르농-토네르 공작부인이 손님들이 거의 떠난 시각에서야 도착했다. 짧게 친 머리 모양이었다. 공작부인이 마음에 드시냐고 물었다. 거트루드 스타인은 마음에 든다고 말했다. 당신 마음에 들고 내 딸 마음에 들고 내 딸이 이 모습을 좋아하니 그럼 됐습니다. 공작부인이 말했다. 그날 밤 거트루드 스타인이 내게 말했다. 나도 머리를 자르겠어. 네가 잘라줘. 나는 그녀의 머리칼을 잘랐다.

나는 이튿날 저녁에도 그녀의 머리칼을 자르고 있었다. 사실은 하루 종일 조금씩 계속 자르고 있었다. 저녁이 되자 그녀의 머리는 모자만 살짝 얹은 것마냥 짧아져 있었다. 이때 셔우드 앤더슨이 들어왔다. 어때요, 저 모습. 나는 다소 걱정스레 물었다. 좋은 걸요. 수도사를 많이 닮았네요. 앤더슨이 말했다.

내가 말했듯이, 이것이 피카소가 거트루드 스타인을 보고 내 그림은 어쩌라고 하며 화를 벌컥 냈다가 이내, 그렇지만 모든 게 다 그대로 있군요, 하고 말했던 그 모습이다.

우리는 시골 농가를 구입했다. 계곡을 건너야만 보이는, 숨어 있는 농가였다. 그리고 계곡으로 이사하기 직전에 우리는 하얀 푸들 바스켓을 발견했다. 이웃 마을에서 열린 개 전시회에서 만난, 파란 눈에 분홍색 코에 하얀 털을 가진 수캉아지였다. 강아지는 펄쩍 뛰어 거트루드 스타인의 품에 안겼다. 새 강아지를 안고 새 포드 자동차를 타고 우리는 새로운 집으로 갔고, 이 세 가지가 주는 기쁨을 철저하게 즐겼다. 그러나 바스켓은 지금은 복종을 모르는 덩치 큰 푸들이 되어 거트루드의 무릎에 앞발을 딛고 몸을 쭉 편 채 서 있곤 한다. 거트루드 스타인은 개가 물을 마실 때 내는 리듬에 귀 기울여 보라고, 그 소리는 그녀에게 문장과 문구의 차이를 알게 하며 문구는 감성적이고 문장은 그렇지 않다는 것을 깨닫게 한다고 말한다.

베르나르 페이가 찾아와 함께 여름을 보냈다. 거트루드 스타인과 그는 정원으로 나가 인생과 미국과 그들 자신과 우정에 대해서, 모든 것에 대해서 이야기했다. 그 다음 그들은 거트루드 스타인의 인생에서 영국적인 네 가지 우정 중 하나를 고착시켰다. 베르나르 페이는 거트루드 스타인을 위해 버릇없는 바스켓까지 꾹 참아냈다. 최근에 피카비아가 작은 멕시코 종 개를 우리에게 선물했다. 우리는 이 강아지에게 바이런이라고 이름을 지어 주었다. 베르나르 페이는 자기 말을 잘 듣는 바이런을 좋아한다. 거트루드 스타인은 페이를 놀려대며 그가 바이런을 제일 예뻐하는 건 당연히 바이런이 미국 개이기 때문이며, 한편 자기가 바스켓을 제일 좋아하는 건 당연히 바스켓이 프랑스 개이기 때문이라고 말한다.

빌리닝은 내게 오래된 새 친분을 새롭게 떠올리게 만든다. 어느 날 거트루드 스타인은 은행까지 걸어갔다가 집으로 돌아와서는 주머니에서 명함 한 장을 꺼냈다. 내일 브롬필드 부부와 점심을 같이 먹기로 했어. 그녀가 말했다. 헤밍웨이를 만나던 시절 처음 알게 된 이후 가끔씩 만나고 심지어 브롬필드의 누이와도 안면이 있었지만 브롬필드 가족과 점심을 먹는 것은 느닷없는 일이었다. 나는 왜냐고 물었다. 왜냐하면 브롬필드는 정원에 대해서 모르는 게 없는 사람이니까. 거트루드 스타인이 대답했다.

우리는 브롬필드 부부와 점심을 먹었다. 브롬필드는 정원과 꽃과 흙에 대한 모든 걸 알고 있다. 거트루드 스타인과 그는 첫째는 정원을 가꾸는 사람으로서, 다음에는 미국인으로서, 그 다음에는 작가로서 서로를 좋아했다. 거트루드 스타인은 브롬필드가 재닛 스커더 유형의 미국인, 보병을 떠올리게 만드는 미국인이라고, 하지만 재닛 스커더만큼 지나치게 진지하지는 않은 사람이라고 평한다.

어느 날 졸라스 부부가 발행인 퍼먼을 집에 데려왔다. 열정이 넘치고 숱한 책을 낸 발행인으로서 퍼먼은 『미국인의 형성』에 열광했다. 거트루드 스타인이, 하지만 질릴 정도로 분량이 깁니다, 자그마치 1천 쪽에 달하죠, 하고 말하자 퍼먼은 자기도 알고 있다고, 잘라내지 않으면 길죠, 하며 4백 쪽으로 내자고 제안했다. 네, 어쩌면 가능하겠죠. 거트루드 스타인이 말했다. 우리는 분량을 줄여 출판할 겁니다. 퍼먼이 말했다.

거트루드 스타인은 이 문제를 생각한 다음 책을 내기로 결정했고, 여름의 일부를 이 작업을 위해 바쳤다. 그녀뿐 아니라 브래들리와 나도 잘한 결정이라고 생각했다.

그 사이 거트루드 스타인은 엘리엇 폴에게 계약 조건 제시에 대해서 의견을 구했다. 엘리엇 폴은 퍼먼이 여기서는 괜찮지만 미국에 돌아가면 사내들한테 괴롭힘을 당할 거라고 말했다. 나는 그 사내들이 누구인지 모르지만, 그들은 정말 퍼먼의 의견을 받아들이지 않았다. 엘리엇 폴이 말한 그대로였다. 로버트 코츠와 브래들리가 중간에서 애를 썼지만, 그 건은 무산되었다.

그 사이 거트루드 스타인의 명성은 프랑스 작가들과 독자들에게 꾸준히 퍼져나가고 있었다. 『미국인의 형성』에 수록된 번역 단편들과 『열 개의 초상』은 프랑스 독자와 작가들을 자극했다. 베르나르 페이가 『레뷰 유로피엔』지에 거트루드의 작품에 대한 기사를 쓴 것도 이 무렵이었다. 이 잡지는 또한 거트루드 스타인이 프랑스어로 쓴 유일한 글인 개 바스켓에 대한 영화 대본도 소개했다.

사람들은 거트루드 스타인의 초기 작품뿐 아니라 그 이후 작품에도 많은 관심을 보였다. 마르셀 브리옹은 그녀의 「교환Exchange」을 바흐의 음악에 비교하는 진지한 평을 썼으며 그 다음에도 그녀의 차기작이 나오는 대로 빠짐없이 『신문학Les Nouvelles Litteraires』에 평을 발표했다. 특히 그는 『글 쓰는 법』에 크게 감명했다.

이 무렵 베르나르 페이도 미국의 10대 소설가 전집에 실릴 『세 사람의 생애』 중 멜란차의 이야기를 번역하고 있었다. 그의 번역은 『레뷰 유로피엔』에 소개가 될 것이었다. 어느 날 오후 페이가 집에 와서는 자신이 번역한 멜란차의 이야기를 큰 소리로 읽어주었다. 그 자리에 있던 클레르몽-토네르 공작부인은 그의 번역에 크게 감동했다.

얼마 후 공작부인이 긴히 상의할 일이 있으니 집으로 찾아와달라고 했다. 거트루드 스타인은 찾아갔다. 공작부인이 말했다. 이제는 더 많은 대중이 당신을 알아야 합니다. 나는 더 큰 대중을 믿습니다. 거트루드 스타인 또한 큰 대중을 믿었지만 거기에 닿는 길이 늘 막혀 있었다. 그렇지 않습니다. 그 길은 열릴 수 있습니다. 우리 함께 생각해 봐요. 공작부인이 말했다.

공작부인은 큰 책, 중요한 책의 번역부터 시작해야 한다고 말했다. 거트루드 스타인은 『미국인의 형성』을 제안하며 미국의 출판업자가 그 책을 4백 쪽 분량으로 내려한 적이 있었다고 말했다. 바로 그 책이에요. 공작부인은 이렇게 말하고는 떠났다.

그 다음부터 일은 일사천리로 진행되었다. 스톡의 보테로 씨가 거트루드 스타인을 만나 책을 내기로 결정했다. 번역자를 찾는 데 어려움이 있었지만 그 문제도 결국 정리가 되었다. 베르나르 페이가 베론 세예르의 도움으로 번역에 착수했고, 올봄에 이 번역본이 나왔다. 이것이 올여름에 거트루드 스타인이, 이 책은 영어로도 훌륭하지만 프랑스어로도 더 이상 잘 만들 수 없게 좋은 책이야, 하고 말했던 그 책이다.

지난가을 빌리닝에서 파리로 돌아왔을 때, 나는 늘 그랬듯이 여러 가지 일들로 아주 바빴다. 거트루드 스타인은 못을 사러 르네 거리에 있는 시장에 갔다가 우리의 이웃인 칠레 화가 게바라와 그의 아내를 만났다. 내일 저의 집에서 차라도 드세요. 그들이 말했다. 하지만 우리는 이제 막 집에 돌아왔답니다, 며칠만 기다려 주세요. 거트루드 스타인이 말했다. 메로드 게바라는 그냥 오시기만 하면 됩니다, 하고는 덧붙였다. 다른 분도 오시기로 했는데, 두 분이 만나면 반가우실 겁니다. 다른 분이 누굴까? 호기심 많은 거트루드 스타인이 물었다. 프랜시스 로즈 선생님이세요. 게바라 부부가 대답했다. 좋아요, 가겠습니다. 거트루드 스타인이 말했다. 이제 그녀는 프랜시스 로즈와의 만남을 더는 피하지 않았다. 그래서 만남이 이루어졌고, 물론 프랜시스 로즈는 그날 당장 그녀를 따라 집으로 왔다. 로즈는, 상상이 가겠지만, 감성이 넘치고 쉽게 흥분하는 사람이다. 그런데 피카소가 내 그림들을 봤을 때 뭐라 말하던가요. 로즈가 물었다. 피카소는 처음 그림들을 보자 저 그림들은 적어도 다른 그림들보다는 야수적이라고 하더군요. 거트루드 스타인이 대답했다. 그 다음엔 또 뭐라 했죠? 로즈가 다시 물었다. 그날 이후 로즈는 늘 모퉁이로 가 캔버스를 이리저리 돌리며 그림을 찬찬히 보는데 아무 말도 하지 않는다.

그때부터 우리는 프랜시스 로즈를 자주 만나고 있는데, 하지만 거트루드 스타인은 이제 그의 그림들에는 관심이 없다. 올여름에 로즈는 우리가 처음에 보았던 계곡을 건너야 보이는 집과 『상냥한 루시처치』에서 찬양한 폭포의 모습을 그렸다. 그는 거트루드 스타인의 초상화도 그렸다. 그는 이 초상화를 좋아하고 나도 이 그림을 좋아한다. 하지만 거트루드 스타인이 이 초상화를 좋아하는지 아닌지는 그녀 자신도 모르는데, 그래도 그녀가 하는 말을 들으면 마음에 들어 하는 것 같다. 우리의 올여름은 멋졌다. 베르나르 페이와 프랜시스 로즈 모두 멋진 손님들이었다.

폴 프레더릭 보울즈(Paul Frederic Bowles, 1910~1999, 미국의 작가, 작곡가, 번역가)는 미국에서 편지를 띄우는 방법으로 거트루드 스타인과 친교를 맺은 젊은이다. 거트루드 스타인은 폴이 여름에는 밝고 예민하지만, 겨울에는 밝지도 않고 예민하지도 않을 사람이라고 말한다. 올여름에 에런 코플런드(Aaron Copland, 1900~1990, 미국의 작곡가)가 보울즈를 데리고 찾아왔다. 거트루드 스타인은 코플랜드가 아주 마음에 들었다. 보울즈는 다음과 같이 말해 거트루드 스타인을 아주 즐겁게 했다. 코플런드가 얼마 전에 저에게 위협적으로 잔소리를 하더군요. 너는 겨울만 되면 우중충하고 예민하지 않아. 스무 살 때 열심히 일하지 않으면 서른 살이 되면 아무도 사랑해주지 않는 법이지, 하고 말입니다.

많은 사람들, 출판업자들이 종종 거트루드 스타인에게 자서전을 꼭 써야 한다고 말했다. 그때마다 그녀는 그런 일은 가능할 것 같지 않다는 똑같은 대답만 했다.

그녀는 나를 놀리기 시작하더니 나에게 자서전을 쓰라고 요구했다. 다른 고민은 할 것 없어. 그냥 돈을 많이 벌 거라는 것만 생각해. 그러고는 내 자서전의 제목을 짓기 시작했다. 위대한 이들과 함께한 나의 인생, 나와 함께 앉은 천재들의 부인들, 거트루드 스타인과 함께한 25년 등등의 제목이었다.

그녀는 점점 진지해졌고 이렇게까지 말했다. 자서전 쓰는 일 정말 진지하게 생각해봐. 결국 나는 여름에 시간이 난다면 자서전을 써 보겠노라고 그녀에게 약속했다.

포드 매독스 포드는 『트랜스애틀랜틱 리뷰』 편집인으로 일할 때 거트루드 스타인에게 이렇게 말한 적이 있다. 저는 꽤 좋은 작가이며, 좋은 편집인이며, 수완 있는 사업가이지만, 이 세 가지를 동시에 되기란 아주 힘든 일입니다.

나는 꽤 좋은 주부이며, 좋은 정원사이며, 좋은 수예가이며, 좋은 비서이며, 좋은 편집인이며, 개를 돌보는 일에는 좋은 수의사인데, 이 전부를 한꺼번에 해내야 하며 여기에 좋은 작가까지 되는 건 내게는 벅차다.

지금으로부터 여섯 주 전에 거트루드 스타인이 나에게 말했다. 아무리 봐도 당신이 자서전을 쓸 거 같지 않아. 그럼 내가 무슨 일을 할지 당신도 알 거야. 당신을 위해서 대신 자서전을 써주겠어. 난 디포가 로빈슨 크루소의 자서전을 썼을 때처럼 단순하게 쓸 생각이야. 그 다음 그녀는 그 일을 했고, 이 책이 태어난 것이다.

역자 후기

1932년 가을, 쉰여덟의 거트루드 스타인은 또 하나의 글을 쓰기 시작했다. 그녀는 늘 자신과 자신의 문학을 믿었고, 그리고 자신은 영광에 어울리는 사람이라 확신했었다. 하지만 그때껏 쓴 그녀의 뛰어난 시와 소설과 희곡은, 비록 눈 밝은 소수로부터 기쁨과 충격과 고통을 주는 작품으로 인정은 받았어도, 그녀를 영광의 자리에 올려놓지는 못했다. 거트루드 스타인 전기 작가인 재닛 말콤Janet Malcom은『두 개의 인생, 거트루드와 앨리스The Two Lives: Gertrued and Alice』에서 "그즈음 그녀는 명성을 얻고 돈을 벌겠다는 발작 같은 욕망에 사로잡혔다"고 묘사했다. 이번에 거트루드 스타인은 글을 쉽게 쓰기로 결심했다.

1933년『앨리스 B. 토클라스 자서전』이 출판되었다. 이 책은 나오자마자 베스트셀러가 되고, 거트루드 스타인과 앨리스 모두 유명해졌다. 이듬해 1934년, 거트루드 스타인은 30년 만에 미국으로 돌아간다. 뉴욕 거리에 "거트루드 스타인 도착하다"라는 전광판이 휘황하게 빛나고 있었다. 그녀는 191일 동안 미국 23개 주를 횡단하며 37개 도시를 방문해 강연했다.

『앨리스 B. 토클라스 자서전』은 출간 이래 수많은 사람들로부터 사랑을 받았다. 많은 학교에서 학생들을 위한 필독서로 선정되었고, 1989년 모던 라이브러리Modern Library 출판사는 이 책을 세계 논픽션 100선 중 20위에 올렸다. 『앨리스 B. 토클라스 자서전』은 전설적인 작가만큼이나 책 자체도 하나의 전설이 되어 갔고 지금도 그렇다. 그 이유는 무얼까.

먼저 이 책이 시도한 실험적인 형식이 그 한 이유가 될 것이다. 이 책의 내레이터는 물론 제목에 어울리게 앨리스인데, 하지만 주된 내용은 거트루드 스타인의 삶과 그녀의 생각이다. 일종의 복화술을 연상하는, 모순된 제목과 내용은 그 자체로 충분히 흥미롭다. 또 거트루드가 의도했던 대로 비교적 쉬운 영어로 쓰인 글인 것도 한 이유일 것이다.

하지만 가장 큰 이유는, 이 책에는 수많은 예술가의 삶을 상상하게 만드는 힘이 들어 있기 때문일 것이다. 새로운 예술 사조를 창조한 화가, 문인, 비평가, 편집인, 무용가, 음악가…. 무겁게 또는 가볍게 빛나는 이름들. 거트루드 스타인은 스스로를 "인간사의 복잡미묘함을 즐기는 사람"이라고 했는데, 이 책을 읽으면서 나 또한 예술가들의 만남과 사랑과 우정과 불화를 흥미롭게 엿보았다. 작가의 의식과 무의식을 넘나드는, 지나치게 자유로운 흐름 때문에 때로 연대를 거슬러 올라가야 했지만, 모두 다 연결이 되었다.

12년 전 번역한 글을 읽고 너무 부끄러웠다. 수정하고 또 수정해 이번에 다시 책을 내게 되었는데, 아직도 같은 기분이다. 좋은 책이고, 반드시 한국어로 소개되어야 할 책인데 번역가를 잘못 만났다는 생각이 든다. 거트루드 스타인이 쉽게 썼다는 영어 문장은 내게는 전혀 쉽지 않았다. 마벨 도지는 거트루드 스타인의 글에 대해 "큰 소리로 읽으면 정교한 리듬과 자유로운 카덴차가 같이 있음을 느끼게 된다. 순수한 음이 거기엔 들어 있다. 관능적인 음악이다"라고 했다. 물론『앨리스 B. 토클라스 자서전』에 대한 평은 아니었다 해도, 이 글의 영어 원서에도 리듬이 있었다. 그것을 잘 살리지 못한 것, 나태한 단어 선택과 덜컹거리는 한국어 문장이 된 것이 안타깝다. 마음과 몸이 건강해진 십 년 후에 재번역할 기회가 또 있을까?

거트루드 스타인에게 관심이 많은 사람들이 있다는 사실을 나는 알게 되었다. 일부에선 논란이 있다 해도 영미 문학에 '유니크한' 업적을 남긴 사람. 자신은 그림을 하나도 못 그리면서 뛰어난 예술 작품을 보는 좋은 안목으로 예술을 지켜낸, 혹은 구입한 사람. 동성애자. 현대에선 좀 위험한 정치적 소신을 가진 사람. 나는 그녀가 페미니스트인가 하는 질문도 두어 번 받았는데, 잘 모르겠다. 그러나 그녀가 많은 이들에게 궁금증과 흠모와 모색이란 단어를 끄집어내는 하나의 전설인 것은 알겠다.

나는 거트루드 스타인만큼, 아니 조금 더 앨리스 B. 토클라스가 궁금하다. "의자에 앉지 않고 의자 속에 숨는 사람. 당신을 쳐다보지 않고 당신의 위를 쳐다보는 사람. 늘 원에서 한 발자국 비껴서 있는 사람. 결혼식에 초대받았으나 피로연에는 초대받지 않은 사람." "박명의 비올라 같은 매력적인 음색을 가진 사람." 거트루드 스타인이 죽은 후 앨리스 혼자 보낸 나날과 말년이 얼마나 쓸쓸했을지 자꾸 감정이입이 된다. 『앨리스 B. 토클라스 요리책*The Alice B. Toklas Cookbook*』 앞부분을 조금 읽어봤는데, 우아했다. 한국어 번역이 나오면 좋겠다.

그리고 참, 1980년대 예일 대학교 희귀본 및 고문서 도서관에서 수십 년 갇혀 있던 서고가 하나 열렸다. 거트루드 스타인과 앨리스 B. 토클라스가 주고받은 약 300통의 '러브레터'가 세상에 공개되었다.

2016년 여름
권경희